白狗秋千架

莫言作品

White
Dog
and
the
Swing

浙江出版联合集团
浙江文艺出版社

白狗秋千架

莫言

莫言2012年诺贝尔文学奖获奖证书

诺贝尔奖晚宴致辞（原稿）

尊敬的国王陛下、王后陛下，女士们，先生们：

我，一个来自遥远的中国山东高密东北乡的农民的儿子，站在这个举世瞩目的殿堂上，领取了诺贝尔文学奖，这很像一个童话，但却是不容置疑的现实。

获奖后一个多月的经历，使我认识到了诺贝尔文学奖巨大的影响和不可撼动的尊严。我一直在冷眼旁观着这段时间里发生的一切，这是千载难逢的认识人世的机会，更是一个认清自我的机会。

我深知世界上有许多作家有资格甚至比我更有资格获得这个奖项；我相信，只要他们坚持写下去，只要他们相信文学是人的光荣也是上帝赋予人的权利，那么，"他必将华冠加在你头上，把荣冕交给你。"（《圣经·箴言·第四章》）

我深知，文学对世界上的政治纷争、经济危机影响甚微，但文学对人的影响却是源远流长。有文学时也许我们认识不到它的重要，但如果没有文学，人的生活便会粗鄙野蛮。因此，我为自己的职业感到光荣也感到沉重。

借此机会，我要向坚定地坚持自己信念的瑞典学院院士们表示崇高的敬意，我相信，除了文学，没有任何能够打动你们的理由。

莫言2012年诺贝尔奖晚宴致辞（原稿片段）

旧情牵连，自狗引路，进入了梁深家，卑微要求为尘土，顺也哀痛拒也苦，游子适乡文学母题，作品不尽其数，穆旦受恨死纠缠诉不尽偏还要诉——打油词仿鹊桥仙牌述"白狗秋千架"故了。真言

题《白狗秋千架》

旧情牵连，白狗引路，进入高粱深处。
卑微要求如尘土，顺也哀痛拒也苦。
游子还乡，文学母题，作品不尽其数。
总是爱恨死纠缠，诉不尽偏还要诉。

打油词仿鹊桥仙词牌，述《白狗秋千架》故事。

莫言

目录

- 1 春夜雨霏霏
- 12 丑兵
- 24 因为孩子
- 29 放鸭
- 33 白鸥前导在春船
- 49 黑沙滩
- 74 岛上的风
- 98 售棉大路
- 113 民间音乐
- 131 金鲤
- 135 三匹马
- 153 大风
- 161 石磨
- 171 五个饽饽

178　枯河

190　秋水

203　白狗秋千架

221　老枪

232　断手

247　草鞋窨子

262　罪过

285　弃婴

307　飞艇

春夜雨霏霏

哥哥,你听得到我的声音吗?——这从远方一个最爱你的人心里发出的浸透着眷眷之情的音波。近来,人们都在谈论着"心灵感应"的事,对此我唯愿其真唯恐其假。我想,爱人的心应该是时刻相连、息息相通的。记得听老人说,从前,有一个母亲怀念儿子,就咬咬自己的手指,远方的儿子便心中疼痛,知道老母正在思念他……现在,我也咬住了自己的手指,直咬得隐隐作痛。但愿这信号已经传导给你,使你也知道我正在思念你,让你在这神秘的雨夜里也像我一样静坐在窗口,听听你这个饶舌的妹妹向你叙说我突然想起来的那些过去的、现在的和将来的事。

哥哥,此刻,家乡上空正飘洒着霏霏的春雨。这雨从八点开始到现在已经下了两个多小时。村子已经进入梦乡,除了淅淅沥沥的雨声,再也没有别的音响。清爽的小风从窗棂间刮进来,间或有一两个细小的水珠飘落到我的脸上。哥哥,你还记得我的脸吗?你曾经吻过的那张脸。人家都说我俊,说我的脸是晒不黑的玉兰花瓣;你说我不丑,说我的脸像玉兰花瓣一样晒不黑。别人这样说是奉承我,而你是爱我才这样说。其实,我的脸是很容易晒黑的,如果你现在见到我,一定会用双手捧住我的脸说:"哟!我的玉兰花瓣怎么变成玫瑰花瓣了?"你一定会这样说,一定的,因为你爱我……

转眼之间,我们结婚已经两年了。前年的三月初三,是咱俩的好日子。那天,天上飘着毛毛细雨,空气清冽芳醇。我一夜没合眼,天刚蒙蒙亮就从床上爬起来。我没有梳洗,也没有换衣,而是把你送给我的那些贝壳、海螺、鹅卵石全都找出来,我把它们用手绢擦得干干净净。我摩挲着光洁晶莹的卵石,五光十色的贝壳,奇形怪状的海螺,耳边仿佛听到了海浪的欢笑,眼前仿佛出现了那金黄色的海滩。我知道,你是一个守岛的战士,你深深地爱着海岛上的一切。你觉得你喜爱的我也一定喜爱,于是就把这些海洋中的、海滩上的瑰宝寄给我,一次又一次,我已经积攒了几十颗这样的宝贝。你把我这个从来没见过海的女孩子也给陶冶成了一个海迷、岛迷。每当从电影上、书本上见到那些奇谲壮观的形象和闪烁着神秘色彩的字眼时,我的心便一阵阵战栗,因为看见海看见岛我就会想起与海岛共呼吸的你。你送我的宝贝,每时每刻都在对我诉说它们家乡绚丽的景色与动人的神话。我每天夜里,总是要抚摸着它们才能入睡,它们自然而然地进了我的梦境。在梦中,我跟随它们到了镶嵌在万顷碧波之中的像钻石一样熠熠发光的无名小岛……

哥哥,从打和你好了之后,就盼着能早一天……可你却参了军,走的时候,我去送你。在村外的柳林边上,你对我说:"兰妹,等着我,三年之后我就回来。"我知道你奔的是正道儿,参军是大好的事儿,可是心里总是发酸,眼睛里的泪夹也夹不住,扑簌簌地往下流。你看看四下无人,就弯起指头替我刮脸上的泪。我真想就势扑进你的怀抱,但是又不敢……

你走了,你沿着蜿蜒的乡间小路走了。你三年没回来,四年还没回来,一直等到五年半上你才回来。我的哥哥,我终于把你盼回来了。人家都说当兵的提拔了军官就另攀高枝,你却不是这样,你这个二十六岁的指导员,回来后的第三天就和我结了婚。哥哥,我真感激你!找一个丈夫容易,找一个知心的爱人却不容易,但是,我却找到了。我是共青团员,不信也不能信鬼神。但我却要感谢老天爷配给了我一个好女婿。你说,你也要感谢老天爷,配给你一个好媳妇。你说这二年当兵的找对象不容易,守岛的大兵找个对象更不容易。你说像我这样漂亮的姑娘完全可以找个比你更好的人,我急忙用手掩住了你的口,我不让你说这种话。我对你说,我永远爱你,是的,永远!你说,你也永远爱我,就像永远爱那座无名小岛一样。你竟把我放在小岛之后,你爱小岛胜过爱我,假如它是个人,我是要嫉妒的。我不明白,你为什么那样执着地爱着那个海中央的荒岛。我问道:"假如我和小岛都面临着丢失的危险,你先抢救哪一个?"你说:"小岛!"我生气了,一个活灵灵的人,竟比不上那乱石嶙峋的荒岛。我哭了,你却笑了。你笑着说:"傻姑娘!小岛是祖国的领土,爱小岛就是爱祖国;不爱祖国的人,值得你爱吗?"我也不好意思地笑了,噙着两眼泪水。

那天上午,九点钟刚过二分,你骑着自行车接我来了,打老远儿我就听到了你按响的那串铃声,丁丁零零,像小溪流水一样欢快,像珠落玉盘一样清脆。你穿着崭新的军装,胸前缀着一朵红花,细雨淋得你的的确良军装半湿不干,更显得花儿红,星儿红,两面旗儿红。你的被海风吹得黧黑的脸庞上挂着一层细密的水珠,不知是汗水还是雨点。你对着我笑,你对着所有的人笑,露出一口白牙,左侧那颗小虎牙闪烁着晶莹的光亮。人家的姑娘成亲,都是前呼后拥的一大排自行车迎送,而咱们就是一辆车子两个人。你载着我,我坐在垫了毯子的后座上,偷偷地伸出一只手揽住了你的腰,把身子靠在了你宽厚的背上。我亲切地感受到了你的温暖,心中像有一匹小鹿在乱蹦乱跳。娘家离咱家十里远一点,你将车子骑得很慢很慢,还不时地掉回头来看我。雨虽小,工夫长了也淋人,我的刘海一绺绺地粘在额头上。肩头上、胸前隆起的地方都淋湿了,身子感到凉飕飕的。想催你快点骑,我又怕破坏了你的兴致。随你的便,只要能遂你的心意,我吃点苦算什么?你又回过头来看我,车把子一拧,连人带车子下了沟。我仰面朝天躺在沟底下,裤子上、褂子上、后脑勺上都沾满了黄泥。手里拎的小包袱也摔散了,卵石、贝壳、海螺、鸡蛋,摔得东一个西一个。真好!人家都是把新娘子往炕头上接,你却把我填到沟里去了。你的手碰破了,渗出一层血珠,可你好像不觉得痛,急忙把我抱起来,反过来正过来地看,好像我是一个泥娃娃,摔一下就能摔碎了似的。我故意垂下眼皮,装出不高兴的样子。你笨嘴拙舌地向我赔礼道歉,连连敲打着自己的脑壳。看你这副傻样,我再也憋不住地扑哧一声笑了。我们开始捡丢散的东西。美丽的贝壳、卵石上沾着黄泥,我放在衣服上擦。你惊愕地睁大了眼。我说:"衣服反正脏了,这些宝贝可要干净才好。"你连声说对,拾起一个虎贝来,就放在我背上擦起来,弄得人浑身痒痒地难受——你呀,真坏!

摔了一跤之后,我们的心情更愉快了,我们的心贴得更紧了。小雨儿迎面飞来,飞到眼里眼睛亮,飞到口里心里甜。我真想在这潇洒的雨幕中多呆一会儿,而你恰好猜到了我的心意,你说:"兰兰,道路泥泞,为避免二次下沟,我们还是慢慢走吧,回家后我烧碗姜汤给你喝,保你不感冒。"我说:"只要是你说的,我都愿意。"你笑了笑,就一手扶了车把,一手牵着我,慢慢地向前走去。小路曲曲折折,路两边是一排排婀娜的杨柳,柳芽儿半开不开的,柳枝条上泛着鲜嫩的鹅黄色。咱们村是有名的桃林庄,隔老远就看到了一片粉红色的彩霞溶在时疏时密的、如烟如雾的雨丝里。绿柳、红桃、细雨,还有我们俩,和谐而融洽地交织在一起,分也分不开,割也割不断……

你说,家乡美极了,美得像一幅艳丽的水粉画;你说,要画一幅《细雨桃花》送给我。你多才多艺,会吟诗能作画,我爱你爱得简直有点迷信。你送我的那幅《小岛烟霞》,把我的心都陶醉了。那轻波荡漾的泛着玫瑰色光辉的大海,那水天相接处的几笔彩霞,那在小岛上空盘旋着的翅膀上涂上紫红的白鸥,那笼罩在五彩烟霭里的神秘小岛……我虽然没有去过小岛,但我十分熟识它,就像熟识你一样熟识它。我早就把镶在镜框里的《小岛烟霞》从娘家抢了回来(嫂子好不高兴,骂我"女大外向"),端端正正地挂在我们洞房的墙上。我把咱俩的结婚照镶嵌在《小岛烟霞》中。邻居家读艺专的二妹子说,这样就影响了画面的和谐,我说:"你不懂。"她笑着点头道:"我懂了。我是从艺术的角度去欣赏,而你呢,是用爱情的心灵来点缀。这一点都不矛盾。"是的,的确是这样,我这样做,纯属出于爱你,爱一切和你有关联的东西。我多么想能紧紧地靠在你的肩上,和你一起溶在这小岛烟霞里……

瞧我,你的这个傻妹子,真傻!你不会笑我吗?是的,不会的,你对我说过:"兰兰,我的傻姑娘,爱幻想,爱流泪,还像个天真的孩子……"你是爱我这种傻劲的,不是吗?

前年的三月初三,咱俩成了亲,到今年的三月初三,是整整的两年。可是,咱们在一起的日子只有二十天。记得结婚后,梦幻般的日子过得像穿梭一样快,蜜月未度完,假期还有十天,你却要走了。你说,岛上刚分来一批新兵,有大量的思想工作要做。你说,有一个四川籍小兵,还有尿床的毛病,要赶回去对他施行"精神疗法"。你说,岛上那些小菜地该种新苗了。你说二十天没见小岛了,二十天没听到海浪的喧嚣,心里空得慌……你要走了,家里人都感到惊奇,邻居们也感到诧异。父母说:"岛上也不差你一个人……"邻居们议论:"难道媳妇不称心……"我什么也说不出来,只是用湿漉漉的眼睛紧盯着你,我多么希望你能多住几天,不,多住一天也好……你从我眼睛里,看出了我要说的话,一刹那间,你好像也犹豫起来,脸上露出进退两难的神情。我不是那号糊涂人,我不愿让你为了我的缘故改变你正确的决定,连队需要你,小岛需要你,要走你就走吧,只要不把我忘了就行。你握着我的手说:"谢谢你,好妹妹……"我说:"谁用你来谢……"一边说着,一边就将成串的泪珠儿滴落在你手上……你走了,我也不能跟你去——父母年纪大了,我要照顾他们。就是这样,你沿着垂柳枝条掩映下的乡间小路走了。你回来时,桃花正开得好似烂漫的轻云;你走时,绿叶参差的枝头刚刚挂上拖着长尾巴的毛茸茸的小桃。你一去又是两年,两年是二十四个月,一年是三百六十天哪! 去年的桃花开得如霞如云,你没看见;今年的桃花又如烟如云般开了,你又没看见……

你提着两大包家乡的黄土走了,给你煮好的鸡蛋、炒好的花生你全都不要。你说,土在岛上比金子还贵重,探家回去的干部战士都往岛上带土。

你带着家乡的黄土走了,我亲手装上的黄土;你带着我的思念走了,凝聚在黄土里的思念。

你给我来了二十四封信,一封封我都反反复复地看,重重叠叠地吻。这些从大海深处飞来的沾带着咸滋滋的海味儿的信,传递着海浪对陆地的眷恋。海浪为什么永不疲倦地跳跃,像孩子一样兴奋地挥动着双手? 这是它在向大陆倾吐着思恋与爱慕的衷曲,我想是这样。

读着你的信,我就像坐在你面前听你娓娓而谈一样。你那两只细长的眼睛聪慧地眨动着,你那线条分明的双唇轻轻翕动着。你说,海上刚刚刮过三天大风,停止了肆虐咆哮的大海显得分外宁静安谧,海面上缓缓地舒展着一个接一个的长浪,像轻风吹过五月的麦田……你说,海上卷起风暴时,无名小岛仿佛在瑟瑟地颤抖。海洋深处,像有成千上万匹烈马在奔腾,像有几万只铜号在吹响,像有几万门大炮在轰鸣;五六米高的浪头,像排炮一样从四面八方向小岛上倾泻,又像无数只要把这小岛撕碎揉烂的魔兽的巨爪在狠命地抓扯着……你说,就是在这样恶劣的天气里,你依然带着同志们上机作战,你不停地调整着机器的旋钮,用电的锐眼搜索着苍茫高远的海空,你紧盯着荧光屏上那些起起伏伏的曲线和闪烁不定的光点,你知道,那些针尖似的亮点,那些麦芒似的银线,有的是礁石的回波,有的是过往的航船,你就是要从这些瞬息万变的线点里,捕捉那些心怀恶念的"鲨鱼"。你说,在一场突来的台风中,报房上的水泥瓦不翼而飞,沉重的钢骨房架竟像纸扎的风筝一样坍塌了。值班的两个战士被堵在屋里,你踢开窗户跳进去把他们救了出来,自己险些被轰然而下的水泥预制件砸住……看到这些,我的心都悬了起来,我真为你担心啊!哥哥,你千万小心谨慎,老天保佑你……

你在信中,让我到沟坎上去采撷酸枣仁,要我到田边上去采掘生地黄。你说,要用这些给那个刚满十八岁的患了遗尿症的四川小兵治病。你说他为这叫人难为情的病所纠缠,思想负担很重,甚至产生了一些不健康的想法,你耐心地给他做思想工作,你还对连里的同志们提了三点要求:一是要关心小丁,二是要帮助小丁,三是不准歧视小丁。你让小丁搬进了自己宿舍,你在枕头底下放了一个闹钟,每天夜里喊他起来解三次手。你拉他晨起跑步,增强他的体质;你给他讲保尔的故事,坚定他的意志。你对我说,小丁的病见好了。你又一次对我说,吃了我采的药,小丁的病完全好了。你寄给我一张小丁的照片,细细的眼睛弯弯的眉,长得真像你的弟弟。他在照片里对着我笑,我看着被酸枣刺扎得结满了小疤的双手,心里就像灌了蜜一样甜……

前年的夏天里,你说岛上的菜地里收获了一个一百斤重的大冬瓜,像我们家乡轧场的石磙。去年的秋天,你说和战士们去抓螃蟹,被蟹钳夹住了手指。今年春天,你说在海滩上巡逻时,捡到了一条搁浅的大鱼,四个人才抬回去……你去年又说不能探家了,因为岛上的机器要大检修;你今年又说不能探家了,因为连队里要进行人生观教育……

今天是什么日子,你还记得吗?我的哥哥,你肯定忘了。你忘不了的,只有你的岛,只有你的海。让我告诉你吧,今天是三月初三,就是那个细雨霏霏的日子。在那个日子里,大地得到了甘霖的滋润,我得到了你火一样热烈、水一样温柔的爱抚。从那一天起,咱俩就像两滴水一样合在了一起。今天又是三月初三,天上又落下了如丝如缕的细雨,可是……

咱们墙上的挂钟刚刚敲过十二点的钟声,我依然跪在窗棂前,眼望着窗外黑魆魆的夜,耳听着沙沙的雨声,雨点儿斜飞进来,落到我的脸上、胸上……哥哥,这会儿,你在干什么?也许你正背着手枪在海滩上巡逻,你的四周是一片遥远而神秘的黑暗,远方的大洋里清晰地传来浪涛低沉的喔嚅,潮头舔舐着你脚下的砂石,沙砾中仿佛有无数的小生灵在喁喁低语。你沿着沙滩拐到小岛另一面临海的峭壁上,你站在一块巨石上极目远望,远处的海面上闪动着暗绿色的磷光,像有无数只萤火虫麇集在那里。有一盏航标灯在时隐时现地眨眼,一团浓重的白雾包住了灯火,标灯亮起来时,海面上就有一个轮廓分明的光环在忽上忽下、忽左忽右、飘摇不定地闪烁。你又摸上了岛中央的甘泉顶,甘泉顶上确有一股你和战友们发现的茶碗口粗的甘泉,泉水清洌甘美,胜过醇酒。你说过,在这海中央的荒岛上出现这样一股泉水,不能不算是个奇迹。自从泉水引出来之后,吸引来了成群结队的海鸟,每当夕阳余晖把海岛涂抹得五彩缤纷时,鸟儿们便寄宿来了,各种各样的啼叫声震耳欲聋,甘泉顶上一片银白。你上了甘泉顶,顶上有一个哨棚。站岗的是小李,他这几天闹肚子,身体较弱,你硬把他推回去,自己站在了哨位上。夜是这样的深沉,小岛仿佛是一个被大海母亲轻轻推动着的摇篮,在慢慢地悠来荡去,夜宿的鸟儿在睡梦中嗝啾。你那双细长的眼里射出警惕的光芒,巡视着黑暗中的一切……祖国没有睡觉,小岛没有睡觉,你没有睡觉,我也没有睡觉……

　　雨还在不停地下,这真是及时雨啊,庄稼人盼它都盼红了眼。开春以来,连个雨点儿也没落过,越冬的麦苗儿都黄了叶子,地上龟裂着指头宽的纹,连路边的小树也整日卷曲着叶片,懒洋洋地垂着头。我分工负责的那半亩棉花种子落了干,出不来苗,我就到河里挑水去浇。从河里到地里一个来回三里路,一天要跑几十个来回,就这样连挑了半个月,我的那件花格子小褂(你用它擦过贝壳上的泥)肩头上已经补了两层补丁,我柔嫩的肩膀上也磨出了老茧。地真是干透了,干得就像一块刚出窑的热砖,一桶水浇上去,霎时就不见了。这些天又老是刮西南风,热嘟嘟的又干又燥,我的嘴唇上裂了许多小口子,一笑就流血丝儿,幸好我没有心思笑。大家伙儿都不时地仰脸望着头上的青天,天空湛蓝明净,半丝儿云也没有,真叫人失望。我好像听到了土坷垃重压之下的棉苗儿发出了痛苦的呻吟与求救的呼叫,于是,就拼命地挑呀挑,能救活一棵算一棵吧!我的劲没有白费,那半亩棉花,苗儿竟出齐了。

晚上,当我拖着疲惫的身子走进我们的洞房时,劳累与思念交集而来,我偷偷地哭过好几次。哥哥,我真盼望你回来,我不图你当官挣钱,只图个夫妻团圆,只要有你在我身边,再苦再累我也不怕。然而,我知道这暂时不能够,海岛还需要你,连队还需要你,我不能拖你的后腿,为了怕你分心,家乡的旱情我一直对你隐瞒着不说,我一直对你说,很好,一切都很好……可是,我又没有办法不思念你,我常常痴呆呆地坐在炕头上,望着镶嵌在《小岛烟霞》中的结婚照,我的心飞向了小岛,飞到了你的身边。我每天晚上铺床时,总是按照我们结婚时那样式,并排儿放上两个枕头,你的在外,我的在里……我甜蜜地回忆着我们在一起的日子里的每一个细节,每天晚上,我都要复习这功课,每次都沉醉在无边无际的遐想中……

今天早晨,不是,是昨天早晨了,太阳刚一出山,就被一团灰白色的云罩住了。俗谚说:"日头戴帽雨来到。"果然,天阴了,西南风也息了,空气中有了湿润的水汽,吸进肺里,舒坦极了。我在心里虔诚地祝祷着,盼望老天下点雨,但又不敢说出口,生怕把云吓跑了似的。傍晚时分,云愈来愈低,愈来愈厚,有一丝丝凉飕飕的风吹来,风里有一股土腥味。终于,八点整,一阵较大的风吹过来,黑压压的天空变成了凝重的铅灰色,院子里的小树好像预感到了雨的来临,兴奋地抖动着枝叶,一只鸟儿尖叫着掠过去,紧接着,雨点儿啪啪地摔到了地上,刚开始雨点很稀,渐渐地就密起来了。啊呀,老天爷,终于下雨了!我跳到院子里,仰起脸,张开口,让雨点儿尽情地抽打着,积聚在心头的烦恼让喜雨一下子冲跑了。雨愈下愈急,天空中像有无数根银丝在抽曳。天墨黑墨黑,我偷偷地脱了衣服,享受着这天雨的沐浴,一直冲洗得全身滑腻时,我才回了房。擦干了身子后,我半点儿睡意也没有了,风吹着雨儿在天空中织着疏密不定的网,一种惆怅交织着孤单寂寞的心情,也像网一样罩住了我……

现在,大地正袒露着胸膛,吮吸着生命的源泉,而我,却一个人跪在这不停地送来清风与水点的窗棂前,羡慕着久盼甘霖而终于得到了甘霖的禾苗,这是一个微妙的、变幻莫测的时刻,这是一种复杂的、混合着欢乐与痛苦的情绪,一个与土地息息相关的边防军的年轻妻子在春雨潇潇之夜里油然而生的情绪。我打了一个寒噤。怕是要感冒了——今天夜里我有点收束不住自己,亢奋轻狂。我不想进被窝,也不愿拉件衣服来遮遮风寒。我双手抱着圆润平滑的肩头,将身子舒适地蜷曲起来,像一只娇痴懵懂的小猫。

前几封信里,我曾对你流露过怨艾的情绪,请你原谅我吧,哥哥,我是想你想急了,才那样做的。你为了海岛连队不能回来;我想去你那里又撇不下地里的庄稼与暮年的父母。我们在一起呆了二十天,只有二十天……

哥哥,你对我说过,"两情若是久长时,又岂在朝朝暮暮"。这诗句给了我极大的安慰。我们已经有了二十个朝朝暮暮,这已经很够了。你在那二十天之里和二十天之外通过各种方式给予我的爱情像潮水一样把我、把一个单纯真挚的姑娘淹没了,我由衷地赞叹你把爱海岛与爱妻子完美地统一起来的高超艺术——假如这是一门艺术的话。这一切你做得是那样自然,那样和谐,你的身躯在为着祖国尽责,却仍然能把爱情的触角伸到妻子的心里。

母亲刚刚咳嗽了一阵。她老人家身体很弱,但还是整日地操劳家务。她像疼女儿一样疼我,吃饭时,总是往我碗里夹菜。她常常骂你:"这个浑小子,这个浑小子,又是一个月没来信了吧?"接着就掐着指头算:"不到,不到一个月,二十五天了……"她还常对我说:"唉唉,这孩子,娶了媳妇的人,还当什么兵……孩子,让你受委屈了,年轻轻的,不易啊……"真是不易啊,哥哥!可你是真有道理的,我不怨你。我们失却了瞬时的欢娱,却得到了幸福的永恒。盼望你,反复咀嚼那些逝去温馨的旧梦和不断憧憬日益更新生长着的植根于远大理想之上的情爱,正是一种最令人难以忘怀的幸福,它就像一杯带点苦味儿的香茶,一个带点涩味儿的苹果,一瓶带点酸味儿的橘子汁……

刚才有一阵风从庭院里掠过,院子里的桃树枝儿窸窸窣窣地响。桃花儿正盛开,前几天,院子里飞舞着嗡嗡嘤嘤的蜜蜂。由于天旱,花儿也显得憔悴、枯槁。这雨来得正是时候,明天早晨,不,今天早晨,红日初升的时候,一定有一幅美丽的图画在院子里呈现:乳白色的像蝉翼像轻纱一样的晨雾里,翠绿的桃叶上挂满亮晶晶的水珠,枝头花重,鲜润丰泽。花开花落,韶华难留。然而桃花落后,枝头上必将缀满小桃,这是比花儿更充实更完美的花的爱情的结晶。哥哥,我对不起你,我恨自己,在那些日子里,我们的爱情本已经孕育了一个小小桃儿的,可是,他却过早地脱落了。要不然,我的身边就有了一个复写的你,想你的时候,我就可以亲他吻他……

天就要亮了,雨声也零落起来。雨点儿落在花树上、落在泥土上、落在门前倒扣的水桶上,噗噗籁籁的、滴滴答答的、叮叮咚咚的声响一齐传来,我倾听着,像倾听着海岛上潮汐的涨落,像倾听着你稳健有力的心跳,像倾听着缥缈中传来的音乐。

(初刊于《莲池》一九八一年第五期)

丑　兵

他长得很丑,从身材到面孔,从嘴巴到眼睛,总之——他很丑。

算起来我当兵也快八年了。这期间迎新送旧,连队里的战士换了一茬又一茬,其中漂亮的小伙子委实不少,和他们的感情也不能算不深,然后,等他们复员后,呆个一年半载,脑子里的印象就渐渐淡漠了,以至于偶尔提起某个人来,还要好好回忆一番,才能想起他的模样。但是,这个丑兵,却永远地占领了我记忆系统中的一个位置。这几年来,随着年龄的增长和对人生、社会的日益深刻的理解,他的形象在我心目中也日益鲜明高大起来,和他相处几年的往事,时时地浮现在我的眼前,对他,我是怀着深深的愧疚,这愧疚催我自新,催我向上,提醒我不被浅薄庸俗的无聊情趣所浸淫。

七六年冬天,排里分来了几个山东籍新战士,丑兵是其中之一。山东兵,在人们心目中似乎都是五大三粗、憨厚朴拙的。其实不然,就拿分到我排里的几个新兵来说吧,除丑兵——他叫王三社——之外,都是小巧玲珑的身材,白白净净的脸儿,一个个蛮精神。我一见就喜欢上了他们。只有这王三社,真是丑得扎眼眶子,与其他人站在一起,恰似白杨林中生出了一棵歪脖子榆树,白花花的鸡蛋堆里滚出了一个干疤土豆。

我那时刚提排长,少年得志,意气洋洋,走起路来胸脯子挺得老高,神气得像只刚扎毛的小公鸡。我最大的特点是好胜(其实是虚荣),不但在军事技术、内务卫生方面始终想压住兄弟排几个点子,就是在风度上也想让战士们都像我一样(我是全团有名的"美男子")。可偏偏分来个丑八怪,真是大煞风景。一见面我就对他生出一种本能的嫌恶,心里直骂带兵的瞎了眼,有多少挺拔小伙不带,偏招来这么个丑货,来给当兵的现眼。为了丑兵的事,我半开玩笑半认真地找连长蘑菇,想让连里把丑兵调走。不料连长把眼一瞪,训道:"干什么?你要选演员?我不管他是美还是丑,到时候能打能冲就是好兵!漂亮顶什么用?能当大米饭?能当手榴弹?"

吃了我们二杆子连长一个顶门闩,此事只好作罢。然而,对丑兵的嫌恶之感却像疟疾一样死死地缠着我。有时候,我也意识到这种情绪不对头,但又没有办法改变。唉!可怕的印象。

丑兵偏偏缺乏自知之明,你长得丑,就老老实实的,少出点风头吧,他偏不,他对任何事情都热心得让人厌烦,特喜欢提建议,不是问东,就是问西,口齿又不太清楚,常常将我姓郭的"郭"字读成"狗"字,于是我在他嘴里就成了"狗"排长。这些,都使我对他的反感与日俱增。

不久,春节到了。省里的慰问团兴师动众来部队慰问演出。那时候,还讲究大摆宴席隆重招待这一套,团里几个公务员根本忙不过来,于是,政治处就让我们连派十个公差去当临时服务员。连里把任务分给了我们排,并让我带队去。这码子事算是对了我的胃口。坦率地说,那时候我是一个毛病成堆的货色,肚子里勾勾弯弯的东西不少。去当服务员,美差一桩,吃糖抽烟啃苹果是小意思,运气好兴许能交上个当演员的女朋友呢!

我立即挑选了九个战士,命令他们换上新军装,打扮得漂亮一点,让慰问团的姑娘们见识见识部队小伙的风度。就在我指指画画地做"战前动员"时,丑兵回来了,一进门就嚷:"'狗'排长,要出公差吗?"他这一嚷破坏了我的兴致,便气愤愤地说:"什么狗排长、猫排长,你咋呼什么!"他的嗓门立时压低了八度:"排长,要出公差吗?我也算一个。"我不耐烦地挥挥手:"去,去,你靠边稍息去。""要出公差也不是孬事,咋让靠边稍息呢?"丑兵不高兴地嘟哝着。我问:"你不是去炊事班帮厨了吗?""活儿干完了,司务长让我回来歇歇。""那你就歇歇吧,愿玩就玩,不愿玩就睡觉,怎么样?"谁料想,他一听就毛了,说:"'狗'排长,你不要打击积极性哟!大白天让人睡觉,我不干!"我的兴致被他破坏了,心里本来就有些不快,随口揶揄他说:"你瞎咕叽什么?什么事也要插一嘴。你去干什么?去让慰问团看你那副漂亮脸蛋儿?"这些话引得在一旁的战士们一阵哈哈大笑。和丑兵一起入伍的小豆子也接着我的话茬儿说:"老卡(他们称丑兵为卡西莫多),你这叫猪八戒照镜子——自找难看。俺们是美男子小分队,拉出去震得那些演员也要满屁股冒青烟。你呀,还是敲钟去吧!"

战士们又是一阵大笑。这一来丑兵像是挨了两巴掌,本来就黑的脸变成了青紫色,他脑袋耷拉着,下死劲将帽子往下一拉,遮住了半个脸,慢慢地退出门去。我意识到自己刚才的话说得有些过分,不免有些懊悔。

从打这件事之后,丑兵就像变了个人,整天闷着头不说话,见了我就绕着走,我心想:这个熊兵,火气还不小咪。小豆子他们几个猴兵,天天拿丑兵开心,稍有点空闲,就拉着丑兵问:"哎,老卡,艾丝美拉达没来找你吗?"丑兵既不怒,也不骂,只是用白眼珠子望着天,连眼珠也不转动一下——后来我想,他这是采用了鲁迅先生的战术——可是小豆子这班子徒有虚名的高中生们理解不了他这意思,竟将丑兵这表示极度蔑视之意的神态当作了辉煌的胜利。

丑兵对我好像抱有成见,在一段不短的时间里,他竟没跟我说一句话。在排务会上,我问他为什么,他直截了当地说:"我瞧不起你!"这使我的面子受了大大的损伤,使我更增加了对他的反感,这小子,真有点邪劲,他竟然瞧不起我!

有一阵子,排里的战士们都在衣领上钉上了用白丝线钩织成的"脖圈",红领章一衬,怪精神的。可是,连里说这是不正之风,让各排制止,我心里不以为然,只在排点名时浮皮潦草地说了几句,战士们也不在意,白脖圈照戴不误。

有一天中午,全排围着几张桌子正在吃饭,小豆子他们几个对着丑兵挤鼻子弄眼地笑,我不由得瞅了丑兵一眼。老天爷,真没想到,这位老先生竟然也戴上了脖圈!这是什么脖圈哟!黑不溜秋,皱皱巴巴,要多窝囊有多窝囊,我撇了撇嘴,转过脸来。小豆子一看到我的脸色,以为开心的机会又来了。他端着饭碗猴上去。

"哎,老卡同志,"小豆子用筷子指指丑兵的脖圈,说道,"这是艾丝美拉达小姐给你织的吧?"

好几个人把饭粒从鼻孔里喷出来。

丑兵的眼睛里仿佛要渗出血来,他把一碗豆腐粉条稳稳当当地扣在了小豆子脖子上,小豆子吱吱哟哟叫起来了。

我把饭碗一摔,对着丑兵就下了架子。

"王三社!"

他看了我一眼,不说话。

"你打算造反吗?"

他又望了我一眼,依然不说话。

"把脖圈撕下来!"

他瞪了我一眼,慢慢地解开领扣,嘴里不知嘟哝着什么。

"你也不找个镜子照照那副尊容,臭美!"我还觉着不解气,又补充上一句,"马铃薯再打扮也是个土豆!"

他仔细地拆下脖圈,装进衣袋。这时,小豆子哼哼唧唧地从水龙头旁走过来,脖子像煮熟的对虾一样。

小豆子揎拳捋袖地跳到丑兵跟前,我正要采取紧急措施制止这场即将爆发的战争,丑兵开口说话了:"脖圈是俺娘给织的,俺娘五十八了,眼睛还不好……"他抽抽搭搭地哭起来,双手捂着脸,泪水顺着指缝往下流,两个肩膀一个劲地哆嗦。多数人都把责备的目光投向小豆子,小豆子两只胳膊无力地垂下来,伸着个大红脖子,活像在受审。

这件事很快让连里知道了。指导员批评我对待丑兵的不公正态度,我心里虽有点内疚,但嘴里却不认输,东一条西一条地给丑兵摆了好多毛病。

小豆子吃了丑兵的亏,一直想寻机报复。他知道动武根本不是丑兵的对手,况且,打起来还要受处分。于是,他就千方百计地找机会,想让丑兵再出一次洋相。

五一劳动节晚上,全连集合在俱乐部开文娱晚会。老一套的节目,譬如连长像牛叫一样的独唱,指导员胡诌八扯的快书,引起了一阵阵的哄堂大笑。晚会临近尾声时,小豆子对着几个和他要好的老乡挤挤眼,忽地站起来,高声叫道:"同志们,我提议,让我们的著名歌唱家王三社同志给大家唱支歌,好不好?""好!"紧接着是一阵夸张的鼓掌声。我先是跟着拍了几下掌,但即刻感觉到有一股别扭、很不得劲的滋味在心头荡漾开来。丑兵把脑袋夹在两腿之间,一动也不动。小豆子对着周围的人扮着鬼脸,又伸过手去捅捅丑兵:"哎,歌唱家,别羞羞答答哟。不唱,给表演一段《巴黎圣母院》怎么样?"

全场哗然,我刚咧开嘴想笑,猛抬头,正好碰到了连长恼怒的目光和指导员严峻的目光。我急忙站起来,喝道:"小豆子,别闹了!"小豆子余兴未尽,悻悻地坐下去。指导员站起来正要说些什么,没及开口,丑兵却像根木桩似的立起来,大踏步地走到台前,抬起袄袖子擦了两把泪水,坚定地说:"谢谢同志们的好意,我表演!"

我惊愕地半天没闭上嘴巴,这老弟真是个怪物,他竟要表演!

然而他确实是在表演了,真真切切地在表演了。看起来,他很痛苦,满脸的肌肉在抽搐。

他说:"当卡西莫多遭受着鞭笞的苦刑,口渴难挨时,美丽的吉卜赛姑娘艾丝美拉达双手捧着一罐水送到他唇边。这个丑八怪饮过水之后,连声说着'美! 美! 美!'"丑兵模仿着电影上的动作和腔调连说了三个"美"字,"难道卡西莫多在这时所想的所说的仅仅是艾丝美拉达美丽的外貌吗?"停顿了一下,他又接着说:"当艾丝美拉达即将被拉上绞架时,丑八怪卡西莫多不避生死将艾丝美拉达救出来,他一边跑一边高喊'避难! 避难!'"丑兵又模仿着电影上的动作和声音连喊了二声"避难","难道这时候卡西莫多留给人们的印象仅仅是一副丑陋的外貌吗?"

丑兵说完了,表演完了,木然地站着。满室寂然无声,听得到窗外的杨叶在春风中哗哗地浅唱。没人笑,没人鼓掌,大家都怔怔地望着他,像注视着一尊满被绿锈红泥遮住了真面目的雕塑。我的脸上,一阵阵发烫,偷眼看了一下小豆子,只见他讪讪地涎着脸,一个劲地折叠衣角……

那次晚会之后,丑兵向连里打了一个很长的报告,要求到生产组喂猪,连里经过反复研究,同意了他的请求。

一晃三年过去了,我已提升为副连长,主管后勤,又和丑兵经常打起交道来了。要论他的工作,那真是没说的,可就是不讨人喜欢,他性格变得十分孤僻,一年中说的话加起来也不如小豆子一天说的多,而且衣冠不整,三年来没上过一次街。我找他谈了一次,让他注意点军人仪表,他不冷不热地说:"副连长,我也不与外界接触,绝对保证丢不了解放军的脸,再说,马铃薯再打扮也是个土豆,何必呢?"他顶了我一个歪脖烧鸡,我索性不去管他了。

七九年初,中越边境关系紧张到白热化程度,大有一触即发之势。连队里已私下传开要抽调一批老战士上前线的消息,练兵热潮空前高涨,晚上熄灯号吹过之后,还有人在拉单杠,托砖头。丑兵却没有丝毫反应,整天闷闷不响地喂他的猪。

终于,风传着的消息变成了现实。刚开过动员大会,连队就像一锅开水般沸腾起来。决心书、请战书一摞摞地堆在连部桌子上。有的人还咬破指头写了血书。

这次抽调的名额较大,七六、七七两年的老兵差不多全要去。老兵们也心中有数,开始忙忙碌碌地收拾起行装来了。下午,我到猪圈去转了一圈,想看看这个全连唯一没写请战书的丑兵在干什么。说实话,我很恼火,你不想入团也罢,不想入党也罢,可当侵略者在我边境烧杀掳掠,人们都摩拳擦掌地等待复仇的机会而这机会终于来了的时候,你依然无动于衷,这种冷漠态度实在值得考虑。

丑兵正在给一只老母猪接生,浑身是脏东西,满脸汗珠子。看着他这样,我原谅了他。

晚上,支委会正式讨论去南边的人员名单,会开到半截,丑兵闯了进来。他浑身上下湿漉漉的,大冷的天,赤脚穿着一双沾满粪泥的胶鞋,帽子也没戴,一个领章快要掉下来,只剩下一根线挂连着。

他说话了:"请问各位连首长,这次是选演员还是挑女婿?"

大家面面相觑,不知他葫芦里卖的什么药。

他又说:"像我这样的丑八怪放出的枪弹能不能打死敌人?扔出的手榴弹会不会爆炸?"

指导员笑着问:"王三社同志,你是想上前线哪?"

丑兵眼睛潮乎乎地说:"怎么不想?我虽然长得不好看,但是,我也是个人,中国青年,中国人民解放军战士!"

他啪地一个标准的向后转,迈着齐步走了。

丑兵被批准上前线了。当我把这个消息告诉他时,他一把攥住了我的手,使劲地摇着,一边笑,一边流眼泪。我的双眼也一阵热辣辣的。

在送别会上,丑兵大大方方地走到了台前,他好像变了个人,一身崭新的军装,新理了发,刮了胡子。最使我震动的是:他的衣领上又缀上了他的现在已是六十岁的眼睛不好的母亲亲手编织的、当年曾引起一场风波的那只并不精致的脖圈!我好像朦胧地意识到,丑兵的这一举动有深深的含义。这脖圈是对美的追求?是对慈母的怀念?不管怎么样,反正,假如有人再开当年小豆子开过的那种玩笑,我也会给他脑袋上扣一碗豆腐粉条。

他说:"同志们,三年前你们欢迎我唱歌,由于某些原因,我没唱,对不住大家,今天补上。"

在如雷的掌声中,他放开喉咙唱起来:

　　春天里苦菜花开遍了山洼洼,
　　丑爹丑妈生了个丑娃娃。
　　大男小女全都不理他,
　　丑娃娃放牛羊独自在山崖。

　　夏天里金银花漫山遍野开,
　　八路军开进呀山村来。
　　丑娃娃当上了儿童团,
　　站岗放哨还把地雷埋。

　　秋天里山菊花开得黄澄澄,
　　丑娃娃抓汉奸立了一大功。
　　王营长刘区长齐声把他夸,
　　男伙伴女伙伴围着他一窝蜂。

　　冬季里雪花飘飘一片白,
　　丑娃娃当上了八路军。
　　从此后无人嫌他丑,
　　哎哟哟,我的个妈妈咪。
　　……

像一阵温暖的、夹带着浓郁的泥土芳香的春风吹进俱乐部里来。漫山遍野盛开的野花,雪白的羊群,金黄的牛群,蓝蓝的天,青青的山,绿绿的水……一幅幅亲切质朴而又诗意盎然、激情盎然的画图,随着丑兵如怨如慕、如泣如诉的悠扬歌声在人们脑海里闪现着。我在想:心灵的美好是怎样弥补了形体的瑕疵,英勇的壮举、急人之难、与人为善、谦虚诚实的品格是怎样千古如斯地激励着、感化着一代又一代的人。

丑兵唱完了,站在那里,羞涩地望着同志们微笑,大家仿佛都在思虑着什么,仿佛都沉浸在一种纯真无邪的感情之中。

小豆子离座扑上前去,一下子把丑兵紧紧搂起来,眼泪鼻涕一齐流了出来,嘴里嘟嘟地嚷着:"老卡,老卡,你这个老卡……"

猛然,满室又一次爆发了春雷一般的掌声,大家仿佛刚从沉思中醒过来似的,齐刷刷地站起来,把丑兵包围在垓心……

开完欢送会,我思绪万千,躺在床上翻来覆去睡不着,惭愧的心情愈来愈重。我披衣下床,向丑兵住的房子走去——他单独睡在猪圈旁边一间小屋里。时间正是古历的初八九,半个月亮明灿灿地照着营区,像洒下一层碎银。小屋里还亮着灯,我推开门走进去,丑兵正在用玉米糊糊喂一头小猪崽,看见我进去,他慌忙站起来,连声说:"副连长,快坐。"他一边说着,一边把喂好的小猪抱进一个铺了干草的筐子里:"这头小猪生下来不会吃奶,放在圈里会饿死的,我把它抱回来单养。请连里赶快派人来接班,我还有好多事要交代呢……"

"多好的同志啊!"我想,"从前我为什么要那样不公正地对待他呢?"我终于说道:"小王,说起来我们也是老战友了,这些年我侮辱过你的人格,伤害过你的自尊心,我向你道歉。"他惶恐地摆着手说:"副连长,看你说到哪里去了,都恨我长得太次毛,给连队里抹了灰。"

我说:"小王,咱们就要分手了,你有什么话就说出来吧,千万别憋在肚子里。"

他沉吟了半晌:"可也是,副连长,我这次是抱着拼将一死的决心的,不打出个样子来,我不活着回来。因此,有些话对你说说也好,因为,您往后还要带兵,并且肯定还要有长得丑的战士分到连里来,为了这些未来的丑战友,我就把一个丑兵的心内话说给您听听吧。

"副连长,难道我不愿意长得像电影演员一样漂亮吗?但是,人不是泥塑家手里的泥,想捏个什么样子就能捏出个什么样子。世界上万物各不相同,千人千模样,丑的,美的,不美不丑的,都是社会的一分子,王心刚、赵丹是个人,我也是个人……

"每当我受到战友的奚落时,每当我受到领导的歧视时,我的心便像针儿扎一样疼痛。

"我经常想,三国时诸葛亮尚能不嫌庞统掀鼻翻唇,说服刘备而委其重任;春秋时齐灵公也能任用矮小猥琐的晏婴为相。当然,我没有出众的才华,但是我是生在这样一个伟大的时代,一个真正把人当作人的时代啊!我们连长、排长,不应该比几千年前的古人有更博大的胸怀和更人道的感情吗?

"我不敢指望人们喜欢我,也不敢指望人们不讨厌我。爱美之心,人皆有之;厌丑之心,人亦皆有之。谁也不能扭转这个规律,就像我的丑也不能改变一样。但是,美,仅仅是指一张好看的面孔吗?小豆子他们叫我卡西莫多,开始我认为是受了侮辱,渐渐地我就引以为荣了。我宁愿永远做一个丑陋不堪的敲钟人,也不去做一分钟仪表堂堂的宫廷卫队长……

"想到这些,我像在黑暗的夜空中看到了璀璨的星光。我应该坚定地走自己的路。许许多多至今还被人们牢记着的人,他们能够千古留名,绝大多数不是因为他们貌美;是他们的业绩,是他们的品德,才使他们的名字永放光辉……

"我要求来喂猪是有私念的,我看好了这间小屋,它能提供给我一个很好的学习环境。两年来,我读了不少书——是别人代我去借的,并开始写一部小说。"

他从被子下拿出厚厚一叠手稿。"这是我根据我们家乡的一位抗日英雄的事迹写成的。他长得很丑……小时天花落了一脸麻子……后来他牺牲了……我唱的歌子里就有他的影子……"

他把手稿递给我,我小心翼翼地翻看着,从那工工整整的字里行间,仿佛有一支悠扬的歌子唱起来,一个憨拙的孩子沿着红高粱烂漫的田间小径走过来……

"副连长,我就要上前线了,这部稿子就拜托您给处理吧……"

我紧紧地拉着他的手,久久地不放开:"好兄弟,谢谢你,谢谢你给我上了一堂人生课……"

几个月后,正义的复仇之火在南疆熊熊燃起,电台上、报纸上不断传来激动人心的消息,我十分希望能听到或看到我的丑兄弟的名字,然而,他的名字始终未能出现。

又过了一些日子,和丑兵一块上去的战友纷纷来了信,但丑兵和小豆子却杳无音讯。我写了几封信给这些来信的战友,向他们打听丑兵和小豆子的消息。他们很快回了信,信中说,一到边疆便分开了,小豆子是和丑兵分在一起的。他们也很想知道小豆子和丑兵的消息,正在多方打听。

丑兵的小说投到一家出版社,编辑部很重视,来信邀作者前去谈谈,这无疑是一个大喜讯,可是丑兵却如石沉大海一般,这实在让人心焦。

终于,小豆子来信了。他双目受伤住了医院,刚刚拆掉纱布,左目已瞎,右目只有零点几的视力。他用核桃般大的字迹向我报告了丑兵的死讯。

丑兵死了,竟应了他临行时的誓言。我的泪水打湿了信纸,心在一阵阵痉挛,我的丑兄弟,我的好兄弟,我多么想对你表示点什么,我多么想同你一起唱那首丑娃歌,可是,这已成了永远的遗憾。

小豆子写道:……我和三社并肩搜索前进,不幸触发地雷,我眼前一黑,就倒了下去。不知过了多长时间,我感觉到被人背着慢慢向前爬行。我大声问:"你是谁?"他瓮声瓮气地说:"老卡。"我挣扎着要下来,他不答应。后来,他越爬越慢,终于停住了。我意识到不好,赶忙喊他,摸他。我摸到了他流出来的肠子。我拼命地呼叫:"老卡!

老卡!"

  他终于说话了,还伸出一只手让我握着:"小豆子……不要记恨我……那碗豆腐……炖粉条……"

  他的手无力地滑了下去……

(一九八二年)

因 为 孩 子

"金桂嫂,您家秋生把俺家大胖的爬犁摔坏了,还把俺家大胖的鼻子打破,淌了那么多血,您也不管教管教他。"莲叶站在半人高的土墙边,恼怒地向邻家院里说。

金桂正在院子里喂鸡,听到莲叶的话,把手中的高粱往地上一撒,两条眉毛刀一样竖起来,说:"莲叶,看在姊妹的分上,看在邻墙隔家的面儿上,我没好意思去找你,你倒找上我来了。真是马善有人骑,人善有人欺!"

"孩子打了人,还不让找啊?你讲理不讲?"

"谁家孩子打了人?明明是你家大胖把俺家秋生的脸抓得净是血道子,衣裳也撕破了,你倒反咬一口,真是好意思!"

"谁不知道你家秋生是有名的小恶霸,专门欺负人。"

"谁不说你家大胖是个小土匪,打人骂人!"

……

两个女人靠在墙边,脸对着脸,喷吐着唾沫星子吵起来,仿佛是两只斗架的鸡。

战争的引起者秋生和大胖从各自的家里跑出来,向着对方的院子里投掷石头瓦片。秋生扔出一块石头,正打在莲叶额头上,顿时出了血。莲叶惨叫一声,捂着脸坐在了地上,呼天抢地地哭起来。大胖一看娘受了重伤,抄起弹弓发射飞弹,差点击中金桂的头。

莲叶的男人二毛听到老婆的哭声,从屋子里出来了。女人吵架,男人们是不应该介入的,这是青草湖边的规矩。但是事态发展到流血的地步,也就顾不上规矩了。二毛蹿到墙根,把莲叶拉起来一看,天哪!白净净瓜子脸上血糊糊一片,二毛心中仿佛被戳了一刀。要知道,他和莲叶可是自由恋爱结的婚,小两口好得蜜里调香油哩。于是,不由得火冒三丈,挽袖子攥拳头要上前参战。

"你赖不着俺,自己抓破脸,想赖着俺呀……"金桂还站在原来的阵地上,丝毫不甘示弱。

"好啊,打了人还不认账!"二毛的脚下像安了弹簧,一个箭步冲上去,隔着墙,扇了金桂一个大嘴巴。

金桂一个后滚翻仰倒在地上,一把扯散了头发,没命地嚎起来:"哎哟,二毛你个强盗,你打死我了……"

自家的孩子自家管,自家的老婆自家打,这也是青草湖边的老规矩。二毛的巴掌扇到金桂的嫩脸上发出的那声脆响引出来金桂的丈夫黑头。黑头五大三粗,为人极重义气,平日里与二毛也不错,光屁股时就在一起捞鱼摸虾,还从来没有翻过脸。今日他也忍不住了。

"二毛,你小子要找死是不是?我的老婆自己都没舍得打一下,用得着你来打?好吧,今天咱们就拼个你死我活吧!"

黑头抄起一柄鱼叉跳过墙来拼命,二毛也顺手摸过一张铁锹准备迎战。

局部战争就要扩大成全面战争了。这时,二毛家院子里拥进了一伙婶子大娘,连劝带拉地把战争平息了。

"哎哟哟,邻墙隔家的,低头不见抬头见,何苦呢?"

"小孩子打架没有真事,随打了随好,大人掺和进去就不值了。"

"就是嘛,以后谁还不见谁了?"黑头说。

"咱们两家向来相处得挺好,这是何苦呢?"二毛后悔自己刚才不该冒火。

这天夜里,两家夫妻都没有睡好。女人都对着男人使性子。原因自然是莲叶中了流弹,金桂挨了巴掌。

第二天早饭时,莲叶对着大胖说:"今儿个不准你下湖跑爬犁,在家做寒假作业。要是你再敢跟那个小恶霸一块儿玩,我就砸断你的腿!"

西边那家也在进行家庭教育,金桂对秋生说:"记住了没有?要是我再看到你和那个小土匪在一起跑爬犁,我就把你填到冰窟窿里去喂老鳖!"

一上午,秋生和大胖都没有出门,像关在笼子里的小鸟一样焦躁不安。

青草湖边的人家现在也都是独生子女,一个个都像心头肉一样金贵。下午,大胖要下湖跑爬犁,不让去就哭,莲叶说:"好吧,别和小恶霸一起玩,记住了?"

"记住了!"大胖一边高叫着,一边扛着爬犁往外跑。

西院里秋生听到了大胖的声音,也要去跑爬犁。金桂不许,秋生就躺在地上打滚儿。金桂无法,只好嘱咐一番,放他去了。

冬天的青草湖,像一块镶在大地上的毛玻璃。青草湖边的孩子,都是冰上运动的健将。大一点的孩子,跑那种"站爬犁",脚踩两片底下嵌着钢丝的窄板,手撑两根顶端带尖的木棍,双臂一撑,人似流星。像秋生和大胖这样的小不点儿,就跑"坐爬犁"。"坐爬犁"就是在一块长方形的木板上,钉上两块方木,方木上嵌上两片钢板。他们手中也撑着带铁尖的木棍,比"站爬犁"的撑棍短一些。

秋生和大胖下了湖。湖上没有人。两个孩子各自玩了一会儿,孤单单地,没劲极了。往常里他们是形影不离的。两人一块儿比赛,比速度,比花样。现在不行了,昨天刚发生血战呢。

冬日天短,太阳眼见着就挂到柳树梢上了。一群大雁嘎儿嘎儿地叫唤着,在空中盘旋几圈后,降落到湖面上。两个孩子看呆了。一会儿,他们不约而同地划着爬犁向大雁冲去。临近雁群时,又各自把手中的撑棍像标枪一样投出去。雁群惊飞。

"嗨,差一点就投着了。"大胖说。

"我也差一点!"秋生说。

"秋生,你家有土枪吗?"

"有,俺爹挂在墙上,不让我动。"

"俺家也有。"

"秋生,明儿晚上咱们扛枪来打雁好不好?"

"你会放枪?"

"当然会。"

"俺爹说,小孩放枪,会把耳朵震聋的。"

"你爹骗你呢。"

"秋生,咱们比赛,看谁先划到湖边。"

"好。"

两个小伙伴连连挥动小胳膊,爬犁飞也似的向前冲去。拐弯时两人碰在一起,爬犁翻了。两人都摔了屁股蹲儿。他们搂抱在一起笑起来。

"这次不算,再比一次。"秋生说。

"比就比!"大胖说。

两人又往前划去。湖上,有砸冰捕鱼时留下的一些冰窟窿,窟窿上结冰很薄。秋生没注意,呼隆掉了下去。

大胖吓呆了,没命地哭嚎起来。

天就要黑了。莲叶做好饭,到湖边来找孩子,隔老远就听到了大胖的哭声。她边骂着边往湖边跑去:

"没记性的东西,不让你跟那个小恶霸一块儿玩,偏不信,又被打哭了……"

大胖一见娘来到,哭得更凶了。

"你嚎什么?"

"秋生掉到冰窟窿里了……"

"光哭有什么用?还不回家去叫你爹!"

莲叶早忘记了昨天的仇恨,跑到冰窟窿前一看,不见秋生的影子,便大声呼救起来:"来人啊……孩子掉到冰窟窿里啦……"

二毛得到儿子大胖的报告,扛着铁镐冲下湖来。他抡起铁镐,噼里咔啦,几下子就把冰窟窿扩大了许多。水很清,能看到水中的秋生。二毛一个猛子钻下水,把秋生抱了上来。

金桂和黑头听到儿子掉到冰窟窿里的消息,急着往外跑,一出门就碰上二毛抱着秋生走来。放在炕上一看,早没气了。金桂顿时大放悲声。

"嫂子,别哭,我学过急救法,试试看。"二毛说着,很麻利地剥去秋生的衣裳,俯下脸对着秋生的鼻孔吹气,然后用力挤压秋生的胸脯。好久,秋生的胸部翕动起来,脸色也红润了。秋生活了。

大胖欢跳着说:"秋生,你可好了。别忘了,赶明儿咱一块儿下湖去打雁。"

金桂一下子把大胖搂在怀里,呜呜地哭起来。莲叶也跟着掉眼泪。

黑头说:"行了,行了,真是娘儿们眼泪多,还不快找几件衣裳给二毛换上。"

这时候她们才注意到,二毛满脸青紫,浑身哆嗦成了一个蛋。

(一九八二年)

放　　鸭

　　青草湖里鱼虾繁多,水草蕃茂。青草湖边人家古来就有养鸭的习惯。这里出产的鸭蛋个大双黄多,半个省都有名。有些年,因为"割资本主义尾巴",湖上鸭子绝了迹。这几年政策好了,湖上的鸭群像一簇簇白云。

　　李老壮是养鸭专业户,天天撑着小船赶着鸭群在湖上漂荡。沿湖十八村,村村都有人在湖上放鸭。放鸭人有老汉,有姑娘,大家经常在湖上碰面,彼此都混得很熟。

　　春天里,湖边的柳枝抽出了嫩芽儿,桃花儿盛开,杏花儿怒放,湖里长出了鲜嫩的水草,放鸭人开始赶鸭子下湖了。

　　湖水绿得像翡翠,水面上露出了荷叶尖尖的角。成双逐对的青蛙嘎嘎叫着。真是满湖春色,一片蛙鸣。老壮一下湖就想和对面王庄的放鸭人老王头见见面,可一连好几天也没碰上。

　　这天,对面来了个赶着鸭群的姑娘。姑娘鸭蛋脸儿,黑葡萄眼儿,渔歌儿唱得脆响,像在满湖里撒珍珠。

　　两群鸭子齐头并进,姑娘在船上送话过来:

　　"大伯,您是哪个村的——"

　　"湖东李村,"老壮瓮声瓮气地回答,"你呐,姑娘?"

"湖西王庄。"

"老王呢?"

"老了,退休了。"姑娘抬起竹篙,用力一撑,小船转向,鸭群拐了弯儿。

"再见,大伯!"

他们就这样认识了。

有一天,老壮又和姑娘在湖上碰了面。几句闲话之后,姑娘郑重其事地问:

"大伯,你们村有个李老壮吗?"

老壮愣了一下神,反问道:

"有这么个人,你问他干什么?"

姑娘的脸红了红,上嘴唇咬咬下嘴唇,说:

"没事,随便问问。"

"不会是随便问问吧?"老壮耷拉着眼皮说。

"这户人家怎么样?"姑娘问。

"难说。"

"听说李老壮手脚不太干净,前几年偷队里的鸭子被抓住,在湖东八个村里游过乡?"

"游过。"老壮掉过船头,把鸭子撺得惊飞起来。

姑娘提起的这件事戳到了李老壮的伤心疤上。"四人帮"横行那些年,上头下令,不准个人养鸭,李老壮家那十几只鸭子被生产队里"共了产",老壮甭提有多心疼了。家里的油盐钱全靠抠这几只鸭屁股啊!那时,村子里主事的是一个好吃懒做的主任,"共产"来的鸭子,被他和他的造反派战友们当夜宵吃得没剩几只了。老壮本来是村子里有名的老实人,老实人爱生哑巴气,一生气就办了荒唐事。他深更半夜摸到鸭棚里提了两只鸭子——运气不济——当场被巡夜的民兵抓住了。

主任没打他,也没骂他,只要把两只鸭子拴在一起,挂在他的脖子上,在湖东八个村里游乡。主任带队,一个民兵敲着铜锣,两个民兵端着大枪。招来了成群结队的人,像看耍猴的一样。为这事老壮差点上了吊。

姑娘提起这事,不由老壮不窝火。从此,他对她起了反感。他尽量避免和她碰面,实在躲不过了,也爱理不理地冷淡人家。姑娘还是那么热情,那么开朗。一见面,先送他一串银铃样的笑声,再送他一堆蜜甜的"大伯"。老壮面子上应付着,心里却在暗暗地骂:瞧你那个鲤鱼精样子,浪说浪笑,不是好货!

一转眼春去夏来,湖上又换了一番景色。荷田里荷花开了,湖里整日荡漾着清幽的香气。有一天,晴朗的天空突然布满了乌云,雷鸣电闪地下了一场暴风雨。李老壮好不容易才拢住鸭群,人被浇成一只落汤鸡。暴雨过后,天空格外明净,湖上水草绿得发蓝,荷叶上,苇叶上,都挂着珍珠一样的水珠儿。在一片芦苇边上,老壮碰到了十几只鸭子。他知道这一定是刚才的暴风雨把哪个放鸭人的鸭群冲散了。"好鸭!"老壮不由得赞了一声。只见这十几只鸭子浑身雪白,身体肥硕,像一只小船儿在水面上漂荡,十分招人喜爱。老壮突然想起在湖西王庄公社农技站工作的儿子说过,他们刚从京郊引进了一批良种鸭,大概就是这些吧?老壮一边想着,一边把这十几只肥鸭赶进自己的鸭群。

第二天,老壮一进湖就碰上了王庄的放鸭姑娘。

"大伯,你看没看到十几只鸭子?昨儿个的暴风雨把我的鸭群冲散了,回家一点数,少了十四只。是刚从农技站买的良种鸭,把我急得一夜没睡好觉呢!"

"姑娘,你可是问巧了!"老壮看到姑娘那着急的样子,早已忘记了前些日子的不快,用手一指鸭群,说,"那不是吗?一只也不少,都在我这儿呢。"

"太谢谢您啦,大伯。我把鸭赶过来吧?"

"我来。"李老壮挥动竹篙,把那十四只白鸭从自家鸭群里轰出来。放鸭姑娘"嘎嘎"地唤着,白鸭归了群。

"大伯,咱们在一个湖里放了大半年鸭子,俺还不知道您姓甚名谁呢!"姑娘把小船撑到老壮的小船边,用唱歌般的发音发问。

"姓李,名老壮!"

"呀!您就是苇林,李苇林,不,李技术员的……"

"不差,我就是李苇林他爹,"李老壮胡子翘起来,好像和姑娘斗气似的说,"我就是那个因为偷鸭子游过乡的李老壮!"

姑娘又一次惊叫起来。她双眼瞪得杏子圆,脸红成了一朵粉荷花。

"大伯,谢谢您……"她匆匆忙忙地对着老壮鞠了一躬,撑着船,赶着鸭,没命地逃了。

"姑娘,你认识我家苇林?见到他捎个话儿,让他带几只良种鸭回来!"李老壮高声喊着。

一片芦苇挡住了姑娘和她的鸭群。

李老壮长舒了一口气,感到十分轻松愉快。他自言自语地说:

"这姑娘,真好相貌,人品也好,怪不得人说青草湖边出美人呢!"

(一九八二年)

白鸥前导在春船

一

胶河岸边有一个小村子,村东头有对着大门口的两户人家。东边这家儿姓田,户主田成宽,有一个独生女儿,名字叫梨花;西边那家儿姓梁,户主梁成全,有一个独生儿子,名字叫大宝。

两家的内掌柜生孩子那阵子,还不时兴计划生育,愿生几个就生几个,能生几个就生几个,生多了还得奖哩。说起来也怪,两个内掌柜各自生了一胎后,再也没个影。田家的还想生儿子,梁家的还想要女儿。两个女人有时聚在一起干活儿,免不了互相鼓励一番。"大嫂子,憋憋劲儿,再生个儿子啊。""那么你呐?不冒冒火生个女儿?""不中了,肚子里就一个孩子,生干净了……"梁家的拍着肚子说开了粗话,田家的弯着腰笑。

她俩谁也没再生,大概其肚子里的孩子真生干净了。

二

一转眼儿的工夫,田家的妞儿长成了亭亭玉立的大姑娘,梁家的小子变成了五大三粗的小伙子。

大宝、梨花上学时,正碰上那乱年头了。大宝在学校里上房揭瓦,打狗吓鸡。梁成全一看儿子学不到好,就赶紧"勒令"他退了学。老田一看到老梁家把儿子拉回来,心里话:"人家儿子都不上学了,女孩子家还上个什么劲,学问再大也是人家的人,犯不着替人家做嫁衣裳。"不久,他也让梨花退了学。

田家姑娘和梁家小子文化程度相同,都算二把刀的初中生,小小知识分子。

庄户人家过日子喜欢摽劲,谁也怕被谁落下,田家梁家也不例外。但那年头队里干活大呼隆,猪头、蹄子一锅煮,本事天大也施展不开。梁家空有个气死牛的壮小伙子,日子过得反倒不如田家。田家姑娘心灵手巧,一点也不少挣工分。再者女孩家勤快,干活歇息(那时歇息时间比干活时间还长)时,也能剜篓子野菜回家喂猪。而大宝呢,歇息时不是晒着鼻孔眼睡觉,就是翻戴着帽子打扑克。因此,田家每年都要比梁家多卖出两头肥猪,这样慢慢地就把梁家比下去了。对此,老梁好大不满,好像田家的日子是沾了他儿子的光才过上去似的。两个老汉见了面,老梁经常刮带蒺藜的西北风:"大哥,您家沾老鼻子大锅饭的光喽!要是像六二年那样包产到户,凭着您这班人马,早就把牙吊起来了。"田成宽最忌讳别人说他没儿子,庄户地里没儿子见人矮三分。有一次人家奚落他是老"绝户头子",他没处撒气,回家把老婆一顿好揍。梁成全这些话虽然没有直接揭他的疮疤,但却在影射他没有儿子。他气不从一处来,不是看在几十年老邻居面上,连脸都要翻了。他揶揄老梁道:"有本事领着大宝跑到'拉稀拉夫'(南斯拉夫)去,那地方是包产到户。"

这都是前些年的事了。当初,俩老汉谁也想不到只有"拉稀拉夫"才有的包产到户又在中国复活了。

三

　　开完了社员大会,梁成全唱着小戏回了家。到家就让老婆子炒了两个鸡蛋,一盅接一盅地喝薯干酒,一会儿就醉三麻四了。他自言自语地叨叨起来:"嘻,真是天转地转,时来运转咧,土地包到户,就凭着这个膀大腰圆的儿子,再加上老头子拉拉帮套,不在村里冒个尖才是怪事……老田大哥,这回该你唱丑,该俺唱旦了……"他模模糊糊地说着,鼾声就响了起来。

　　田成宽开完了会,身上一阵阵发冷,心里头憋闷着,随着散会的人群走到街上。满天星光点点,一只孤雁哀鸣着飞过去。他的前面是梁成全晃晃荡荡的身影,老梁不成调子的小戏一个劲儿往他耳朵里钻。到家后,他一头栽到炕上,翻来覆去地"烙饼",一连声地叹气。老伴儿凑上来,摸摸他的头,不凉不热,便纳闷地问:"你是咋的啦?"老田也不搭理。老伴儿提高声音说:"哪儿难受?给你掐掐揉揉?"他不耐烦地搡了老伴儿一把:"到一边去!""又疯了,又疯了,谁又惹了你了?""你惹我了!"老田忽地折起身子,对着老伴儿吼,"包产到户了!没儿子,该受累啦!"一刹那间,老伴儿明白了。没替男人多生几个孩子,尤其是没替男人生出个儿子,是她一辈子最大的心病,她觉得对不起男人。她曾对老田说过,生儿子要是桩营生,她十天半月不睡觉,也把它干完了,可这不是桩营生啊。这几年,女儿渐渐大了,老田看到女儿照样挣工分,把怨老婆的心渐渐淡了。今晚上一听到要包产到户,尤其是看到老梁那得意扬扬的样子,老田的心病又犯了,回家就跟老伴儿怄起气来。哪承想老伴儿这几年有女儿撑着腰,不喝他这一壶了,直着嗓子跟他吵起来:"怨我?我还怨你咪!你比人家少一个'叉把儿'!""谁少一个'叉把儿'?!""你少一个'叉把儿'!"……老伴儿听过几次计划生育课,看到宣传员在黑板上画了一个"XX",说这是女人的,都一样,又画了一个"XY",说这是男人的,碰上了就生男孩,碰不上就不生。她记不住那些名词儿,但记住了不生儿子与女人没关系。所以,她一口咬定老田少了个"叉把儿"。老田哪听说过这个?姥姥的,弄了半天倒是俺少个"叉把儿"!他两眼瞪得一般大,比比画画地要跟老伴儿抡皮拳。这时候,院子里传来梨花哼小曲儿的声音,五六十岁的人了,怕让孩子看了笑话,更怕引起娘儿俩的联合反抗。老田无奈,只好自己下台阶:"提防着点,你,再敢说俺少'叉把儿'就打烂你的皮……"嘟嘟哝哝地脱衣睡了觉。

四

地说分就分。田家的地偏偏跟梁家的地分到一起,这真应了"不是冤家不聚头"的俗言。老田好不高兴,但也无可奈何,抓的阄,运气。

一挨过正月,梁成全就撵着儿子起猪圈,换炕坯,土杂肥堆成了一座小山。老田不敢怠慢,也带着女儿起猪圈。二月里还没化透冻,猪圈里结着冰,要用镐头砸开。梨花在正月里耍野了心,干着活把嘴噘得能拴两头毛驴。崭新的衣裳也不换,躲躲闪闪地怕弄脏了。老田脱了棉袄,抡着镐,嘴里喷着粗气,心里窝着火,便对着女儿鼻子不是鼻子眼不是眼地开了腔:"姑奶奶,家去换下行头吧,起猪圈又不是唱戏,没人看你!"梨花耷拉着眼皮,小声嘟哝:"多管闲事,偏不换。"她的话没承想让老田听到了,气得老田铲起一锨稀粪。"呱唧"扔到梨花脚下,溅得她满身臭粪。她把铁锨一撂,哭着跑回家去。

老田余怒未消地骂着:"小杂碎,反了你了,没有我这个老子谁给你抡镐?反了你了,反了……"

老田正絮叨着,老梁叼着烟袋抱着肩膀头转悠过来,笑眉喜眼地说:"大哥,火气挺冲啊!和嫚儿家赌什么气?走走走,到我屋里去坐坐,我才刚焖上一壶好茶叶。""没那么大的福气!"老梁的神情使老田感到受了极大的侮辱。他顶了老梁一句,把镐头一摔,气冲冲地进了屋,沾满臭泥的鞋子也不脱,就势往炕上一躺,眼瞅着屋顶打开了算盘:"毁了,这一下算毁了,你妈妈的包产到户,你妈妈的老梁……今日这才认上头,往后要使力的活儿多着哩,都要靠我这个老东西顶大梁了。哎,怨只怨——难道老梁真比我多个'叉把儿'?"老梁那副幸灾乐祸的笑脸又在他眼前晃起来,他腾地跳下炕,从橱柜里摸过一瓶子酒,咕咚咕咚灌了半瓶……

梨花趴在炕上呜儿哇儿地哭,她娘横竖也劝不住。后来老梁来了,她不哭了,仄棱着耳朵听老梁和爹说话。爹气得摔锨上了炕,梨花心里升起一股火。她三把两把扯下新衣服,跑到猪圈旁边,鞋子一甩,袜子一褪,"扑通"跳进了猪圈。她娘心疼地嚷着:"我的孩,你不要命了?""不要了!"姑娘玩了命,但毕竟身单力薄,一圈粪起了整整一天,累得连炕都上不去了。

过了三月三,春风吹绿了柳树梢,桃花绽开了红骨朵。大地开了冻,站在村头一望,田野里蒸腾着的水汽像乳白色的轻纱在飘动。

大宝推着辆独轮车,开始往地里送粪。洋槐条编的粪篓子足有半米长,像两只小船,他还嫌不解馋,装满了不算,又狠狠地加上一个尖。地挺远,在三里外的河滩上,装少了不合算。

梁家小子开始行动,田家姑娘也推出了车子。梨花生性要强,也学着大宝的样子,把粪篓子装出了尖。她驾起车子,走了两步,心就像打鼓一样地跳。咬着牙又走了几步,"呼隆",连人带车歪倒了。正赶上老梁从那边遛过来,他笑嘻嘻地说:"梨花,别给俺家撞倒墙呐。"梨花心里正丧气着,也就不管他是长辈,咬着牙根骂道:"给你家撞倒屋,砸断你条老驴腿!"老梁也不生气,笑着回道:"你是骨头不硬嘴硬啊。"梨花对着老梁的背影啐了一口,又朝手心上啐了两口唾沫,再次驾起车子。这次更窝囊,没挪窝就趴了。

老田背着粪筐子看地回来,看到女儿的狼狈相,不由叹了一口气,说道:"别逞能了!少装,装半车,慢慢倒腾吧,有什么法子,嗨!"

梨花信了爹的话,推着半车粪总算上了路。她东一头,西一头,歪歪斜斜,跌跌撞撞,活像个醉汉。挣扎到半道上,正碰上大宝送粪回来。大宝穿着大红球衣,肩上披着披布,一只手扶着车把,一只手甩打着,显得又潇洒,又利落。

看到梨花那狼狈样子,大宝"扑哧"一声笑了。梨花的脸唰地红成了鸡冠花。她猛地放下车子,杏子眼圆睁着,直盯着大宝,厉声道:"笑什么?!喝了母狗尿了?吃了猫儿屎了?"大宝吓得一伸舌头,狡辩着:"谁笑你了?""狗笑我了!""狗!""狗。"……俩人斗了一会儿嘴,大宝理亏,便和解地说:"好姐姐,别生气了,听我把推车的要领对你说说。推车要有个架势,手攥车把不松不紧,两眼向前看,别瞅车轱辘,顺着劲儿走,不要使狂劲……"梨花白了他一眼,说:"咸吃萝卜淡操心!"大宝被噎得张口结舌,上言没搭下语地卡了壳,梨花又架起车子,一路歪斜地向前走了。

大宝望着梨花的背影愣住了神,一直等到梨花出了村,他才推起空车向家走,适才的潇洒劲儿不知哪儿去了,他好像添了心事。垂头丧气,无精打采。

晚饭时,梁成全坐在炕沿上,开心地对大宝说:"哼哼,不怕老田犟筋,没了大锅饭,就没咒念了,靠一个嫚儿,耗子搬家似的倒腾,猴年马月去下种吧!"

大宝一声不吭,只管闷头扒饭。

吃过饭,大宝早早地爬上了自己的炕,怀着鬼胎装睡。天上好月亮,照得窗户纸通亮,一只小蟋蟀在窗台上"吱吱"地叫。一会儿,东间房里传来爹打雷一样的鼾声。大宝蹑手蹑脚地下了炕,开了大门,推出了车子。月亮真好,像个大银盘挂在天上,照得他浑身清爽,满心舒畅。他在梨花家粪堆上装好粪,推着车子往村外走,他的心里打着鼓,生怕让人碰着,幸好庄户人家贪睡,这会儿全村已是悄然无声。大宝脚下像抹了油,心里像化了蜜,越干越有劲……

第二天,天刚麻麻亮,梨花便起了床,准备赶早送粪。出门一看,不由惊呆了:一大堆粪不翼而飞,连地皮也扫得干干净净。她跑到自家地头一看,全明白了。

梨花从地里回来时,老梁正在田家粪底盘上转转儿,看到她来了,一回身就踅进了大门。老梁一进屋就冲着酣睡的儿子嚷起来:"起来,懒虫,日头晒腚了。"大宝黏黏糊糊地说:"急什么,让人家再睡会儿。""还睡!梨花把粪都运完了。""爹,你别诓人了。她家运完还不知等到猴年马月哩。"大宝翻了一个身,又呼呼地睡着了。

"嘿,成了精了,一夜运走了一大堆粪。"老梁叫不醒儿子,只好走到院子里,背着手转圈,一边转圈一边摇着头说,"真成了精了……"

东院里老田在问女儿:"梨花,粪咪?"

"我送到地里去了。"

"你什么时候送的?"

"今儿夜里,没看到我眼珠子都熬红了,还问。"

"真是你送的?"

"不是我送的还能是你送的?烦死人了!"

"老东西,别唠叨了,快让孩子歇歇吧。我的孩,真委屈你了……"

五

几天过后,梨花交给大宝一个纸条儿,大宝如获至宝,到僻静处打开一看,心凉了一半,纸条上写着:梁大宝同志,感谢您的帮助,但我不需要人可怜。此致革命的敬礼。

大宝看到这封最后通牒式的感谢信,挠着头皮想:"说她无情吧,还感谢我,说她有情吧,还不需要人可怜,梨花呵梨花,你到底需要什么呢?"

六

田家和梁家河滩地里都种上了棉花。棉苗儿长到一拃高时,碰上了旱天。一连几十天没下一滴雨,棉花叶儿都打着卷,中午太阳一晒,蔫蔫耷拉的,看着要死的样子。要是往常年,死也就随它死了,今年可不同了,拿不着产量要挨罚。没等上级号召抗旱,田家的姑娘和梁家的小子就挑着水筲下了坡。

庄稼人习惯早起,干活趁凉快,两个青年人来到这里,太阳还没出来。东边天际上有几条长长的云,像几条紫红色的绸纱巾。一会儿,紫红变成橘红,橘红又变成了金黄。太阳仿佛一下子从地平线下弹了出来。东方的半个天,一刹那间被装点得绚丽多彩。另一大半天空则像刚从茫茫夜色中苏醒过来,海洋般地展现着一片暗蓝。河里涌起白色的雾霭,像一条白色的长龙缓缓向前滚动,缓缓地向空中膨胀。雾霭慢慢消散,渐渐地看清了河的轮廓。最后,太阳一下子射出万道金光,河上的雾霭一瞬间消失得无影无踪,只剩下潺潺的流水在闪着光。

梨花和大宝穿梭般地从河里往棉田里挑水。挑水爬河堤,是庄稼地里的重活,不一会儿,梨花就气喘吁吁了。汗水顺着鬓角往下流,步子慢了下来,爬坡时脚下也开始磕磕绊绊,拖泥带水不利索了。大宝高挑个儿,细腰宽肩,挑两桶水仿佛走空道儿,小扁担在他肩上颤颤悠悠地跳动,显得轻松而有节奏。

自从写了那封信后,田家的姑娘再没有向梁家的小伙表示过什么,梁家的小伙摸不准气候,也不敢轻举妄动。半上午过去了,大宝跟梨花还没说一句话。窝来鸟在半空中婉转地叫着。小燕子贴着河水箭一般地掠过。满坡里看不到几个人影。几朵白云在天上懒洋洋地飘动。好寂寞啊!大宝急得抓耳挠腮,几次与梨花擦肩而过,想找个借口谈谈,梨花总是一扭头,白眼也不看他。突然,大宝灵机一动,想起了才看过的电影《刘三姐》。几分钟后,他拉开粗嗓门唱起来:

哎——
梨木扁担三尺三,

大宝俺挑水淹棉田。
怕老天不是男子汉,
河里有水地不干。

梨花听出大宝是在激她,想搭腔又怕被他缠磨住,便撇撇嘴故意不理他。

大宝不死心,又放开嗓门唱了一遍。

梨花不由得生了气,心里话:"好你个大宝还真狂,看我杀杀你的威风。"像突然摇响了一串银铃,梨花唱起来:

哎——
桑木扁担四尺四,
梨花俺担水浇旱地。
老天怕女不怕男,
晒不干河水俺挑干。

大宝自负地把扁担朝地上一戳,一手叉腰唱道:

哎——
梨木扁担五尺五,
休要吹牛不认输。
从来骒马上不了阵,
从来男人胜女人。

"太欺负人了,看我怎么骂你!"梨花气冲冲地想着,随口唱道:

你家的扁担咋样长?
你生了一副狗熊相。

> 你瞧不起妇女瞎只眼,
> 你欺负姑娘别姓梁。

梨花也不顾挑水了,叉着腰站在地头,挑战似的瞪着大宝。大宝灰溜溜地垂着头,结结巴巴地说:"好姐姐,别生气,俺瞎唱,给您解闷儿……"

"熊相!"梨花骂他一句,愤愤地走下河堤去挑水了。爬坡儿时,她脚下一滑,连人带桶滚到了河里。大宝飞也似的跑过来,连鞋子都没脱就跳到齐腰深的河水里,把梨花连拖带拉地弄上岸来。初夏天,姑娘穿得单薄,纸薄的衣裳让水一湿,紧紧地贴到了身上,妙龄女子健美的轮廓一下子凸了出来。大宝的头"轰"地响了一声,心里一阵狂跳,他紧攥着梨花的手不放,连呼吸都屏住了。

僵持了几十秒钟,梨花突然醒悟过来。她从大宝手里挣脱出来,抬起胳膊护住胸脯,转过身去,避开了大宝灼热的目光。梨花感到受了侮辱,哭着骂道:"坏蛋!大宝你这个瞧不起妇女的大坏蛋!"骂完了,沿着没人走的河边,头也不回地回家去了。几亩棉田与姑娘的自尊心比较起来,简直是渺小得可怜。剩下大宝一个人木鸡一样呆立着。

大宝拧着自己的大腿骂道:"大宝,你这个混蛋,偷看一眼就行了,谁让你不转眼珠地盯着人家。"骂完了自己,心里索然无味,好没意思,又开始挑水。他赎罪似的把水浇到田家的地里,浇了一担又一担。

七

"对歌"风波过后,田家姑娘与梁家小子的关系空前恶化。大宝见了梨花就像小耗子见了猫似的,绕着道儿走。他心里惭愧,又不好意思去赔不是。最后终于想出了个主意,他写了一封沉痛的《悔过书》,用小石头坠着,扔到了田家院子里,反正田家老两口子大字不识一个。

八

日子过得飞快,一转眼到了秋收。摘棉花、割庄稼、打场脱谷……十月底,一切见了分晓,田、梁两家闹了个平扯平。老田半是欣慰半是忧虑地对老伴说:"她娘,这样干下去就把孩子累毁了,明年宁肯少打点粮,少拾点棉,也不能让孩子这样拼命了。""可不是嘛。"老伴也忧虑地回答着。

西院的老梁却在家里跳着脚骂儿子:"孬种!真孬种,一个大小伙子,竟和个嫚儿打了个平手,敢情你到了地里就困觉?过了年我摽上你,像赶牛一样,不老实卖劲就给你一顿鞭子。"老梁发着狠说,"就不信斗不过老田家……"

梨花一年来瘦了不少,白嫩嫩的脸蛋褪了好几层皮。她心里发愁,就跑到支书家找同伙的桂枝姐想主意。桂枝家爹当干部,妹妹上学,地里的活也全仗她一个人扑腾。桂枝道:"俺爹说县里新进了一批手扶拖拉机,只要八百多块钱。这机子管用着呢,能耕地、拉粪、抽水……有这么一台,咱就解放了。""哎呀,我的好姐姐,你咋不早说!""早说有啥用,反正你也没钱。"两个姑娘沉默了,是呵,哪儿去弄八百块钱呢?一会儿,桂枝笑着说:"妹妹,我有办法了。""真?快告诉我。""说了你不兴打我。""我打你干啥?真是的。""那我说了——妹妹,你找个女婿,跟他要八百块钱……"没等桂枝说完,梨花一下子扑到她身上,双手伸到胳肢窝里乱挠起来,一边挠一边骂:"死东西,知道你狗嘴里吐不出象牙来……"桂枝痒得打着滚乱叫:"哎……哎哟……好妹妹,亲妹妹,饶了我吧……""还敢不敢胡说了?""不敢了。"两人又静下来想主意。一会儿,桂枝又说:"妹妹,我又有主意了。""我不听!""人家正经有办法了,你又不听。""那快说吧。""你不是不听吗。""好姐姐……""妹妹,今年冬天咱不耍了,咱买苇子编席。供销社里敞开收,俺大姑家表嫂一个人带着孩子一冬天还挣三百多块呢。就凭着咱姊妹的快手,一冬一春还不挣个五百六百?""好主意,不过这也不够呵。""跟你爹要,你家今年卖棉花卖了六百多块嘛。""就怕俺爹不给。""你不会向他借?秋后还。"一切都妥当了,两人亲昵地靠在一起,说起悄悄话来。

九

第二年一开春,梨花和桂枝到公社拖拉机站学了一个月驾驶技术,不久,就从县里开回两台手扶拖拉机,吸引了满村的人都到两家去看热闹。最入迷的要数梁大宝,他围着梨花的机子转,这里摸摸,那里捅捅,总也看不够,惹得梨花吵他:"摸什么,摸什么!摸坏了赔得起吗?"大宝"嘿嘿"地憨笑着,一点也不上火。

儿子挨田家姑娘训的情景老梁全看到眼里,恨得他牙根痒痒,心里不住地骂:"没出息的东西,没脸没腔的东西。"他决心要给儿子上一课,增强一下他男子汉的志气。儿子回来了,老梁在院子里就迎着他高声大嗓地说:"大宝,好好听着,别眼热那些歪门邪道。那么个蚂蚱车,我两个指头捏着也能扔两丈远。靠这个也能干活?兔子能驾辕,骡马还值钱?屁能吹着火,硫黄还值钱?还是身板力气是宝贝,风刮不走,雨淋不去,白日使了,夜里又生出来。什么拖拉机?蚂蚱车?不出一年,就得到供销社里去卖破铁,三分钱一斤!"

老梁的损话老田家的人听得清清楚楚,梨花撇着嘴冷笑,老田却开始心里打鼓,女儿硬从他手里"借"走五百元,假若真像老梁说的那样,这五百元就算打了水漂了。他刚要开口发几句牢骚,就看到女儿和老伴一起拿白眼翻他。他连忙闭住嘴,心里话:"由着您娘儿们折腾去吧,我落个清闲。"

开春起猪圈,梨花还是累得不轻,但等到送粪时就过上神仙日子了。梨花坐在拖拉机上,唱着小曲,一会儿就是一趟。老田兴头上来,让女儿拉着去兜了一圈风,回来后美滋滋地对老伴说:"她娘,今晌午给孩子煮上几个鸡蛋。"

　　相比之下,梁家的男子汉大宝可是威风扫地了,他的脑袋耷拉着,像被霜打蔫了的冬瓜,去年的精神头不知跑到哪儿去了。他推着车子,一趟刚到地头,梨花第二趟又来了,他的第二趟走到半道上,梨花的第四趟又赶上来了。梨花开着车,故意在大宝屁股后头使劲揿喇叭,大宝慌忙让道,梨花使劲一加油门,拖拉机欢跳着蹿过去,黑烟呛得大宝直咳嗽。大宝走了神,一脚踩到车辙沟里,"哎哟"了一声就坐在地上,脚脖子立时肿起老高,回家就趴了下来。

　　这下急坏了老梁。今年是包产到户第二年,庄户人家的土杂肥都堆成了小山,老梁家人齐马壮,积肥不少,儿子崴了脚,三天五天好不了,运不出粪,就下不了种,下不了种,就拿不着苗,拿不着苗,就……老梁越想越着急,像热锅上的蚂蚁团团转。

　　夜里,梨花躺在被窝里想心事。白天她出了一口气,可又添了一肚愧。她想起了大宝去年夜里不睡觉帮自己送粪,想起了自己恶言恶语奚落他,想起了大宝的《悔过书》,又想起了白日里自己欺负大宝,害得他崴了脚……梨花心里酸溜溜起来,眼泪差点流出来。她打定主意明天上午先给大宝家送粪,爹要是不同意就跟他耍小孩子脾气:哭、不吃饭、在炕上打滚……

　　第二天上午,老田走进老梁家的院子,漫不经心地说:"老兄弟,闺女让我对你说一声,今儿个先给你家送粪。"老梁半天才回过神来,连声说着:"那敢情好,那敢情好。"老田不冷不热地问:"可是蚂蚱车?""给一匹大马也不换呐!"老梁轻松地回答。"三分钱一斤?""三毛也不卖!""嘻嘻……""嘿嘿……"笑完了,两人都感到很满足、很愉快。老田当然更乐,好像打了一个大胜仗。

十

又是一年到了头。田家的拖拉机不但没有三分钱一斤卖了破铁,反倒花了几百元买来了铁犁、铁耙、铁播种机,基本实现了机械化。田家有机子,抗旱时从河里抽水浇地,把地灌了一个饱。等到梨花做通了爹的工作帮梁家浇地时,梁家的庄稼秧儿棉花苗儿都干得半死不活了。因此,田家比梁家多打了粮食,多拾了棉花,这一下把老梁气了个大歪脖。晚上儿子出去了,老梁就跟聋老伴儿说气话:"田老大的女儿是个精灵,干什么也不比男人差,这点我算服了;可还有一桩老田笃定输给我了。女儿再好,生了孩子也不能姓田呐!"老伴儿耳背,听不清楚,老梁又大声重复了一遍。老伴儿一听清老梁的话,马上神秘地说:"老东西,可别瞎嚷嚷,知道不?田家的那枝花跟咱家这个宝对上象了。"老梁大吃一惊,问:"当真?!""咋呼什么?你眼瞎了?看不到这些日子两个人天天咬着尾巴出去,不是看电影就是看电视。"老梁兴奋得胡子都挓煞开了,心里想:"老田,老田,你的女儿要给老梁家传宗接代了,这下你可蚀大本喽!"他心里有说不出的痛快。

俗言道:"隔墙有耳。"老梁的狂话不知怎么很快被老田家知道了,两家的关系顿时紧张起来,最明显的变化是田家那枝花再也不来叫梁家这个宝去看电影、电视了。梁家的大宝像丢了魂似的,整天价唉声叹气。

梁成全起初莫名其妙,后来,慢慢地品咂出点滋味来了。噢,小兔崽子,八成是恋爱出了"故障"(这新鲜名词是田家买了拖拉机后才翻译到梁家来的)了,要不怎么再也听不到田家姑娘用甜蜜蜜的嗓子招呼儿子去看电影了呢?老梁恍恍惚惚地觉得这"故障"与自己有点关系,但一时又搞不太清楚。

几天之后,村里传开了一个惊人的消息:田家姑娘要招婿了!

正规的条件之外,还有两个附加条件:一是要男嫁女家,二是生了孩子姓田。

这一年梨花没累着,胖乎乎的脸蛋也没晒黑。家里进钱不少,老田格外开恩,给了女儿一部分自由支配。女孩儿不贪吃,一个劲地做衣裳。梨花截红裁绿,青岛上海,从头到脚置办了好几套。"人凭衣裳马凭鞍",梨花穿上紫红色半高跟小皮鞋,咖啡色小筒裤,镶着金丝银线的针织上衣,脖子上围条苹果绿绸纱巾儿,头发用电梳子拉了几个大卷,嘿!真是粉荷花一般的水灵哟。逢集日,她到集上晃了一趟,卖货的忘了看摊,赶集的忘了看道。田家招婿的消息一传开,尽管条件苛刻,但求婚的人还是一溜两行。

老梁这下子火烧猴屁股,真正坐不住了。他知道自己犯了一个大错误,急急忙忙把儿子叫到面前,很抱歉地说:"宝儿,爹对不起你,你就到你田大伯家去吧……真是的,姓田就姓田,本来嘛,孩子爹娘各一半,为什么非得姓梁?"听他说话的口气,竟像田家姑娘毫无疑问地做了他的儿媳妇似的。大宝垂头丧气地不吱声。老梁竟然上了火,膝盖一拍站起来,对着儿子吼叫:"不长进的小兔崽子!姓能当饭吃?姓能当衣穿?姓能当媳妇?"

大宝哭笑不得地说:"爹,您发的哪家子火呢?我一百个想去,知道人家要不要呢?"

梁成全一听儿子说得凄楚,也沮丧地垂下头,想了半天,说道:"孩子,你自己想法吧,反正那两个条件我都同意。抓紧点,赶早不赶晚。"

田家招婿的事闹哄了几天就风平浪静了,大宝晚上又不大见着影儿了,老梁渐渐宽了心。一天晚上,村里来了电影,老伴儿耳聋眼却明,要去看热闹。老梁兴头上来,也跟在后边遛遛跶跶地去了。到了那儿一看,净演些女人光着脊梁跳舞,他气哄哄地吐着唾沫回了家。大门开着,院里有两个人说话,他忙屏住气听。

"俺爹俺娘都去看电影了,多么大年纪了,还有这份精神头儿。"

大宝说。

"老来少嘛。"这是梨花。她咻咻地笑了一阵,又问:"哎,你爹真同意你到俺家?"

"同意。"

"同意孩子姓田?"

"俺爹说,只要你愿意,让我也跟你姓田。"

"哎哟哟,这么没出息……"

梁成全定眼一望,看到两个黑影靠在一块了。他脸上发起烧来,慌慌张张退回来,一边走着一边在心里骂:"小兔崽子,我什么时候让你也姓田了?"

(一九八四年)

黑 沙 滩

在春节前的一次音乐晚会上,一个著名的民歌演唱家,用惬意的神情和粗犷豪放的嗓门,唱起了一首解放初期在华北地区广泛流传的民歌。我一听到这熟悉的旋律,心脏便猛地一阵战栗,仿佛有一根灼热的针在我心上扎了一下。是的,这首歌的确没有什么特别出众之处,它不过抒发了翻身农民的一种心满意足的心理,一种小生产者的自我陶醉。如果您是从那个时代走过来的人,它至多不过能使那些已成为历史的和平安宁的田园生活在您心中偶一闪现罢了。如果是年轻人呢?除了我之外,谁还能从这首歌里得到一种富有特别意义的哲理性感受呢?

　　一头黄牛一匹马
　　大轱辘车呀轱辘转呀
　　转到了我的家
　　……

当这歌声的最后一个音符在剧场富丽堂皇的穹顶上碰撞回折、绕梁不散的一瞬间,当那个仪表不凡的中年男演员优雅地对着观众鞠躬致敬时,在观众雷鸣般的掌声中,我的脑袋沉重地伏在前排的椅背上。温柔的妻子一把握住我的手,惊惶地问:"怎么了,你?"

"没什么……我想起了一个人……"

回家的路上,妻子挽着我的胳膊,悄声问:"你想起了谁?"

"场长。"

"是个什么样的场长,竟使你泪水直转?"

"回家告诉你。"我轻轻地捏了一下她温暖的小手。

一九七六年三月的一天,天空布满了灰蒙蒙的乌云,一辆解放牌卡车沿着渤海湾畔弯弯曲曲的公路飞驰着。我双手紧紧抓住车帮,这兔子般飞奔的卡车令我这个出身农家的新兵胆战心惊。然而我又是兴奋的。飞驰的卡车把一辆辆手推车、马车、毛驴车和突突突喷着黑烟的拖拉机甩在后边。我感到,往昔平淡困顿的生活就像这些落伍的车辆一样被甩在身后了。一种终于跳出农村的庆幸使我从心里感到自豪和幸福。

你能体会到一个常年以发霉的红薯干果腹的青年农民第一次捧起发得暄腾腾的白面馒头、端起热气腾腾的大白菜炖猪肉时的心情吗?

我的妻子摇摇头。

当时在我们那个地方,当兵像考状元一样不容易。我的曾经当过四年兵的表哥遵照父亲的盼咐,把他在部队几年积累的宝贵经验一一传授给我。无非是一要听话,二要吃苦,三要勤快等等。他们都希望我能成为金凤凰,飞出这烂泥塘,永远别再回这穷得穿不上裤子的农村。当时,我可没有这么大的野心,能吃上白面馒头,吃上大白菜炖猪肉就令人十分满足了。好好干,当四年兵没问题,这就够了,四年呢!因此,尽管新兵训练结束后把我分到远离要塞区司令部的黑沙滩农场,尽管新兵们一听说分到黑沙滩农场就抹眼泪,尽管黑沙滩农场前来接我们的场长其貌不扬,我的老乡郝青林还偷偷地骂了一句"狗特务",我的心里却很坦然。黑沙滩农场有什么可怕?不就是干活吗?!只要有我的馒头吃、有我的衣服穿,我在哪儿都可以干一辈子。

就这样,在车上的十个新兵之中,有心思眺望着远处黛青色的丘陵在乌云中闪现、倾听着灰蓝色的海潮冲刷沙滩发出有板有眼的声响的,大概就唯有我一个人了。"能者多劳,智者多忧,无能者无所求"啊。我只读了四年书,实在不会去为什么"理想"、"前途"之类的空洞字眼费心劳神。比我多读六年书的老乡郝青林小脸阴沉着,心事重重的样子。他能说会道,会写文章,会拉二胡。我们一块参军时,村里人的评价就是:梁家小子是个扛炮弹的材料;郝家后生是天生的当官的坯子。我自己也知道郝青林的前途比我光明若干倍。郝青林也满心以为会把他分配到要塞区大院去干个体面事。那时候要塞区有个战士文工团,听说正缺能拉会唱的人才呢。谁知道怎么搞的,他竟跟我这个土拨鼠一起被分到了黑沙滩。

黑沙滩在要塞区战士的心目中,是个可怕的地方。当时战士们打赌都说:"要是……就让我到黑沙滩去。"当然,在干部面前,谁也不这样说,黑沙滩毕竟是军队的农场,不是劳改营、流放所。可是在心里呢?不光是战士,就是在那些干部的心里,谁愿意到黑沙滩去呢?哦,这个远离县城一百八十里的黑沙滩哟!从它创建之日起,只有一个场长在那里扎住了根,他把自己十几年的生命化成汗水洒在这块黑色的沙滩上。其他干部则像走马灯似的换了一茬又一茬。据说,当时的黑沙滩农场,就像今天的院校一样,到那儿去的干部就像进院校进修,是提拔重用的前奏,就像斑斑点点的山楂,放到化开的糖稀里一蘸,挂上一层琥珀色的亮甲,就可以卖大价钱了。

那个在黑沙滩滚了十几年的场长,就坐在驾驶楼里。他那又黑又瘦的脸,秃得发亮的脑门,被烟草熏得焦黄的牙齿,刺人的小眼睛,都使我们这些新兵瞧不起他。还有他的那半截因年代久远变得又黑又亮的牛皮腰带,总是吊儿郎当地垂在两腿之间。我的场长,难道你就不能把那半截腰带塞进裤鼻里去吗?

正当我胡思乱想着的时候,卡车突然发出一阵"嘎嘎吱吱"的怪响——急刹车。巨大的惯性使我们这些没有乘车经验的新兵蛋子像一堆核桃般朝前滚去,挤成了一堆。司机老葛从驾驶楼里探出头来,张开那张被汽车摇把崩掉了一颗门牙的嘴,骂道:"妈的!找死吗?!"

车头前两米处,站着一个头发蓬松满脸灰土的女人,她背上驮着个约有五六岁的女孩儿。女孩儿的脑袋无力地搁在女人的肩上,两只大眼惊恐地盯着老葛那豁牙嘴。

坐在我的被包上一直闭目养神的老兵刘甲台睁开眼,低声告诉我说:"疯子,黑沙滩的疯子。"

"解放军,行行好,捎俺娘俩一截路吧……"

"不行,快让开!"老葛怒冲冲地说。

场长瞪了老葛一眼,跳下了驾驶楼,和颜悦色地说:"大嫂,上车吧。"

司机老葛不高兴地说:"到后边去,快点。"

"让她坐在驾驶楼里。"场长把女人和女孩儿让进驾驶楼,女人连声道谢。场长推上车门,自己踏着车帮,爬到车厢里。

卡车像一匹发疯的牛犊,颠颠簸簸地向前冲去。场长坐在一个被包上,掏出一盒九分钱的"葵花"烟。我偷眼看着这个老头儿,看着他那捏着烟卷的树根般粗糙的手指。也许是我的错觉,也许是卡车的震动,我看到了那只手在微微地哆嗦。

大概豁牙司机的心火平息了吧,车子又终于平稳地前进了。路边张牙舞爪的刺槐树一排排向后倒去。车轮沙沙地摩擦着地面,发动机欢快地鸣叫着,排气阀有节奏地哧哧排着气。老兵刘甲台闭着眼,脑袋摇晃着,仿佛呓语般地唱起一支调子耳熟、词儿陌生的歌子。他自称"老兵",实际上只比我们早入伍一年,一副浪荡样子。歌声像泥鳅般地从他嘴里滑出来:

黑沙滩云满天
　　黑沙滩的大兵好心酸
　　黑沙滩的孩子没裤子穿
　　黑沙滩的姑娘往兵营里钻
　　黑沙滩啊……
　　黑沙滩……

　　这阴阳怪气的歌子使我们这些新兵都大睁开眼睛,惊愕地瞅着刘甲台那一开一合的嘴。连我这个只要有了馒头白菜就不管天塌地陷的目光短浅者,心里也泛起一阵凉气,汗毛都倒竖起来。难道我们要去的黑沙滩就是这样一个鬼地方吗?

　　"刘甲台,你胡唱些什么?!"场长发怒地吼了一声。

　　"场长,难道这不是真的吗?"刘甲台睁开眼,爱理不理地说。

　　"你敢扰乱军心,我崩了你!"

　　"场长,安稳地坐着吧,您。纸里包不住火,黑沙滩是个什么样,这些小兄弟们一到便知。"

　　"闭住你那张臭嘴,闭住,没人把你当哑巴卖了。"场长嗓子喑哑,眼睛发红。然而,他的头却无力地垂下了,一直垂到了他支起的膝盖上。

　　刘甲台不唱了,却把适才那曲调用口哨吹了起来。他的口哨吹得相当出色,悠扬、圆滑、清脆、明快。他一遍一遍地重复着那曲调,适才他唱出的那些词,却像冰凉的雨点砸在沙地上一样,有力地撞击着我的心。

　　刘甲台把我们折磨够了,黑沙滩也快要到了。大海就在面前,从海上连续不断地刮来冰凉潮湿的风,使这早春天气竟然砭人肌肤。我远远地望见了几排暗红色的瓦房,望见了离开瓦房一箭之地,有几十排低矮的草屋。方圆几十里,没有一个村庄的影子,只有那一片狭长的沙滩,沿着大海的边缘无尽地延伸开去。

"为什么要叫黑沙滩呢？我只见过金黄色的沙滩、暗红色的沙滩，夸张点说，还有苍白的沙滩，却没见过黑沙滩。"我的妻子这样问我。

是的，截至目前，我也没有见过一片黑色沙滩。黑沙滩的沙滩其实是一种成熟的麦粒般的颜色，在每天的不同时刻，它还会给人带来视觉感受上的不同变化。在清晨丽日下，它呈现出一种温暖的玫瑰红；正午的阳光下，它发出耀眼的银光；傍晚的夕阳又使它蒙上一层紫罗兰般的色泽。总之，它不是黑色的，即使是在漆黑的夜晚，它也闪烁着隐隐约约的银灰色光芒。

我曾带着我妻子般的疑问，问过我们农场的"百科全书"老兵刘甲台，他不屑一顾地说："新兵蛋子，真是个新兵蛋子！沙滩是暗红、金黄、紫红、玫瑰红，就不能叫黑沙滩了吗？黑的难道不能说成白的，白的难道不能说成绿的、红的、杂色的、乌七八糟色的吗？你呀，别管这么多，既然大家都叫它黑沙滩，你也只管叫它黑沙滩拉倒。"刘甲台这一番哲学家般的高明解释使我这个新兵蛋子确如醍醐灌顶一般大彻大悟了。从此，我再也没有产生过为黑沙滩正名的念头。

我们黑沙滩农场理所当然地坐落在黑沙滩上，紧傍着农场的是一个虽然紧靠大海却经营农业的小小村庄，村名也叫黑沙滩。听说黑沙滩现在已经成了相当富庶的地方，可是在我当兵的那些年头里，却是一片荒凉景象。黑沙滩的老百姓说，部队里有的是钱。这话不错。我们每年都用十轮大卡车跑几百公里拉来大量的大粪干子、氨水、化肥，来改造这片贫瘠的沙原。我们不惜用巨大的工本在沙滩上打了一眼又一眼深井。尽管我们种出来的小麦每斤成本费高达五角五分，但我们在沙滩上种出了麦子，政治上的意义是千金也难买到的。我们场长是黑沙滩农场的奠基人，他后来因故被罚劳改。他和我一起看水道浇麦田的时候曾经说过，要是用创办农场的钱在黑沙滩搞一个海水养殖场，那黑沙滩很可能已经成为一个繁华的小城镇了。

那时候,正在黑沙滩农场接受考验的是后来成了要塞区政治部宣传处处长的王隆——最近听说他很有可能成为要塞区最年轻的副政委哩!啊,这属于哪种人呢?当时,他是农场的指导员。我的这位首长是工农兵大学生,白白净净的面皮。那年头,他好像也不敢使用保护皮肤的液体或脂膏,漂亮的脸上也裂着一张张皴皮。

一九七六年春天是中国历史上一个不平常的春天,我至今仍难以忘记王隆指导员那长篇的、一环扣一环的理论辅导课,也永远忘不了他那间小屋里彻夜不熄的灯光。我曾经进过他的办公室兼宿舍,摆在桌子上的、床头上的那些打开的、未打开的、夹着红蓝铅笔的、烫着金字的经典著作,令我这个从泥土里爬出来的孩子目瞪口呆。天生不怕官的老兵刘甲台曾开玩笑地对我们说:一定不要碰到指导员的肚子,他肚子里全是马列主义词句,一碰就会呕出来。这些话,郝青林曾向指导员汇报过,指导员一笑置之,也没给刘甲台难堪。

我遵循着堂哥传授给我的宝贵经验,开始了兵的生涯。一连两个月,我每天早起打扫厕所,话不多说,干活最多。但是当黑沙滩农场团支部从新兵中发展第一批团员时,我竟然"榜上无名",我的同乡郝青林却"名列前茅"。这对我不能不是一个沉重的打击。晚上躺在床上睡不着,我把郝青林与自己进行了仔细的对比。论出身,我家三代贫农,根红苗正,而郝青林的爷爷当过国民党乡政权的管账先生。论模样,郝青林尖嘴猴腮,演特务不用化装,而我端正得像根树桩。我打扫厕所、帮厨、下地劳动每次都流大汗,连场长都拍着我的肩膀夸奖:"好,牛犊子!"郝青林呢?懒得要命,干活时总戴着那副用荧光增白剂染得雪白的手套。可是郝青林竟先我而入团?他不就是会从报纸上抄文章吗?他不就是会在黑板上写几行粉笔字吗?就凭这个吗?妈的。

我躺在床上"烙饼",床板咯咯吱吱地响。躺在下铺的老兵刘甲台不高兴地说:"新兵蛋子,怎么啦?想媳妇了吧?"

"不是,老刘,不是……"

"唉,你呀。"刘甲台坐起来,悄悄地对我说,"我知道你想啥。我教给你两种办法:一是跟我学,什么也不想,什么也不怕,什么也不在乎,什么团员方员,请我入我也不入;二是跟郝青林学,大批判积极发言,不管对不对,不管懂不懂,只管瞎说,这样,我保你三个月入团,一年之后入党。"

"我,不会……"

"你太笨,太傻。譬如,前几天指导员让你歌颂农村大好形势,你怎么说的?你竟说:'俺爹说,现如今还不如单干那时好,那时能吃上玉米面饼子萝卜菜,现在天天吃烂地瓜干子。'"

"这是真的呀。"

"谁不知道这是真的,你以为指导员不知道这是真的?他爹也在家里吃烂地瓜干子呢。你要闭着眼把真的说成假的,把假的说成真的,这样,一切都是小意思。"

啊,我的天!老兵刘甲台又给我上了一课,这一课与"黑沙滩"问题一脉相承,可是更深刻,更使我心惊肉跳。我堂哥的宝贵经验过时了,我爹娘从小教给我的做人准则不灵了。刘甲台还警告我:"要是你还是这样傻,两年就会让你复员。你跟我不能比,我是城市入伍的,巴不得早点回去找个工作。你呀,学聪明点吧……"

是的,我一定要尽快聪明起来,为了这白面馒头,为了这大白菜炖猪肉,为了争取跟地瓜干子"离婚"……

每逢节日,我的眼睛就要发亮,胃囊就出奇地大。这是在黑沙滩养成的坏毛病。黑沙滩农场每逢节日,都要杀猪宰羊,搞上十几个菜。这种饕餮般的进食后来使我受到了双重的惩罚:一是得了胃病,二是受到了我的当护士的妻子的严格控制和冷嘲热讽。她多次说我是个彻头彻尾的乡巴佬,虽然也是所谓的"作家",可见了好吃的,眼珠都不转了,恨不得把盘子都吞下去。

我这一辈子第一次看到满桌鱼肉,并能以堂堂正正的身份端坐桌旁饱吃一顿,这机会是黑沙滩农场赐给我的,不过那次我的胃口并不好。那个日期——一九七六年五月一日,就像我一生中的一个重要纪念日一样令我终生难忘。那些日子里,老兵刘甲台给我开了窍,我再也不早起打扫厕所了,干活也不甩掉棉衣满身冒汗了。我向兼任团支部书记的指导员递交了第二份入团申请书。这份申请书写了九页半纸,其中有九页是从报纸上抄来的。我积极要求参加农场理论小组,学习无产阶级专政理论。虽然我这个半文盲狗屁不通,但还是被理论组接纳为组员。此时,郝青林已经成了理论组的"首席组员",不时发表一些吓人的高论。刘甲台暗中表扬我:"小子,有门了,不出三个月,入不了团我买烟请客。"由于进步有望,心情愉快,再加上从下午两点钟起,食堂里就飘出一阵阵扑鼻的香气,我的身体就像躺在温热的细沙里一样舒服。炊事班长让我到大门外的菜地里去挖大葱,我嘴里哼着小曲,乐颠颠地去了。一出大门,我看到黑沙滩村一群大大小小的孩子,在营房周围转来转去;我看到白色的浪花一层层涌上沙滩。我看到沙滩上那一片马尾松林,松林外边的麦田里,麦子已经打苞孕穗;一顿丰盛的晚餐竟使一个五尺高的男子汉轻飘飘起来。

"至于吗?"妻子问我。

"你不相信也得相信,因为我不会骗你。如果我会魔法,把你放到那个年代里去生活十年,不,一个月,你会连我都不如。"我对妻子说。她不以为然地把灵巧的鼻子皱了皱。

下午四点钟,饭菜上桌,众人就座。我早已是饥肠辘辘、跃跃欲试了——从早饭起我就留着肚子。好不容易等到指导员的祝酒词结束,我迫不及待地咂了一口马尿味似的啤酒,抄起筷子就下了家伙。

"慢着点吃!"场长突然低沉而威严地说。我的手一哆嗦,夹起来的肉丸子又掉进盘里。

"大家看看窗外,看看……那些眼睛……"场长对着玻璃窗指了指。

那是十六只眼睛。十六只黑沙滩村饥肠辘辘的孩子们的眼睛。这些眼睛有的漆黑发亮,有的黯淡无光,有的白眼球像鸭蛋青,有的黑眼球如海水蓝。他们在眼巴巴地盯着我们的餐桌,盯着桌子上的鱼肉。最使我动情的是那两只又大又黑、连长长的睫毛都映了出来的眼睛。疯女人就有这样两只眼睛,这是疯女人的女儿。在这种像刀子一样戳人心窝的目光下,无论什么样的珍馐美味,你还能吃得下去吗?

"干杯?干个屁!老百姓都填不饱肚子,这些孩子像饿猫一样盯着我们,这满桌的酒肉……"场长的黑脸痛苦地抽搐着,他沙哑着嗓子喊道,"刘甲台、梁全,去把这些孩子请进来,让他们坐首席!"

"场长,这不太妥当吧?"指导员委婉地说。

"闭着眼吃才是最大的不妥当!"场长说。

这时,我大吃一顿的欲望没有了,心窝里像塞进了一把烂海草,乱糟糟地难受。这些孩子的眼睛使我想起了我远在千里之外的弟弟妹妹。我和刘甲台跑到窗外,孩子们一哄而散,只有那个大眼睛的小女孩被吓傻了,站在窗外,呆呆地望着我和刘甲台。我从来没有见过这样的小姑娘。她瘦得像棵豆芽菜,见到她就让人的心像被尖利的爪子挠似的疼痛。我也从来没有见过这样两只孩子的眼睛,像一泓被乌云遮盖着的忧伤而纯洁的湖水。她定定地望着我们,不说话。我不敢再看她。我生怕自己哭出来。我弯下腰,把她抱起来。她不哭也不闹,脑袋软绵绵地伏在我肩上,然后,脏脏的小手向着房子一指,说:"饿……我饿……"我喉咙里像堵上了一团棉花,哽哽咽咽地说:"小妹妹……我抱你去吃……"

刘甲台脸色铁青地注视着那沿着大海蜿蜒曲折的沙滩,西斜的阳光照得沙滩呈现出浓重的紫红色。黑沙滩村头上的高音喇叭里又响起了口号式的歌曲。他一脚把一棵白菜疙瘩踢出去十几米远,径直走回宿舍。当天下午,他两眼大睁着躺在床上,连一口水也没喝。

小姑娘像饥饿的小野兽一样咻咻地喘着气,很快吃掉了够现今同年龄独生子女吃两天的食物,之后眼睛还贪婪地盯着菜盘,鲜红的舌尖舔着嘴唇。农场的卫生员对场长说:"不能再给她吃了,否则要撑坏的。"

"是的,不能再给她吃了,饿坏了的人如果摄入过量的食物,会引起严重的后果,甚至死亡!你们这些傻大兵,简直是荒唐透顶!"我的护士学校毕业的妻子又开始训斥我了。

要是现在谁把我们的独生女儿抱去给她塞一肚子大鱼大肉,我妻子是会跟他拼命的。但小女孩的母亲、那个疯女人,却给我们下了跪。她从村子里凄厉地喊叫着向营房跑来。她听到跑回去的孩子说,她的女儿被解放军抓走了。她呼唤着"秀秀!秀秀!我的秀秀!"冲进了我们的营院,闯进了我们的宴席。女人怔住了,双眼睁得圆圆的,她的嘴唇翕动着,看着正抱着她的女儿的场长,扑通跪倒在地:"解放军,行行好,把孩子还俺吧,孩子不懂事,是个傻瓜,像她爹一样,像她爹一样,是个傻瓜……"她的神经似乎的确有毛病,那双眼里闪动着惊恐绝望的光,使人感到脊梁阵阵发凉。

场长悄悄地从兜里掏出一卷票子——那是他刚领到的工资——塞进小女孩儿的口袋,把女孩儿递给女人。

"谢谢亲人解放军……谢谢亲人解放军……俺孩子她爹是个好人……解放军是好人……"女人抱着孩子,喃喃地说着,走了。

这场小插曲,搞得满座不欢。

一个知情的战士说:"这个女人,也够可怜的,男人前几年赶小海搞自发,批斗了几次,一绳子上了吊,死了;女的受了刺激,半疯半傻地抱着个孩子到处告状,可是谁理她呢?"

"我听人说……这个女人是……地主的女儿……"郝青林脸憋得通红,讷讷地说。

"郝青林同志说得对,当前阶级斗争十分复杂,阶级敌人会用各种手段向我们进攻,我们要警惕那些冻僵了的蛇和变成美女的蛇,不能丧失警惕,千万不能忘记啊……"指导员语重心长地说。

"放屁!"场长把杯子重重地拍到桌上。杯子破了,啤酒顺着桌沿,滴滴答答往下流。

"场长,请您冷静一点,冷静一点,感情不能代替原则啊。"我的熟读马列的指导员确实具有高度的涵养,场长的粗话丝毫没有改变他循循善诱的语气。

场长像个泄了气的皮球,无力地坐在餐桌旁,他从桌上抓过那唯一的一瓶啤酒,咬开盖子,咕咚咕咚连喝了几大口。

晚上是歌咏晚会,我结结巴巴地念了一首"顺口溜"。郝青林大展雄才,朗诵了一首长达千言的"诗"。指导员讲了几个法家智斗儒家的小故事。豁牙司机老葛带头起哄,让场长出节目。场长想了想,竟眯缝起眼睛,唱起了本文开篇提到的那支民歌。他嗓音嘶哑高亢,像农村的土歌手一样,不去求那音节的准确,而是随心所欲地在歌词的末尾加上一些苍凉的滑音。他仿佛在回忆往昔的岁月,在沉思缅怀。歌声漫不经心地从他嘴里唱出,就像确确实实地坐在那大轱辘车上,沿着平坦干燥的乡间土路,被艳阳照得懒洋洋的农夫唱出的歌声一样。

  一头黄牛一匹马
  大轱辘车呀轱辘转呀
  转到了我的家
  ……

民歌《大轱辘车》之所以能使我心灵震颤,眼窝酸辣,并不在于它的旋律和歌词,而在于我们的场长曾在那个特殊的年代里演唱了它。每一个人的一生中,往往都有一些与平凡的事物连接在一起的不平凡的经历。这些事物在若干年后出现,也总能勾起他对于往事的回忆和对未来的遐想。所以,当我在剧场里聆听这支歌时,心潮如滚水般翻腾就不是不可思议的了。

郝青林确是个绝顶聪明的人,是个不甘寂寞的好汉。他终究不是一头能长久地拴在黑沙滩的牛。这家伙入团之后紧接着又递上了入党申请书。据消息灵通的刘甲台说,党支部书记——场长曾跟郝青林谈过一次话:

场长翻着郝青林厚厚的申请书,皱着眉头问:"你入党的目的是什么?"

"为共产主义事业奋斗终生。"

"还有别的吗?"

"做捍卫无产阶级革命路线的坚强战士。"

"你给我说掏心窝子的话!"

"这就是掏心窝子的话。"

"够了!只要我还当着这黑沙滩的土皇帝,只要你还用这套空话吓唬我,我永远不接受你的申请书!"场长把郝青林的申请书摔到桌子上。

刘甲台告诉我,那一刻郝青林小脸煞白煞白,像一块萝卜皮。

"场长是天生的笨蛋!"刘甲台对我说,"其实何必把申请书退还他呢?收下申请书,不是照样卡他于大门之外吗?等着瞧吧,郝青林是不会善罢甘休的。"

刘甲台的话不幸言中,场长把郝青林得罪了。一个有着二十多年军龄的老兵竟被一个入伍不到半年的新兵整得连翻几个筋斗。那时候,部队正在树立"反潮流"典型,正在宣扬敢与大人物唱反调的"勇士"。这些都给了郝青林灵感和启示,他拿场长开刀了,他把场长当成了一块砖头,敲开了他要进的大门。

郝青林给要塞区党委写了一封信。他在信上说,场长左来福出身富裕中农家庭,他念念不忘的是"一牛一马一车"式的富农生活,他在歌咏晚会上公然演唱《大轱辘车》,他与驻地地主女人关系暧昧……这一切都说明场长左来福是一个隐藏在军内的民主派……

郝青林这封信写好之后,曾找过我一次,他说:"梁全,看在老乡的面子上,看在你小时候从河里救过我一命的面子上,给你个进步的机会,喏,签个名吧。"他把信递给我,他嘴里说得好像满不在乎,手却在哆嗦,小脸青一道白一道的不是个正经气色。我接过他递过来的信看了一遍。说实话,我吓蒙了。"这……哪有这么玄乎?"我问。"老兄,这是阶级斗争。"郝青林掏出一盒高级烟,递给我一支,我摆摆手。他自己点上一支,从拿烟姿态上一眼就可看出他也不会吸烟。他咳嗽着说:"这是要担风险的……老兄,我豁出去了,成则王侯败则贼!""这封信发出去,场长要蹲监狱吗?场长这个人挺好的,那天你被石头把脚砸了,他把你大老远地背回来,累得像个大虾一样,腰都直不起来……""别说了!"郝青林又点上了一支烟,阴沉着脸坐在我对面,眼神迷惘、凶狠、惶惑不安,瘦腮上的肌肉像条小海参在蠕动,连带着那只有点招风的耳轮也在微微颤动。他忽地站起来,咬着牙说:"感情不能代替原则。蹲监狱也是他自作自受。我不会害你的,梁全。""这……"我犹豫不决。"就凭着你这样,还想和地瓜干子'离婚'?"郝青林鄙夷地看着我。"我……签……"我的手紧张得像鸡爪子一样蜷曲着,哆哆嗦嗦地抓着笔,歪歪扭扭地在信上写了自己的名字。郝青林走了,我的心扑通扑通地狂跳,仿佛刚刚去偷了人家的东西。我想,郝青林是不是要拉个垫背的呢?

郝青林的信发出去一个星期,要塞区政治部主任和保卫处长就坐着吉普车来到黑沙滩农场。左场长不但不认"罪",反而发表了一些更加出格的言论。政治部主任请示要塞区党委后,宣布场长停职检查。郝青林则一下子成了全区闻名的人物。我呢?保卫处长跟我谈了一次话,问我是怎样识别出左场长的"民主派"真面目的,我结结巴巴地说:"我……不知道,郝青林让我签名,我就签了一个……"保卫处长摇摇头,放我走了。他大概一眼就看穿了我是一个不堪造就的笨蛋。不过,很快我就入了团,我想,这很可能是沾了签名的光了吧。

这一年,黑沙滩农场种了三百亩小麦。场长下野之时,正逢小麦灌浆季节。一阵阵干燥的西南风吹得黑沙滩上沙尘弥漫。小麦的叶子都干巴巴地打着卷。场长的事情一直也没有个结局。让他停职检查,他根本不理茬儿。要塞区党委好像也不是铁板一块,指导员请示过几次也没得到个明确的答复。指导员只好分配他去浇麦田,派我和刘甲台跟他一起去。

我们在机房门外搭了个窝棚,白天黑夜都呆在田野里。我和刘甲台轮着班看柴油机,场长一个人看水道。看着潺潺清流淌进麦田,看着浇过水的小麦支棱起鲜亮的叶子,场长满脸的皱纹都舒展开了。他扛着铁锨,沿着沟渠踽踽行走。望着他的伛偻背影,我的心里感到深深的愧疚。因为唱一支歌,骂一句娘,可怜一下令人怜悯的背时女人,就是"民主派"吗?我确确实实糊涂了。

派我来浇地时,指导员曾跟我个别谈过话,他要我监督场长和刘甲台的行动,注意搜集他们的反动言论。多少年后,我才猜想出一点指导员派我和刘甲台监督场长的用意:我是一个傻二愣,刘甲台是一个牢骚大王。我愣,才最可靠;刘甲台嘴怪,才能引导场长暴露。何况,刘甲台还讽刺过指导员,他是想借机把他打成个"小民主派"吧?

农历五月初的夜晚,被太阳烘烤了一天的黑沙滩温暖得像一床被窝。我们把连续运转了十几个小时、机体灼热的柴油机停下来,坐在被白天的太阳晒得热乎乎的细沙上。满天星斗灼灼,不远处,沉睡的大海在喁喁低语,场长的烟头在一明一暗地闪烁。

"给支烟抽吧,老头子。"刘甲台说。

场长默默地把烟递给他。刘甲台抽出一支点上,把烟盒递到我面前:"来一支吧,新兵蛋子!"

我摇摇头,拒绝了。

"新兵蛋子,你那个老乡就要入党了,已经开始填写志愿书了。"

"我听说了。"

"奶奶的,这年头要入个党也真够容易的。哎,老头子,你不再发表几句反动言论了吗？再唱唱那个《大轱辘车》，赶明儿我也写封信，糊弄个党员当当。"

场长沉重地叹息一声，仰倒在沙地上。

"你呀，白活了五十多岁！你干吗瘦驴拉硬屎，充好汉？睁只眼，闭只眼，混混日子得了，这不，弄了个身败名裂，加夜班浇地……"

"你给我滚，我用不着你个毛孩子来教训我！"场长折起身，怒吼着。

"老头子，别发火，别发火。我哪里敢教训你？我是开导你哩。来，抽咱支烟，别看咱每月七元钱，抽烟的水平比你这个老志愿军还高。场长，我真不明白，你干吗不找个女人？别看你老得干巴巴的，就凭着每月九十元工资，找个大闺女没问题。"

"嗨，你才是一个不到两年的新兵。要是二十年前，碰上你这样的熊兵，我不踢出你的屎汤子来算你模样长得端正。"场长无可奈何地接过刘甲台的一支烟，点上了火。

"算啦，场长，别提你那二十年前了。我知道你那时是个少尉，肩上挂着牌子，腰里扎着武装带，走起路来皮鞋咔咔响。老皇历，过时了。现在是七十年代，天翻地覆了。我真不明白，你怎么突然唱起那么一支歌，场长，你说说，为什么要唱那么一支歌？"

"我也说不清……"场长又仰在温暖的细沙上，双眼望着天上繁星那条灰白色的天河，梦幻般地说着。

"我突然想起报名抗美援朝时，第二天就要去区里集中了，趁着晚上大月亮天，我和我媳妇赶着牛车往地里送粪，她坐在车辕杆上，含着眼泪唱过这支歌……后来，她死了……难道共产党革命就是为了把老百姓革得忍饥挨饿吗？为什么就不能家家有头黄牛，有匹马，有辆大轱辘车呢？为什么就不能让女人坐在车辕杆上唱唱《大轱辘车》呢？……"

场长狠命地吸了一口烟，一点火星一瞬间照亮了他那张疲惫苍老的脸。夜色苍茫凝重，旷远无边。远处传来海的低鸣。马尾松林里栖息的海鸟呓语般地唧啾着。一颗金色的流星像一滴燃烧的泪珠,熠熠有声地划开沉沉的夜幕。黑沙滩的夜,真静啊……

"场长,你唱吧,唱吧……"刘甲台动情地说。

"你唱吧,场长……"我鼻子不通气,像患了感冒。

"雪白的浪像长长的田埂,一排排涌过来。浪打湿了她的衣服,漫到了她的膝盖。'孩子,闭住眼。'她说。'妈妈,我们到哪儿去?'女孩儿问。'去找你爸爸。''爸爸离这儿远吗?''不远,快到了。你别睁眼。'海水已经漫到她的胸膛,浪花抽打着她的脸。她站立不稳,身子摇摇晃晃。'妈妈,怕……怕……'女孩儿哭起来。'不怕,秀秀,不怕,就要到了……'她的衣服漂起来了,她的头发漂起来了。海水动荡不安,浪潮在呜咽着……"

"你为什么不去救她?你眼见着她走向死亡,你的心是铁打冰铸的?"妻子抓住我的胳膊使劲儿摇撼着,她爱动感情,唏嘘着说。

"这是我的想象,我想,她应该这样走向大海……"我对妻子解释着。

……在我们三个人浇麦子的那些日子里,疯女人像个影子一样在我们周围转来转去。她有时走到我们不远处,定定地望着我们,嘴唇哆嗦着,仿佛有什么话要说。我们一抬头看她,她就匆匆离开,当我们不去注意她时,她又慢慢地靠上来。有一天上午,场长到很远的地方改畦去了。刘甲台躺在窝棚外的沙地上晒着鼻孔睡觉。我坐在机房前,修理着一条断马力带。那女人怯生生地走上前来。小女孩儿在她怀里睁着圆溜溜的眼睛,一见我,就伸出小手,说:"叔叔,吃肉……"这孩子,竟然还认识我。我赶忙跑进窝棚,把早晨剩下的两个馒头递给女人。她连连后退着说:"不要,俺不要,俺想跟你打听点事。同志……听说,场长犯错误了?"

"嗯哪。"我含含糊糊地回答。

"是反革命?"

"也许是吧。好了,你快走吧,不要在我们这儿转来转去,影响不好。"

"好,好,好,这就好了。"女人把脸贴在女孩儿脸上,半哭半笑地说着,"秀秀,这下咱娘俩有指望了……"

女人走了。望着她的背影,我叹了一口气,自言自语地说:"真是个精神病……"

当天晚上,我们在窝棚门口吃饭。黯淡的马灯光照着场长那张黑黑的脸,几只飞虫把马灯玻璃罩子撞得噼噼啪啪的。忽然响起唰啦唰啦的脚步声,一个长长的影子在我们面前定住了。

"谁?"场长瓮声瓮气地问。

那影子急剧地移动着,来到我们面前。啊!是她。她打扮得整整齐齐,胳膊上挎着小包袱,怀里抱着孩子。一到场长面前,她扑通跪在地上,抽泣着说:"好人,好大哥,你行行好,收留了俺娘俩吧……你是反革命,我也是反革命,正好配一对……好大哥,俺早就看出你是个好人,你别嫌俺疯,俺一点也不疯……俺给你烧饭、洗衣、生孩子……秀秀,来,给你爸爸磕头……"

那个叫秀秀的小女孩儿看看场长,小腿一弯,也跪在了场长面前,用稚嫩的嗓子喊:"爸……爸……"

场长像被火烧了似的一下蹦起来,拉起女人和孩子,惊慌失措地说:"这怎么行?这怎么行?大嫂,你醒醒神,唉,这是哪儿的话哟……"

这女人的举动不但使场长惊慌失措,连我和刘甲台也傻了眼,谁见过这种事呀!

"好大哥,你就答应了吧……"

"大嫂,这是绝对不行的,你生活有困难,我可以帮助你……"

"你嫌俺疯?你们都说俺是疯子?"女人尖厉地叫起来,"俺不疯,俺心里亮堂堂的。'白疤眼'每天夜里都去拨俺的门,都被俺骂退了……解放军,亲人,你行行好,带俺娘俩走吧。离开这黑沙滩,咱俩都是反革命……俺刚刚二十八岁,还年轻,什么都能干……"

场长求援地对我们说:"小刘,小梁,你们快把她劝走,我受不了……"场长逃命似的钻到窝棚后边去了。

我对那女人说:"你知道场长是怎样成为反革命的吗?就是因为他可怜你,让你搭车,给你钱,他才成了反革命!"

那女人胳膊一垂,小包袱吧嗒掉在地上。像被当头打了一棒,她摇晃了好一阵。突然,她抱起孩子,跌跌撞撞地跑了。

"你的包袱!"我喊了一声。回答我的是一阵纷杂的脚步声和憋不住的哭声。沉沉的黑沙滩上,传来海水的轰鸣。

"未必不是一桩天赐良缘。"刘甲台冷漠地说。

"瞎说!"场长从窝棚后边转过来。

"她长得不难看,场长,比你强多了。"

"我不准你对我说这种话,刘甲台,我的军龄比你的年龄都大!"

"场长,你要是个真正的男子汉,就娶了她;要是一身女人骨头,那当然就算了。肥猪碰门你不要以为是狗挠的啊,我的场长。"

"我崩了你个二流子!"场长暴怒地骂起来。

刘甲台不说话了。他又吹起了口哨,在静静的初夏之夜里,这口哨声像一条条鞭子,在我们头上挥舞,在我们心上抽打。

……黑沙滩的孩子没裤子穿,黑沙滩的姑娘往兵营里钻,黑沙滩啊……黑沙滩……

"小梁,我求求你,明天回去把我的抽屉打开,那里边有八百块钱,你偷着送给她,让她投亲奔友去吧,我实在是不能够啊……"

第二天,我回场部去拉柴油,顺便想替场长办了那件事。我看到黑沙滩上围了一大堆人。一个孩子狂奔过来。我截住他问:"孩子,那是干什么的?"

"疯子……疯子抱着秀秀跳海了……疯子淹死了……秀秀倒出肚里的水,活了……"

我的头轰的一声响。我扔下车子跑回窝棚,上气不接下气地说:

"她,她跳海了……她死了……孩子救活了……"

两行清泪顺着场长那枯槁的脸庞流下来:"难道是我的错吗？难道是我的错吗？……"他喃喃地自语着,蹲在了地上,好半天没有动一动。

"伪君子!"刘甲台恨恨地说。

"我娶了她,她不会跳海。可是再有一个这样的女人呢？你说,刘甲台,你说,再有一个这样的女人呢？"场长对着刘甲台吼叫。

"我娶!"刘甲台毫不示弱地盯着场长。

"小刘,给我一支烟……"场长无力地坐在地上。那根烟连划了三根火柴才点着。天上没有风,初夏的太阳正在暖暖地照射着黑沙滩和明镜似的海湾。

"小梁,你把钱送给村里人,让他们给秀秀……"

我转身要走,刘甲台伸手拉住了我。他从口袋里掏出了一张五元的票子、几张皱巴巴的毛票、两个硬币,拍在我的手里……

浇完最后一遍水不过一周的光景,黑沙滩上的小麦就一片金黄了。而这时,黑沙滩村农民的麦田已收拾得干干净净。他们少肥缺水,小麦未及成熟就被西南风呛死了。又是一个歉收年。黑沙滩的农民们眼馋地瞅着我们这三百亩丰收在望的小麦,半大毛孩子不时地蹿进我们田里,捋几把麦穗,用掌心搓去糠皮把麦粒填到嘴里去。场里把看守麦子的任务交给我们三个,严防老百姓偷盗。

关于疯女人与场长这段令人心酸的"罗曼史",我没有向指导员汇报,尽管他再三问我,场长和刘甲台都有些什么反动言论和活动。场里这时正忙着总结与"民主派"做斗争的经验,据说,要塞区要在黑沙滩召开现场会,让郝青林做经验介绍。我虽然也在那封信上签过名,但已经没有人提起了,这反倒使我心里安定了不少。

田里的麦子一天一个成色,应该开镰收割了。场长派我去场部催指导员,指导员却说,再等两天吧,等开完了这个现场会。听说军区首长还要来参加呢,这可是马虎不得的事情。我回来把指导员的话向场长学了一遍,气得老头子直摇头。

"场长,你摇什么头?"刘甲台冷冷地说。

"这是血汗,是人民的钱!"

"有本事你去找指导员说去。"刘甲台激他。

"你以为我不敢去?"场长转身就要走。我急忙拉住他,劝道:"场长,算了,就拖几天吧,你别去惹腥臊了。"

当天傍晚时分,海上有大团毛茸茸的灰云飘来。西边的天际上,落日像猩红的血。海风潮湿,空气里充满咸腥味。天要变了。海边的天气变化无常,每当大旱之后,第一场风雨必定势头凶猛,并且往往夹带冰雹。场长是老黑沙滩了,他当然知道这个时节的冰雹意味着什么。他急躁不安地走动着,嘴里叽里咕噜地骂着人。

这一夜总算太平,虽然天阴沉沉的,风潮乎乎的。我们几乎一夜没眨眼。第二天一大早,场长也不管我们,疾步向场部走去。我和刘甲台紧紧跟着他,我劝他到了场里以后态度和缓一些,刘甲台却一声不吭。

场里正在大忙,几十个战士在清扫卫生,五六个战士在食堂里咋咋呼呼地杀猪。指导员两边跑着,嗓子都喊哑了,可战士们还是无精打采,那头猪竟从食堂里带着刀跑出来,弄得满院子都是猪血。

"老王,麦子!麦子!你看看这天,一场雹子,什么都完了!"场长截住气得发疯的指导员,急冲冲地说。

"老左,请你回去。一切我都会安排妥当的。"指导员阴沉着脸说。

"你看看这天,看看这天!"

"请你回去,老左!我再说一遍,请你回去!别忘了你目前的处境。"

场长浑身颤抖,几乎要倒下去,我伸手扶了他一把。

"梁全,刘甲台,你们赶快回去,严防阶级敌人偷盗破坏,麦子明天就收割。"指导员命令我们。

场长还想分辩,这时,一辆辆吉普车从远处的公路上开来了,在车队中央,还有一辆乳白色的上海牌轿车。指导员有点气急败坏地对着我们喊:"快走!"他自己则跑去集合队伍,准备迎接首长了。我和刘甲台架着气得暴跳如雷的场长,几乎是脚不点地地向我们的窝棚跑去。

"好大的气派,黑沙滩这下要出大名了。"我说。

"这是场长的功劳。"刘甲台说。

"呸!"场长啐了一口唾沫。

麦田里有几十个人影在晃动,老百姓在偷我们的麦子。我们冲了过去。腿脚灵便的都跑了,只抓住了两个六十多岁的老头子和几个小孩子。

"嗨,人一穷就没了志气……我六十多岁的人了,也来干这种事情……羞得慌呀,同志。可是这儿——"老汉指指肚子,"不好受啊!"

"同志,这天就要变,你看那云彩,五颜六色的,笃定要下雹子。这麦子,还不如让给老百姓,国家松松指缝,够老百姓吃半年啊。"

这时候,从遥远的海中,有隆隆的滚雷响起。风向忽然不可捉摸,一会儿一变。从西北方向的海平面上升腾起一大团一大团花花绿绿的云来。麦穗在惊恐不安地颤动。场长抬头看天。他的面部表情在很短的时间内起了复杂的变化,忽而激愤,小眼睛射出火一样的光;忽而迷惘,眼神游移不定;忽而凄楚,泪花在眼眶里闪烁……最后他的脸平静下来,平静得像一块黑石头刻成的人头像。

风在起舞,浪在跳跃,鸥鸟在鸣叫。乌沉沉的天上亮起了一道血红色的闪电,适才还是隐隐约约的滚雷声已经听得很清楚了。

"场长,这天笃定要坏,解放军没空收割,我们老百姓帮忙,不能眼看着到手的粮食糟蹋掉……"

又是一道闪电,紧接着便是一串天崩地裂的雷声。场长平静的脸上突然闪过一道坚毅的光,他终于开口了:"乡亲们,你们快回村去叫人,就说,解放军的麦子不要了,谁割了归谁,越快越好。就说是解放军的场长说的,快,快啊!"

"场长,你疯了?"我惊叫一声。

"你才疯了!"刘甲台推我一把,高喊起来,"老乡们,快回去,拿家伙,谁收了归谁啊!"

人群一哄而散,向着黑沙滩村跑去。

"场长,你不怕……"

"怕什么?怕狼怕虎别在山上住!"刘甲台愤愤地盯着我。

"小刘,小梁,今天的事我自己承担。我知道,三百亩麦子只能使黑沙滩的老百姓过几个月好日子,解决不了根本问题。我知道,这事会带来什么后果。事过之后,你们俩全推到我身上。"

"场长,刘甲台向您致敬!"刘甲台对着场长敬了一个庄严的军礼。这个像冰块一样冷的小伙子,眼里的泪水在亮晶晶地闪烁。

"场长……我跟您一块儿去蹲监狱。"我说。

"小伙子,问题没那么严重。"场长拍拍我的脑袋说。

黑沙滩的农民们蜂拥而来,男女老幼、红颜白发,像一条汹涌的河……走在最后边的是八十多岁的鱼婆婆,她收养着秀秀。那天,我偷偷地把钱给了她……

> 一头黄牛一匹马
> 大轱辘车呀轱辘转呀
> 转到了我的家
> ……

在一阵紧似一阵的雷声中,在镰刀的唰唰声中,在粗重的喘息声中,我又一次听到了这支歌,那是刘甲台唱的。

"黑沙滩哄抢事件"被编成《政工简报》发到了全要塞区连以上

单位。不久,要塞区开来一辆小车,把场长拉走了。

那天,也不知是谁走漏了风声,一大早,农场营院大门口就聚集了上百个老百姓,他们在无声地等待着。当载着场长的汽车缓缓驶出大门口时,人群像潮水一样涌了上去。

"场长!"

"左场长!"

……

人们呼喊着,什么声音都有,不要命地拦住了车子。司机只好停住了车,场长弯着腰钻出车来,身体像狂风中的树叶一样抖动不止。他说:"乡亲们……再见了……"

那天参加"哄抢"的一个老汉抓住了场长的一只手,眼泪汪汪地说:"老兄弟,是俺连累了你……俺吃了你的麦子,心里都记着账,日后光景好了,一定还给你……兄弟,你就要走了,没别的孝敬,乡亲们擀了点面条,你……吃一点吧,赏给乡亲们个脸……"

十几个妇女揭开用包袱蒙得严严实实的盆盆罐罐,双手捧着,递到场长面前:

"场长,吃俺的。"

"吃俺的,场长。"

鱼婆婆牵着秀秀,分开众人,颤巍巍地走上前来。她什么也没说,从秀秀手里接过一个小碗、一双筷子,从每个盆里罐里夹起几根面条放到小碗里,那些面条切得又细又长,抖抖颤颤,宛若丝线。"我到年就八十八了,叫你一声儿子不算赚你的便宜,孩子,你吃了这碗面吧。这是咱黑沙滩的风俗,亲人出远门,吃碗牵肠挂肚面,省得忘了家,忘了本。"她把碗递给秀秀,说,"秀秀呀,把面给你爸爸……"

"爸……爸……"秀秀双手捧着小碗,一点一点举起来。

场长双手接过碗,和着泪水把面条吞了下去。

鱼婆婆低下头,把场长那半截牛皮腰带给他塞进裤鼻里:"你呀,往后要拾掇得利利索索的,村里的姑娘媳妇都笑你邋遢哩……"

"娘!"场长扑跪在鱼婆婆面前……

汽车载着场长走远了,但战士们、村民们没有一个离去,大家都泪眼朦胧地望着那沿着大海蜿蜒而去的公路……

……这一年年底,刘甲台服役期满,复员了。我由于在"黑沙滩事件"中没站稳立场,也被提前复员处理了。我的"与红薯干离婚"的计划彻底破产了。我走时,郝青林到车站送我。他忙前忙后地照应我,仿佛是我的勤务兵。最后,他说:"梁全……这里的事……求你别回家乡说……"我心里仿佛打翻了五味瓶,但还是点了点头。

回到家乡后,村里人议论纷纷:"早就说了嘛,梁家的小子成不了气候,这不,一年就卷了铺盖。人家郝家小子,入了党,升了副指导员,这就叫'狼走遍天下吃肉,狗走遍天下吃屎'……"

听着这些议论,我连头都不屑回过去。我一点也不后悔,因为我在黑沙滩当过兵。

"一个平淡无奇的故事。"我的妻子撇撇嘴,打了一个哈欠。

确实,这故事本身平淡无奇,可是黑沙滩是迷人的。它其实是一种成熟的麦粒般的颜色,在每天的不同时刻,它还会给人带来视觉感受上的不同变化。在清晨丽日下,它呈现出一种温暖的玫瑰红;正午的阳光下,它发出耀眼的银光;傍晚的夕阳又使它蒙上一层紫罗兰般的色泽。总之,它不是黑色的,即使是在漆黑的夜晚,它也闪烁着隐隐约约的银灰色光芒。

(一九八四年)

岛 上 的 风

008岛实在小，小得可怜巴巴。要不是某年某月某日岛上驻上了一支队伍，要不是蓬城要塞区某位首长用阿拉伯数字给这个岛编了号，那么它连个名字也不会有。小岛面积零点三平方公里，岛上荒草没膝，杂树丛生，树上海鸟成群。最近两年，岛上又添了一种动物——家猫变成的野猫。家猫的上岛要从要塞区冯司令的上岛谈起。一九八〇年春，冯司令从新疆大戈壁滩调到蓬城要塞区，为了熟悉情况，他乘上船运大队的登陆艇，把区内各岛转了一遍。他在008岛上发现野草鲜嫩，淡水充足，便忽然生出妙想，回到蓬城后，责令后勤部买了一百只小兔，一百只鸡雏，送上了008岛。冯司令命令岛上驻军只管把鸡兔放开，任它们自生自长，反正四面是海跑不了，几年之后，008岛就会鸡兔成群，就会成为"天然鸡兔场"，岛上战士的生活就会大大改善。但是，富有想象力的冯司令却犯了一个很大的错误：他只看到了岛上的野草和淡水，却没有看到岛上那些无穷无尽的石缝里藏着成群结队的大老鼠。这些老鼠像海盗一样凶狠，无法无天，在很短的时间内，就把送上岛的二百个小动物消灭殆尽，剩下的几只小兔子被岛上驻军战士苏扣扣放在自己的床底下，用一只纸箱子保护起来，也未能逃脱海老鼠那尖利的牙齿。岛上又黑又壮的驻军战士刘全宝回胶东探家时也忽生奇想,求亲拜友,搞了十几只大小不一的猫,用纸箱子装上了海岛。他想来个一物降一物的战术,把岛上的老鼠消灭干净之后再来实行冯司令的大胆设想。谁知道,刘全宝历尽千辛万苦,在火车上、轮船上挨了列车员、服务员若干次训斥,说好说歹才未被罚款——总之是好不容易运上海岛来的猫。可是,这猫,竟不敢与海老鼠作对,反而狼狈为奸,专门爬上树去偷吃海鸟的幼雏。008 岛上天真烂漫的新战士苏扣扣,竟天真烂漫地给冯司令写了一封天真烂漫的信。他向冯司令报告了"天然鸡兔场"的破产和家猫的改行,请求冯司令送二十只羊羔或两头肚皮上带白花的小奶牛上岛。苏扣扣在信的末尾写道:冯司令,要是这个计划实现了的话,那么,等您下次上岛时,我们就可以用牛奶和羊肉包子招待您了。冯司令看了这封信,没顾上处理就接到紧急通知到军区开会去了。信随便地放在书桌上,他的在 W 城大学读书的女儿冯琦琦放暑假回来,正愁着在小小的蓬城无法打发漫长的假期,看到苏扣扣这封信,高兴得差点蹦起来。这个生物系动物专业的高才生,达尔文的狂热崇拜者,立即找到要塞区参谋长,说明了要上岛考察的意思,参谋长把电话挂到船运大队,船运大队的 03 号登陆艇恰好要给甘泉岛守备连送给养,008 岛是他们的第一站,正好把冯琦琦带上。

03 号登陆艇停在 008 岛那片狭小的海滩前的海面上,放下小艇,把岛上驻军半个月的给养和半个月的报刊书信、连同冯琦琦送上沙滩。03 号艇上面孔黝黑、牙齿洁白的小艇长亲自跑上沙滩,把岛上驻军最高首长——副班长李丹拉到一边,郑重交代道:"老弟,那位是冯司令的千金,芳名冯琦琦,不知哪根神经不正常,要上岛考察什么'生存竞争'、'最适者生存'。见鬼!参谋长要我告诉你们,一定要保证她的安全,少她一根汗毛,拔你十根胡子!"

李丹用眼睛瞥瞥站在沙滩上啪啪按动照相机快门给海岛拍照的

冯琦琦,问:"她是干什么的?"

"W城大学学动物的——疯丫头,要塞大院一号种子。当心别让她爱上你,爱上你倒也好——那你这个守岛七年的二茬光棍就有靠山了。——老弟,你是怎么搞的,连个老婆都看不住?"

"行喽,老兄,别提这些恶心事了。"李丹与小艇长同年入伍,都是北京人,说起话来也就不顾忌。

"你也天生是笨蛋,要是我,就不同意离,硬给她拖着。"小艇长抽出一根烟,扔给李丹,自己也抽出一根点上。"听说你连那个'第三者'的毫毛也没动一根?要是我,先揍他一顿,然后到法院告他一状。妈的,老子在海岛为你们站岗放哨,你们在后边拆散我们的家庭,难道这还不犯法?"

"算了吧,艇长先生,本人现在不去为这些事伤脑筋,你们这些两栖动物闲着没事,就多给报纸上的道德法庭写几篇文章,为当兵的摇旗呐喊。现在最现实的问题是,你给我带来了麻烦——岛上只有三间东倒西歪的屋子,一场台风就能刮倒,你让我怎么安排她睡觉?安排进大石缝里,让毒蛇和野猫把她吃掉?"

"随你的便,反正我把她交给你时不缺胳膊不少腿。"

小艇长拉着李丹来到冯琦琦面前。

"冯琦琦同志,这位是李副班长,008岛的酋长,你的吃喝住行由他负责。'女达尔文',本人不能奉陪了,半个月后我来接你下岛,祝你考察顺利。"小艇长像移交一件珍贵文物一样把冯琦琦交代给李丹,便跳上小艇向大艇划去。他的03号艇还要赶到甘泉岛去。

008岛离甘泉岛还有三十浬,而这时,七月的太阳已经距离海面不远,海水已被阳光映照得一片金黄,成群的海鸟也抖动着染着紫红色光辉的翅膀,啼叫着在小岛上空盘旋着。尽管这008岛上有几十只凶恶的野猫,可它们还是在这儿栖息、做巢、生儿育女。

冯琦琦是个脖颈光滑洁净、双腿颀长优雅的漂亮姑娘,此刻,这个健美的胸脯上挂着W城大学白底黑字校徽、头戴一顶花边小草帽的姑娘正站在008岛的金色沙滩上,在全岛驻军的睽睽目光下受着审查。所谓全岛驻军,其实不过四个大兵:白净面皮的副班长李丹,黑不溜秋的刘全宝,小胡子乌黑的向天,满脸茸毛的苏扣扣。四个大兵专注的目光使一向以泼辣大胆闻名于W大学生物系和要塞区大院的冯琦琦,也有些不自在起来。她面皮有点微微发烧,心里也有些惶恐。但她毕竟是将门虎女,毕竟是最崇拜达尔文并多次用达尔文的生存竞争理论来解释人类社会、认为人与人之间也是"最强者生存"的未来的动物学家,她向前跨了一步,莞尔一笑之后说:"干吗这样看着我?好像我是从海里爬上来的女特务。"

"欢迎您小岛考察,冯琦琦同志。"李丹不卑不亢地说。

"冯——琦——琦——?好美的名字!你是踏上我们008岛的第一个女性,你给我们这些孤岛鲁宾逊带来了光明。"留着小胡子的向天油腔滑调地说。

"胡扯淡!俺孩子她娘去年还上岛住了两个多月,连你的臭袜子都洗过,她难道不是女性?"胶东大汉刘全宝愤愤不平地反驳向天。

"她?当然不算。女性,是指那些年轻漂亮的姑娘。"向天狡辩着。

"那你说,你妈妈要算男性了?"刘全宝闷声闷气地问。

"老刘,干吗要骂人呢?"向天满脸发红,尴尬地说。

"哈哈,谬论家又被庄户孙打败了。"苏扣扣拍着手笑起来。

"得了,得了,苏扣扣,做你的奶牛梦去吧!明天冯司令就会给你送两头奶牛来。"向天嘲弄道,"你怎么不让冯司令给你送个媳妇来?"

"老向你不相信?等到冯司令真把奶牛送来,挤了牛奶你别喝。"苏扣扣说。

"冯司令会管你这些屁事!他老人家早就把008岛给忘了,你那封信不知在哪个字纸篓里睡觉哩,"向天轻蔑地皱皱鼻子,"上次冯司令来岛,那是新官上任三把火,是为了登报扬名,你没看到军区小报登着'冯司令视察海岛,关心战士生活,解决战士困难',狗屁!"

"向天!"李丹愠怒地喝道,"闭住你的嘴巴,把这袋土豆扛到伙房去。"

"'副司令',别发火嘛。不让说咱不说还不行?"他弯下腰,说,"来,老刘,把麻袋给我搭到肩上。"

刘全宝和苏扣扣把满满一麻包土豆抬到向天背上,向天吭吭哧哧地走了。

"冯琦琦同志,请不要见怪,我们就是这样生活的。"李丹不冷不热地对冯琦琦说。

冯琦琦点点头,她抬头望望扛着沉重的麻包在前边歪歪斜斜地走着的向天,心情一时很复杂。她对苏扣扣说:"小苏,据我所知,你那封信冯司令看了,也没扔到字纸篓里。"

"你是怎么知道的?"苏扣扣惊诧地问。

"我,是他的女儿。"

"啊?"苏扣扣和刘全宝惊愕地睁大了眼睛。

李丹脸色冷漠,挟起两袋子面粉向着营房走去。

李丹率领着三个大兵,在那间储藏室里为冯琦琦安了一张床板。008岛上没有招待被褥,李丹摘下了自己的蚊帐,老刘抽出了自己的褥子,苏扣扣拿出自己的被子,向天拿出自己的棉衣捆成一个枕头,七拼八凑,总算把这个千金小姐的床给铺好了。晚饭是在战士们的宿舍吃的,冯琦琦慷慨地拿出自带来的两袋牛肉干让战士们吃,但只有向天吃了几块。老刘和苏扣扣看着李丹的脸色,李丹不吃,他们也不吃,这反倒弄得冯琦琦很尴尬。晚饭后,李丹送给冯琦琦一个手电筒、两支蜡烛、一盒火柴,把她送到储藏室,转身就走了。

海岛的夜晚冰凉潮湿,海浪冲撞着房子后边的礁石,发出阵阵轰鸣。冯琦琦在跳动的蜡烛下枯坐了一会儿,觉得寂寞无聊,便吹灭蜡烛拉开被子睡觉。潮湿的被褥使她感到浑身难受,翻来覆去睡不着,海浪轰鸣的间隙里,传来一种若有若无的时断时续的窸窣之声,像蛇在草丛中爬,像钢丝在风里颤抖,像精灵在黑暗中喁喁低语,冯琦琦不觉有些害怕起来,便翻身下床,又重新点起蜡烛。床板下忽然传来"吱吱"的怪叫声,她揿亮手电筒一看,差点吓昏过去,原来,一条胳膊粗的黑蛇缠住一只大老鼠。冯琦琦惊叫一声,夺门而出。

住在隔壁的战士们闻声跑来。

"蛇……蛇……"冯琦琦结结巴巴地用手指着储藏室。李丹捏着手电筒走进去,对着床铺下照了照,若无其事地说:"蛇为我们除害,很好嘛。哎,你不是上岛来考察'生存竞争'的吗?就从这里开始吧!"

"你别怕,蛇根本不会向人主动进攻,我刚来时也怕得要死,后来才不怕了。我们副班长说,他们刚上岛时,见蛇就打,结果把老鼠的天敌打光了,老鼠才猖獗起来。现在,蛇是我们岛上的重点保护动物哩。"苏扣扣说。

"我敢跟蛇一个床上睡觉。"向天说。

苏扣扣说:"老向就会吹牛皮!有本事你把这条黑花蛇拿到床上去,我今天夜里替你站一班岗。"

"向天,去拿把铁锹来。"李丹支派走向天,对冯琦琦笑了笑,"有的人以为小岛上除了音乐就是诗,可不知道小岛上还有粗话和牢骚。"

"我是研究动物的。"

"你研究人吗?人也是动物。"

"马克思说,猴体解剖是人体解剖的一把钥匙。我想动物之间的关系也是理解人与人之间关系的一把钥匙。"

"这是错误类比。"

"哈?你还学过逻辑?"

"只要拿出钱走到书店里,书籍对当兵的和大学生一视同仁。"

"你现在自学的方向是……"

"正前方。"

向天拿来铁锹,把那条和老鼠纠缠在一起的蛇铲出去,扔在草丛里。惊魂未定的冯琦琦揿着电筒,把储藏室的每个角落都照遍了,唯恐再有一条蛇钻出来。

第二天早晨,冯琦琦在朦朦胧胧中听到海滩上有噼噼啪啪的声响,起初她以为大兵们在放机关枪,连忙爬起来,一看,嘀!原来是四个大兵围在一起放鞭炮。海滩上落了一层花花绿绿的碎纸片,空中弥漫着硝烟气味。苏扣扣那张娃娃脸上满是笑容,他站在一块突兀的礁石上,高声喊道:"妈妈,十七年前你在这个时刻生下了我,现在我站在大海中向你致敬!您的儿子十七岁了,能为您站岗了,身高一米六十二点五了,体重——不知道,反正比刚当兵时长胖了,妈妈,我挺想您,副班长说,站在礁石上高声喊您就会听到的——妈妈——!"

冯琦琦的心猛地颤抖了一下,她急忙跑回屋去拿来照相机,想把苏扣扣站在礁石上喊妈妈的情景摄下来,可是等她回来时,苏扣扣已经跳下礁石,向着她走来:"老冯同志,今天我过生日,副班长决定放假,全班为我庆祝,你愿意参加吗?"苏扣扣期待地望着她。

"愿意,当然愿意。"苏扣扣站在礁石上那一番真情高喊,好像推开了冯琦琦心灵深处的一扇窗户,从那里吹出了一股温暖的风,传出了一种委婉的音乐,使她鼻子酸溜溜地难受。她决定推迟自己的考察计划,先来考察考察这几个守岛兵,尤其是那个谜一般的副班长,也许,这比她原来的计划有意义得多。

"副班长,老冯同志也要参加我的庆寿大会!"苏扣扣高兴地对李丹说。李丹笑着点点头。

上午九点钟,潮水退下去了。沙滩上,四个守岛兵和冯琦琦围圈而坐。

"同志们,今天是小苏同志的十七诞辰。他基本上还是个小孩,可是他已经在这远离大陆的小岛上过了一年,晚上站岗,白天巡逻,一年四季,风霜雨雪,永远是那么欢欢乐乐,无忧无虑,我提议,为我们这个小兄弟的十七大寿,干杯!"李丹眼眶潮湿地说着,举起装满了白开水的搪瓷杯来。

"干杯!"四个搪瓷杯和一个铁碗碰到一起,水溅了出来。

每个人都喝了一口白开水,苏扣扣提议:"今天是我的生日,每人要出一个节目为我祝寿,行不行啊?"大家都点头答应。

"第一个节目,请副班长为我作首诗。"苏扣扣点将了。

"胡扯淡,我哪会作诗?"

"别谦虚了,'副司令',谁不知道你是大诗人,军区报上三天两头发作品。"向天嘴里嚼着冯琦琦拿来的巧克力说。

"好吧。"李丹双手搂住膝盖,默想片刻,低低地吟哦道:

> 我爱岛,
> 我爱岛上的风。
> 因为它永远眷恋着海岛,
> 即使去趟大陆,
> 也总是匆匆地赶回来,
> 像一个忠诚的守岛兵。

"这算什么诗?简直是大白话。"向天高叫道,"'副司令',来一首有味的,关于爱情的。"

"这一首里就全是爱情。"李丹说。

"不假,全是爱情,那海风,不就像我老刘吗?即使去趟大陆,也是匆匆地赶回来。俺孩子他娘眼泪在眼眶里打转,刚会走路的小儿子挓煞着小手叫爸爸,当时我那心呐,全都是爱情啊!就像那大浪头淹没礁石,哗——!千百条小溪从礁石上往下流。我想,何必呢?守岛七年了,连儿子的义务都尽够了,该回去了。可俺孩子他娘说,海生他爸,只管走你的,别记挂俺娘们,我饿不着,冻不着,村里照顾得挺好,你就在那儿安心干吧。领导上不撵你走,你自己别要求往家走……咳,俺那口子,真不愧是胶东老根据地的女人呐……"

"嗬,嗬,老刘,今儿是给扣扣祝寿,怎么又把孩子他娘给扯出来了?"向天不耐烦地说。

"说吧,说吧,老刘,我愿意听!说说大嫂是怎么爱上你的。"苏扣扣道。

"算了,不说了,还是给你祝寿。"

"那么,老刘,唱支歌吧,唱个山东小调《送情郎》。"苏扣扣说。

"老刘,你行行好,千万别唱,你那嗓门杀人不用刀。"向天挖苦道。

"老刘,唱吧。"李丹说。

憨厚的老刘,脸上突然显得肃穆起来,他把两只大手放在膝盖上来回擦着,擦着,脸憋得红红的,吭哧了半天,突然抬起头。他的嗓音醇厚,唱起歌来其实非常好听:

> 送情郎送到大门外,
> 妹妹送郎一双鞋,
> 千针万线一片心,
> 打不败老蒋你别回来。
> 送情郎送到大路边,
> 妹妹掏出两块大洋钱,
> 这一块你拿着路上做盘缠,
> 这一块你拿着去买香烟。
> ……

这些年来,冯琦琦听过各种各样的歌唱表演,但那些衣着华丽的歌唱家的歌声里,都缺乏老刘的歌声里所蕴含着的真情和魅力,老刘的歌声唤醒了她心灵深处深藏不露的女人的温情,她感到自己好像在海浪上漂浮,而歌声就是托住她的浪花……

"老刘,你唱得太好了……"冯琦琦举起水杯,说,"我提议,为小苏的十七大寿,也为老刘的那位妹妹,干杯!"

"干杯!"

"该你了,老向,出个什么节目?"苏扣扣问。

"我?我说个笑话。有一个县官做寿。"

"不听,不听,说过多少遍了。"

"好,另说一个。有一个小伙子对姑娘说:'你要这要那的,不怕人家说你是个高价姑娘吗?'姑娘说:'生命诚可贵,爱情价更高嘛!'"

"没劲。"老刘道。

"我再说一个,不信说不笑你们。"

"算了,老向。"苏扣扣说着,看了一眼李丹。

李丹脸色阴沉,额头上显出两道深深的皱纹。

"副班长,对不起……我不是有意触你的伤疤……"向天嗫嚅着说。

"副班长,这样的坏女人不值得留恋,她跟你离了正好,你要是不嫌弃俺胶东姑娘长得腰粗脸黑,就让俺孩子他娘给你介绍一个,保证贞节可靠。"

"那样,副班长可就回不了北京了。"向天说。

"回北京干吗?北京有什么好的?满街筒子是人,汽车来回窜,走个路都提心吊胆的,哪如俺胶东好,俗话说:烟台苹果莱阳梨,胶东姑娘不用提……"

"好了,兄弟们,为了小苏的十七大寿,干杯!"李丹举起搪瓷缸把半缸子水咕咚咚咚喝下去。

"小苏,我也要为你出个节目吗?"冯琦琦低声问。

"谢谢你,老冯同志,老冯,冯大姐,你就给我讲讲'生存竞争'、'最适者生存'吧……"

"一切生物都有高速率增加的倾向,因此不可避免地就出现了生存斗争,这种斗争是残酷的,你死我活的,而尤以同种间的个体斗争最为剧烈……而本种同性的个体间的斗争更为剧烈,其结果并不是失败的竞争者死去,而是它少留后代。雄性鳄鱼当要占有雌性的时候,它战斗、叫嚣、环走……雄孔雀把美丽的尾巴极小心地展开,吸引伴侣……总之,对于两性分离的动物,在大多数情形下,为了占有雌者,便在雄者之间发生了斗争。最强有力的雄者往往取得胜利。成功取决于雄者具有的特别武器,或者防御方法,或者魅力,轻微的优势就会导致胜利……这就是说,在自然界里,这是一条普遍规律……当然,不一定适用于人类社会……"冯琦琦面红耳赤地解释着。她忽然觉得,她奉之为人生信条的理论有着明显的局限性,对于人,对于这些兵,如果机械地套用和推论,那将要出现很多的不可解释的矛盾。

"你总算学聪明了一点,冯琦琦同志。有的男人并不一定使用他的'特别武器'、'防御方法'和'魅力',有的女人,也不一定去注意这些东西,人是动物,但动物不是人。"李丹说。

三个战士瞅着他们的副班长和面色苍白的冯琦琦,仿佛坠进了十里烟雾。而这时,明丽的太阳竟不知何时变成灰蒙蒙的了,有大块大块的铅灰色的乌云从东南方向滚滚飘来,雾蒙蒙的海面上开始涌起了一排排平滑的长浪,那长浪仿佛长得无边无沿,像一道道田埂追赶着向这片小小的沙滩涌来,海面上的鸟低低地盘旋着,惊恐不安地叫着。

"向天,今天早晨收听天气预报了吗?"李丹问。

"没有。"

四个大兵的脸都阴沉起来。眼下正是台风季节,而这一列列的长浪就是一个最危险的信号。

冯琦琦根本没来得及进行她的"生存竞争"考察,就被大风关了禁闭。她自小跟随当兵的爸爸走南闯北,也算得上是个见过世面的姑娘。内蒙古草原的白毛风,新疆戈壁滩的黄沙风,她都见过,可是那些风比起008岛的风来,简直都不值一提了。那天上午,海上起了长浪之后,"苏扣扣祝寿大会"仓皇而散(这个祝寿会本身就开得不吉利,冯琦琦暗想),刘全宝忙忙碌碌地去做饭,苏扣扣到岛上的山泉那儿去背水,李丹和向天和着水泥堵塞房子裂开的缝隙。冯琦琦从向天的骂骂咧咧中,知道了这排没有任何防风加固措施的简陋住房还是六十年代初期第一批驻岛兵盖的,几十年没有翻修过,甘泉岛守备连向要塞区后勤部连打了几个关于翻修008岛营房的报告,但都如石沉大海没有消息。"妈的,老子要是在这次大风中被这破房子砸死,一缕冤魂不散,先去把后勤部长卡死。"向天骂道。李丹瞪他一眼,他不说了。

半夜时分,冯琦琦被一种惊天动地的声响惊醒了。房子外面犹如万炮齐鸣,瓢泼般的大雨像密集的子弹扫射着房瓦;一道道纵横交错的闪电,一个个带着浓烈焦煳味的炸雷,仿佛就在房顶上。冯琦琦透过玻璃窗向外看去,借着一阵阵耀眼的电光,她看到岛上的树木都几乎匍匐在地上,瓦檐上的流水像湍急的瀑布飞泻而下,岛上成了一个水世界。她感到房子在哆哆嗦嗦地抖动,房梁也在咯咯吱吱地响。她恐惧地拉过被子蒙住了脑袋,尽管那条被子上有一股浓重的汗酸味,她也全然不顾了。

老天保佑,总算熬过了提心吊胆的一夜。第二天清晨,暴雨停歇,但风力没有削减,冯琦琦站在床板上,望着狂暴的海。她已经分不清哪是水哪是天了,海天连成一气,融为一体,变成一锅沸腾的滚水。远处海面上那些狼牙般的礁石也看不见了。这情景让冯琦琦不寒而栗。台风要把一个瘦长的姑娘卷到大海里简直不费吹灰之力。因此,她只能胆战心惊地在这间阴暗的储藏室里徘徊。桌上有老刘亲手做的六个大馒头,足够她吃三天的,桌子下边放着两暖壶开水,够她喝两天,一张废报纸上摆着六条烧熟的咸巴鱼,够她吃半个月,所以,尽管形势险恶,孤独、寂寞、心里发毛,但毕竟死不了人。

狂风暴雨一直折腾了一天两夜。早晨,风停了。这突然的安静竟使冯琦琦更加惶惶不安。她的年轻健美的身躯,竟一阵阵不由自主地颤抖,像在风雨中发抖的树叶。她没有勇气去打开那扇门,然而,大兵们已经把门敲响了。

"老冯,冯大姐,还活着吗?"苏扣扣在门外哈哈地笑起来。

冯琦琦不愿意将自己的软弱暴露给别人看,赶忙整衣整容,屏神息气,平平静静地开了门。

"让你受惊了。"李丹那双眼里仿佛有火花跳跃了一下,也不知是嘲讽,还是关切。

"我欣赏了一幅壮丽的油画。"冯琦琦轻松地说。

"大难不死,必有后福,说不定,我向天以后的日子就好过了。"

"别高兴得太早了,先生,这是台风眼。"刘全宝顶了向天一句。

"台风还有眼?"生物系高才生对气象学一窍不通,惊诧地问。

没有人来向她解释台风眼的问题。大家一齐跑到高坡上,张望着愤怒的海。尽管此时觉察不到风的流动,耳边听不到风的呼啸,但海水还在躁动咆哮。海中央好像有无数的恶龙在厮杀,一片片高如屋脊的黑色浪头,拥拥挤挤地、漫无方向地在海中碰撞,浪头碰着浪头,像一群巨人在摔跤、角逐。前边的倒下去,后边的站起来。整个海面成了一片奇峰突兀、怪石崚嶒的山峦。海空中没有一只鸟,海鸟正躲在岩缝里缩着脖子打哆嗦。小岛的树木微微抬起折弯的腰,好像随时准备趴下去,一些满身绒毛的鸟雏被摔死在地上。这时,冯琦琦忽然想起了爸爸的关于"天然鸡兔场"的设想,要是老头子经过一番008岛暴风雨的洗礼,绝对不会生出这般天真的幻想的。那兔、那鸡能禁得起这样激烈的风吹雨打吗?即使岛上没老鼠。看来,苏扣扣的"牛羊"设想也许可行,冯琦琦想着,不禁哑然失笑,她已决定,回去后一定要把这里的情况向老头子报告,撺掇爸爸给008岛和苏扣扣送几只羊、几头牛……而这时,又一个奇特的自然景象令这位未来的女学者冯琦琦眼界大开：只见那厚厚阴沉犹如一块沉重幕布的灰色天空，忽然裂开一条缝，露出了一线瓦蓝的天空，那线晴空蓝得刺目耀眼，令人不敢仰视，像苍天的一只眼睛，这就是所谓的"天眼开"吗？谁知道！那"天眼"周围则是立体的云，层层高耸，像一道悬崖峭壁。冯琦琦被这瑰丽的景象惊得目瞪口呆，面孔白得没有一丝血色。她偷偷地看了一下四个大兵，发现他们也都面有惶然之状，看来，这"天眼开"的景象他们也是初次见到。

"上帝保佑，阿门！"向天滑稽地在胸前画了一个十字。

"天眼"很快就闭上了。天又变得昏暗起来，云层也越压越低，在不远处的海面上云朵与浪头连接在一起，一大朵一大朵飞速旋转的黑云仿佛在浪间穿行，云与浪组成一道环形的高墙，在一步步地向里压缩、拥挤。小岛变成一个井底，井壁是海水，恶浪如张牙舞爪的怪云。空气凝重，气压越降越低，一种大难临头的恐怖使岛上的生物都像死去了一般鸦雀无声。冯琦琦看到在一条石缝里蹲着两只浑身精湿的野猫，挓挲着又长又硬的胡子，眼睛发着绿光，一动也不动。另一条石缝里，几十只海鸟拼命挤在一起，几十条细长的鸟脖子簇拥起来，仿佛有一只无形的大手在捏拢着它们……

"我，我给你们讲个笑话，有一个地理老师说……月亮大得很，那上边可以住几万万人……一个小学生突然笑起来，老师问：'你笑什么？'学生说：'老师，月亮变成月牙儿的时候，那上边的人多么拥挤啊！'……"

向天舌头打着嘟噜说完笑话，冯琦琦、苏扣扣、刘全宝都笑了。但那笑容宛如一道淡淡的霞光，顷刻就消逝了。唯有李丹朗声大笑，笑得那么开朗，那么真诚："向天，你这个笑话质量高，等台风过后，你把它写下来，寄到《中国青年报》'星期刊'去，肯定能发表。"

"我就是从那上边学来的。"

大家又一次忍不住地笑了。向天却一反常态，抽抽搭搭地像要哭起来："妈的，这鬼地方……这鬼风……老子要是这次死不了，说啥也要打铺盖下岛……哪怕到大陆上去蹲监狱,也比呆在这鬼地方好……"

"窝囊废!"刘全宝鄙夷地骂了一句。

"老弟,擦干眼泪,赶快上伙房烧水做饭。老刘,你也去。小扣扣跟我一起去,把我们的宿舍给冯琦琦腾一间,离得近点,准备万一。走,去搬床铺。"李丹拍拍向天的肩头,又转过脸来问冯琦琦,"你同意吗?"

"谢谢……"冯琦琦忽然感到有股热流哽住嗓子,泪水溢出了眼眶。

"等台风过后,让我们一起来考察008岛的生物链条,我们当兵的对这个也很感兴趣。"李丹脸上那种一贯的冰冷讥讽的表情消失了,他真诚地说。

冯琦琦永远也忘不了李丹这一瞬间所表现出来的细腻感情,这个心灵上烙着巨大创伤的年轻人,那真诚的面孔显得十分感人。

年轻的人们分头忙碌起来。李丹和苏扣扣随着冯琦琦来到储藏室帮助冯琦琦搬家。冯琦琦把牙缸、牙刷等杂物归拢好,又顺手从墙上摘下那顶用金黄色麦秸编织而成、俏皮的帽檐上镶着花边的遮阳小草帽。这时,她凭着下意识,感到有两道炽热的目光盯着她的手,她抬起头,果然看到李丹的那一瞬间又变得复杂莫测的眼神。

"你喜欢吗?……这顶草帽……是我同学回北京时从工艺商店排队买的……"她说,"现在北京姑娘最时兴戴这种草帽……如果你喜欢,就送给你……"冯琦琦语无伦次地说着。

"不,不,不喜欢。"李丹摇摇头,走上前去,把被子搬走了。

冯琦琦一把拉住苏扣扣,问:"小苏,告诉我,这是怎么回事?"

"副班长的爱人……不,那个坏女人,就是被人用一顶花边草帽引去了的……不,我也说不清楚……"苏扣扣慌慌张张地说,"副班长,这就抬床板吗?"

如果一场巨大的台风是一台戏剧,那么,如田埂般平滑的浪头在海上奔涌追逐就是序幕;第一个风浪冲击波是不同凡响的初潮;令人心灵压抑张皇失措的"台风眼"是惊心动魄的过渡;而"台风眼"之后的风暴就是真正的高潮!冯琦琦上岛后第五天下午,这个高潮就铺天盖地地展开了。起初,五个年轻人还在一起说说笑笑,可当"台风眼"匆匆过去,强台风最疯狂的第一声怒吼从大洋里扑上小岛之后,谈笑就成为不可能的了。大家按照事先的布置,把武器、食物放在身边,随时准备在房子经受不住暴风雨时冲出去,冯琦琦是刘全宝的重点保护对象,一旦发生什么情况,刘全宝就要不顾一切保护她——这是李丹暗暗交代给刘全宝的命令。

对008岛上这几间简陋的房屋来说,最大的威胁好像不是风,因为它建筑在岛子避风的低洼处,它的后边是一排屏障般的礁石。所以,尽管几十年来年年台风不断,但都未能摧毁它。但这一次却不同了。这一次的台风引起了强烈的海啸,一个个高如山峰的黑色巨浪飞过礁石,像一颗颗重磅炸弹,带着毁灭一切的气势,劈头盖脸地对着房子砸下来。五个年轻人围成一团,瞅着四壁和摇摇欲坠的房顶,在狂风巨浪中,他们觉得这房屋像纸糊的玩具一样,随时都可能坍塌在地上。副班长李丹面有踌躇之色,他正在紧张思索,权衡着撤出房屋与留在屋里凭侥幸度过这场灾难的利弊。但这时,房子里的人听到一阵如群狼叫嗥、如鼓角齐鸣、如裂帛、如惊雷、如迪斯科滚石音乐般的巨响,房顶塌陷下来,海水灌进房子,窗玻璃迸成无数碎片。

"快,带上武器冲出去!"李丹高喊着。在海的嘈杂吼声中,李丹的喊叫,微弱得就像蚊虫在遥远的地方嗡嗡嘤嘤。

刘全宝把冲锋枪甩上肩头,拉住吓得已浑身瘫软、双眼迷离的冯琦琦,一脚踢开房门,冲了出去,海水哗啦一声涌进屋来。向天什么也没顾上拿,空手从窗口跳了出去。这时,又一个巨大的浪头砸下来,海水混杂着房顶上的砖石瓦块落了下来。一根沉重的水泥预制梁打在正在把班用轻机枪抡上肩头的苏扣扣的腰上,苏扣扣扑倒在水里。房子的后墙经不起这连续的打击,像一个疲乏的老人一样缓缓地倒过来。李丹脸色铁青,一步冲上前去,用他那瘦削的肩头顶住了那堵墙壁。"快来救扣扣——!"他竭尽全力喊了一声。被风吹得紧贴石阶小路、拖着冯琦琦向高坡爬行的刘全宝,隐隐约约听到李丹的喊声,回头一看,只见面色惨白的向天跟在他的身后,李丹和苏扣扣没有出来。"向天,你妈的!"刘全宝把冯琦琦推到向天那里,喊道,"紧拉住她!"随后便团拢身子,一个就地十八滚滚回到已泡在海水中的房子里。他掀起水泥预制梁,把昏迷不醒的苏扣扣拖出来。这时,那堵危墙已经压弯了李丹瘦瘦的身躯。李丹的军帽已被海水冲走,头发凌乱地粘在脸上,嘴唇上流出了血。手托着苏扣扣的刘全宝一步跨出房门,没及回头,就听到背后轰隆一声闷响,砸起的水花溅了几丈高……

"副班长——!"被风浪冲击得左摇右晃的刘全宝大叫一声,泪水就蒙住了双眼。

"副班长——!"双手紧紧地抓住一棵小树的冯琦琦和向天也撕肝裂胆地叫了一声。

刘全宝背着苏扣扣,像一只海豹一样,慢慢地往上爬,海水时而淹没他,时而又露出他。等他来到向天身边时,回头一看,他们的营房已无影无踪,只有在风浪喘息的间隙里,才可以看到坍在水里的房顶。冯琦琦两眼发直地盯着那吞没了李丹的地方,那里,有一个金黄色的圆点跳动了一下,又跳动了一下……啊,是她的那顶漂亮的遮阳小草帽……

"副班长——!"刘全宝、冯琦琦、向天一齐喊叫。然而,回答他们的只有风浪、海水、雷鸣、电闪、鞭子一样的急雨,一排巨浪滚过,冯琦琦那顶曾使副班长李丹触景生情的花边草帽也消逝得无影无踪。

刘全宝背着苏扣扣,向天拉着冯琦琦,一点一点地向小岛中心的制高点爬去,那里,虽然他们的小岗楼早已被台风掀下大海,但岗楼后边的岩石上,有一个凹进去的石罅,也许能够安身。当他们挣扎到那里时，都已衣衫褴褛，遍身泥泞，刘全宝的两个膝盖血肉模糊，苏扣扣依然昏迷不醒……

　　站在小岛的制高点上，三个年轻人再次认识了台风这个横行恣肆的恶魔的狰狞面目。大学生冯琦琦从牙缝里咝咝地向里吸着凉气，心脏像被攥住了的小鸟一样扑棱乱跳。她甚至无法从她的词汇仓库里挑出几个语词来形容这歇斯底里大发作的世界。连刘全宝这个七年的老海岛兵也是第一次面对面地见到这骇人的景象，那黑脸上暴起了一层鸡皮疙瘩。向天的小脸焦黄发灰，双目呆滞无光，看起来，他的心里也在刮台风，也许是在为那片刻的怯懦而后悔吧？那挺班用轻机枪，本来是应该由他负责带出的，副班长有明确的分工。可是，他不但扔下了轻机枪，连自己的半自动步枪也扔掉了。

　　这场台风的强烈程度确是罕见的。在他们眼前，海与天连在一起，浪花像节日的礼花在空中成片成片地迸散、飞溅，急雨抽打着浪花，浪花与急雨交织在一起，无情地冲刷着这此刻更加显小、小得如一粒弹丸的小岛。天地之间都是灰色，这颜色随着怒潮的起落不时发生着变化，时而铁灰，时而深灰，时而又是拂晓前那种淡雅的银灰色。那风也是漫无方向地乱撞乱碰，像一条被网住了的鲨鱼，恨不得把天地间的一切撕咬得七零八落。

　　在这个小小的石罅里，竟然聚集了这么多的生物。湿毛贴着骨头、拖着长长的死蛇般的尾巴的野猫，惊吓得唧唧咕咕乱叫着的海鸟，这些本来是冤家对头的生物竟然也挤在一起，海鸟们甘愿冒着被野猫吞掉的危险而栖身石罅，这又令动物专业大学生冯琦琦那根对动物生存现象最敏感的神经向大脑中枢传递了几个信息，但这信息稍纵即逝，犹如敲打燧石时迸出的火星。

　　向天发疯似的从刘全宝肩上摘下冲锋枪，一下子扣到了快机，三十发子弹在几秒钟内喷吐出去，弹头打得石罅里火星飞迸，乱石飞溅，有一块尖利的石片贴着冯琦琦的腮边飞出去，使她的脸上渗出了一层小血珠。十几只野猫死的死，伤的伤，活着的凄厉地叫着噌噌地窜出去,那些海鸟扑棱棱地飞出去,有的即刻就被狂风像卷着一片枯叶一样抛了出去,有的则又大着胆子,仄棱着翅膀飞回石罅。

"谁让你随便开枪!"刘全宝放下苏扣扣,踢了向天一脚,夺回冲锋枪骂道,"妈的,对着畜生逞英雄!刚才你要不跳窗逃走,副班长能……"

"我该死啊!"向天蹲在地上,双手狠命地撕扯着乱蓬蓬的头发,嘶哑着嗓子哭起来。

冯琦琦和刘全宝把苏扣扣安置在石罅的最里边。苏扣扣呼吸急促,两条眉毛在上上下下地跳动。看来他的伤很重。冯琦琦伸手摸摸他的脉搏,脉搏缓慢重浊。冯琦琦仔细端详着苏扣扣,忽然发现这个小兵十分漂亮,那小小的双角上翘的嘴巴,长长的睫毛,凸出的、光滑明净没有一丝皱纹的额头。她真想俯下脸去吻吻这个可爱的小弟弟,但毕竟男女有别,况且对方是个大兵。她不知道狂风还能刮多久,不知道这个小战士的命运如何,甚至还不知道自己的命运如何。她心里发起酸来,便紧紧地咬住嘴唇,把那哽咽之声强咽下来,泪水却汩汩地从她脸上流下,反正,水花时时飞溅过来,谁也分不清她脸上是泪水还是海水雨水的混合物。

四个年轻人从风暴海啸的魔掌中逃到石罅已经两个多小时。扣扣醒过来一次,但很快就昏睡过去。冯琦琦的那块在如此狼狈的迁徙中,竟然没有丢失而且还滴滴答答走个不停的罗马女表的时针刚刚指向六点,天地间就拉开了无边无际的夜幕。石罅里漆黑无光,只有远处的海面上,近处的礁石上,因海水激烈振荡、海浪猛烈碰撞而使某些发光浮游生物和发光细菌放出一片片闪闪烁烁的绿色磷光。这是一个真正的饥寒交迫之夜,刘全宝把裤子、褂子全脱下来,盖在了苏扣扣身上,自己身上只穿着裤衩背心。冯琦琦穿着一件薄薄的无袖连衣裙,这种衣服只能遮体不能避寒,风雨袭来,冯琦琦感到像赤身跳进冰水之中,浑身麻木,仿佛连舌头也僵硬了。幸亏向天把自己的军衣脱下来披到她身上,才使她感到稍微好受了点。

半夜时分,雨停了。那风势也好像有所减弱,海洋深处那种震耳欲聋毫无间隔的喧嚣也变得有了节奏。这时,苏扣扣又一次醒过来了。

"副班长、副班长,机枪……"这是苏扣扣醒来的第一句话。

刘全宝、冯琦琦、向天百感交集地围拢过来。刘全宝握住了苏扣扣的一只手,向天握住了苏扣扣另一只手,冯琦琦双手摩挲着苏扣扣冰凉的下巴,三个人一时说不出话来。

"副班长,我们这是到哪儿啦?"苏扣扣挣扎着要坐起来,但是,被砸折了的脊椎一阵剧痛,使他不得不平躺下去。

"扣扣,我们是在岗楼后边的石罅里……"刘全宝低沉地说。

"副班长呢?"

"副班长……还在营房里……"

"副班长啊……我对不起你……扣扣,我也对不起你,都是因为我贪生怕死……"向天泣不成声地说。

苏扣扣号啕大哭起来,哭得完全像个小男孩,像个失去了兄长的小弟弟,冯琦琦痉挛的手指急剧地抚摸着苏扣扣的脸,泪水落到了自己的手上和苏扣扣的腮上。

以后的几个小时,谁也没有再说一句话。痛苦的沉默,沉默更增加了痛苦。黎明时分,风势进一步减弱,夜色渐渐消退,他们已经能彼此看清疲惫不堪的面孔和忧郁的目光。凌晨五点,阴霾的天空中,竟然钻出了大半个惨白的月亮,将它那寒冷的光辉洒在海面上,洒在小岛上。继而,又有几颗绿色的星星试试探探地从云层里露出来,惊恐不安地盯着薄雾缭绕动荡不安的海。

"副班长真的死了吗?他前几天不是还给我祝寿吗?他不是还念了一首诗吗……老刘,你不是要从胶东给他介绍个对象吗?……你们骗我,你们骗我……"苏扣扣又哭起来。

三个年轻人谁也不回答苏扣扣,各自的心里却都在想着那个面色白净、刚毅冷静的李丹。在苏扣扣断断续续的哭声中,传出一两声窒息般的抽泣,那是冯琦琦没忍住的悲声。

"扣扣,别哭了,副班长牺牲了,但我们还要活下去,我们还要高高兴兴地守海岛。向天,你不是会讲笑话吗?来,给大家讲一个。"刘全宝笑着说。

"有一个地理老师对学生说:晚上……"向天说不下去了。

"冯琦琦同志,请您再给小扣扣讲讲'生存竞争'吧,讲讲什么'孔雀的羽毛'……"

"我没有资格,我没有资格……是你们的行动……副班长粉碎了我的'最适者生存'……他说'人是动物,但动物不是人'……"

"老刘……唱个《送情郎》吧……唱给副班长听……"苏扣扣满脸泪水,盯着刘全宝的眼睛说。

"我唱,我唱……"刘全宝坐直身子,沙哑着嗓子唱起来:

> 送情郎送到大道上,
> 妹妹两眼泪汪汪。
> 哥哥你一去多保重,
> 打完了老蒋快回家乡。
> ……

天亮了。东边的天海相接处,出现了一片血红色的朝霞,太阳慢慢爬出海面,像一张巨大的剪纸贴在东边天上。这已是台风停歇的第二天早晨,也是冯琦琦上岛的第六个早晨。昨天,副班长的遗体,他们找到了,丢失的武器,他们找到了,几口袋粘成一团的面粉和一麻袋土豆,他们也找到了,可是,他们没有火,没有了能把面粉和土豆变成熟食的火,饥饿在威胁着四个年轻人。冯琦琦学着战士们的样子,咔嚓咔嚓地啃了几个生土豆,肠胃就开始绞痛起来,疼得汗珠直冒,趴在沙滩上打滚。苏扣扣病情日见严重,他开始发高烧,说胡话,整日昏迷不醒了。一大早,他们就站在沙滩上向甘泉岛方向遥望,那里有他们的连部,有他们的连长指导员,有几艘可以来往于各岛之间的机帆船。他们从清晨等到中午,两眼发酸地盯着大海,海上平静无风,飘动着乳白色的轻烟。可是,没有船来,没有那熟悉的机帆船的影子。

"向天,走,再去找信号枪!"刘全宝对着向天怒吼一声,摇摇晃晃地朝着那片废墟走去。连里跟他们约定过,如有紧急情况,就在晚上打三颗红色信号弹,可是他们的信号枪、信号弹都不知被风浪卷到哪个角落里去了。

几个小时后,十指鲜血淋淋的刘全宝和向天又重新坐回到沙滩上。刘全宝捏着一块拳头大的湿面团,大口大口地吞下去,吞完了,他站起来,平静地对冯琦琦和向天说:"小冯,小向,情况是这样,你们都看到了。我们这几个人要撑到连里的船或大陆上的船来是不成问题的,可是这样,小扣子就完了。现在唯有一条路,游到甘泉岛去,让连里派船来急救。"

"不行,到甘泉岛有三十浬,你们游不过去。"冯琦琦激动地说。

"我能游过去!"刘全宝脱下衣服摔在沙滩上,说,"小向,这两天我对你态度不好,你别见怪。我走后,你一定要照顾好小冯和扣扣……"

向天不说话,大口吞着生面团。

"我走了。"刘全宝向大海扑去。

"回来,老刘!"向天一把拉住刘全宝的胳膊,声泪俱下地说,"老刘,好大哥,扣扣受伤、副班长的死,都是我的过错造成的,你就把这个赎罪的机会留给我吧……"

"我是党员,是老战士,身体比你好。"刘全宝甩开向天的手急步向大海走去。

"老刘!你回来!"向天追上刘全宝,死死地拽住他。刘全宝双眼血红,一拳把向天打倒在地,纵身跳进海水。

向天跑回到他们存放武器的地方,抓起枪对天连放三枪,尖利的枪声呼啸着从空中飞过。

刘全宝水淋淋地走上沙滩,目光灼灼地盯着向天逼过来:"混蛋,你打算干什么?"

"老刘,你要是不把这次机会让给我,我,我就自杀!"向天扔掉枪,一步一步地向着海走去,海水没了他的脚踝,没了他的膝盖,没了他的胸腹,他忽地俯下身,双臂一挥一挥地渐渐消逝在那一层层洁白的浪花里……

"小向,注意保存体力!"刘全宝的嗓音低沉得像一个老人。

"小向……祝你成功……"冯琦琦低声地说,这声音只有她自己才听得到。

一年之后的一个阳光明媚的日子里,008岛中央那个石头砌成的馒头状陵墓前,站着四个人。

冯琦琦:李丹同志,我又来看你了。一年前那次008岛之行,使我的灵魂得到了净化。我从你身上,从你的战友身上,认识到了人生的真正意义。我抛掉了自己视为圣经的"社会达尔文主义",写了入党申请书……你的那首《岛上的风》,我已经工笔誊抄在一个最美丽的笔记本的首页上,让我现在默诵一遍,来安慰你的英灵吧……

刘全宝:副班长,俺老刘复员了,回家包了十亩地,日子过得挺好。眼下地里没活儿,就趁便来看看你。我回去后把你的事对你嫂子说了,她呀,泪蛋子噼里啪啦地流。她说,要是你不死,说啥也要把海生的小姨嫁给你。海生他小姨可是个俊姑娘,不像你嫂子傻大黑粗,可惜,没有等到你……

苏扣扣:副班长,我亲爱的兄长。本来躺在这岛上的应该是我,可是,你却抢去了……我在要塞区医院住了三个月,治好了伤,冯司令把我留在司令部当公务员,可是我始终眷恋着008岛,眷恋着你。今年三月份,我陪着冯司令来看过你一次,"老头子"站在你面前,为你鞠了三个躬,我看见他眼睛里满是泪水……

向天:副班长,"副司令"!我现在也是这岛上的"副司令"了。那场台风之后,我回过头去看了看自己走过来的脚印,都是那么七歪八扭的。我惭愧啊!副班长。聊以自慰的是,那天,我终于游上了甘泉岛,调来了机帆船,挽救了扣扣年轻的生命,减轻了我一点点罪孽……

"副班长,开饭了!"新建成的平顶钢筋水泥营房里,有一个穿着白工作服的战士在叫喊。四个年轻人缓缓地抬起头来。冯琦琦用朦胧的泪眼看了看那块黑色的大理石墓碑。那墓碑在她眼前渐渐化成一个白净的挂着几丝嘲讽之意的面孔……幻化成一个在海水中跳动的金黄色圆点……她把一顶金黄色的、俏皮的帽檐上镶着花边的小草帽轻轻地放在墓碑上。然后,掏出手绢擦擦眼睛,大步往下走去。她的耳边响起了羊羔咩咩的叫声,两头小牛犊追逐着从她眼前蹿过,蹿到用钢筋水泥筑成的牛棚里,它们的肚皮上都长着一团洁白的花。

(一九八三年)

售 棉 大 路

棉花加工厂大门口那盏闪烁着银白色光芒的水银灯还像一点磷火那样跳跃不定,棉花加工厂高大的露天仓库黑黢黢的轮廓还只像一些巨大的馒头坐落在山岭之上,棉花加工厂轧花车间的机器轰鸣声听来还像一群蜜蜂在遥远的地方嗡嗡嘤嘤地飞翔。总之,离棉花加工厂大门口还很远很远,杜秋妹就不得不把她的排子车停下。满带着棉花的各种车辆已经把大路挤得水泄不通。杜秋妹本来还想把车子尽量向前靠一靠,但刚一使劲,车把就戳在一个正在喂马的男人身上,惹得那人好不高兴地一阵嘟哝。杜秋妹暗中吐吐舌头,连声道歉着,无可奈何地将车子退到马车后边去。

正是农历的九月初头,正是九月初头的一个标准的秋夜,正是一个标准的秋夜的半夜时分,肃杀的秋气虽不说冷得厉害,但也尽够人受的。杜秋妹拉着八百斤棉花走了四十里路,跌跌撞撞赶了几个小时,沿途汗流浃背,此刻让冷气一吹,觉得浑身冰凉,不由自主地发着抖,上下牙咯咯地打着架,便赶紧从车上拽出一条麻袋披在肩上,然后坐在车上静静地等待天明。

已是后半夜了,夜色幽远深沉。但马路上并不宁静,不时有车马人声在路上响起,杜秋妹的车后边,又排起了一条长龙。这时,她的前前后后都闪烁着车老板挂在辕杆上的风雨灯发出的昏黄的光亮,骡马驴牛都在吃着草料,一片窸窸窣窣的声响,使这冰凉的秋夜显得更加漫长和不可捉摸。

天仿佛越来越冷,杜秋妹跳下车来,披着麻袋在地上跳动,跳一会儿,又爬上车去,苦熬苦挨。时间仿佛凝固了,黑夜仿佛永远走不到尽头似的,杜秋妹仿佛等了几年似的。但夜色依然是那么厚重沉郁,绝没有半点曦光出现。她忽发奇想,脱掉鞋袜,把脚放在花包上蹭了几下,然后使劲伸进一个棉花包里去,上身往后一仰,就势躺在车上,拉过麻袋蒙住了脑袋。她终于迷迷糊糊地睡着了。

黎明时分,她被冻醒了。这时,天忽然格外黑起来,暗蓝的天幕变成黝黑。天幕上寒星点点,空气冰冷潮湿。一会儿,黑暗渐渐褪去,天色也变淡了,天空也变高了。半边天空是海水般的深蓝,半边天空是鸭蛋壳般的淡青。不久,星星隐去了,东边地平线下仿佛燃起了一堆大火,把半个天空又染成橘红色,几条呈辐射状的长云则一直伸展到西半边天空,像几支横扫长天的巨笔。太阳虽然还没出来,但天已经亮了。赶马车的人们纷纷吹熄灯光,收拾起草料架子,准备赶车向前了。

直到这时候,杜秋妹才算是真正看清楚了这条长蛇般的车马大队,而且也搞清楚了自己的排子车在这条长蛇阵中的位置:棉花加工厂坐落在一个小山岭上,一条砂石路从对面岭上爬下来又爬上去,一直爬进厂里去。这两道岭,恰似两个大波浪,杜秋妹的位置正好在双峰夹峙的波谷。

太阳升起来了,通红的光线照耀着落在大地上的、车辆上的以及杜秋妹头上的那层薄薄的白霜,一切都反射出令人感到温暖的红色光辉,连杜秋妹周围的人和骡马驴牛嘴里喷出的热气也带着迷人的色彩。杜秋妹吃了一点干粮,活动了一下冰得麻木了的身躯,便开始和她的车右边一位拉着排子车的大嫂攀谈起来。从攀谈中知道这位大嫂名叫腊梅,是一位军人的妻子,家中尚有一个正在吃奶的女孩。

她比杜秋妹晚到一会儿,也是连夜赶了几十里路。原先以为能排上个头几名,上午卖了棉花,下午就可赶回家去,哪曾想到是这等阵势。大嫂十分忧虑,眉头紧蹙,脸色苍白。杜秋妹一个年轻姑娘,家中无牵无挂,早点回去晚点回去无所谓,但她为这位看上去有三十多岁的腊梅嫂焦心。她虽然没有结婚,连对象都没有,但女人的天性使她完全能够理解腊梅嫂的心情,于是便想办法安慰腊梅嫂。她说,也许卖起来是很快的,咱们就像一河被闸住了的水,只要一开闸门,就会哗哗地淌过去,放宽心,也许下午就能赶回去的……她的话虽是信口说来,但腊梅嫂却相信了似的,连连点着头,脸上浮起了健康女人的那种红晕。

杜秋妹的排子车前是一辆装得小山般的马车,马车主人披着光板子羊皮袄,戴着黑狗皮帽子,看上去像个半老头,但当他摘掉皮帽子,杜秋妹才发现他是一个挺嫩的小伙子。他的脸平常得像一块方方正正的砖坯,浑身上下都好像带棱带角。他手腕上带着一块亮晶晶的电子手表。此时,他甩掉了皮袄,满头冒着热气,在那儿将前后左右的马粪捡到挂在车下的皮桶里。马粪还飘着缕缕热气,散发着一股并不使庄稼人讨厌甚至有一种亲切感的气味。

杜秋妹是第一次来卖棉花,心里没底,便向年轻的车把式打听起来。车把式正忙着捡粪,不愿搭理似的抬起头来,但一看到杜秋妹黑红的脸盘上那两只水灵灵的大眼睛,马上就春风满面了。杜秋妹问道:"捡粪的大哥,你是车把式,走南闯北见识多,估摸着俺们这块什么时候能卖上?"车把式抬腕看看表,不无炫耀地回答道:"现在是七点二十八分三十一秒,十二点兴许差不离儿。"杜秋妹听罢,心中十分高兴,忽然记起夜里的事,便笑着问:"大哥,昨夜里俺的车把戳的就是你吧?对不起呀……"车把式咧着嘴笑起来,露出一口浅黄的牙齿:"嘿嘿,没啥,俺就是那毛病,爱嘟哝,你也别往心里去。""哪能怪你呢?"杜秋妹说罢忍不住地格格大笑起来。笑声惊动了马车右边那台十二马力拖拉机的主人,一个紫糖色面皮,留着小胡子,穿着喇叭裤,颇有几分小玩闹派头的小伙子。他正在车顶上蒙头大睡,此时爬起来,揉了揉惺忪的睡眼,狠狠地瞪了杜秋妹一眼,仿佛责怪她的笑声打断了他的美梦。他跳下车来,一转身就往路沟里撒尿。杜秋妹对着拖拉机啐了一口,红着脸回到排子车旁。腊梅嫂轻轻地骂着:"臊狗!死不要脸。"车把式看不顺眼了,一步闯过去,扯住机手的脖领子使劲揉了一把,喝道:"哎,伙计!狗撒尿还挪挪窝呢,你这么大个人,怎么好意思!"机手被车把式一揉,剩下的半泡尿差不多全撒到裤子里,吃了一个不大不小的亏,心中好不窝火,意欲以老拳相拼,但一打量车把式那树桩子一样的身板,自知不是对手,便破口大骂:"娘的,老子又没把尿撒到你家窝里,用得着你来管!""这儿有妇女!""妇女怎么着?谁还不认识是怎么着?""流氓!老子踹出你的大粪汤子来!"车把式勃然大怒,扑上去,但很快被人们拉住了。一位五十多岁的老者拍拍拖拉机手的肩头,淡淡地说:"小伙子,别在这儿丢人了,你想想自己家里也有女人就行了。"机手面红耳赤,悻悻地转到车前,跳到驾驶台上,再也不出声了。

　　车把式疾恶如仇的举动赢得了杜秋妹极大的好感,她用信任的目光瞅着他,并给了他一个甜蜜的微笑。车把式走上前来,刚想张嘴说点什么,一句话未及出口,就听到前边一阵喧哗,回头一看,只见车马攘攘,这条像僵死了的长蛇一样的车马大队开始蠕动起来。车把式连忙跑回车旁,抄起了鞭子。杜秋妹也兴奋地驾起车来,拉袢套上肩头。拖拉机手摇起车来,柴油机怪叫着,喷出一团团呛人的黑烟。一时间,马路上好像开了锅,马嘶、牛叫,赶车人高声大嗓地吆喝;人们兴奋、激动、跃跃欲试,在欢喜中忙碌、等待。大家都一个心眼地凝视着前方,都一个心眼地想着,向前走,向前走,哪怕是一分钟一步地向前挪,也是对人们的巨大安慰。杜秋妹两眼圆溜溜地瞪着前方,车袢抻得绷绷紧,煞进了她的肩头,她结实丰满的胸脯轻轻地起伏着,随时准备向前走。她恨不得一下子就飞到棉花加工厂里去,卖掉棉花,然后,拿着大把的票子去百货公司,不!先去饭馆子里买上十个滋啦啦冒着热气的油煎包,一口气吃下去,然后去理发馆烫个发,照相馆照张相,最后才去百货公司,去逛一逛,购三买四,去显示一下农村大姑娘的出手不凡与阔绰大方……杜秋妹父母早殁,一个哥哥大学毕业后分配到海角天涯,因此,她是一个可以放心大胆地努力劳动赚钱,并放心大胆地放手花钱的角色。

然而,现实情况却使杜秋妹大大失望,她的排子车仅仅向前移动了五米的光景,便触到了马车的尾巴,再也走不动。车马大队又像一根断了扣的链条一样瘫在路上。这是前进中的第一次停顿,对人们的打击并不重。大家都相信,这是偶然的,是棉花厂刚开大门的缘故。就像一个人吃饭时吃呛了一样,咳嗽几声就会过去。于是大家就耐心地等待着棉花加工厂"咳嗽",清理好它的喉咙,然后,源源不断的车马以及车马满载着的棉花,就会像流水一样哗哗地淌进去,并从另一头把拿着票子的人淌出来。

半个小时后,车队终于又移动了一次,移动了大约有十几米远。以后,车队就以每小时大约四十米的速度前进着。这种拥拥挤挤的、吆二喝三的、动动停停的前进方式,折磨得杜秋妹神经麻痹,烦躁不安。她不停地抬头看着可以代替时钟的太阳,不停地回头看着她夜间停车的地方,那儿有一棵纤弱的小白杨树,至今依然清晰可辨。事实证明,她的排子车总共前进了不过一百五十米,而从她把车停在那儿算起,到现在已经过了十几个小时。

到了十二点光景,车马大队再一次像死蛇一样僵在路上。杜秋妹闲得无聊,便与腊梅嫂再度攀谈起来。这一次她彻底地了解了大嫂各方面的情况,知道了大嫂看上去三十多岁,实则只有二十六岁多一点;知道了大嫂的丈夫在麻栗坡当副连长,一九七九年自卫还击作战被越南人的子弹在头皮上犁开一条沟,至今还留着一道明晃晃的大疤癞,致使他大热天也不好意思摘帽子;还知道了她的六十岁的患有气管炎的婆婆和八个月零三天的左腮上有个酒窝窝的小女儿,等等,等等。什么话都说完了,口里的唾沫全耗干了,可是一切如故,车马大队还是一动也不动。

骡马都焦躁地弹起蹄子来,远处几头拉车的黄牛不顾主人的叱咤卧倒在地上。车把式支撑起草料笸箩喂起牲口来。拖拉机手早已把机子熄了火,钻到车顶上用花包支起的洞洞里,打开了收音机,电台正在播放京剧《打渔杀家》,拖拉机手时而扯着破锣嗓子跟着瞎唱一气,时而又卷起舌头吹口哨,旁若无人,自得其乐。

太阳当头照耀,一点风也没有,天气闷热。杜秋妹回想起夜里冻得打牙巴骨那会儿,恍有隔世之感,颇有几分留恋之意。十三点左右,形成了这一天当中的一个热的高潮,白花花的阳光照到雪白的花包上,泛着刺目的白光,砂石路面上,泛起金灿灿的黄光;空气中充满了汗臭味、尿臊味和令人恶心的柴油味;骡马耷拉着脑袋,人垂着头,忍气吞声地受着"秋老虎"的折磨。后来,刮起了时断时续的东北风,立刻凉爽了不少,人、牲畜都有了些精神。杜秋妹肚子咕咕叫起来,她摸出一块饼,吞咬了一口,但舌头干燥得像张纸,一卷动仿佛唰啦唰啦响,食物难以下咽。她把饼让给腊梅嫂吃,腊梅嫂苦笑着摇了摇头。

车把式走上前来,跟杜秋妹商量了一下,决定由杜秋妹替他照看着牲口,由他到周围的沟里去打点水来,一是润润人的喉咙,二是饮饮牲口。杜秋妹面有难色地说:"万一前边走开了怎么办?俺一个人顾不了两辆车啊。"车把式思索了一会儿,终于想出了一个两全其美之策。他把杜秋妹的排子车拴在马车尾巴上,这样,马车就拖着排子车前进。车把式还说,即使他找水回来,也可以不把排子车解下来,这样就能省她一些气力。杜秋妹还想让腊梅嫂把排子车再拴到自己的车尾巴上,但车与车首尾相连,很难插进来,腊梅嫂也连声拒绝,于是只得作罢。

腊梅嫂的嘴唇上已鼓起了燎泡,溢出的奶水在胸前结成了两个茶碗口大的嘎巴,她几次用袖子偷偷擦眼,揩干几乎夺眶而出的泪水,杜秋妹偷眼看着腊梅嫂,心里酸溜溜的不是个滋味,但又爱莫能助。拖拉机手适才好像被晒蔫了气,凉风一起又还了阳,他又拧开了收音机。电台开始播放广告,广播员千篇一律的声音夹杂在乱七八糟的声响里,在斑驳陆离的空间里打着滚,加重着人们的烦躁。人们再也坐不住了,失去了静候车旁等待前进的耐心和信心。一部分人提桶四处找水,一部分人互相打听着车马大队停滞不前的原因。这样一开头,消息便一个接一个地从前边传来。一会儿说,车马停滞不前的原因,是加工厂里塞满了棉花,连人走的路都没有了,工人进车间要扒开棉花钻进去,出车间当然只有扒开棉花才能钻出来。棉农们拉着加工厂厂长不放,要求他想法加快收购速度,厂长急火攻心,一头栽到地上,人事不省,送到医院抢救去了……一会儿又有消息说,厂长根本没去医院,用凉水拍了拍头顶就出来了,领着人在赶铺新垛底,增设新磅秤,连瘸腿县长都惊动了,正一瘸一颠地在加工厂内调查情况……后来又有消息说,根本没有厂长昏倒那回事,加工厂里也没有满到那种程度,车队停滞的原因,是一辆手扶拖拉机被一辆二十五马力"泰山"拖拉机撞进了道沟,机手砸断了三根肋条,公安局派来警察保护现场,一会儿拍完了现场照片,大路就会畅通……消息连续不断地传来,大概前后肯定,否定,否定之否定,否定否定之否定了十几个回合的光景,老天保佑,车马大队终于又前进了。

　　杜秋妹一边手忙脚乱地招呼着牲口。一边焦灼地张望着车把式走的方向,盼望他能早点回来。车队虽然还像蚯蚓一样缓缓蠕动,拖拉机手却不停地猛踩油门,使没有充分燃烧的柴油变成一股股黑烟,喷到杜秋妹身边,把她包围在肮脏的烟雾里。这种挑衅性的使奸耍坏,带着明显的报复色彩,拖拉机手大概已把杜秋妹和车把式列为"一丘之貉"。

　　杜秋妹是决不吃哑巴亏的,她挥动着鞭子愤愤地说:"哎!你积点德好不好?"

　　机手不屑地耸耸鼻子,反唇相讥:"怎么啦,太太,我把你的孩子扔到井里去了?你赶你的车,我开我的车,咱们是大路朝天,各走半边,井水不犯河水。"

"你加什么油门?!"

"废话!不加油门车能动?"

"有你这样加油门的吗?像抽羊角风一样!别以为你大姑没见过拖拉机,你大姑家里有两辆大汽车没愿开来哩!"

周围的人们友好地笑起来。机手很尴尬,自寻台阶下驴,说:"看你是个老婆,老子不跟你一般见识。"

"放屁!"杜秋妹大骂一声,抬手就是一鞭子,机手一闪身,躲了过去。这一鞭子没打着,杜秋妹紧接着骂道:"你娘才是个老婆!"

机手猛跳下车,冲到杜秋妹面前,但一见杜秋妹横眉竖目准备拼命的样子,便狠狠地吐了一口唾沫,缩了回去。

这时,车把式提着一桶水回来了。杜秋妹抢上前去,把嘴贴到水面,咕咚咕咚灌了一个饱。腊梅嫂也喝了一点水,然后,大家随便吃了一点干粮。拖拉机手坐在驾驶座上连头也不回,一支接一支地抽烟。车把式招呼他:"哎,伙计,喝水不?不喝可要饮马了。"机手聋了似的一声不吭。杜秋妹低声说:"理他呢!"渴极了的马把脖颈伸过来,咴咴乱叫。"不喝真要饮马了……"车把式话没说完,马的嘴巴已经扎进了水桶里。

一会儿工夫,东北风忽然大了起来。东北方向的地平线上,也滚起了一些毛茸茸的灰云。阳光已不强烈,路面上刺目的光线变得柔和了,而这时,车队竟也破天荒地连续前进了大约二百米。行进中,杜秋妹忽然闻到一股烧着棉布或是棉花的气味儿。她一边翕动着鼻翼,一边检查了腊梅嫂的排子车。腊梅嫂说:"八成是拖拉机上烧着什么了,刚才他还抽过烟。"杜秋妹腾腾跑上前去,高叫着:"停车!"拖拉机手瞪了她一眼,并不理睬。这时,杜秋妹已经看到了车上那只冒着白烟的花包,急忙大叫道:"你车上着火了!"机手一回头,脸煞地白了,急忙刹住车,跳上车斗,把着了火的棉花包扔下地来。花包一落地,呼啦一下子腾起了半尺高的火苗。杜秋妹一猫腰,拖着棉花包就滚下了道沟。人们一齐拥下沟去,捧土将火压灭……

这包棉花烧掉了大约三分之一,剩下的三分之二,经过众人反复检查,确信没有余烬时,才又帮助机手抬到车上。早晨替他和车把式劝架的老者走上前去,说:"小伙子,你怎么尽干些没屁眼的事儿呢?干这活儿怎么敢动烟火呢?老爷子烟瘾比你不大?烟袋都扔在家里不敢拿哩……"

众人也纷纷议论起来:"伙计,你今天好大灾福!再晚一会儿,这车棉花就算报销喽!"

"连我们也要跟着沾光!东北风这么大,还不闹个火烧连营!"

"嗨,多亏了姑娘鼻子好使,顶风还能闻得到……"

人们一齐又把赞赏的目光投到杜秋妹身上,看得她不好意思起来。她的手上烫起了几个大水泡,裤子也烧了一个鸡蛋般大的窟窿。

机手红着脸,嗫嚅着:"……大姐,您宰相肚里跑轮船,刚才……"可杜秋妹扭过身去再也不去理他。

车把式关切地走过来,请她坐到马车上去,杜秋妹摇摇头拒绝了。这时,前边的车辆又纷纷行动,车把式急忙跑回去照料车马。腊梅嫂执意不肯再让杜秋妹帮她拉车,但拗不过,只好又递给她一根拉袢。两个人弯着腰,跟在拖拉机后一节一节地前进。

东北风愈刮愈大,风里夹杂着潮气和泥土腥味,马路两旁收获后的庄稼地袒露着胸膛,苍茫辽远,风刮着焦干的豆叶在道沟里滚动,唰啦唰啦响个不停。杜秋妹的排子车前进约有一华里,爬完了这个大慢坡的六分之一,离棉花加工厂大门又近了一些。这时喧闹的车马大队又一个彻底停住了。

腊梅嫂急得嘤嘤地哭起来。她那胀得像石头一样硬的乳房,使她想象到家中饿得号啕大哭的爱女与倚门而望的老娘。这狼狈不堪的处境,又使她怨恨起在麻栗坡当副连长的男人;因为他的缘故,才使她一个妇道人家像牲畜一样拉着车连昼带夜地来卖棉花。杜秋妹也陪着腊梅嫂流了几滴同情的眼泪,更引逗得腊梅嫂悲声哽咽。杜秋妹怕她哭坏了身子，便劝慰大嫂说:"大嫂,你不必哭了,世上没有过不去的河,没有爬不上去的坡,孩子八个月零三天,不！零四天,已经不小了,你说过家中还有奶粉、麦乳精,还有她爸爸的装着乳胶奶子头的奶瓶,家中还有奶奶,会照顾好她的……要不你就回家一趟？来回一百里路,非把你累倒在路上不可……"车把式送过来半包饼干,又不知从哪儿搞来一个红皮大萝卜,用刀子割成两半,逼着杜秋妹和大嫂吃下去。拖拉机手也凑过来说了几句劝慰的话,并且表示愿意把大嫂的排子车拴到他的车尾巴上拖着走；如果大嫂愿意的话,卖完棉花后他可以先开车把大嫂送回家,如果杜秋妹也愿意,他更乐意效劳……

人们愤愤的牢骚声四面响起,拖拉机手甚至破口大骂。他骂棉花加工厂里都是些混蛋,回去后一定要写封信到报社里去告他们一状……机手骂够了,突然想起了他的收音机,他取出来拧开。电台正在进行天气预报:今天夜间到明天,多云转阴……局部地区有雷阵雨……

杜秋妹敏感地跳起来,嚷道:"听到了没有？有雷阵雨！局部地区有雷阵雨！"听到这消息,霎时间,人们心里像十五只吊桶打水,七上八下,全没了主意。杜秋妹说:"雷阵雨,人倒不怕,权当洗个凉水澡,可是棉花,棉花可就完了。加工厂是不会要湿棉花的,我们还得拉回家去,再晾、再晒;再晾再晒也白搭,棉花让雨一淋就会发黄、发红、降级、压价、少卖钱,我们还得再来排队、熬夜……"

这将要来临的秋季少见的雷雨,对车马大队的威胁显然是大大超过了棉花加工厂的夜间关门。车把式毫不犹豫地点亮了他的剩油不多的风雨灯。人越聚越多,暗淡的灯光照着一张张惶惶不安的面孔。大家都抬头看天,天果然有些不妙,风利飕有劲,潮气很重,东北方向的天空像有千军万马在集结待命,乌压压,黑沉沉,仿佛只要一声令下,就会冲过来,就会遮天盖地。没有被阴云吞噬的晴空中,还有几个星星在发抖;西边林梢上那一勾细眉般的新月,也好像在打着哆嗦。一会儿,神使鬼差似的,就在东北方向遥远的地方,一道贼亮的闪电划开了夜幕,很久,才响起了一阵沉闷的雷声。

雷声一响,人们纷纷跑回到自己的车旁,至于跑回去干什么,恐怕没有人能够解释清楚。杜秋妹、车把式、拖拉机手、腊梅嫂这几个不打不相识的朋友聚在一起,冷静地分析了情况,大家一致认为:走是不现实的,因为路上的车一辆接一辆,要想掉转车头抢在雷雨之前赶回家,简直比登天还难。于是,剩下的只有一条路,留在这里,听天由命,把希望寄托在侥幸上。不是说局部有雷阵雨吗?也许我们是在那个局部之外。但还必须采取一些防护措施……

拖拉机手有一块篷布,车把式车上有一块塑料薄膜。车把式提议把四辆车上的棉花统统卸下来垛在一边,上边用篷布和塑料薄膜蒙住,这样,在一般情况下可保无虞。杜秋妹和腊梅嫂不愿给他们添麻烦,尤其是不愿给拖拉机手添麻烦,因为他的篷布很大,完全可以把拖斗罩过来。拖拉机手稍微犹豫了一下,接着便表现得慷慨大度,说了一些有苦同受有福同享之类的话,杜秋妹和腊梅嫂一时都很感动,于是大家便按计划行动起来。

棉花盖好了。人无处躲藏,就一齐坐在马车上,静候着雷雨的到来。车把式的风雨灯熬干了油,不死不活地跳动了几下,熄灭了。风也突然停了。一只雨信鸟尖叫着从空中掠过,翅膀扇动的声音都听得清清楚楚。原先一直低唱浅吟的秋虫也歇了歌喉。一切都仿佛在耐心地等待;一切都仿佛进入了超生脱死的涅槃境界。就这样不知呆了多长时间,突然,一种窸窸窣窣、呼呼噜噜、轰轰隆隆的声音从东北方向滚滚而来,一时间天地之间仿佛有无数只春蚕在野咬桑叶,无数只家猫在打着鼾,无数匹野马掠过原野。紧接着,一直在东北方横劈竖砍的闪电亮到了头顶,震耳的雷声也在人们耳边响起。顷刻之间,风声大作,风里夹杂着稀疏但极有力的雨点横扫下来,像鞭子一样抽打着人的颜面。杜秋妹和腊梅嫂紧紧地偎在一起,像打摆子一样浑身战栗着。车把式把他的光板子皮袄蒙到了两个女人头上。风雨雷电像四个互相撕咬着、纠缠着的怪物,打着滚、翻着筋斗向西南方向去了。剩下的只有遒劲冰凉的小东北风,吹拂着惊魂未定的人们。渐渐地,首先是从西北方向露出了一丝深蓝的夜空和几颗耀眼的星辰,很快便晴空如洗满天星斗了。

真是幸运极了,这场外强中干、虚张声势的雷阵雨并没落下多少,连光板子皮袄都没打湿。棉花罩在篷布下,料想是无妨的,杜秋妹心中轻松了一些。大家都不说话,各自想着自己的心事。车把式大睁着眼睛,竭力想看清杜秋妹那两只动人的眼睛,努力想象着杜秋妹鲜红娇艳的双唇。拖拉机手又百无聊赖地捣鼓开了他的收音机。腊梅嫂则始终紧紧搂住杜秋妹,将她那充满奶腥味的胸膛挤在杜秋妹肩头上。就这样,他们一直静坐到半夜时分。秋风无情地扫荡着大地,寒冷阵阵袭来,打透了人们的单薄衣衫。杜秋妹和腊梅嫂躲在腥膻扑鼻的皮袄下边还是一个劲发抖。偏偏就是在这时候,那件事又按着自己固有的周期,来到了杜秋妹身上。杜秋妹根本没曾想到卖车棉花要在外边耽搁这么长的时间,所以全无准备。众多的不方便、不利索所带来的羞涩、烦恼、痛苦,折磨得这个刚强的大姑娘禁不住地啜泣起来。腊梅嫂以敏感的嗅觉和女人之间共通的心理马上明白了是怎么一回事,但她一时也没有办法,手边连一块纸头也没有,四周全是寒冷和没法说话的男人,她不免联想到做一个女人的诸多不便,忍不住又抹泪了。

车把式听到两个女人的哭泣,以为她们是给冻的,便又把狗皮帽子摘下来扣到杜秋妹头上,机手也把雨衣披到两个女人身上去,两个女人说她们不冷,把帽子和雨衣还给车把式和机手,依然抽泣不止。

车把式在黑暗中抓住杜秋妹的手,问她是不是病了,如果病了,他可以背着她从田野里斜插到另一条公路上去,到就近的医院里去求医。杜秋妹连连摇头,车把式又问为什么?腊梅嫂终于说道:"妇女的事,你打听什么?"车把式像扔掉一块热铁一样放开了杜秋妹的手,这时他才意识到竟然荒唐大胆抓住了一个大姑娘的手。他知趣地搓着双手,慌忙跳下车转到棉花包后边去。还是腊梅嫂急中生智,从自己的棉花包里抽出一大把棉花给了杜秋妹……

凌晨四点多钟,杜秋妹被腊梅嫂推醒。她睁开蒙眬的眼睛,看到车把式和机手已经把拖拉机和两辆排子车全部重新装好,机手正在用绳子将腊梅嫂的排子车拴到拖拉机的尾巴上。两人急忙跳下马车,冻麻了的腿脚使她们行动起来连瘸带拐,十分滑稽可笑。她们满腹的感激话一句也说不出,只将一行行热泪挂到冰冷的腮上。她们帮忙装上马车,车把式也把杜秋妹的排子车重新拴好在马车上。东方已是鱼肚白色,从小岭背后的村庄里传来了一两声小公鸡稚嫩然而却是一本正经的鸣叫。黎明的清冷又一次来袭击她们,杜秋妹因有事在身,更兼连日劳累不得温饱,颇感狼狈。

经过这一夜风雨中的同舟共济,他们四个现在成了可以相互信赖的好朋友了。从昨天车马的进度看,他们对今天也不抱太大的希望。这样,四个人都聚到一起商量,应该到附近买点食品回来,准备在这儿再熬一天。车把式提议要买两把暖壶,到附近村庄去灌两壶开水。杜秋妹提议给两个男子汉买一瓶烧酒,让他们喝一点,驱驱寒气,解解困乏。这个提议立刻得到腊梅嫂的赞同。两个女的没有带钱,机手口袋里只有几个钢镚。车把式摸摸口袋,看看腕上的表,忽然说他有钱,一切他包了。但杜秋妹明确表示,卖了棉花她愿把账目全部承担;其余三人当然不干,于是决定暂时不管这件事,到时再说,决定派两个男的去采购,女的留守原地看管车辆。

早晨七点多钟,站在车上一直朝西南方向望着的杜秋妹兴奋地叫了起来,腊梅嫂也看到了跌跌撞撞地朝这儿跑着的车把式和机手。她们像迎天神一样把他们俩接回来,机手把买回的暖壶等物件撂到车上,车把式满脸是汗,呼呼地喘着粗气,匆匆拉开皮兜子的拉链,一兜子肉包子冒着热气,散发出扑鼻的香味。杜秋妹顿时觉得饿得要命,恨不得把兜里的包子全吞进肚子里去。周围的人们也围拢上来,打听着包子的来处和价钱。车把式一边回答,一边客气地让着周围的人吃一个尝尝,人们也都客气地拒绝。一会儿,就有几个小伙子一溜烟地向县城方向奔去。

四个人好一阵狼吞虎咽。按他们肠胃的感觉还刚刚半饱的时候,腊梅嫂就劝大家适可而止,一是怕撑坏了肚子,二是必须有长期坚持的准备,因为根据昨天的经验来看,今天能否卖掉棉花还很难预料,因此要细水长流,留下些包子当午饭。

吃过饭,车把式把腊梅嫂拉到一旁,红着脸递给她一个纸包,让她转交给杜秋妹。腊梅嫂打开一看,马上明白了。她拉着杜秋妹就向远处的小树林走去。腊梅嫂边走边夸着说:"这小伙子不错,心眼好,连这事都想得这么周到。"

半小时后,她们每人抱着一些青草回来。杜秋妹把青草丢给饿得咴咴叫的骡马,面孔通红,双眼直直地盯着车把式憨厚的脸,低声说:"好心的大哥,俺一辈子忘不了你……"

拖拉机手瞥见了这一幕,脸上出现极为复杂的表情。

又是太阳升到一竿子高的时候了,车马大队开始前进。忽然从前面传过来消息说,县委书记亲临加工厂解决问题,昨天夜里清理通道,赶铺新垛底,增设了新磅秤。开始人们还将信将疑,但过一会儿工夫,果然队伍前进的速度惊人。不到两个小时,杜秋妹坐在高高的马车上已经清清楚楚地看见了棉花加工厂挂在门口的大牌子以及门口挤成一个蛋的人马车辆。阳光照耀着杜秋妹欣喜的笑脸,车把式不时回头向车上看看,问一问杜秋妹的饥饱冷热。杜秋妹用会说话的眼睛使他得到了满足和幸福。腊梅嫂坐在拖拉机上,居高临下地看着这两个年轻人,脸上不时出现会意的笑容。

中午时分,她们和他们的车拥进工厂的大门,经过扦样、测水、检验、定等级等手续,再到垛前过磅,过完了磅又把棉花包滚到高高的垛上去,最后到结算室算账领款。领到了钱,杜秋妹要付给车把式买东西的钱,车把式哪里肯依,说只当是自己请客,其他两位也只好这样作罢。

临分手时,杜秋妹突然想起:一整天没见车把式捋着袖子看电子表了。她对这位尚不知姓名的青年,大有相见恨晚之感。她用深情的眼睛向车把式发射着无线电波,同时,她的大脑里最敏感的部位也不断接收到了从车把式心里发出的一连串的脉冲信号……

(一九八三年一月)

民 间 音 乐

　　古历四月里一个温暖和煦的黄昏,马桑镇上,到处都被夕阳涂抹上一层沉重而浓郁的紫红色。镇中心茉莉花酒店的店东兼厨师兼招待花茉莉就着一碟子鸡杂碎喝了二两气味香醇的黄米酒,就着两块臭豆腐吃了一碗捞面条,然后,端起一个泡了浓茶的保温杯,提着折叠椅,爬上了高高的河堤。八隆河从小镇的面前汩汩流过。登上河堤,整个马桑镇尽收眼底,数百家青灰瓦顶连成一片,一条青麻石铺成的街道从镇中心穿过;镇子后边,县里投资兴建的榨糖厂、帆布厂正在紧张施工,红砖墙建筑物四围竖着高高的脚手架;三里之外,新勘测的八隆公路正在修筑,履带拖拉机牵着沉重的压路机隆隆地开过,震动得大地微微颤抖。
　　正是槐花盛开的季节,八隆河堤上密匝匝的槐树枝头一片雪白,浓郁的花香竟使人感到胸口微微发闷。花茉莉慢慢地啜着茶叶,穿着拖鞋的脚来回悠荡着,两只稍稍斜视的眼睛妩媚地睇睞着河堤下的马桑镇与镇子外边广袤的原野上郁郁葱葱的庄稼。
　　黄昏悄悄逝去,天空变成了淡淡的蓝白色,月光清澈明亮,八隆河上升腾起氤氲的薄雾。这时候,花茉莉的邻居,开茶馆兼卖酒菜的瘸腿方六、饭铺"掌柜"黄眼也提着马扎子爬上河堤来。后来,又来了一个小卖部"经理"麻子杜双和全镇闻名的泼皮无赖三斜。

堤上聚堆而坐的五个人,是这小小马桑镇上的风云人物,除了三斜以他的好吃懒做喜造流言蜚语被全镇人另眼相看外,其余四人则都凭着一技之长或一得之便在最近两三年里先后领证办起了商业和饮食服务业,从此,马桑镇有了有史以来的第一个"商业中心",这个中心为小镇单调枯燥的生活增添了不少乐趣和谈话资料。

由于基本上各干一行,所以这四个买卖人之间并无竞争,因而一直心平气和,买卖都做得顺手顺心,彼此之间和睦融洽。自从春暖花开以来,每晚上到这河堤上坐一会儿是他们固定的节目。泼皮三斜硬掺和进来凑热闹多半是为了花茉莉富有魅力的斜眼和丰满浑圆的腰肢。他在这儿不受欢迎,花茉莉根本不睬他,经常像轰狗一样叱他,他也死皮赖脸地不肯离去。

四个买卖人各自谈了一套生意经,三斜也有一搭无一搭地瞎吹了一些不着边际的鬼话,不觉已是晚上九点多钟,河堤上已略有凉意,秃顶的黄眼连连打着呵欠,花茉莉已经将折叠椅收拾起来,准备走下河堤,这时,三斜神秘地说:"花大姐,慢着点走,您看,有一个什么东西从那边来了。"

花茉莉轻蔑地将嘴唇噘了一下,只顾走她的。她向来不相信从三斜这张臭嘴里能有什么真话吐露出来。然而,一向以忠厚老实著称的麻子杜双也说:"是有什么东西走来了。"黄眼搭起眼罩望了一会儿说:"我看不像是人。"瘸腿方六说:"像个驴驹子。"

走过来的模糊影子还很远,看不清楚,只听到一种有节奏的"笃笃"声隐约传来。

五个人沉默地等待着,月光照耀着他们和满堤开着花的槐树,地上投下了一片朦胧的、扭曲的、斑驳陆离的影子。

"笃笃"声愈来愈清晰了。

"不是驴驹,是个人。"方六说。

花茉莉放下折叠椅,双手抱着肩头,目不转睛地盯着渐渐走近的黑影。

一直等到那黑影走到面前时,他们才看清这是个孱弱的男子汉。他浑身上下横披竖挂着好些布袋,那些布袋有细长的、有扁平的、有一头大一头小的,全不知道里边装着一些什么玩意。他手里持着一根长长的竹竿,背上还背着一个小铺盖卷。

三斜划着一根火柴,照亮了来人那张清癯苍白的脸和两只大大的然而却是黯淡无光的眼睛。

"我是瞎子。面前的大叔、大哥、大婶子、大嫂子们,可能行个方便,找间空屋留我住一宿?"

五个人谁也没有吭气。他们先是用目光把小瞎子上上下下打量一遍,然后又彼此把目光投射到其他四个轮廓不清的脸上。

"瞎子,老子倒是想行行善,积点德讨个老婆,可惜家中只有一张三条半腿的床。"三斜嘲弄地说。

"那自然只好作罢。"瞎子心平气和地说,他的声音深沉凝重,每一个字都像是从胸腔里发出来的。

"黄掌柜,"瘸子方六道,"你家二闺女才出嫁,不是有间闲房吗?"

"哎哟我的六哥呐,你难道忘了我的三闺女已经十五岁,她姐前脚出门,她后脚就搬进去了……还是麻子老弟家里宽敞,新盖了三间大瓦房。"

"我家宽敞不假,只是今日才去县里进了一批货,摆得没鼻子没眼,连插脚的地方也没有啊……方六哥,你家……"

"快甭提俺家,老爷子就差点没睡到狗窝里去了……"方六着急地嚷起来。

"既然如此,就不打扰了。多谢诸位乡亲。"小瞎子挥动竹竿探路,昂然向前走去。

"你们这些臭买卖主,就是他妈的会油嘴滑舌,这会儿要是来一个粉嫩的——像花大姐一样的女人找宿,有十个也被你们抢走了,三爷我……"

"滚你娘个蛋!"没等三斜说完,花茉莉就将保温杯里的残茶十分准确地泼到他的脸上。然后,她将折叠椅夹在胳肢窝里,几步赶上去,拉住小瞎子的竹竿,平静地说:"跟我来吧,慢着点走,这是下堤的路。"

"谢谢大嫂。"

"叫我大姐吧,他们都这样叫。"

"谢大姐。"

"不必。"

花茉莉再没说什么,小心翼翼地牵着小瞎子走下河堤,转到麻石铺成的街上。站在堤上的四个人听到了花茉莉的开门关门声,看到了从花茉莉住室的苹果绿窗帘里边突然透出了漂亮而柔和的光线。花茉莉晃动的身影投射到薄如蝉翼的窗帘上。

河堤上,三个买卖人互相打量着,交换着迷惘的目光,他们好像要说点什么,但终究什么也没有说,彼此点点头,便连连打着呵欠,走回家去睡觉。他们都已过中年,对某些事情十分敏感而机警,但对某些事情的反应却迟钝起来,花茉莉把一个小瞎汉领回家去寄宿,在他们看来虽然有点不可思议但又毕竟是顺理成章,因为他们的家中虽然完全可以安排下一个小瞎子,但比起花茉莉家来就窄巴得多了。花茉莉一人独住了六间宽敞明亮的瓦房,安排三五个小瞎子都绰绰有余。因此,当小瞎子蹒跚着跟在花茉莉身后走下大堤时,三个人竟不约而同地舒出了一口如释重负的长气。

唯有泼皮无赖三斜被这件事大大震惊了。花茉莉的举动如同电火雷鸣猛击了他的头顶。他大张着嘴巴,两眼发直,像木桩子一样揳在那儿。一直等到三个买卖主也摇摇摆摆走下河堤时,他才真正明白过来。在三斜眼里,这可是一件非同小可的事情,他心里充满醋意与若干邪恶的念头,他的眼睛贪婪地盯着花茉莉映在窗帘上的倩影与小瞎子那一动不动的身影,嘴里咕咕噜噜吐出一连串肮脏的字眼。

现在该来向读者介绍一下花茉莉其人了。如果仅从外表上看,那么这个花茉莉留给我们的印象仅仅是一个妩媚而带着几分佻薄的女人。她的那对稍斜的眼睛使她的脸显得生动而活泼,娇艳而湿润的双唇往往使人产生很多美妙的联想。然而,无数经验告诉我们,仅仅以外貌来判断一个人的内心世界,往往要犯许多严重的错误。人们都要在生活中认识人的灵魂,也认识自己的灵魂。

花茉莉不久前曾以自己的离婚案轰动了、震撼了整个马桑镇。那些日子里,镇上的人们都在一种亢奋的、跃跃欲试的情绪中生活,谁也猜不透花茉莉为什么要跟比自己无论各方面都要优越的、面目清秀、年轻有为、在县政府当副科长的丈夫离婚。人们起初怀疑是那个小白脸副科长另有新欢,可后来得知小白脸副科长对花茉莉一往情深,花茉莉提出离婚时,他的眼泡都哭肿了。镇上那些消息灵通的人士虽想千方百计地打听到一些男女隐私桃色新闻一类的东西,但到底是徒劳无功。据说,花茉莉提出离婚的唯一理由是因为"副科长像皇帝爱妃子一样爱着她"。这句话太深奥了,其中包含的学问马桑镇上没有什么人能说清楚。泼皮三斜在那些日子里则充分发挥了他的想象力,把茉莉花酒店女老板描绘成了民间传说中的武则天一样淫荡的女人,并抱着这种一厢情愿的幻想,到茉莉花酒店里去伸鼻子,但每次除了挨顿臭骂之外,并无别的收获。

花茉莉一开灯,就被小瞎子那不凡的相貌触动了灵魂。他有着一个苍白凸出的前额,使那两只没有光彩的眼睛显得幽邃静穆;他有着两扇大得出奇的耳轮,那两扇耳轮具有无限蓬勃的生命力,敏感而灵性,以至于每一个细微的声响都会使它们轻轻颤动。

花茉莉在吃喝上从不亏待自己,她给小瞎子准备的夜餐也是丰富无比,有香嫩的小烧鸡和焦黄的炸河虾,还有一碟子麻酱拌黄瓜条,饭是那种细如银丝的精粉挂面。吃饭之前,花茉莉倒了一杯黄酒递给小瞎子。

"你喝了这杯黄酒吧。"

"大姐,我从来不喝酒。"

"不要紧,这酒能活血舒筋,度数很低。"

小瞎子沉思片刻,端起酒来一饮而尽。然后便开始吃饭。小瞎子食欲很好,他大嚼大咽,没有半点矫揉造作,随便中透出几分潇洒的气派来。花茉莉目不转睛地盯着他,她的心中一时充满了甜蜜的柔情。

花茉莉把小瞎子安置在东套间里,自己睡在西套间。临睡前,她坐在床上沉思了约有一刻钟,然后"啪"一声拉灭灯。

这时,河堤上的三斜才一路歪斜地滚下堤去。

第二天,马桑镇上正逢集日。早晨,温暖的紫红朝霞里掺着几抹玫瑰色的光辉。一大早,麻石街上就人流如蚁,高高低低的叫卖声不绝于耳。瘸子方六、秃子黄眼和麻子杜双的买卖都早已开张,黄眼在饭铺门前支上了油条锅,一股股香气弥漫在清晨的麻石街上,撩动着人们的食欲。然而,往日买卖兴隆的茉莉花酒店却大门紧闭,悄然无声。在以往的集日里,花茉莉是十分活跃的,她把清脆的嗓子一亮,半条街都能听到,今日里缺了她这声音,麻石街上就显得有些冷冷清清。炸着油条的黄眼,提壶续水的方六,以及正在给顾客称着盐巴的杜双都不时地将疑问的目光向茉莉花酒店投去。他们都显得心事重重,焦虑不安,一种莫名其妙的情绪噬啮着他们的神经。

三斜肿着眼泡在集市转了一遭。在黄眼铺子前,他顺手牵走了一根油条,然后诡诈地笑笑,附在黄眼耳朵上说了一通鬼话。黄眼呆呆地瞪着眼,把油条糊在锅里。三斜看着他的呆相,趁便又抓了一把油条,溜走了。在方六茶馆里,杜双小店里,他又故技重演,获得了物质与精神上的双丰收后,便跑到不知哪个角落里去了,麻石街上一整天没看到他的影子。

一个惊人的消息在小镇上迅速传开。不等集市散场,全镇人都知道了花茉莉昨天夜里将一个小瞎子领到家里留宿。据说,花茉莉与小瞎子睡在一张床上,花茉莉搂着小瞎子"吧唧吧唧"的亲嘴声,站在八隆河大堤都听得清清楚楚……

已经开始有一些女人鬼鬼祟祟地将脸贴在茉莉花酒店的门缝上向店里张望。但花茉莉家是六间房分两排,前三间是酒店的操作间、柜台、客座,后排三间是花茉莉的住室。两排房子用两道高墙连起来,形成了一个十分严密的二合院。因此,趴在酒店大门缝上往里张望,看到的只是一些板凳桌子,院子里的情景被墙壁和后门遮掩得严严实实。不死心的女人又绕到院墙外边去找机会,但院墙很高,青天白日扒人家墙头又毫无道理,因而,只有蹲在墙根听些动静。院子里传出辘轳绞水的"吱哟"声和涮洗衣服的"咕唧"声。

整整一天,茉莉花酒店大门紧闭,花茉莉一直没有露面。黄昏时分,流言蜚语更加泛滥开来,马桑镇上的人们精神上遭受着空前的折磨。一个男人住在一个女人家里,人们并不十分认为这是一件多么大的丑闻,折磨他们的主要是这件谜一般的事情所撩动起来的强烈好奇心。试想,一个风姿绰约的女人,把一个肮脏邋遢的小瞎子留在家中已经一天一夜,这件事该有多么样的荒诞不经。

后来,有几个聪明的人恍然大悟地爬上了八隆河大堤往花茉莉院子里张望,他们看到,在苍茫的暮色中,花茉莉步伐轻松地收着晾晒的衣服,那个小瞎子踪影不见。

当然,对这席卷全镇的流言蜚语,也有不少人持怀疑批判态度,他们并不相信在花茉莉和小瞎子之间会发生暧昧的事情。像花茉莉这样一个心高性傲的女人,一般的男子都被她瞧不起,难以设想一个猥琐的小瞎子竟会在短短的时间里唤起她心中的温情。然而,他们也无法否认,茉莉花小酒店里也许正在酝酿着一件不平凡的事情,这种预感强烈地攫住了人们的心。

晚风徐徐吹动,夜幕悄然降临。花茉莉当然不会再来八隆河堤上放风,但大堤上却汇集了几十个关心着茉莉花酒店的人。昨晚上的四个人都在,他们已经数十次地讲述昨晚的经历,甚至为一些细节譬如小瞎子身上布袋的数目和形状、小瞎子个头的高低以及手中竹竿的长度争论得面红耳赤。人们终于听腻了他们的故事,便一齐沉默起来。这天晚上半阴半晴,天空浮游着一块块奇形怪状的云团。月亮忽而钻进云团,忽而又从云团里钻出来。大堤上时而明朗,时而晦暗,大堤上的人们时而明白,时而糊涂。不时有栖鸟在枝头"扑棱"几声。槐花香也愈加浓烈。堤上的人们仿佛沉入了一个悠长的大梦之中。

时间飞快地流逝着,不觉已是半夜光景。堤上的人们身上发冷,眼皮沉重,已经有人开始往堤下走去。就在这时候,花茉莉住室的房门打开了。两个人影,一高一低——苗条丰满的花茉莉和小巧玲珑的小瞎子走到院子里来,花茉莉摆好了她平常坐的折叠椅,招呼着小瞎子坐上去,自己则坐在一把低矮的小凳上,双手支颐,面对着小瞎子。人们都大睁开惊愕的眼睛,注视着这对男女。大堤上异常安静,连一直喋喋不休的三斜也闭住了嘴巴。八隆河清脆细微的流水声从人们耳畔流过,间或有几只青蛙"嘎嘎"叫几声,然后又是寂静。突然,从院子里响起了一种马桑镇居民多少年没听过的声音,这是小瞎子在吹箫!那最初吹出的几声像是一个少妇深沉而轻软的叹息,接着,叹息声变成了委婉曲折的呜咽,呜咽声像八隆河水与天上的流云一样舒展从容,这声音逐渐低落,仿佛沉入了悲哀的无边大海……忽而,凄楚婉转一变又为悲壮苍凉,声音也愈来愈大,仿佛有滔滔洪水奔涌而来,堤上人的感情在音乐的波浪中起伏。这时,瘸子方六仰着脸,眼睛似闭非闭;黄眼把头低垂着,"呼哧呼哧"喘着粗气;麻子杜双手捂着眼睛;三斜的眼睛睁得比平时大了一倍……箫声愈加苍凉,竟有穿云裂石之声。这声音有力地拨动着最纤细最柔和的人心之弦,使人们沉浸在一种迷离恍惚的感觉之中。

箫声停止了,袅袅余音萦回不绝。人们怀着一种甜蜜的惆怅,悄悄地走下堤去,消失在小镇的四面八方。

一夜过去,淅淅沥沥地下起雨来,人们无法下地干活,便不约而同地聚拢到小镇的"商业中心"消磨时光。而一大清早,茉莉花酒店就店门大开,花茉莉容光焕发地当垆卖酒,柜台里摆着几十只油汪汪的烧鸡和几十盘深红色的油氽花生米,小酒店里香气扑鼻,几十个座位很快就坐满了。人们多半怀着鬼胎,买上两毛钱的酒和二两花生米慢慢啜着,嚼着,眼睛却瞥着花茉莉。花茉莉仿佛全无觉察,毫不吝啬地将她的满面笑容奉献给每一个注视着她的人。

终于,有个人熬不住了,他走上前去,吞吞吐吐地说:"花大姐……"

"怎么?来只烧鸡?"

"不,不……"

"怕你老婆罚你跪是不?男子汉大丈夫,连只小烧鸡都不敢吃,窝囊!那些票子放久了要发霉的!"

"来只就来只!花大姐,别把人看扁了。"

"好!这才是男子汉的气魄。"

花茉莉夹过一只鸡往小台秤上一放,麻利地约约斤两,随口报出钱数:"二斤七两,四块零五分,五分钱饶你,给四块钱。"

那人付了钱,却不拿鸡离开,他很硬气地说道:"花大姐,听说你家来了个吹箫的,能不能请出来让俺们见识见识?"

"花大姐,把你的可心人小宝贝请出来让爷们看看,捂在被窝里也会发霉的。"不知什么时候钻进酒店的三斜阴阳怪气地说。

花茉莉满脸通红,两道细眉竖了起来,这是她激怒的象征。人们生怕她冲出柜台把三斜用刀劈了,便一齐好言劝解,花茉莉这才渐渐平静下来。

那买鸡汉子又说:"花大姐,俺们被他的箫声给迷住了,你让他给乡亲们吹一段,咱请他吃顿烧鸡。"

花茉莉慢腾腾地用毛巾擦净油腻的手,意味深长地点点头,便向后屋走去。好大一会儿,她才牵着小瞎子的手,穿过飘落着细雨的小院,来到酒客们面前。

三斜惊异地发现,小瞎子已经完全不是前天晚上那副埋汰样子了。他浑身上下的衣服洗得干干净净,熨得平平展展,头发梳理得蓬松而不紊乱,好像还涂了一层薄薄的发蜡。

马桑镇上的人从来没有见过如此体面的瞎子。

小瞎子优雅地对着众人鞠了一躬,用悦耳的男中音说:"我是半路眼瞎,学习民乐是瞎眼之后开始的,时间还不长,勉强会几个曲子,不像样。不过乡亲们一片盛情难却,我也就不避谫陋,甘愿献丑。只是那洞箫要在月夜鸣咽,方显得意境幽远,情景交融。白天吹箫,当然也可,但意趣就差多了。幸而本人还可拉几下二胡,就以此谢乡亲们一片真情吧!"

这一番话说得温文尔雅,更显得小瞎子来历不凡。早有人搬过来一只方凳,小瞎子端坐下来,调了调弦,屏住呼吸默想片刻,便以极其舒缓的动作运起弓来,曲子轻松明丽,细腻多情,仿佛春暖花开的三月里柔媚的轻风吹拂着人们的脸庞。年轻的可以从曲子里想象到缱绻缠绵的温存,年老的可以从曲子里回忆起如梦如烟的往事,总之是有一股甜蜜的感觉在人们心中融化。人们忘了天,忘了地,忘了一切烦恼与忧愁。花茉莉俯身在柜台上,双手捧着腮,眼睛迷离着,面色如桃花般鲜艳。后来,小瞎子眼前幻化出枯树寒鸦,古寺疏钟,平沙落雁,残月似弓,那曲子也就悲怆起来,马桑镇的听众们突然想起苍茫的深秋原野与在秋风中瑟瑟发抖的槐树枯枝……小瞎子的二胡又拉出了几个波澜起伏的旋律之后,人们的思维就被音乐俘虏,他们的心随着小瞎子的手指与马尾弓子跳跃……

一曲终了,小瞎子端坐不动,微闭着黯淡无光的眼睛,额头白得像纸一样,两只大得出奇的耳朵神经质地抖动着。每一个人的眼睛都潮湿起来,花茉莉则将两滴泪珠挂在长长的睫毛上,她面色苍白,凝目痴望着麻石街上的蒙蒙细雨。

当小瞎子的二胡拉响时,方六茶馆、黄眼饭铺、杜双小卖部里的顾客就像铁屑寻找磁石一样跑进了酒店。窄窄的麻石街上阒无人迹。雨丝落到麻石板上,溅起小小的银色水珠。偶尔有几只羽毛蓬松的家燕掠着水汪飞过去。间或一阵风起,八隆河堤上开始凋谢的槐花瓣儿纷纷跌落在街道上。方六、黄眼、杜双都寂寞地坐在门口,目光呆滞地瞅着挤满人的酒店,谁也猜不透他们心里想的是什么。

自从下雨那天小瞎子再次大展奇才后,镇上那些污言秽语便销声匿迹了。连那些好奇心极重、专以搬弄口舌为乐的娘儿们也不去议论小瞎子与花茉莉之间是否有风流韵事。因为这些娘儿们在最近的日子里也都有幸聆听了小瞎子魅力无穷的音乐,小瞎子魔鬼般地拨动着她们的柔情,使她们一个个眼泪汪汪,如怨如慕。一句话,小瞎子已经成了马桑镇上一个神秘莫测高不可攀的人物,人们欣赏畸形与缺陷的邪恶感情已经不知不觉地被净化了。

在这些日子里,八隆公路的路胎已被隆隆的压路机压得十分坚硬,铺敷路面的工程开始了。一批从农村临时抽调的铺路工驻进了马桑镇,马桑镇上,整天都可听到镇后公路上铺路工粗犷的笑骂声,空气中弥漫着熔化沥青的刺鼻臭味。到了晚上,铺路工们把整个镇子吵得鸡飞狗叫,喧嚷异常。这帮子铺路工多半是正处在精力过剩阶段的毛头小伙,腰里又有票子,于是在晚饭后便成群结队地在街上瞎逛,善于做买卖的"商业中心"主人们,便一改黑天关门的旧俗,把主要精力放到做夜市上来。花茉莉当然不会错过这赚钱的良机,她买卖不错,小酒店每晚上都满座,每天烧二十只鸡,一会儿就被抢光。

在夜市乍开的一段时间里,"商业中心"的其他三家主儿生意也是不错的。方六、黄眼也开始兼营酒菜,酒的质量与菜的味道也不比茉莉花酒店差,因此,每天晚上他们的客座上也几乎是满的。后来,局面却发生了根本性的变化。原因是在一天晚上,俏丽的茉莉花酒店主人正在明亮的柜台里做着买卖的时候,从幽静的后院里石破天惊般地响起了琵琶声。小瞎子独坐梧桐树下，推拉吟揉，划拨扣扫，奏出了银瓶乍裂、铁骑突出、珠落玉盘、间关莺语般的乐章。从此，茉莉花酒店生意空前兴隆，花茉莉不得不在后院拉起大灯泡，露天摆起桌子，或者干脆打地摊，以容纳热心的听众兼酒徒。而小瞎子也施展开了他的十八般武艺，将他的洞箫、横笛、琵琶、二胡、唢呐通通从布袋里拿出来，轮番演奏，每夜都要闹腾到十二点才睡。几十个有一点音乐细胞的小伙子，就连中午休息那一点时间也要跑到茉莉花酒店来，听小瞎子讲几段乐理，讲几个譬如《阳春白雪》、《大浪淘沙》之类的古曲。

与此同时，茉莉花酒店的营业额直线上升，麻子杜双小卖部积压日久的三百瓶白酒被花茉莉连箱搬过，也不过维持了半个月光景，杜双赶紧又去县城进了五百瓶白酒，又被茉莉花一下夏了过来。顾客们对花茉莉的烧鸡、油氽花生也是大加赞赏，花茉莉白日里马不停蹄地忙碌一天，到晚上还是供不应求。

铺路工已经在镇上住了两个月，虽然他们的工作点离小镇越来越远，很有搬迁的必要了，但他们得拖就拖，多跑点路也心甘情愿。

现在该回过头来说一说爱情这个永恒的主题了。究竟是什么原因促使花茉莉甘冒流言蜚语败坏声誉的危险收留下小瞎子的呢？这在当时确实是一个谜，只是当有一天晚上茉莉花酒店关门挂锁，花茉莉与小瞎子双双匿迹之后，马桑镇的人们才省悟到这是出于爱情的力量。

像花茉莉这样一个泼辣漂亮决不肯依附别人的女人，常常会突如其来地做出一些连她自己都会感到吃惊的决定。当然，这些决定更令旁观者瞠目结舌。譬如她与前夫的离婚就是这样。那天晚上，当她领着小瞎子走下河堤时，是否就爱上了他呢？这个问题谁也说不清。不过根据常理分析，促使她那样做的恐怕主要是同情心和恻隐心；假如这个分析是对的，那么这种同情、恻隐之心是怎样发展何时发展成为爱情的呢？这个问题我想就不必解释了。反正，她被一种力量彻底改造了确是无疑的。从前的花茉莉是令人望而生畏的，她风流刻薄，伶牙俐齿，工于心计，常常想出一些刁钻古怪的主意整治那些得罪了她的人。连她的笑容，也是令人不寒而栗的。自从小瞎子进店之后，花茉莉的笑容才真正带出了女人的温情，她微微斜视的眼睛里消失了嘲弄人的意味，连说话的调门也经常降低一个八度。对待顾客是这样，而她对待小瞎子的态度，更是能把三斜之流的人物折磨得神经错乱。当一天的紧张劳动结束后，她常常和小瞎子在院子里对面而坐，眼睛紧盯着他，半天也不说一句话。小瞎子的脸尤其是那两只充满感情色彩的大耳朵使她心旌摇荡。小瞎子对花茉莉来说，好像是挂在八月枝头上一颗成熟的果子，她随时都可以把它摘下来一口吞掉。然而她不愿意这样做。她更愿意看着这颗果子挂在枝头闪烁诱人的光彩，她欣赏着这颗果子并且耐心地等待着，一直等到这颗熟透的果子散发着扑鼻的清香自动向地面降落时，她再伸手把它接住。那么，现在最重要的任务就是要保护这颗果子，以免落入他人之手。

　　修筑八隆公路的筑路工们，终于不得不卷起铺盖搬家了。他们的施工点已距马桑镇二十华里，再这样来回跑势必大大窝工，因此，筑路队领导下了强制性命令。

　　筑路工走了，但开了头的马桑镇"商业中心"夜市却继续了下来。镇上劳动了一天的人们并不想吃过晚饭倒头就睡，他们需要精神上的安慰与享受，他们需要音乐。当然，从收音机里也可以听到音乐，但那与小瞎子的演奏简直不能比。虽然小瞎子能够演奏的乐曲他们都已听过，但这些曲子他们百听不厌，每听一遍都使他们感叹、唏嘘不止。对此，小瞎子开始良心不安起来，演奏前，他总是满面羞愧地说："这怎么好意思，老是这几个曲子……我的脑子空空了，我需要补充，我要去搜集新的东西……"然而，那些他的崇拜者却安慰道："兄弟,你别犯傻,到哪儿去?到哪儿去找花大姐这样一个女菩萨?再说,你会的这些曲子就尽够俺们享用了,好东西百听不厌。就像花大姐卖的烧酒,俺们天天喝,从来没烦过,每一次喝都那么上劲,一口下去,浑身舒坦,你这些曲子呀,嗨嗨,就跟花大姐的烧酒一样……"当听到酒徒们把自己的音乐与花大姐的烧酒相提并论时,小瞎子的脸变得十分难看,他的两扇大耳朵扭动着,仿佛两个生命在痛苦地呻吟。那晚上的演奏也极不成功,拉出的曲子像掺了沙子的米饭难以入口一样难以入耳。

时间飞驰前进,不觉已是农历八月尽头。秋风把成熟的气息从田野里吹来,马桑镇四周的旷野上,青翠的绿色已逐渐被苍褐的黄色代替。八隆河堤上的槐叶滴溜溜地打着旋飘落,飘落在河中便起起伏伏地顺水流去。自从那次失败的演出之后,小瞎子仿佛添了心事,他的饭量大减,有时还呆坐着发愣。花茉莉施出全副本领为他改善伙食。为了替他解闷,还经常拉着他的手到八隆河堤上散步。当她和他漫步大堤时,镇上的一些娘儿们就指指点点地说:"瞧啊,这是多么般配的一对!小瞎子胜过副科长一百倍哩……"听到这些议论,花茉莉总是心满意足地笑着,脸上浮现出痴迷迷的神情;但小瞎子却往往变得惶惶不安起来,赶紧找上个借口让花茉莉领他回家。

九月初头,马桑镇后县里兴建的榨糖厂、帆布厂厂房建成,不几天,就有成群的卡车满载着机器沿着新修的八隆公路开来,随着机器的到来,大群的工人也来了。这对于马桑镇"商业中心"来说,无疑是一个重大的喜讯。还有更加惊人的消息呢,据说,马桑镇周围的地层下,蕴藏着丰富的石油,不久就要派钻井队来开采,只要这里变成大油田,那小小的马桑镇,很可能就是未来的马桑市的前身……对于这些,花茉莉做出了快速反应,她到县木器厂订购了一批桌椅,又购了一批砖瓦木料,准备在院子里盖一个简易大餐厅,进一步扩大经营规模,她还托人去上海给瞎子买花呢西服黑皮鞋——这是为小瞎子晚上演奏准备的礼服。最后,她请镇上最有名的书法家写了一块"茉莉花音乐酒家"的匾额,高高地挂在了瓦檐之下。宏伟的计划使花茉莉生动的面孔闪烁着魅人的光彩。她毫无保留地把自己的计划说给小瞎子听,语言中已经不分你我,一概以我们称之。小瞎子对花茉莉的计划感到惊叹不已,认为这个女人确实不简单。而听到自己将在这个安乐窝里永远充当乐师时,他的脸上出现了踌躇不快的神情。花茉莉推他一把,娇嗔道:"瞧你这个人,又犯哪家子愁!你说,你还有什么事不顺心……"

关于马桑镇光辉前景的传说,自然也在方、黄、杜三人心中激起了波澜,他们看到花茉莉一系列轰轰烈烈的举动,尤其是看到那块"茉莉花音乐酒家"大匾额,心里酸溜溜的不是滋味。他们自信本事都不在花茉莉之下,而花茉莉能够如此猖獗,挤得他们生意萧条,实在是借助了小瞎子的力量。至此,他们不由得都后悔当初没把小瞎子领回家中,而让花茉莉捡了个便宜。据麻子杜双计算,四个月来,花茉莉少说也净赚了三千元,而小瞎子仅仅是吃点鸡杂碎。这小瞎子简直就是棵摇钱树,而一旦马桑镇上机器轰鸣起来,这棵摇钱树更将大显神通,这个女人不久就会成为十万元户主的。

这天下午,方、黄、杜聚在茶馆里谈论这件事情。方六建议三人一起去跟花茉莉公开谈判。杜双起初犹豫不决,生怕得罪了花茉莉无法处理积压白酒,但又一想,去探探口风,伺机行事,料也无妨,也免得得罪方、黄,于是就答应了。

三人商议停当,便跨过麻石街,走进了"茉莉花音乐酒家"。正是农忙季节,店里没有顾客。花茉莉正在灶上忙着,为晚上的营业做准备。一看到方、黄、杜到,她连忙停下活儿相迎。她一边敬烟一边问:"三位掌柜屈驾光临,小店增辉哪!不知三位老哥哥有啥盼咐!"

"花大姐,"方六捻着老鼠胡子说,"你这四个月,可是大发了!"

"那也比不上您呐,方掌柜!"

"嘻嘻,花大姐挤对人喽,俺这三家捆在一起也没有您粗呐!"

"花大姐,"黄眼道,"您这全沾了小瞎子的光哟!"

"此话不假。"花茉莉撇撇嘴,挑战似的说。

"花大姐,您看是不是这样,让小瞎子在咱们四家轮流坐庄,要不,您这边丝竹一响,俺那边空了店堂。"方六说。

"什么?哈哈哈……真是好主意,亏你们想得出,想把人从我这儿挖走?明告你们吧,没门!"

"花大姐,说实话难听——这小瞎子可是咱四个人一块发现的,你不能独占花魁哪!"

"放屁!"花茉莉柳眉倒竖,骂了一声,"想起那天晚上,你们三个人支支吾吾,一个个滑得赛过泥鳅,生怕他腌了你们那臭店,连个宿都不留。是我把他领回家中,热酒热饭招待。这会儿看他有用处了,又想来争,怎么好意思张你们那张臭嘴!呸!"

"花大姐,说话别那么难听。俗话说:'有饭大家吃,有钱大家赚。'好说好商量,撕破了脸子你也不好看。"

"你能怎么着我姑奶奶?"

"花大姐,你与小瞎子非亲非故,留他长住家中,有伤风化。再说,现如今是社会主义,不兴剥削劳动力,你让小瞎子为你赚钱,却分文不给他,这明明就是剥削,法律不允许……"

"你怎么知道我跟他非亲非故?"

"难道你真想嫁给他不成?"

"我就是要嫁给他!我马上就去跟他登记结婚。他是我的男人,我们两口子开个夫妻店,不算剥削了吧?你们还有什么屁放?"

"我每月出一百元雇他!"

"我出二百!"

"滚你们的蛋吧,一千我也不卖!"

花茉莉干净利索地骂走了方、黄、杜,独自一人站在店堂里生气。她万没想到,三个老滑头竟想把熟透的果子摘走。是时候了,该跟小瞎子挑明了。

她顾不得干活了,一把撕下围裙,推开了虚掩着的后门。

她愣住了。

小瞎子直挺挺地站在门外,像哲学家一样苦思冥想,明净光洁的额头上竟出现了一道深深的皱纹。

他那两只耳朵,两只洞察秋毫之末的耳朵,在可怕地扭动着。

好戏就要开场。

"你全听到了?"

小瞎子点点头。

花茉莉一下子把他紧紧搂在怀里,用火热的双唇亲吻着那两只大耳朵,嘴里喃喃地说着:"我的好人儿,果子熟了,该摘了……"

小瞎子坚决地从花茉莉怀里挣脱出来,他的嘴唇哆嗦着,呜呜咽咽地哭起来。

"好人儿,你把我的心哭碎了,"花茉莉掏出手绢揩着他的泪水,"咱们结婚吧……"

"不、不、不!"小瞎子猛地昂起头,斩钉截铁地说。

"为什么?!"

"不知道……"

"难道我配不上你?难道我有什么地方对不起你?我的小瞎子……你看不见我,你可以伸手摸摸我,从头顶摸到脚后跟,你摸我身上可有半个疤?可有半个麻?自从你进了我的家门,你可曾受了半点委屈?我是一个女人,我想男人,但我不愿想那些乌七八糟的男人,我天天找啊,寻啊,终于,你像个梦一样地来了,第一眼看到你,我就想,这就是我的男人,我的亲人,你是老天给我的宝贝……我早就想把一切都给了你,可是我又怕强扭的瓜不甜,我怕浇水多了反把小芽芽淹死,我等啊等啊,一点一点地爱着你,可你,竟是这般绝情……"花茉莉哽咽起来。

"花大姐,你很美——这我早就听出来了,不是你配不上我,而是我配不上你。你对我的一片深情,我永远刻在心上,可是……我该走了……我一定要走了……我这就走……"

小瞎子摸摸索索地收拾行李去了。花茉莉跟进屋,看着他把大小口袋披挂上身,心里疼痛难忍,眼前一黑,便晕了过去。

等花茉莉醒来时,小瞎子已经走了。

当天晚上,茉莉花音乐酒家一片漆黑。借着朦胧的月光,人们看到酒家大门上挂着一把大铁锁,谁也不知道发生了什么事。三斜在人堆里神秘地说,傍黑时,他亲眼看见小瞎子沿着河堤向西走了,不久,又看到花茉莉沿着河堤向西追去。追上了没有呢?不知道。最后结局呢?

……

八隆公路从马桑镇后一直向东延伸着,新铺敷的路面像镜子一样泛着光。如果从马桑镇后沿着公路一直往东走出四十里,我们就会重新见到那帮子铺路工,马桑镇的老朋友。他们的沥青锅依然散发着刺鼻的臭气,他们劳动时粗鲁的笑骂依然是那么优美动听。

这天中午,十月的太阳毫不留情地抚摸着大地,抚摸着躺在八隆公路道沟里休息的铺路工们。西南风懒洋洋地吹过来,卷起一股股弥漫的尘土,气氛沉闷得令人窒息。忽然,一个嘶哑的嗓子哼起了一支曲子,这支曲子是那样耳熟,那样撩人心弦。过了一会儿,几十个嗓子一起哼起来。又过了一会儿,所有的嗓子一齐哼起来。在金灿灿的阳光下,他们哼了一支曲子又哼另一支曲子。这些曲子有的高亢,有的低沉,有的阴郁,有的明朗。这就是民间的音乐吗?这民间音乐不断膨胀着,到后来,声音已仿佛不是出自铺路工之口,而是来自无比深厚凝重的莽莽大地。

(一九八三年一月)

金　　鲤[*]

　　月亮升起来了,青草湖变成了一面银光闪闪的大镜子。不时有鱼儿跃出水面,划出一道银色的线,鱼儿落水时,震破了银色的镜子,荡漾开一圈圈波纹。

　　湖边的一株老柳树下,爷爷和孙子静静地坐着。爷爷抽着旱烟,烟锅里火星一明一暗,模模糊糊地映着他那张慈祥的脸。

　　"爷爷,该起网了。"

　　"噢,起。"

　　爷爷站起来,解开拴在铁橛上的罾网拉缰。网的式样像一架起重机,一支长竹竿伸出去,竹竿梢头挂着大网兜。网很重,老渔翁拉得很慢,沉在水下的网慢慢升高,突然扑扑棱棱地响起水声。

　　"爷爷,有大鱼!"

　　爷爷将网儿拉出水面,月光照着渔网,网里躺着一条泛着金色光泽的鲤鱼。他将网转向岸边。小孙子雀跃着将鲤鱼抱起来,放在装了水的桶里。鱼在桶里蹦了几下,便没了声息。爷爷又把网下到水里,转过头来看桶里的鱼。

---

[*] 本篇作品最初发表时曾用题目为《金翅鲤鱼》。——编者注

"爷爷,这鱼有六七斤重吧?"

"差不离儿。"

"是条什么鱼,爷爷?"

爷爷嚓一声划着火柴。火光照亮了水桶,桶里是一条金色鲤鱼,翅膀和尾巴像经霜的枫叶一样鲜红。

"金翅鲤鱼。"爷爷说。

"这鱼好吃吗?"孙子问。

"嗯。"爷爷心不在焉地答应着。

"爷爷,您不高兴? 捕了这样一条好鱼。"

"怪事。这鱼怎么这样老实呢?"

"您说什么呀,爷爷?"

"噢,孩子,这鱼太厚道了,网出水时,只要它一跳,就把网给撕了。咱这罾网,只能拿小鱼儿。"

"这鱼大概睡着了。"

爷爷沉思起来,烟锅子一明一暗地闪烁。周围忽然变得十分沉静,湖面上升腾着薄雾,几支粉荷花像画在水上似的,岸边的水草丛中,小虫子低低地鸣叫。

"爷爷,您在想什么? 抓了这条鱼,您好像不高兴了。"

"没想什么,孩子。来,再拉一网。"

这一网是空的。网又沉下水底,一切又陷入沉寂。

"爷爷,再给我讲个故事吧。"

"好吧,就给你讲个金翅鲤鱼的故事。"

"又是鲤鱼变媳妇,说了多少遍了……"小孙子不高兴地嘟哝着。

"不是鲤鱼变人,是人变鲤鱼。"

"人能变鲤鱼?"

"能。"

孙子向前靠了靠,爷爷伸出胳膊,把孙子揽到怀里:

"若干年前……"

"多少年?"

"小孩子家莫打岔,仔细听着。若干年前咱这青草湖边出了一个叫金芝的姑娘。这姑娘俊着呢,双眼叠皮,高鼻梁骨,咕嘟着小嘴,扎着两条大辫子,谁见了谁喜欢。那一年从城里下放到咱村一个女作家,听说那女作家写了一本书,书名就叫《青草湖》,你爹他们都念过这书呢!女作家就住在金芝姑娘家。后来起了大革命,女作家天天挨斗,有时还挨揍哩……

"有一天晚上,女作家挨了最厉害的一场斗,半死不活地给抬到金芝家里。金芝流着泪给女作家擦身上的血污。村里的医生不敢来给女作家治伤。金芝忽然想起来了,青草湖对岸她有个姨父,早年闯过关外,家里有一种治跌打损伤的药,十分灵验。救人如救火,金芝姑娘托邻家的一个大嫂照料着女作家,自己来到青草湖边。

"'青草湖,青草湖,东西只五里,南北六十五。'若干若干年前,天上的织女把织布梭子掉到人间,在地上砸了一个坑,这就是咱们的青草湖。金芝的姨家在湖对面王庄,坐小船几袋烟工夫就能划过去,走旱路要两天。那时节,小船都被锁起来了,怕阶级敌人破坏呐。金芝来到湖边,脱下长衣服,捆成一个小包拴在身上,一纵身下了水。

"那天晚上也是好月亮,金芝姑娘就从这棵大柳树下下了湖。金芝一身好水性,像一条雪白的大鱼在水面上撒欢。她游啊游啊,水声哗哗哗地响,月亮明光光地照着她。半夜时分,她上了对岸,换上衣服,敲开了姨家的门。姨父挺疼这个外甥女,把珍贵的药给了她。姨不放心地说:'金芝呀,半夜三更的,你一个闺女家下湖,有个闪失怎么办?别走了,赶明儿让你姨父去送你。'金芝说:'姨,我水性好,没事。'

"金芝姑娘又下了湖。姑娘家毕竟力气单薄,游到湖中央,她吃不住劲,身子像拴上了十个秤砣……后来,天上飘来一朵洁白的云,把月亮遮住了,湖面上零零星星地落了一阵铜钱大的白雨点……一会儿,月亮又出来了。月亮煞白着脸,慢慢地往下落,慢慢地变大,最后挂在湖边的柳树梢上,望着像大镜子一样闪闪发光的青草湖……"

"金芝姑娘呢?"小孙子焦急地问。

月光下,爷爷两眼闪着光。

"爷爷,你哭了?"

"傻孩子,爷爷胡子都白了,不会哭了。爷爷的故事还没讲完呢。第二天夜里,女作家在邻居大嫂的搀扶下来到湖边,湖上静悄悄的,草叶上的露珠落在水面上的声音都听得清清楚楚。女作家轻轻地说:'好闺女,你喜欢看的《青草湖》我带来了……'她掏出一包纸灰,轻轻地撒在湖水中……

"湖上突然翻起了波浪,湖中心裂开了一条缝,一阵红光闪过,浮上了一条金鲤鱼,翅膀、尾巴像火苗一样红。金鲤鱼游到湖边,用头拱上了一个衣裳包。然后,尾巴拍了三下水,又慢慢地游到湖中心,红光消逝了。湖上又是一片月光。女作家捞起衣裳包。衣裳包里包着一瓶云南白药……"

"爷爷讲完了吗?"

"完了。"

"金芝姑娘变成了金鲤鱼了?"

"唔,也许。"

一只水鸟从岸边的青草中飞起来,扑棱棱地飞着,落到湖中的苇丛里。

几只青蛙扑通扑通地跳到水里,像扔了几块石头。

水桶哗啦一声倾倒了,水面上翻起一阵浪花。

"孩子,你干什么?"

"我送金芝姑娘回家去了。"

"嗨,你这孩子。"

(初刊于《无名文学》一九八四年第一期)

三 匹 马

  小镇新近开拓加宽还没来得及铺敷沥青的大街上空空阔阔,没有一个活物在行走。六月的毒日头火辣辣地烘烤着大地,黄土路面在阳光下反射着刺目的褐色光芒。空气又黏又烫,到处都眩目,到处都憋闷。小镇被酷暑折磨得灰溜溜的,没有了往常那股子人欢牛叫的生气。十几个汉子穿着裤衩子,趿着拖鞋,半躺在新近从城里兴过来的尼龙布躺椅上,在镇西头树荫里闲聊。一个挺俊俏的小媳妇儿在当街的一个小院里的一棵马缨树下愁眉苦脸地坐着。树下草席上睡着一个女孩。几只老母鸡趴在墙根下的脏土里,耷着翅膀喘气。镇东几里远有一条小河,河水又浑又热,十几个鼻涕英雄在洗澡掏螃蟹。他们剃着清一色的光葫芦头,身上糊满了黄泥巴。大街笔直地从镇上钻出来,就变成大路,延伸到辽阔的原野里。大路两旁是绿油油的玉米,玉米长得像树林一样密不透风。在小镇与田野的边缘,有几十间蓝瓦青砖平房,一个绿漆脱落、锈迹斑斑的大铁门,大门口直挺挺地立着一个全副武装的士兵,隔老远就能看到他那满脸汗珠儿。哨兵站的位置极好,向东一望,他看到海洋一样的青纱帐和土黄色的大路;向南一望,他看到远处黛青色的山峦;向西一望,就是这条凹凸不平但很是宽阔的大街。

就在镇子西头躺在老柳树下躺椅上的十几个男人热得心烦意乱、闲得百无聊赖、不知如何度过这漫长的晌午头的时候,一辆杏黄色的胶皮轱辘大车,由三匹毛色新鲜、浑身蜡光的高头大马拉着"呼呼隆隆"地进了小镇。赶车的是个三十七八岁的车轴汉子,他满腮黑胡茬子,头上斜扣着一顶破草帽,帽檐儿软不拉塌地耷拉着,遮住了他半边脸,桀骜不驯的乱发从破草帽顶上钻出来。他走起路稍稍有点罗圈,但步伐干净利落,脚像铁抓钩似的抓着地面。他骨节粗大的手里捏着一杆扎着红缨的竹节大挑鞭,鞭梢是用生小牛皮割成的,又细又柔韧。这样的鞭梢像刀子一样锋利,可以齐齐地斩断一棵直挺挺地立着的玉米呢。这个人迈着罗圈腿快步疾行在车左侧,大挑鞭在空中抡个半圆,错出一个很脆的响,鞭声一波催一波在小镇上荡漾开去。十二只挂着铁钉的马蹄刨着路面,腾起一团团灰尘。满载着日用百货的马车引人注目地冲进小镇,使树荫下的男人一下来了精神。

"刘起,原来是你小子!火爆爆的大晌午头儿,干啥去了?"一个中年汉子从躺椅上欠起身来,大声招呼着赶车的汉子。

"黄四哥,好长时间没瞅着你,自在起来了,躺在这儿晾翅呐。"刘起喝住牲口,回答着发问的中年人。

"大热天的,过来吃袋烟,喘口气,凉快凉快再走。"

"可我的马呢?这新买的三匹马……"

"这是新买的马?三匹大马,还有这挂车?咦,小子,神气起来喽。"黄四惊诧地站起来说,"快把车赶过来,让你的马歇歇,咱也见识见识这三匹龙驹。"

刘起拖着悠长洪亮的嗓门轰着马,把车弯到树荫下。他支起车架,减轻了辕马的重负,又撑起草料笸箩倒上草料,再到压水井边压上桶凉水,自己先"咕咚咕咚"灌了一阵,然后,"哗",倒进笸箩,拌匀了草料,便走进人堆里,从破破烂烂的褂子里抠搜出一包带锡纸的烟来,慷慨大方地散了一圈。几个男人站起来,围到马车前,转着圈儿端详那三匹马。

"好马!"

"真是好马!"

刘起眯缝着一只眼睛,另一只眼睛圆睁着,左手两个指头夹着烟卷儿,右手抓着破草帽向胸膛里扇着风,满脸洋洋之气。他瞅着自己的三匹马,眼睛一会儿变大一会儿变小,目光迷离恍惚又温柔。好马!那还用你们说,要不我这二十年车算白赶了,他想。我刘起十五岁上就挑着杆儿赶车,那时我还没有鞭杆高。几十年来,尽使唤了些瘸腿骡子瞎眼马,想都没敢想能拴上这样一挂体面车,车上套着这样漂亮健壮、看着就让人长精神头儿的马。您看看那匹在里手拉着梢儿的栗色小儿马蛋子,浑身没一根杂毛,颜色像煮熟了的老栗子壳,紫勾勾地亮。那两只耳朵,利刀削断的竹节儿似的。那透着英灵气的大眼,像两盏电灯泡儿。还有秤钩般的腿儿,酒盅般的蹄儿,天生一副龙驹相。这马才"没牙",十七八岁的毛头小伙子,个儿还没长够哩。外手那匹拉梢儿的枣红小骒马,油光水滑的膘儿,姑娘似的眉眼儿,连嘴唇都像五月的樱桃一样汪汪地鲜红。黑辕马还能给我挑出一根刺儿?不是日本马和伊犁马的杂种,也是蒙古马和河南马的后代,山大柴广的个头儿,黑森森的像棵松。也说是我刘起的运气,做梦也不敢想能在集市上买上这样三匹马。老天爷成全咱,这三匹宝贝与咱有缘分。三匹马,一挂车,花了老子八千块。为了攒钱买这马,我把老婆都气跑了。我刘起已经光棍了一年多,衣服破了没人补,饭凉了没人热,我图的什么?图的就是这个气派。天底下的职业,没有比咱车把式更气派的了。车轴般的汉子,黑乎乎的像半截黑铁塔,腰里扎根蓝包袱皮,敞着半个怀,露出当胸两块疙瘩肉,响鞭儿一摇,小曲儿一哼,车辕杆上一坐,马儿跑得"嗒嗒"的,车轮拖着一溜烟,要多潇洒有多潇洒,要多麻溜有多麻溜……娘儿们呐,毛长见识短,就为着这么点事你就拍拍腚尖抱着女儿牵着儿子跑回娘家,一走就是一年,什么玩意儿!今儿个老子把车赶回来了,就停在你娘家大门口向西一拐弯儿,不信你不回心转意,找着我也算你的福气。

"行喽!刘起,这几年政策好了,你马是龙马,车是宝车,你这会儿算是可了心喽。"

"有什么可心的?"刘起悲凉地长叹一声说,"我老婆不懂我的心,三天两头跟我闹饥荒,我揍了她一顿,她寻死觅活地要跟我离婚,我不答应,她拾掇拾掇,一颠腚跑回娘家,不回来了。自古以来的老规矩,'老婆是汉子的马,愿意骑就骑,愿意打就打',他妈的她骑也不让骑,打也不让打。"

"刘起,你那规矩早过时了,现如今反过来了,她要骑你呐。"黄四逗笑地说。

"刘起哥,你也真是,那么嫩的娘们怎么舍得打?大嫂子那天在屋里擦背,我趴着后窗一溜,吸得我眼珠儿都不会转了。老天爷,白生生的,粉团一样……要是我,天天跪着给她啃脚后跟也行。"镇里有名的闲汉金哥挤眉弄眼地说着。

刘起眼里像要沁出血来。他一步蹿到金哥面前,铁钳一般的手指卡住他细细的后脖颈,老鹰抓小鸡般地提拎起来,一下子摔出几步远。金哥打了一个滚爬起来,揉着脖颈骂:"刘起,你姥姥的,吃柿子专拣软的捏。你老婆在娘家偷汉子哩,青天大白日和镇东头当兵的钻玉米地……你当了乌龟王八绿帽子,还在这儿充好汉。"

刘起抄起大鞭子冲上前去,金哥像兔子一样拐弯抹角地跑了。看看刘起不真追,他又停住脚,龇着牙说:"刘起大哥,兄弟不骗你,自打嫂子跑回娘家,兄弟就瞅着她哩,你要离婚就快点,别占着茅坑不屙屎。告你说吧,结过婚的娘们,就像闹栏的马,一拍屁股就翘尾巴呢。"

"金哥!"一个花白胡子呵斥着,"你也扔了三十数四十啦,嘴巴子脏得像个马圈,快回家去洗洗那张臭嘴,别在这儿给你爹丢人。"

花白胡子骂退金哥,走到刘起面前,拍拍他的肩膀,劝道:"年小的,去给你媳妇认个错,领回家好好过日子吧,马再灵性也是马哟。"

"刘起,弟妹来镇上也快一年了,一开春你老丈母娘和小姨子就到黑龙江看闺女去了,听说老太太在那儿病了,回不来了,两个人的地扔给弟妹种着,一个女人家,带着俩孩子,天天闲言碎语的,顶着屎盆子过日子,要真是寡妇也罢了,可你们……林子大了,什么鸟也有啊,兄弟!"黄四同情地说。

刘起像霜打了的瓜秧,无精打采地垂下头,嘴里唠叨着:"这个臭婆娘,还是欠揍,我一顿鞭子抽得你满地摸草,抽得你跪着叫爹,你才知道我刘起是老虎下山不吃素的。"

"行了,后生,别在这儿嘴硬了。汉子给老婆下跪,现如今不算丑事,大时兴咧。我那儿子天天给他媳妇梳头扎辫子哩。"

众人一齐大笑起来。黄四说:"车马放在这儿,我替你照应着,你媳妇兴许早就听到你这破锣嗓子了,这会儿没准正把着门缝望你哩。"黄四对着镇子中央临街小院努了努嘴。

刘起抓挠了几下脖子,干笑了几声,脸上一道白一道红的,踯踯躅躅地往老丈人家挪步。

他轻轻地敲那两扇紧闭着的小门。小院里鸦雀无声。他又敲门,屏息细听,院里传来女孩的咿呀声。"柱子他娘,开门。"他拿捏着半条嗓子叫了一声,声音沉闷得像老牛在吼。院里没人理他。他把油汗泥污的脸贴在门缝上往里瞅,看见自己的女人正坐在马缨树下,背对着他,给孩子喂奶,孩子的两条小腿乱蹬乱挠。"你开门不开?不开我跳墙了!"他怒吼起来。他真的把着墙头,耸身一跳,蹿进小院里,墙上的泥土簌簌地落下来。

女人"哇"一声哭了,骂:"你这个野狗,你还没折磨够我是不?你看着俺娘们活着心里就不舒坦是不?你打上门来了,你……"怀里的女孩感到奶头里流出来的奶汤变少了,变味了,怒冲冲地哭起来。

刘起手足无措,遍体汗水淋漓,木头桩子似的戳在女人面前,腮上的肌肉一阵阵抽搐。

"孩子他娘……"他说,他看着女人耸动着的肩头,白里透黄的憔悴的面容,那两弯蹙到一块颤抖着的柳叶般的眉,和袒露着的被孩子吮着抓挠着的雪白丰满的乳房,磕磕巴巴地说,"你去看看咱的马,三匹好马……"

"……你滚,你滚,你别站在这儿硌硬我。你要还是个人,还有点人性气,就痛痛快快跟我离了……"

"你去看看那三匹马,一匹栗色小儿马,一匹枣红色小骒马,一匹黑骟马,"说到了马,他灰暗的脸霎时变得生气勃勃,雾蒙蒙的眼睛熠熠发光,"这真是三匹好马!口嫩,膘肥,头脑端正,蹄腿结实苗条,走起来像猫儿上树,叫起来'咴咴'地吼,底气儿足着哩。柱他娘,你去看看咱的马,你就不会骂我了,你就会兴冲冲地跟我回家过日子。"

"回去跟你那些马爹、马娘、马老祖过去吧,那些死马、烂马、遭瘟马!"

"你、你他妈的,你敢骂我的马!你还不如一匹马!"刘起胸中火苗子升腾,他眼珠子充血,对着女人向前跨了一步,大吼了一声,"你说,是回去还是不回去?"

"只要我活着,就不回你那个臭马圈!"

"我打死你这个……"

"你打吧,刘起,你不是打我一回了,今儿个让你打个够。你打死我吧,不打不是你爹娘养的,是马日的,驴下的……"女人骂着,呜呜地哭起来。

刘起看着女人那满脸泪水,手软了,心颤了,举起的拳头软不拉塌地耷拉下来。他摸摸索索地从破褂子里掏出烟盒,烟盒空了,被他的大手攥成一团,愤愤地扔在地上。他沮丧地蹲在地上,两只大手抱住脑袋。你这个鬼婆娘!他想,你怎么就理解不了男人的心呢?我不偷不赌不遛老婆门子,是咬得动铁、嚼得动钢的男子汉,我爱马想马买马,是一个正儿八经的庄稼人本分。不是你太生古,饧上我的火,我也不会揍你。揍你的时候,我打的是屁股上的暄肉,疼是疼点,可伤不了筋,动不了骨,落不了残,破不了相,你他妈的还不知足。今天我低三下四来求你,刘起什么时候装过这种熊相?你也不去访一访。这些该死的知了,也在这儿凑热闹,"吱吱啦啦"地叫,嫌我心里还不腻味是怎么着?他仰起脸,仇视地盯着马缨树上那些噪叫的知了,知了轻轻地翘起尖屁股,淋了他一脸尿。街上传来马的嘶鸣声。是那匹栗色的小儿马在叫,他一听就听出来了。这是在盼我呢,唤我呢。人不如马!姥姥,我还在这儿扭着捏着地装灰孙子,你回就回,不回就拉倒,反正我有马。他起身想走,但脚下仿佛生了根,他好像变成了一棵树。他想来几句够味的男子汉话,煞一煞这个娘们的威风,可话到嘴边竟变了味,本想酿老酒,酿出来的却是甜醋,连他自己都感到吃惊。

"我不就是拍打了你那么几下子吗?还有什么对不住你的地方?这会儿,咱马也有了,车也有了,你凭什么不回去?"

"马,又是马!自嫁给你就跟着你遭马瘟。那一年你给马去堆坟头,树牌位,叫人赶着去游街示众,那时柱子刚生下二十天,我得了月子病,半死半活的,你不管不问,心里只想着你那死马爹。这几年,我起早摸黑,与你一起养貂,手被貂咬得鲜血直流。我挺着大肚子下地去摘棉花,戴着星出去,顶着月回来,孩子都差点生在地里,我图的是什么?这几年,谁家的媳妇不是身上鲜亮嘴上油光?人家二林的媳妇大我五岁,比我又显年轻又显水灵。你不管家里破橱烂柜,不管老婆孩子破衣烂衫,把一个个小钱串到肋巴骨上,到头来买了这么些烂马。说你不听,你还打我,打得我浑身青紫红肿……我和你孬好夫妻一场,才没到法院去告你,你还不识相,要不你早就进了班房。"

"你没看看这是三匹什么马!你去看看……"

"你这个没有良心的马畜生,滚!你只要养着这些马爹马娘,我就和你离婚。"

"我知道你为什么要和我离!"刘起一脚把一个鸡食钵子踢出几丈远,阴沉沉地说,"你这个不要脸的骚货,你……真他妈的丢人!你当我稀罕你?离就离!"刘起气汹汹地摇摇晃晃地走向门口,打开门走出去,又把门摔得"哐当"一声响。

女人像被当头击了一闷棍,两眼怔怔的,嘴唇哆嗦,嘴角颤抖,牙齿碰得"得得"响。她像尊石像一样木在那儿。从大门口扑进来的热风撩拨着她靠边蓬松的乱发,热风挟带着原野上的腐草气息呛着她的肺,使她一阵阵头晕目眩。热风吹拂着院里这棵娉婷多姿的马缨树,马缨树枝叶婆娑,迎风抖动,羽状的淡绿色叶片窸窣作响,粉红色的马缨花灿若云霞,闪闪烁烁。女人听人说马缨花也叫合欢花。又是马,又是该死的马。她感到心里疼痛难忍。孩子用不愉快的牙齿在她奶头上咬了一口,她没感觉到疼。合欢,合欢,有马就合不起来,合起来也欢不了。她想着,两行泪水从面颊上滚下来。

那七八个七八、十来岁的光腚猴子在镇东河沟里打够了水仗,掏够了螃蟹窝黄鳝洞,正带着浑身泥巴,拎着一只螃蟹或是两条黄鳝,东张张,西望望,南瞅瞅,北溜溜,沿路蹲窝下着蛋往镇子里走来。

走在队伍前面的是一个大眼睛阔嘴巴蒜头鼻子的黑小子。他左手拎着一条蟹子腿——蟹子的其他部分已被生吃掉了。他说,我爹说生吃蟹子活吃虾,半生不熟吃蛤儿。蟹子腿是留给小妹妹吃的,小妹妹刚长出两个歪歪扭扭的门牙——右手持着一根细柳条儿,沿途挥舞着,见野草抽野草,见小树抽小树。在一片黑油油的玉米田头,他举起柳条,对准一棵玉米的一侧,用力一挥,只听"唰"一声,两个肥大的玉米叶齐齐地断了。黑小子兴奋得高叫起来:"哎,看我的马鞭!"他又一挥手,又砍断了两个玉米叶。

"这谁不会呀。"一个孩子说着,跑到机井边上一棵柳树下,"噌噌"地爬上去,折了几根柳枝,用口叼着,"哧溜"一下滑下来。粗糙的树皮把他的小肚子磨得满是白道道。"嗨嗨,"他拍着肚子说,"上树不愁,下树拉肉。柱子,你吹啥?看我的马刀。"他褪干净柳枝上的叶子,对着几棵玉米"噼噼啪啪"劈起来,扔在地上的几根柳条被几个孩子一抢而光,于是,几条"马鞭",几柄"马刀",便横劈竖砍起来。几十棵玉米倒了大霉,缺胳膊少腿,愁眉苦脸地立在地头上,成了几十根玉米光棍儿。

"别砍了,日你们的娘!这块玉米是俺姥姥家的。"黑小子举着短了半截的柳条,对着几个光屁股抽起来。

"哎哟,柱子,是你带头砍的。"

"我砍的是俺姥姥家的,你砍的是你姥姥家的吗?"柱子的柳条又在那个翠嘴的男孩屁股上狠抽了一下,男孩痛得一咧嘴,哭着骂起来:"柱子,你爹死了,你没有爹……"

"你说谁没有爹?"

"你没有爹!"

"我爹在刘疃。我爹像黑塔那么高,我爹的拳头像马蹄那么大。我爹是神鞭。我爹能一鞭打倒一匹马,鞭梢打进马耳朵眼里。我爹什么都跟我说了。我爹那年去县里拉油,电线上蹲着一个家雀。我爹说:'着鞭!'那家雀头像石头子儿一样掉下来,家雀身子还蹲在电线上。我爹说:'我的儿,用刀子也割不了那么整齐哩。'过两年我就找我爹去,我爹给我说了,要买三匹好马!哼,我爹才是棒爹!"

"你爹死了!你是个野种!"

"我爹活着!"柱子朝着这个比他高出一巴掌的男孩子,像匹小狼一样扑上去。两个光腚猴子搂在一起,满地上打着滚。其他的几个孩子,有拍手加油的,有呐喊助威的,有打太平拳的,有打抱不平的。最后,孩子们全滚到了一起,远远看着,像一堆肉蛋子在打滚。螃蟹扔在路旁青草上,半死不活地吐白沫。黄鳝快晒成干柴棍了。柱子那条蟹子腿正被一群大蚂蚁齐心协力拖着向巢穴前进。

"刘起,怎么样?答应跟你一块儿回去吧?"花白胡子关切地问。

刘起铁青着脸,"噼里咔啦"地收拾起草料笸箩,收起撑车支架。

"老弟,看样子不顺劲,下跪赔情了吧?瞧你那小脸蛋蛋,乌鸡冠子似的。"黄四调侃地揶揄着。

刘起右手抄起鞭子,左手拢着连接着梢马嚼铁的细麻绳,大吼一声,猛地掉转车,车尾巴蹭着树干,剥掉了一大块柳树皮。

"刘起大哥,嫂子没让你亲热亲热?"金哥远远地站着,报复地戏谑着。

"我日你姥姥!"刘起怒吼一声,两滴浑浊的大泪珠扑簌簌地弹出来,落在灰尘仆仆的面颊上。他的手一直拽紧着那根连着嚼铁的细绳,坚硬的嚼铁紧紧勒住栗色小儿马鲜红的舌根和细嫩的嘴角,它暴躁不安地低鸣着,头低下去,又猛地昂起来,最后前蹄凌空,身子直立起来。这威武傲岸的造型使刘起浑身热血沸腾,心尖儿大颤,他松开嚼铁绳,没来得及调正车头,车身与大街成六十度夹角斜横着。他在两匹梢马的头顶上耍了一个鞭花,只听到"叭叭"两声脆响,栗色马和枣红马脖子上各挨了尖利的一击,几乎与此同时,粗大的鞭把子也沉重地捅到黑辕马的屁股上。这些动作舒展连贯,一气呵成,人们无法看清车把式怎么玩弄出了这些花样,只感到那支鞭子像一个活物在眼前飞动。

三匹马各受了打击。尖利的疼痛和震耳的鞭声使栗色小儿马和枣红小骒马慌不择路地向前猛一蹿,黑辕马随着它们一使劲,大车就斜刺里向着黄土大路冲过去。适才的停车点是一块小小的空地,空地与大路的连接处是一条两米多宽的小路。刘起的马车没有直对路面,梢马与辕马的力量很大,他没有机会在马车前进中端正车身方向,一个车轮子滑下了路沟,大车倾斜着窝车了。马停住了。马车上为刘疃供销社拉的白铁皮水桶、扫帚、苇席以及一些杂七拉八的货物也歪斜起来,好像要把马车坠翻。

"刘起,你吃了枪药了?这哪儿是赶车?这是玩命。"花白胡子说。

"老弟,卸下车上的货吧,把空车鼓捣上去,再装上。我们帮你一把手。"黄四说。

"刘起,快让嫂子去把她相好的喊来,他最愿帮人解决'困难'。"

金哥说。

"滚,都他娘的滚!"刘起眼里像要蹿火苗子,对着众人吼叫,"想看爷们的玩景,耍爷们的狗熊?啊,瞎了眼!"

他把那件汗渍麻花的破褂子脱下来,随手往车上一撂,吸一口气,一收腹,把蓝包袱皮猛地煞进腰里,双手在背后绾了一个结。一挺身,腰卡卡的,膀夯夯的,古铜色的上身扇面般地挓煞开,肌肉腱子横一道竖一道,像一块刀斧不进的老榆树盘头根。他的背稍有点罗锅,脖子后头一块拳头大的肌肉隆起来,两条胳膊修长矫健,小蒲扇似的两只大手。这是标致的男子汉身板,处处透着又蛮又灵性的劲儿。好身膀骨儿!花白胡子心里赞叹不已。金哥忽然感到脖子酸痛得不敢转动,忙抬起一只手去揉搓。

刘起在蓝包袱皮上擦擦手上的汗,嘴里"嗷嗷"地怪叫着,左手抖着嚼铁绳,右手摇着鞭子,双脚叉成八字步,两目虎虎有生气,直瞪着两匹梢马。那根鞭子在空中风车般旋转,只听见激起"呜呜"的风响,可并不落下来。栗色小儿马和枣红小骒马眼睁得铃铛似的,腰一塌,腿一弓,猛一展劲,车轱辘活动了一下,又退了回来。

"刘起,别逞强了,把车卸了,先把空车拖上去,我们帮你干。"花白胡子说。

刘起不答话,一撤身退去三步远,抡圆鞭子,"啪啪啪",三个脆生生的响鞭打在三匹马的屁股上,马屁股上立时鼓起指头粗的鞭痕。他重新招呼起来,三匹马一齐用劲,将车轱辘拖离了沟底,困难地寸寸上挪,但终于还是一下子退回去,车轮陷得更深了。

"奶奶,连你们也欺负老子。"他往手心里啐了几口唾沫,一耸身跳上车辕杆,双腿分开,歪歪地站在两根车辕杆上,挥起大鞭。左右开弓,打得鞭声连串儿响,鞭梢上带着"嗖嗖"的小风,鞭梢上沾着马身上的细毛。他左手累了换右手,右手累了换左手,哪只手上的功夫也不弱。两匹梢马的屁股上血淋淋的,浑身冒汗,毛皮像缎子明晃晃地耀眼。这是两个上套不久的小牲口,那匹栗色小儿马,满身生性,它被主人蛮不讲理的鞭子打火了,先是伴着枣红色小骒马东一头西一头瞎碰乱撞,继而鬃毛倒竖,后腿腾空,连连尥起双蹄来。枣红马也受了感染,"咴咴"地鸣着,灵巧地飞动双蹄,左弹右打,躲避着主人无情的鞭子,反抗着主人的虐待。四只挂着铁掌的马蹄,把地上坚硬的黄土刨起来,空中像落了一阵泥巴雨。围观的人远远地躲开了。栗色儿马一个飞蹄打在黑辕马前胸上,痛得它猛地扬起头。黑辕马目光汹汹,瞅准一个空子,对着小儿马的屁股啃了一口,小儿马疯了一样四蹄乱刨,一个小石头横飞起来,打在刘起耳轮上。刘起猛一歪脖子,伸手捂住了耳朵,鲜血沾了满手。

他的脸发了黄,眼珠子发了绿,脖子上的血管子"砰砰"乱蹦。他捂着耳朵跳下车,脚尖踮地,几步蹿到梢马前边马路中央,正对着两匹马约有三五米远。他低低嘟哝了一句什么话,轻飘飘地扬起鞭来,鞭影在空中划了个圆弧,像拍巴掌似的响了两声,两匹活龙驹就瘫倒在黄土路面上了。

刘起这一手把这一帮人全给震惊了。有好几个人伸出了舌头,半天缩不回去。花白胡子屏住气儿,哈着腰走近刘起。双手一拱,说:"刘师傅,您今儿个算是叫小老儿开了眼了。"他俯下身去要看马耳,刘起一鞭杆子把他拨拉到一边,对着两匹马的大腿里抠了两鞭,马儿打着滚站起来。都是俯首帖耳,浑身簌簌地打战。

"兄弟,怪不得你这么恋马,怪不得哟!"黄四眼窝儿潮潮地说。

"刘大哥,神鞭!"金哥嚷着。

在众人的恭维声中,刘起竟是满脸凄惶,那张黑黢黢的脸上透出灰白来。他摸着马的头,自己的头低到马耳上,仿佛与马在私语。后来,他抬起头来,大步跨到车旁,鞭子虚晃一晃,高喊一声:"嚯——"三匹马就像疯了一样,马头几乎拱着地面,腰绷成一张弓,死命拽紧了套绳。六股生牛皮拧成的套绳"嗞嗞"响着,小土星儿在绳子上跳动,刘起一猫腰,把车辕杆用肩膀扛起来,车轮子开始转动。栗色小儿马前腿跪下来,用两个膝盖向前爬,十几个观景的汉子一拥而上,掀的掀,推的推,马车"呼隆"一声上了大道。

刘起再也没有回头,花白胡子喊他重新捆扎一下车上晃晃悠悠的货物,他也仿佛没听到。他脚下是轻捷的小箭步,手中是飞摇的鞭子,嘴里是"嚓嚓"的连声叫。那车那马那人都像发了狂。那日头也像发了狂,喷吐着炽热的白光。车马"隆隆"向前闯。路面崎岖不平,车上的货物被颠得"叮叮当当"地响。当马车从窝车的地方冲出五百步、离镇子东头那座小小的军营还有一千步的时候,车上小山般的货物终于散了架。铁桶滚下来,席捆滑下来,杈杆扫帚扬场木锨横七竖八砸下来……席捆砸在马背上,铁桶挂在马腿上,扫帚戳到马腚上。三匹马惊恐万状,腾云驾雾般向前飞奔。此时车已轻了,此时马已惊了,此时的刘起被一捆扫帚横扫到路沟里,那支威风凛凛的大鞭死蛇般躺在泥坑里。马车如出膛的炮弹飞走了。他两眼发黑,口里发苦,心里没了主张。

柳树下的男人们发了木。

刘起身腰苗条、面容清丽的小媳妇踩翻了凳子,无力地从墙头那儿滑跌下来,双目瞅着马缨树上烂漫的花朵发呆。

起初,他远远地看到一条鞭影在马头上晃动,鞭子落下去两秒钟之后,清脆的响声才传来。后来,响声连成一片,像大年夜里放爆竹。他想,噢,窝车了。我才不管哩,谁窝了谁倒霉,甭说窝辆马车,窝了红旗牌轿车我也不管。这年头,好心不得好报,真是他妈的倒霉透了。上星期天,鲁排长——山高皇帝远,猢狲称大王,你鲁排长就是这里的皇帝爷——你不问青红皂白,训了我两小时,什么大不了的事?你咋咋呼呼,刷子眉毛仄棱着。"张邦昌!"你他妈的还是秦桧呢,我叫张奉长。纠正多少次你也不改,满口别字,照当排长不误,要是我当了连长,先送你到小学一年级去补习文化,学习汉语拼音字母,省得你给八路军丢脸。我说,我叫张奉长!你说:"张邦昌,你十的好事!"我干什么啦?"你自己知道。"我知道什么?"少给我装憨!"你这不是折磨人吗?给出个时间地点,我也好回忆。"上星期天中午十二点到两点半你干什么去了?"我站岗了。"离没离过岗位?"离过。"到哪儿去了?"玉米地里。"玉米地里有什么人?"一个女人一个孩子。"臭流氓!"你血口喷人!"我喷不了你,剧团入伍的,唱小生的,男不男,女不女,什么玩意儿。唱戏的男的是流氓,女的是破鞋,没个好东西。"排长,不许你侮辱人,唱戏怎么了?周总理在南开中学也唱过戏,还扮演过大姑娘哩!"好了,好了,不提这个。你擅离岗位,持枪闯入玉米林,欺侮妇女耍流氓!"我抗议你的诬蔑!我以团性、人性保证。你可以去问问那位大嫂……

那天在哨位上,我听到玉米地里有一个孩子在哭,声音喑哑,像一个小病猫在叫。我想,难道是弃婴?难道是……我是军人,我不能见死不救。再说和平时期,青天大白日,站岗还不是聋子耳朵——摆设。我去看看就回来,救人一命,胜造七级浮屠。我大背着冲锋枪,钻进了玉米林,循着哭声向前钻。我先看到了一块塑料布,又看到了一条小被子,一个小女孩在被子上蹬着腿哭,女孩旁边放着一袋化肥、一把水壶、几件衣服。我高声喊叫,没人应声。顺着垄儿向前走,猛见地上躺着一个妇女,露着满身白肉。我犹豫了半分钟,还是走上前去,扶起她,用手指掐她的人中。她醒了,满脸羞色。我不知道这是个什么人。我要送她回家。她谢绝了。她走回孩子身边,给孩子喂奶。她说谢谢我,还说天气预报有雨,要趁雨前追上化肥。我把口袋里的人丹给她扔下,转身钻出玉米地。就这么着,热得我满身臭汗,衣服像从盐水里捞出来的。

"有群众来信揭发你!"排长说。

我一口咬破中指,鲜血滴滴下落。我说,对天发誓。排长骂我混蛋,找卫生员给我上了药。他说:"这事没完,还要调查!"调查个尿。你去找到那位大嫂一问不就结了。他竟打电话报到连里,连部在六十里外,连长骑着摩托车往这儿赶,这老兄,驾驶技术二五眼,差点把摩托开到河里去。来到这儿穷忙了几天,还是跟我说的一个样。连长还够意思,批评我擅离岗位,表扬我对人民有感情。一分为二辩证法,我在学校里学过。

今天,哪怕你窝下火车,哪怕你玉米地里晕倒了省委书记,我也不离岗哨半步。排长这个神经病,中午哨,夜哨,还让压子弹。这熊天,热得邪乎,裤子像尿了一样粘在腿上。真不该来当这个兵,在京剧团唱小生你还不满意,还想到部队来演话剧。美得你,吃饱了撑得你,话剧没演上,日光下的哨兵先当上了。这叫扒着眼照镜子——自找难看。这帮猴崽子在糟蹋那位大嫂的玉米,喊他们几声?算了,练你们的武艺去吧。这边的车没拉上来,哈,那两匹马怎么也躺了?大概也是中暑了。我的人丹给那小媳妇吃了一包,还有一包在兜里装着。马吃人丹要多大剂量?不许胡思乱想,集中精力站岗。最好来几个特务捣乱,我活捉他们,立上个三等五等的功。狗小子们滚成一团了,像他们这么大小时,我也是这样,从端午节开始光屁股,一直光到中秋节,连鞋都不穿,赤条条一丝不挂,给家里省了多少钱。那时也没中过暑,那时也没感过冒。好了,不必替别人发愁,不用愁老母鸡没有奶子。我没去,这辆车也没窝在那儿过年,瞧,已经上了大路,还放了跑车,嘿,热闹⋯⋯

一只铁皮水桶不知挂在马车的哪个部位了,反正车上是"咚咚咣咣"地乱响。真正高速行驶的马车是一蹦一蹦地跳跃着前进,远远看上去,像是腾云驾雾。三匹马高扬着头,鬃毛直竖着,尾巴像扫帚挓煞开,口吐着白沫,十二只铁蹄刨起烟尘,车轮子卷起烟尘,一捆挂在车尾巴上的扫帚扬起烟尘,车马后边交织成一个弥漫的灰土阵。几只鸡被惊飞起来,"咯咯"叫着飞上墙头,有一只竟晕头转向钻进车轮下,被碾成了一堆肉酱。镇子西头那几个男子汉泥菩萨一样呆着。刘起从那捆扫帚下边爬起来,掉了魂一样站着。刘起媳妇倚在墙上,满脸都是泪水。光腚猴子们的战斗已进入胶着状态,一个个喘着粗气流着汗,身上又是泥又是土,只剩下牙齿是白的。

站岗的大兵张奉长打了一个寒战,热汗涔涔的身上暴起一层鸡皮疙瘩。他焦躁地在哨位上转着圈,像一只被拴住的豹子。他突然亮开京剧小生的嗓门喊着:"孩子们,闪开!"孩子们不理他的茬,在路上照滚不误。这时,他看到栗色儿马疯狂的眼睛和圆张的鼻孔。他想高叫一句什么,可嗓子眼像被堵住了,一点声音也发不出来。他把冲锋枪向背后一转,一纵身,像一只老鹰一样扑到栗色儿马头上,抱住了马脖子。惯性和栗色儿马疯狂的冲撞使他滑脱了手。他凭着本能,也许是靠着运气就地打了一个滚,车轮擦着他的身边飞过去。完了!他想。马车离孩子们还有一百米。还有九十米。八十米……

孩子们终于从酣战中醒过来,他们被汗水和泥土糊住了眼,被劳累和惊恐麻痹了神经。他们呆呆地站在路上。甚至有几分好奇地迷迷懵懵地望着飞驰而来的马车。"三匹马!是我爹的三匹马!"柱子想。他很想把这想法传达给伙伴们,可小嘴唇紧张得发抖,心里像有只小兔子在碰撞,他说不出话来。

还有七十米。我到底是离开了哨位,我又犯了纪律。我尽了良心,我没有办法了。他想,再有十秒钟,根本不用十秒钟,这车快得像一颗飞蹿的子弹。他的脑袋里忽然像亮起了一道火光,他兴奋得手哆嗦。他不知道冲锋枪是怎样从背后转到胸前的,好像枪一直就在胸前挂着。他幸亏没有忘记拉动枪机把子弹送上膛,幸亏保险机定在连发位置上,他连准都没瞄,以无师自通的抵近射击动作打了半梭子弹。他眼见着那匹栗色马一头扎倒在路上,枣红马缓慢侧歪在路上,黑辕马凌空跃起,在空中转体九十度,马车翻过来扣在地上,两个车轱辘朝了天,"吱吱嘎嘎"转着。黑辕马奇迹般地从辕杆下钻出来,一动不动地站在两匹倒地的梢马面前。灰土烟尘继续向前冲了一段距离,把那七八个男孩遮住了。

枪声震动了被溽暑折磨得混混沌沌的小镇,也惊醒了镇西头那几条汉子。他们,刘起,都跌跌撞撞地冲上前来。枪声也惊醒了驻军最高首长鲁排长和全体战士。战士们穿着大裤衩子冲出营院,鲁排长一见正往这儿汇拢着的大男小女,急忙下令统统回去穿军装,他自己也是赤膊上阵,所以一边往回跑,一边怒吼:"张邦昌,你这个混蛋,你等着!"

张奉长好像没听到排长的话,端着枪走到马跟前,他感到疲倦得要命,脚下仿佛踩着白云。

栗色小儿马肚子被打开了花,半个身子浸在血泊里。它的脑袋僵硬地平伸着,灰白的眼珠子死盯着蓝得发白的天,枣红马腹部中了一弹,脖子中了一弹,正在痛苦地挣扎着,脖子拗起来,摔下去,又拗起来,又摔下去。那双碧玉般的眼睛里流着泪,哀怨地望着张奉长,黑辕马浑身血迹斑斑,像匹石马一样站在路边,垂着头,低沉地嘶鸣着。

他一阵恶心,腔子里涌上一股血腥味,他想起适才拦车时胸口被儿马猛撞了一下子。他看到排长已经跑过来。他看到一大群老乡正蜂拥过来。他再次端起枪,背过脸,枪口对准枣红马的脑袋,咬着牙扣动了扳机,随着几声震耳欲聋的枪响,随着枪口袅袅飘散的淡蓝色硝烟,他的眼里流下了两行泪水。

"下掉他的枪!"他听到排长在对战友们下命令。

"我的马!我的马……"他听到那个高大汉子哭喊着。

"这是我爹!爹!"他听到那个泥猴一样的小男孩对着伙伴们炫耀。

他还听到远远地传来一个女人的哭声。这哭声十分婉转,在他耳边萦绕不绝,袅袅如同音乐。他还听到人们七嘴八舌的、七粗八细的、七长八短的、一惊一乍一板一眼一扬一抑的呵斥、辩解、叙述、补正之声。这一切也许他都没有听到,他的枪没用"下"就从手里松脱了,他口吐鲜血,倒在地上,他恍惚觉得躺在一团霓虹灯色的云朵上,正忽悠悠地向高远无边的苍穹飘扬……

黑马长嘶一声,抖抖尾巴,沿着玉米林夹峙着的黄土大道慢慢地极不情愿地恋恋不舍地向前走去。黄的土,绿的禾,黑的马,渐渐融为一体,人们都看着,谁也不开口说话。

(一九八三年十月)

大　风

　　学校里放了暑假,我匆匆忙忙地收拾收拾,便乘上火车,赶回故乡去。路上,我的心情十分沉重。前些天家里来信说,我八十六岁的爷爷去世了。寒假我在家时,老人家还很硬朗,耳不聋眼不花,想不到仅仅半年多工夫,他竟溘然逝去了。

　　爷爷是个干瘦的小老头儿,肤色黝黑,眼白是灰色,人极慈祥,对我很疼爱。我很小时,父亲就病故了,本来已经"交权"的爷爷,重新挑起了家庭的重担,率领着母亲和我,度过了艰难的岁月。爷爷是村里数一数二的庄稼人,推车打担、使锄耍镰都是好手。经他的手干出的活儿和旁人明显地两样。初夏五月天,麦子黄熟了,全队的男劳力都提着镰刀下了地。爷爷割出的麦茬又矮又齐,捆出来的麦个子,中间卡,两头多,麦穗儿齐齐的,连一个倒穗也没有。生产队的马车把几十个人割出的麦个拉到场里,娘儿们铡场时,能从小山一样的麦个垛里把爷爷的活儿挑出来。

　　"瞧啊,这又是'蹦蹦'爷的活儿!"

　　娘儿们怀里抱的麦个子一定是紧腰齐头多根子,像宣传画上经常画着的那个扎着头巾的小媳妇怀里抱的麦个子一样好看,她们才这样喊。

"除了'蹦蹦'爷谁也干不出这手活儿。"娘儿们把麦子往铡刀下一送,按铡的娘儿们一手叉腰,单手握着铡刀柄,手腕一抖,屁股一翘,大奶子像小白兔一样跳了两下,"嚓",麦个子拦腰切断,根是根,穗是穗。要是碰上埋汰主儿捆的麦个子,娘儿们就搜罗着最生动形象的话儿骂,按铡的娘儿们双手按铡刀,奶子颠得像要插翅飞走,才能把麦个子铡断,而麦根部分里往往还夹带麦穗。

干什么都要干好,干什么都要专心,不能干着东想着西,这是爷爷的准则。爷爷使用的工具是全村最顺手的工具。他的锄镰锨锹都是擦得亮亮的,半点锈迹也没有。他不抽烟,干活干累了,就蹲下来,或是找块碎瓦片,或是拢把干草,擦磨那闪亮的工具……

我带着很悒郁的心情跨进家门,母亲在家。母亲也是六十多岁的人了,多年的操心劳神使她的面貌比实际年龄要大得多。母亲说,爷爷没得什么病,去世前一天还推着小车到东北洼转了一圈,割回了一棵草。母亲从一本我扔在家里的杂志里把那株草翻出来,小心地捏着,给我看:"他两手捧回这棵草来,对我说:'星儿他娘,你看看,这是棵什么草?'说着,人兴头得了不得。夜里,听到他屋里响了一声,起来过去一看,人已经不行了……老人临死没遭一点罪,这也是前世修的。"母亲款款地说着,"只是没能侍候他,心里愧得慌。他出了一辈子的力,不容易啊……"

我眼窝酸酸地听着母亲的话,想起了很多往事——

我家房后有一条弯弯曲曲的胶河,沿着高高的窄窄的河堤向东北方向走七里左右路,就到了一片方圆数千亩的荒草甸子。每年夏天,爷爷都去那儿割草。离我们村二十里有部队一个马场,每年冬季都收购干青草喂马,价钱视草的质量而定。我爷爷的镰刀磨得快,割草技术高,割下来的草干净,不拖泥带水。晒草时又摊得薄,翻得勤,干草都是很新鲜的淡绿色,像植物标本一样鲜活,爷爷的干草向来卖最高的价钱。我至今还留恋在干草堆里打滚的快乐——尤其是秋天,夜晚凉凉爽爽,天上的颜色是墨绿,星星像宝石一样闪闪烁烁,松软的干草堆暖暖和和,干青草散发出沁人心脾的甜香味……

　　最早跟爷爷去荒草甸子割草,是刚过了七岁生日不久的一天。我们动身很早,河堤上没有行人。堤顶也就是一条灰白的小路,路的两边长满了野草,行人的脚压迫得它们很瑟缩,但依然是生气勃勃的。河上有雾,雾很重,但不均匀,一块白,一块灰,有时像炊烟,有时又像落下来的云朵。看不见河水,河水在雾下无声无息地流淌,间或有泼刺的响声,也许是因为鱼儿在水里动作吧。爷爷和我都不说话。爷爷的步子轻悄悄的,走得不紧不慢,听不到脚步声。小车轮子沙沙地响。有时候,车上没收拾干净的一根草梗会落在辐条之间,草梗轻轻地拨弄着车辐条,发出很细微的"嚓嚓嚓嚓"、"叮叮叮叮"的响声。我有时把脸朝着前方(爷爷用小车推着我),看着河堤两边的景致。高粱田、玉米田、谷子田。雾淡了些,仍然高高低低地缠绕着田野和田野里的庄稼。丝线流苏般的玉米缨儿,刀剑般的玉米叶儿,刚秀出的高粱穗儿,很结实的谷子尾巴,都在雾中时隐时现。很远,很近。清楚又模糊。河堤上的绿草叶儿上挂着亮晶晶的露水珠儿,在微微颤抖着,对我打着招呼。车子过去,露珠便落下来,河堤上留下很明显的痕迹,草的颜色也加深了。

　　雾越来越淡薄。河水露出了脸儿,是银白色的,仿佛不流动。灰蓝的天空也慢慢地明亮起来,东方渐渐发红,云彩边儿是粉红色的。太阳从挂满露珠的田野边缘上升起来,一点一点的。先是血一样红,没有光线,不耀眼。云彩也红得像鸡冠子。

　　天变得像水一样,无色,透明。后来太阳一下子弹出来,还是没有光线,也不耀眼,很大的椭圆形。这时候能看到它很快地往上爬,爬着爬着,像拉了一下开关似的,万道红光突然射出来,照亮了天,照亮了地,天地间顿时十分辉煌,草叶子的露珠像珍珠一样闪烁着。河面上躺着一根金色的光柱,一个拉长了的太阳。我们走到哪儿,光柱就退到哪儿。田野里还是很寂静,爷爷漫不经心地哼起歌子来。

一匹马踏破了铁甲连环
　　一杆枪杀败了天下好汉

　　曲调很古老。节拍很缓慢。歌声悲壮苍凉。坦荡荡的旷野上缓慢地爬行着爷爷的歌声,空气因歌声而起伏,没散尽的雾也在动。

　　一碗酒消解了三代的冤情
　　一文钱难住了盖世的英雄

　　从爷爷唱出第一个音节时,我就把头拧回来,面对着爷爷,双眼紧盯着他。他的头秃了,秃顶的地方又光滑又亮,连一丝细皱纹也没有。瘦得没有腮的脸是木木的,没有表情。眼睛是茫然的,但茫然的眼睛中间还有两个很亮的光点,我紧盯着这两个光点,似乎感到温暖。我想,他大概把我、把他自己、把车子、把这还没苏醒的田野全忘却了吧?他的走路、推车、歌唱都与他无关吧?我听到了自己的心跳声"咚咚咚咚",像很远很远的树上有一个啄木鸟在凿树洞……

　　一声笑颠倒了满朝文武
　　一句话失去了半壁江山

　　爷爷唱的是什么,我不知道。但我从爷爷的歌唱中感受到一种很新奇很惶惑的情绪,"小鸡儿"慢慢地翘起来,很幸福又很痛苦。我感到陡然间长大了不少,童年时代就像消逝在这条灰白的镶着野草的河堤上。爷爷用他的手臂推着我的肉体,用他的歌声推着我的灵魂,一直向前走。

　　"爷爷,你唱的什么?"我捕捉着爷爷唱出的最后一个尾音,一直等到它变成一种感觉消逝在茵茵绿草叶梢上时,我才迷惘地问。

　　"瞎唱呗,谁知道它是什么……"爷爷说。

夜宿的鸟儿从草丛中飞起来,在半空中嘹亮地叫着。田野顷刻变得生气勃勃。十几只百灵在草甸子上空盘旋着鸣啭。秃尾巴鹌鹑在草丛中"哞——哞——"地鸣叫着。爷爷停下车子,说:"孩子,下来吧。"

"到了吗,爷爷?"

"噢。"

爷爷把车子推到草地上,竖起来,脱下褂子蒙在车轱辘上,带着我向草甸子深处走去。爷爷带着我去找老茅草,老茅草含水少,干得快,牲口也爱吃。

爷爷提着一把大镰刀,我提着一柄小镰刀,在一片茅草前蹲下来。"看我怎么割。"爷爷做着示范给我看。他并不认真教我,比画了几下子就低头割他的草去了。他割草的姿势很美,动作富有节奏。我试着割了几下,很累,厌烦了,扔下镰刀,追鸟捉蚂蚱去了。草甸子里蚂蚱很多,我割草没成绩,捉蚂蚱很有成绩。中午,爷爷点起一把火,把干粮烤了烤,又烧熟了我捉的蚂蚱,蚂蚱满肚子籽儿,好香。

迷蒙中感到爷爷在推我,睁眼爬起来一看,已是半下午了。吃过蚂蚱后,爷爷支起一个凉棚让我钻进去,我睡了一大觉,草甸子里夹杂着野花香气的热风吹得我满身是汗。爷爷已经把草捆成四大捆,全背到了河堤上,小车也推上了河堤。

"星儿,快起来,天不好,得快点儿走。"爷爷对我说。

不知何时——在我睡梦中茶色的天上布满了大块的黑云,太阳已挂到西半边,光线是橘红色,很短,好像射不到草甸子就没劲了。

"要下雨吗,爷爷?"

"灰云主雨,黑云主风。"

我帮着爷爷把草装上车,小车像座小山包一样。爷爷在车前横木上拴上一根细绳子,说:"小驹,该抻抻你的懒筋了,拉车。"

爷爷弯腰上袢,把车子扶起来,我抻紧了拉绳,小车晃晃悠悠地前进了。河堤很高,坡也陡,我有点头晕。

"爷爷,您可要推好,别轱辘到河里去。"

"使劲儿拉吧,爷爷推了一辈子车,还没翻过一回呢。"

我相信爷爷说的是实话。爷爷的腿好,村里人都叫他"蹦蹦"。

大堤弯弯曲曲,像条大蛇躺在地上。我们踩着蛇背走。这时是绿色的光线照耀着我,我低头看着自己的膝盖,也可以看到自己的肚脐。我偶尔回过头,从草捆缝隙里望望爷爷。爷爷眼泪汪汪地盯着我,我赶紧回过头,下死劲拉车。

走出里把路,黑云把太阳完全遮住了。天地之间没有了界限,一切都不发声,各种鸟儿贴着草梢飞,但不敢叫唤。我突然感到一种莫名的恐惧,回头看爷爷,爷爷的脸,还是木木的,一点表情也没有。

河堤下的庄稼叶子忽然动起来了,但没有声音。河里也有平滑的波浪涌起,同样没有响声。很高很远的地方似乎传来了世上没有的声音,跟着这声音而来的是天地之间变成紫色,还有扑鼻的干草气息、野蒿子的苦味和野菊花幽幽的药香。

我回头看爷爷,爷爷还是木木的,一点表情也没有。

我的小心儿缩得很紧,不敢说话,静静地等待着。一只长长的蚂蚱蹦到我的肚皮上,两只五色的复眼仇视地瞪着我。一只拳头大的野兔在堤下的谷子地里出没着。

"爷爷!"我惊叫一声。

在我们的前方,出现了一个黑色的、顶天立地的圆柱,圆柱飞速旋转着,向我们逼过来。紧接着传来沉闷如雷鸣的呼噜声。

"爷爷,那是什么?"

"风。"爷爷淡淡地说,"使劲拉车吧,孩子。"说着,他弯下了腰。

我身体前倾,双脚蹬地,把细绳拽得紧紧的。

我们钻进了风里。我听不到什么声音,只感到有两个大巴掌在使劲扇着耳门子,鼓膜嗡嗡地响。风托着我的肚子,像要把我扔出去。堤下的庄稼像接到命令的士兵,一齐倒伏下去。河里的水飞起来,红翅膀的鲤鱼像一道道闪电在空中飞。

"爷爷——!"我拼命地喊着。喊出的声音连我自己都没听到。肩头的绳子还是紧紧地绷着,这使我意识到爷爷的存在。爷爷在我就不怕,我把身体尽量伏下去,一只胳膊低下去,连接着胳膊的手死死抓住路边草墩。我觉得自己没有体重,只要一松手,就会化成风消失掉。

爷爷让我拉车,本来是象征性的事儿。那根拉车绳很细,它一下子绷断了。我扑倒在堤上。风把我推得翻筋斗。翻到河堤半腰上,我终于又伸出双手抓住了救命的草墩,把自己固定住了。我抬起头来看爷爷和车子。车子还挺在河堤上,车子后边是爷爷。爷爷双手攥着车把,脊背绷得像一张弓。他的双腿像钉子一样钉在堤上,腿上的肌肉像树根一样条条棱棱地凸起来。风把车子里半干不湿的茅草揪出来,扬起来,小车在哆嗦。

我揪着野草向着爷爷跟前爬。我看到爷爷的双腿开始颤抖了,汗水从他背上流下来。

"爷爷,把车子扔掉吧!"我趴在地上喊。

爷爷倒退了一步,小车猛然往后一冲,他脚忙乱起来,连连倒退着。

"爷爷!"我惊叫着,急忙向前爬。小车倒推着爷爷从我面前滑过去。我灵机一动,耸身扑到小车上。借着这股劲,爷爷又把腰煞下去,双腿又像生了根似的定住了。我趴在车梁上,激动地望着爷爷。爷爷的脸还是木木的,一点表情也没有。

刮过去的是大风。风过后,天地间静了一小会儿。夕阳不动声色地露出来,河里通红通红,像流动着冷冷的铁水。庄稼慢慢地直腰。爷爷像一尊青铜塑像一样保持着用力的姿势。

我从车上跳下来,高呼着:"爷爷,风过去了!"

爷爷眼里突然盈出了泪水。他慢慢地放下车子,费劲地直起腰。我看到他的手指都蜷曲着不能伸直了。

"爷爷,你累了吧?"

"不累,孩子。"

"这风真大。"

"唔。"

风把我们车上的草全卷走了,不,还有一棵草夹在车梁的榫缝里。我把那棵草举着给爷爷看,一根普通的老茅草,也不知是红色还是绿色。

"爷爷,就剩下一棵草了。"我有点懊丧地说。

"天黑了,走吧。"爷爷说着,弯腰推起了小车。

我举着那棵草,跟着爷爷走了一会儿,就把它随手扔在堤下淡黄色的暮色中了。

"人老了,就像孩子一样,"母亲说,"大老远跑到东北洼,弄回来这么一棵草,还说:'等星儿回来让他认认,这是棵什么草,他学问大。'你认得出吗?"母亲说着把草递给我。

我把这棵草接过来,珍重地夹在相册里。夹草的那一页,正好镶着我的比我大六岁的未婚妻的照片。

(一九八四年九月)

石 磨

我家的厢房里,安着一盘很大的石磨。娘说,这是村里最大的一盘磨。听到"最大"两个字,我感到很骄傲。据说,这盘磨原是刘财主家的,土改时当作胜利果实分给了我家。这是盘"驴磨"——是由毛驴拉的磨,不是小户人家那种一个半大孩子也能推得团团转的"人磨"。

我最早的记忆是和这盘磨联系在一起的。我记得我坐在磨道外边的草席上,呆呆地望着娘和邻居四大娘每人抱着一根磨棍沿着磨道不停地转着圈。磨声隆隆,又单调又缓慢,黄的或是褐的面从两扇磨盘的中间缝儿均匀地撒下来,石磨下的木托上,很快便堆成一个黄的或是褐的圆圈。偶尔也有磨麦子的时候,那必是逢年过节。磨麦子时落下的面是雪白的。我坐在草席上一动不动。娘的脸,娘的背,四大娘的脸,四大娘的背,连续不断地从我眼前消逝、出现,出现、消逝。磨声隆隆地响着,磨盘缓缓地转着,眼前的一切像雾中的花儿一样,忽而很远,忽而很近,我歪在草席上睡着了。

一九七〇年,我九岁。听说邻村里安装了一盘用柴油机拉着转的钢磨,皮带一挂嗡嗡响,一个钟头能磨几百斤麦子。村里有不少人家把石磨掀掉了,要磨面就拿着钱到钢磨上去磨。我们家的石磨还没有掀,我们没有钱。

四大娘有一个女儿叫珠子,小我两岁。我们两家斜对门住着,大人们关系好,小孩更近乎。我和珠子天天厮混在一起,好得像长着一个头。邻村的钢磨声有时能够很清晰地传到我们村里来,神秘得要命,我和珠子偷偷去看钢磨。我闯了一个大祸。我要求珠子为我保密,珠子一直没给人讲过。当然我们也有翻脸的时候。我小时长得干巴,珠子却圆滚滚的像只小豹子一样,打起架来我不是她的对手。常常是她把我狠揍一顿,却哭着跑到我娘面前去告状,说我欺负她。

我和珠子在本村小学校读书,老师是个半老头子,姓朱,腰弓着,我们叫他"猪尾巴棍",他也不敢生气。听说他从前管教学生特别严厉,"文化大革命"一起,挨过他的教鞭的学生反过来把他揍得满裤裆屎尿,这一下他算是学"好"了。给我们上课时,半闭着眼,眼睛瞅着房顶,学生们闹翻了天也不管。我们不等他讲完课,就背着书包大摇大摆地走了。书包里只有两本画有扛着红缨枪的小孩的书,还有一管秃了尖就用牙啃的铅笔。有一天下午,我和珠子早早地逃了学。我们说好了要到我家院子里弹玻璃球玩儿,说好了赢家在输家额头上"敲栗子",珠子输了,被我连敲了几个栗子。她恼了,扑到我身上,双手搂着我的腰,头顶着我的下巴,把我掀倒在地上。她骑着我的肚子,对着我的脸吐唾沫。我恼了,拉住她一只手,咬了一口。我们都哭了。

娘和四大娘正在厢房推磨,闻声出来,娘说:"祖宗,又怎么啦?"

"他咬我。"珠子擎着渗出血丝的手,哭着说。

"她打我。"我也哭着说。

娘对准我的屁股打了两巴掌。四大娘也拍了珠子两下。这其实都是象征性的惩罚,连汗毛都伤不了一根的,可我们哭得更欢了。

娘心烦了,说:"你还真哭?宠坏你了,来推磨!"

四大娘当然也没放过珠子。

我和珠子像两匹小驴驹子被套到磨上。上扇石磨上有两个洞眼,洞眼里插着两根磨棍。娘和四大娘在磨棍上拴了两根绳子,我一根,珠子一根。我的前边是四大娘,四大娘前边是珠子。珠子前边是我娘,娘前边是我。

"不使劲拉,我就踢你!"娘推着磨棍,在我身后说。

"不使劲,我就打你。"四大娘吓唬着珠子。

一边拉着磨,一边歪着头看旋转的磨盘。隆隆隆响着磨,刷刷刷落着面。我觉得又新鲜又好玩。磨盘上边有两个磨眼,一个眼里堆着红高粱,一个眼里插着两根扫帚苗。

"娘,插扫帚苗干吗?"我问。

"把磨膛里的面扫出来。"

"那不把扫帚苗研到面里了?"

"是研到面里了。"

"那不吃到肚子里了?"

"是吃到肚子里了。"

"人怎么能吃扫帚苗呢?"

"祖祖辈辈都这么着。别问了,烦死人了。"娘不耐烦了。

"娘,什么时候有的石磨?"珠子问四大娘。

"古来就有。"

"谁先凿出第一盘磨?"

"鲁班他媳妇。"

"谁是鲁班他媳妇?"

"鲁班他媳妇就是鲁班他媳妇。"

"鲁班他媳妇怎么会想到凿磨呢?"

"鲁班他媳妇牙不好,嚼不动囫囵粮食粒儿,就找来两块石头,凿了凿,呼呼隆隆推起来。"

在娘和四大娘嘴里,世界上的一切都很简单,什么答案都是现成的,没有不能解释的事物。

我们都不说话了,磨房里静下来。一缕阳光从西边的窗棂里射进来,东墙上印着明亮的窗格子。屋里斜着几道笔直的光柱,光柱里满是小纤尘,像闪亮的针尖一样飞快游动着。墙角上落满灰尘的破蛛网在轻轻地抖动着。一只壁虎一动不动地趴在墙壁上。初上磨时的新鲜感很快就消逝了,灵魂和肉体都在麻木。磨声,脚步声,沉重的呼吸声,一圈一圈无尽头的路,连一点变化都没有。我总想追上四大娘,但总是追不上。四大娘很苗条的腰肢在我面前晃动着。那道斜射的光柱周期性地照着她的脸,光柱照着她的脸时,她便眯起细长的眼睛,嘴角儿一抽一抽的,很好看。走出光柱,她的脸便晦暗了,我愿意看她辉煌的脸不愿意看她晦暗的脸,但辉煌和晦暗总是交替着出现,晦暗又总是长于辉煌,辉煌总是一刹那的事,一下子就过去了。

"娘,我拉不动了。"珠子叫了起来。

"拉,你哥哥还没说拉不动呢,你这么胖。"四大娘说着,把腰弯得更低一些,使劲推着磨棍。

"娘,我也拉不动了。"我说,是珠子提醒了我。

"还打架不打了?"

"不打了。"

"玩去吧。"

我和珠子雀跃着逃走了。走出磨房,就像跳出牢笼,感觉到天宽地阔。娘和四大娘还在转着无穷无尽的圆圈,磨声隆隆隆,磨转响声就不停。

这次惩罚,说明了我和珠子已经具有了劳动能力,无忧无虑的童年就此结束了。我和珠子成了推磨的正式成员,尽管我们再也没有打架。娘和四大娘都是那种半大脚儿,走起路来脚后跟捣着地,很吃力。我已经十岁,不是小孩了,看到娘推磨累得脸儿发白,汗水溻湿了衣服,心里十分难过。所以,尽管我讨厌推磨,但从来也没有反抗过娘的吩咐。珠子滑头得很,上了磨每隔十分钟就跑一次厕所,四大娘骂她:"懒驴上磨屎尿多。"娘轻轻地笑着说:"她还小哩。"

娘和四大娘并不是天天推磨,她们还要到生产队去干活儿。后来,她们把推磨时间选择在晌午头、晚饭后,这时候学校里不上课,逃不了我们的差。

在这走不完的圆圈上,我和珠子长大了。我们都算是初中毕了业,方圆几十里只有一所高中,我们没有钱去上学,便很痛快地成了公社的小社员了。我十六岁,珠子十四岁,还没列入生产队的正劳力名册。队里分派给我们的任务就是割草喂牛,愿去就去,不愿去拉倒,反正是论斤数算工分。

我和珠子已经能将大磨推得团团转了,推磨的任务就转移到我俩肩上。娘和四大娘很高兴。从十五岁那年开始,我开始长个了,一个冬春,蹿出来一头,嘴上也长出了一层黑乎乎的茸毛。珠子也长高了,但比我矮一点。记得那是阴历六月的一天,天上落着缠缠绵绵的雨。娘吩咐我:"去问问你四大娘,看她推磨不推。"我戴上斗笠,懒懒地走到四大娘家。父亲坐在四大娘的炕沿上抽烟。四大娘坐在炕头上,就着窗口的光亮,噌噌地纳鞋底子。"四大娘,俺娘问你,推磨吗?"我问。四大娘抬起头,明亮的眼睛闪了闪,说:"推吧。"接着她就喊:"珠子,盛上十斤玉米,跟你哥哥推磨去。"珠子在她屋里很脆地应了一声。我撩开门帘进了她的屋,她坐在炕上,只穿一件紧身小衫儿,露着两条雪白的胳膊,刚发育的乳房像花骨朵一样很美地向前挺着。我忽然吃了一惊,少年时代就在这一瞬间变成了历史,我的一只脚跨进了青春的大门。我惊惶地退出来,脸上发着烧,跑到院子里,高声喊:"珠子,我在磨房里等着你,快点,别磨磨蹭蹭。"雨点敲打着斗笠,啪啪地响,我心里忽然烦恼起来,不知是生了谁的气。

珠子来了。她很麻利地收拾好磨,把粮食倒进磨眼里,插好了扫帚苗。我们抱起磨棍,转起了圈圈。磨房里发出潮湿发霉的味儿,磨膛里散出粉碎玉米的香味儿。外边的雨急一阵慢一阵地下着,房檐下倒扣着的水桶被檐上的滴水敲打出很有节奏的乐声。檐下的燕窝里新添了儿女,小燕子梦呓般地唧啾着。珠子忽然停住脚,回过头来看着我,脸儿一红,细长的眼睛瞪着我说:"你坏!"

我想起了刚才的事,心头像有匹小鹿在碰撞。我的眼前又浮现出她那蓓蕾般的小胸脯儿,我说:"珠子,你……真好看……"

"瞎说!"

"珠子,咱俩好吧……"

"我打你!"她满脸绯红,举起拳头威胁我。

我放下磨棍,扑上去将她抱住,颤抖着说:"打吧,你打吧,你快打,你这个小珠儿,小坏珠儿……"

她急促地喘息着,双手抚摸着我的脖子,我们紧紧拥抱着,忘记了世界上的一切……

我家的厢房是三间,里边两间安着磨,外边一间实际上起着大门楼的作用。父亲推开大门走进来,一眼就看到了我和珠子搂抱在一起。

"畜生!"他怒骂一声。

我和珠子急忙分开,垂着头,打着哆嗦站在磨道里。磨道被脚底踩凹了,像一条环形的小沟。

父亲揪住我的头发,狠狠地抽了我两个嘴巴。我的脑瓜子嗡嗡响,鼻子里的血滴滴答答地流下来。

珠子扑上来护住我,怒冲冲地盯着父亲:"你凭什么打他?你这个老黑心,兴你俩好,就不兴俺俩好?"

父亲愤怒的胳膊沉重地耷拉下去,脸上的愤怒表情一下子就不见了。

从我初省人事时,我就感觉到,爹不喜欢娘。娘比爹大六岁。爹在家里,脸上很少有笑容,对娘总是冷冷的、淡淡的。娘像对待客人一样对待爹,爹也像对待客人一样对待娘,两个人从没有吵过一句嘴,更甭说打架了。但娘却经常偷偷地抹眼泪。小时候见到娘哭,我也跟着哭。娘把我搂在怀里,使劲地亲我,泪水把我的脸都弄湿了。

"娘,谁欺负你了?""没有,孩子,谁也没欺负娘……""那你为什么哭?""就是,娘不争气,就知道哭。"后来,渐渐地大了,我在街上听到了一些风言风语,知道了爹和四大娘相好。珠子一岁那年,她爹在集上喝醉了酒,掉到冰河里淹死了,四大娘一直没再嫁。我小时,爹常抱我去四大娘家。四大娘喜欢我,从爹手里把我接过去,亲我咬我胳肢我。"叫亲娘,我拿花生豆给你吃。"她细长的眼睛亲切地望着我,逗着我说。小孩子是没有立场的,我放开喉咙叫"亲娘!"四大娘先是高兴地咧着嘴笑,但马上又很悲哀了。她把盛花生豆的小口袋递给我,长长地叹一口气,说:"吃吧。"

　　娘也抱我去四大娘家,但似乎没有话说。两个人常常是干坐着。谁也不吱声,只有当我和珠子欢笑起来或者打恼了哭起来,她们才淡淡地笑几声或者淡淡地骂我们几句。有这么一天,娘又和四大娘对坐着。娘说:"嫂子……你不打算寻个主儿,这样下去……"娘其实比四大娘大七八岁,但四大娘的丈夫比爹大,所以娘叫四大娘"嫂子"。听了娘的话,四大娘怔怔地望着窗户,脸红一阵白一阵。趴在叠起的被子上,她"呜呜"地哭起来。娘的眼圈也红了。后来,娘不再到四大娘家去了。娘和四大娘的关系也像和爹的关系一样,相敬如宾,冷冷的,淡淡的,一块儿推磨,一块儿到队里干活儿,但谁也不跨进谁的房屋了,有事就靠我和珠子通风报信。

　　哭叫声把娘惊动了。娘冒着雨穿过院子跑到磨房,一看到我肿着的脸和鼻子里流着的血,冲上来护住我,用她粗糙的手擦着我鼻子上的血,一边擦,一边哭,一边骂起来:"狠心的鬼!知道俺娘儿们是你眼里的钉子,你先把我打死吧……"娘放声大哭起来。

　　四大娘也闻声赶来了。珠子一见她娘,竟然也嘴一咧,鼻子一皱,泪珠子扑簌簌地落下来。"苦命的娘啊,女儿好命苦啊……"珠子抱着四大娘,像个出过嫁的女人一样唠叨着哭。四大娘本来就爱流眼泪,这一下可算找到了机会,她搂着女儿,哭了个天昏地暗。

　　爹急忙把大门关了,压低了喉咙说:"别哭了,求求你们。都是我不好,要杀要砍由着你们。我有罪,我给你们下跪了……"身高马大的父亲像半堵墙壁一样跪倒在石磨面前,泪水沿着他清癯的面颊流下来。父亲鼻梁高高的,眼睛很大,据说早年间闹社戏,他还扮过姑娘呢。

父亲的下跪具有很大的震撼力。娘和四大娘的哭声戛然而止,我和珠子紧跟着闭了嘴。磨房里非常安静,褐色的石磨像个严肃的老人一样蹲着。雨已经停了,院子里嗖嗖地刮过一阵小风,那棵老梨树轻轻地摇动几下,树叶的窸窣声中,夹杂着水珠击地的扑哧声。磨房的房梁上,一穗受了潮的灰挂慢慢地落下来,掉在父亲的肩头上。

娘松开我,挪动着小脚,走到爹的面前,伸出指头捏走了爹肩头那穗灰挂,慢慢地跪在爹面前,说:"是我不好,都是我不好……"

我的那颗被初恋的欢乐冲击过的心,被父亲毒打委屈过的心,像撕裂了般痛苦,一种比欢乐和委屈更复杂更强烈的感情的潮头在我胸臆间急剧翻腾起来,我站立不稳,趔趔趄趄地靠在石磨上……

我们再也不用石磨磨面了。家里日月尽管还是艰难,但毕竟是进入新阶段了,到钢磨上去推面的钱渐渐地不成问题了。磨房里很少进人,成了耗子的乐园,大白天也可以看到它们在那里折腾。蝙蝠也住了进去,黄昏时便从窗棂间飞进飞出。

我长成一个真正的青年了。有人给我提亲,女方是南疃一个老中医的女儿,在家帮她爹搓搓药丸子。我死活不答应。

爹说:"我知道你想的是什么,这是万万不行的。"

"不要,我不要!我打一辈子光棍!"

"不要也得要!六月六就定亲。"爹严厉地说。

"孩子,听你爹的话吧。祖祖辈辈都是这么过来的……中午,把麦子送到钢磨去推了,定亲要蒸四十个大饽饽哩……"

六月的田野里,高高低低全是绿色的庄稼。

我到底还是推上三百斤小麦,沿着绿色海洋中的黄色土路,向钢磨房走去。我慢吞吞地走着,钢磨转动的嗡嗡声越来越近。那一年的那一天,我和珠子一起去看钢磨,也是走的这条小路。钢磨房里,有两个连睫毛上都挂着白面粉的姑娘,把粮食倒进铁喇叭,那根与钢磨底部连接在一起的长口袋胀得滚圆。我看钢磨都看痴了,站在那儿像根直棍。珠子打了我一下,让我去看马力带,马力带在机房与磨房之间砖砌的沟里飞跑,我看了一会儿,也不知为什么,竟然往飞跑的皮带上撒了一泡尿,皮带吱吱地发出声响,随即滑落在地沟里,钢磨声渐渐弱下去。两个姑娘从磨房里跑出来,她们喊:"抓!"珠子拖着我,说:"快跑!"我们跑出村庄,跑进野地,跑得气喘吁吁,满身是汗。

我说:"珠子,求求你,别回家说。"

她说:"你长大了娶我做老婆不?"

我说:"娶!"

"那我就不说。"她说。果然,她没对任何人说过我尿落马力带的事。

我饱含着哀愁一步步向前走,挺想哭几声,大哭几声。猛地,一个穿红格衫的女子从高粱地里闪出来。是珠子!

"站住!"她狠狠地对我说。

"你在这儿干什么?"我站住了。

"你别装糊涂。要和那个搓药丸子的定亲了是不?"她尖刻地问。

"你知道了还问什么。"我垂头丧气地说。

"我怎么办?你心里一点都没有我?"

"珠子……你难道没听说?有人说我们是兄妹……"我心里充满了恼怒,一下子把车子掀翻,颓然蹲下去,双手捂住头。

"我问过俺娘了,我们不是兄妹。"

"到底是怎么回事?"

"你爹爱俺娘,你爷爷和奶奶给你爹娶了你娘,俺娘嫁给了俺爹——就是死掉的那个二流子。就这么回事。"

"咱俩怎么办?"我迟疑地问。

"登记,结婚!"

"就怕俺爹不答应。"

"是你娶我还是你爹娶我?解放三十多年了!走,我去跟他们说。"

我跟珠子结了婚。

结婚第二年,珠子生了一个女孩,很可爱,村里人谁见了都要抱抱她。

连着几年风调雨顺,庄户人家都攒了一大把钱。珠子有心计,跟我办起一个小面粉加工厂。我们腾出厢房来安机器。厢房里满是灰尘,那盘石磨上拉满了耗子屎、蝙蝠粪。我,珠子,爹,四大娘,把两扇石磨抬出来,扔到墙旯儿里。娘背着我的小女儿看我们干活。

"奶奶,这是什么?"

"石磨。"

"什么石磨?"

"磨面的石磨。"

"什么磨面的石磨?"

"就是磨面的石磨。"

阳光好明媚。我对着门外喊:"珠子,你去弄点石灰水,要把磨房消消毒!"

我们干得欢畅,干得认真,像完成了什么重大的历史使命。

(一九八四年十月)

五 个 饽 饽

除夕日大雪没停,傍黑时,地上已积了几尺厚。我踩着雪去井边打水,水桶贴着雪面,划开了两道浅浅的沟。站在井边上打水,我脚下一滑,"财神"伸手扶了我一把。

"财神"名叫张大田,四十多岁了,穷愁潦倒,光棍一条,由于他每年都装"财神"——除夕夜里,辞旧迎新的饺子下锅之时,就有一个"叫花子"站在门外高声歌唱,吉利话一套连着一套。人们把煮好的饺子端出来,倒在"叫花子"的瓦罐里。"叫花子"把一个草纸叠成的小元宝放到空碗里。纸元宝端回家去,供在祖先牌位下,这就算接回"财神"了——人们就叫他"财神",大人孩子都这么叫,他也不生气。

"财神"伸手扶住了我,我冲着他感激地笑了笑。

"挑水吗,大侄子?"他的声音沙沙的,很悲凉。

"嗯。"我答应着,看着他把瓦罐顺到井里,提上来一罐水。我说:"提水煮饺子吗,'财神'?"他古怪地笑笑,说:"我的饺子乡亲们都给煮着哩,打罐水烧烧,请人给剃个新头。"我说:"'财神',今年多在我家门口念几套。""赌好吧,金斗大侄子,你是咱村里的大秀才,早晚要发达的,老叔早着点巴结你。"他提着水,歪着肩膀走了。

傍黑天时,下了两天的雪终于停了。由于雪的映衬,夜并不黑。

爷爷嘱咐我把两个陈年的爆竹放了,那正是自然灾害时期,煤油要凭票供应,蜡烛有钱也难买到,通宵挂灯的事只好免了。

这晚,爷爷又去了饲养室,说等到半夜时分回来跟我们一起过年。自从父亲去世后,生产队看我家没壮劳力,我又在离家二十里的镇上念书,就把看牛的美差交给了我家。母亲白天喂牛,爷爷夜里去饲养室值班。我和母亲、奶奶摸黑坐着,盼着爷爷快回家过年。

好不容易盼到三星当头,爷爷回来了,母亲把家里的两盏油灯全点亮了,灯芯剔得很大,屋子里十分明亮。母亲在灶下烧火,干豆秸烧得噼噼啪啪响。火苗映着母亲清癯的脸,映着供桌上的祖先牌位,映着被炊烟熏得黝黑发亮的墙壁,一种酸楚的庄严神圣感攫住了我的心……

年啊年!是谁把这普普通通的日子赋予了这样神秘的色彩?为什么要把这个日子赋予一种神秘的色彩?面对着这样玄奥的问题,我一个小小的中学生只能感到迷惘。

奶奶把一个包袱郑重地递给爷爷,轻轻地说:"供出去吧。"爷爷把包袱接过来,双手捧着,像捧着圣物。包袱里放着五个馍馍,准备供过路的天地众神享用。这是村里的老习俗,五个馍馍从大年夜摆出去,要一直摆到初二晚上才能收回来。

我跟着爷爷到了院子里,院子当中已放了一条方凳,爷爷蹲下去,用袖子拂拂凳上的雪。小心翼翼地先把三个馍馍呈三角形摆好,在三个馍馍中央,反着放上一个馍馍,又在这个反放的馍馍上,正着放上一个馍馍。五个馍馍垒成一个很漂亮的宝塔。

"来吧,孩子,给天地磕头吧!"爷爷跪下去,向着东南西北四个方向磕了头。我这个自称不信鬼神的中学生也跪下,将我的头颅低垂下去,一直触到冰凉的雪。天神地鬼,各路大仙,请你们来享用这五个馍馍吧!……这蒸馍馍的白面是从包饺子的白面里抠出来的,这一年,我们家的钱只够买八斤白面,它寄托着我们一家对来年的美好愿望。不知怎的,我的嗓子发哽、鼻子发酸,要不是过年图吉利,我真

想放声大哭。就在这时候,柴门外边的胡同里,响起了响亮的歌声:

> 财神爷,站门前,
> 看着你家过新年;
> 大门口,好亮堂,
> 石头狮子蹲两旁;
> 大门上,镶金砖,
> 状元旗杆竖两边。
> 进了大门朝里望,
> 迎面是堵影壁墙;
> 斗大福字墙上挂,
> 你家子女有造化。
> 转过墙,是正房,
> 大红灯笼挂两旁;
> 照见你家人兴旺,
> 金银财宝放光芒。

我从地上爬起来,愣愣地站在院子里,听着"财神"的祝福。他都快要把我家说成刘文彩家的大庄院了。"财神"的嗓门宽宽的,与其说是唱,还不如说他念。他就这样温柔而悒郁地半念半唱着,仿佛使天地万物都变了模样。

> 财神爷,年年来,
> 你家招宝又进财;
> 金满囤,银满缸,
> 十元大票麻袋装。
> 一袋一袋撂起来,
> 撂成岭,堆成山,

十元大票顶着天。

我笑了,但没出声。

有了钱,不发愁,
买白菜,打香油,
杀猪铺里提猪头。
还有鸡,还有蛋,
还有鲜鱼和白面。
香的香,甜的甜,
大人孩子肚儿圆。

多好的精神会餐!我被"财神爷"描绘的美景陶醉了。

大侄儿,别发愣,
快把饺子往外送,
快点送,快点送,
金子银子满了瓮。

我恍然大悟,"财神爷"要吃的了。急忙跑进屋里,端起了母亲早就准备好了的饭碗。我看碗里只有四个饺子,就祈求地看着母亲的脸,嗫嚅着:"娘,再给他加两个吧!……"母亲叹了一口气,又用笊篱捞了两个饺子放到碗里。我端着碗走到胡同里,"财神"急步迎上来,抓起饺子就往嘴里塞。

"'财神',你别嫌少……"我很惭愧地说。他为我们家进行了这样美好的祝福,只换来六个饺子,我感到很对不起他。

"不少,不少。大侄子,快快回家过年,明年考中状元。"

"财神"一路唱着向前走了,我端着空碗回家过年。"财神"没有往我家的饭碗里放元宝,大概连买纸做元宝的钱都没有了吧!

过年的真正意义是吃饺子。饺子是母亲和奶奶数着个儿包的,一个个小巧玲珑,像精致的艺术品。饺子里包着四个铜钱,奶奶说,谁吃着谁来年有钱花。我吃了两个,奶奶爷爷各吃了一个。

母亲笑着说:"看来我是个穷神。"

"你儿子有了钱,你也就有了。"奶奶说。

"娘,咱家要是真像'财神爷'说的有一麻袋钱就好了。那样,你不用去喂牛,奶奶不用摸黑纺线,爷爷也不用去割草了。"

"哪里还用一麻袋。"母亲苦笑着说。

"会有的,会有的,今年的年过得好,天地里供了饽饽。"——奶奶忽然想起来了,问:"金斗他娘,饽饽收回来了吗?"

"没有,光听'财神'穷唱,忘了。"母亲对我说,"去把饽饽收回来吧。"

我来到院子里,伸手往凳子上一摸,心一下子紧缩起来。再一看,凳子上还是空空的。"饽饽没了!"我叫起来。爷爷和母亲跑出来,跟我一起满院里乱摸。"找到了吗?"奶奶下不了炕,脸贴在窗户上焦急地问。

爷爷找出纸灯笼,把油灯放进去。我擎着灯笼满院里找,灯笼照着积雪,凌乱的脚印,沉默的老杏树,堡垒似的小草垛……

我们一家四口围着灯坐着。奶奶开始唠叨起来,一会儿嫌母亲办事不牢靠,一会儿骂自己老糊涂,她面色灰白,两行泪水流了下来。已是后半夜了,村里静极了。一阵凄凉的声音在村西头响起来,"财神"在进行着最后的工作,他在这一夜里,要把他的祝福送至全村。就在这祝福声中,我家丢失了五个饽饽。

"弄不好是被'财神'这个杂种偷去了。"爷爷把烟袋锅子在炕沿上磕了磕,沉着脸站起来。

"爹,您歇着吧,让我和斗子去……"母亲拉住了爷爷。

"这个杂种,也是可怜……你们去看看吧,有就有,没有就拉倒,

"到底是乡亲,抬头不见低头见。"爷爷说。

我和母亲踩着雪向村西头跑去。积雪在脚下吱吱地响。"财神"还在唱着,他的嗓子已经哑了,听来更加凄凉:

> 快点拿,快点拿,
> 金子银子往家爬;
> 快点抢,快点抢,
> 金子银子往家淌。
> ……

我身体冷得发抖,心中却充满怒火。"财神",你真毒辣,你真贪婪,你真可恶……我像只小狼一样扑到他身边,伸手夺过了他拎着的瓦罐。

"谁?谁?土匪!动了抢了,我咧着嗓子嚎了一夜,才要了这么几个饺子,手冻木了,脚冻烂了……""财神"叫着来抢瓦罐。

"大田,你别吵吵,是我。"母亲平静地说。

"是大嫂子,你们这是干啥?给我几个饺子后悔了?大侄子,你从罐里拿吧,给了我几个拿回几个吧。"

瓦罐里只有几十个冻得梆梆硬的饺子,没有饽饽。

饽饽上不了天,饽饽入不了地,村里人都在过年,就你"财神"到我家门口去过。我坚信爷爷的判断是准确的。我把瓦罐放在雪地上,又扑到"财神"身上,搜遍了他的全身。"财神"一动也不动,任我搜查。

"我没偷,我没偷……""财神"喃喃地说着。

"大田,对不住你,俺孤儿寡妇的,弄点东西也不容易,才……金斗,跪下,给你大叔磕头。"

"不!"我说。

"跪下!"母亲严厉地说。

我跪在"财神"面前,热泪夺眶而出。

"起来,大侄子,快起来,你折死我了……""财神"伸手拉起我。

屈辱之心使我扭头跑回家去,在老人们的叹息声中久久不能入睡……

天亮的时候我做了一个梦,梦见那五个馎饦没有丢,三个在下,两个在上,呈宝塔状摆在方凳上。

我起身跑到院里,惊得目瞪口呆,我使劲地揉着眼睛,又扯了一下耳朵,很痛,不是在做梦!五个馎饦两个在上三个在下,摆在方凳上呈宝塔状……

这件事一晃就过去了二十多年,我由一个小青年变成一个中年人了。去年,我被任命为市人民法院副院长后,曾回过一次老家,在村头上碰到"财神",他还那个样,没显老。

(一九八四年十月)

枯　河

　　一轮巨大的水淋淋的鲜红月亮从村庄东边暮色苍茫的原野上升起来时,村子里弥漫的烟雾愈加厚重,并且似乎都染上了月亮的那种凄艳的红色。这时太阳刚刚落下来,地平线上还残留着一大道长长的紫云。几颗瘦小的星斗在日月之间暂时地放出苍白的光芒。村子里朦胧着一种神秘的气氛,狗不叫,猫不叫,鹅鸭全是哑巴。月亮升着,太阳落着,星光熄灭着的时候,一个孩子从一扇半掩的柴门中钻出来,一钻出柴门,他立刻化成一个幽灵般的灰影子,轻轻地飘浮起来。他沿着村后的河堤舒缓地飘动着,河堤下枯萎的蓑草和焦黄的杨柳落叶喘息般地响着。他走得很慢,在枯草折腰枯叶破裂的细微声响中,一跳一跳地上了河堤。在河堤上,他蹲下来,笼罩着他的阴影比他的形体大得多。直到明天早晨他像只青蛙一样蜷伏在河底的红薯蔓中长眠不醒时,村里的人们围成团看着他,多数人不知道他的岁数,少数人知道他的名字。而那时,他的父母全都目光呆滞,犹如鱼类的眼睛,无法准确地回答乡亲们提出的关于孩子的问题。他是个黑黑瘦瘦、嘴巴很大、鼻梁短促、目光弹性丰富的从来不知道什么叫生病的男孩子。他攀树的技能高超。明天早晨,他要用屁股迎着初升的太阳,脸深深地埋在乌黑的瓜秧里。一群百姓面如荒凉的沙漠,看着他的比身体其他部位的颜色略微浅一些的屁股。这个屁股上布满伤痕,也布满阳光,百姓们看着它,好像看着一张明媚的面孔,好像看着我自己。

他蹲在河堤上,把双手夹在两个腿弯子里,下巴放在尖削的膝盖上。他感到自己的心像只水耗子一样在身体内哧溜哧溜地跑着,有时在喉咙里,有时在肚子里,有时又跑到四肢上去,体内仿佛有四通八达的鼠洞,像耗子一样的心脏,可以随便又轻松地滑动。月亮持续上升,依然水淋淋的,村庄里向外膨胀着非烟非雾的气体,气体一直上升,把所有的房屋罩进下边,村中央那棵高大的白杨树把顶梢插进迷蒙的气体里,挺拔的树干如同伞柄,气体如伞如笠,也如华盖如毒蘑菇。村庄里的所有树木都瑟缩着,不敢超过白杨树的高度,白杨树骄傲地向天里站,离地二十米高的枝丫间,有一团乱糟糟的柴棍,柴棍间杂居着喜鹊和乌鸦,它们每天都争吵不休,如果月光明亮,它们会跟着月亮噪叫。

或许,他在一团阴影的包围中蹲在河堤上时,曾经有抽泣般的声音从他干渴的喉咙里冒出来,他也许是在回忆刚刚过去的事情。那时候,他穿着一件肥大的裤子,赤着脚,站在白杨树下。白杨树前是五间全村唯一的瓦房,瓦房里的孩子是一个很漂亮的小女孩,漆黑的眼睛像两粒黑棋子。女孩子对他说:"小虎,你能爬上这棵白杨树吗?"

他怔怔地看着女孩,嘴巴咧了咧,短促的鼻子上布满皱纹。

"你爬不上去,我敢说你爬不上去!"

他用牙齿咬住了厚厚的嘴唇。

"你能上树给我折根树杈吗?就要那根,看到了没有?那根直溜的,我要用它削一管枪,削好了咱俩一块耍,你演特务,我演解放军。"

他用力摇摇头。

"我知道你上不去,你不是小虎,是只小老母猪!"女孩愤愤地说,"往后我不跟你耍了。"

他用很亮的黑眼睛看着女孩,嘴咧着,像是要哭的样子。他把脚放在地上搓着,终于干巴巴地说:"我能上去。"

"你真能?"女孩惊喜地问。

他使劲点点头,把大褂子脱下来,露出青色的肚皮。他说:"你给我望着人,俺家里的人不准我上树。"

女孩接过衣裳,忠实地点了点头。

他双脚抱住树干。他的脚上生着一层很厚的胼胝,在银灰色的树干上把得牢牢的,一点都不打滑。他爬起树来像一只猫,动作敏捷自如,带着一种天生的素质。女孩抱着他的衣服,仰着脸,看着白杨树慢慢地倾斜,慢慢地对着自己倒过来。恍惚中,她又看到光背赤脚的男孩把粗大的白杨树干坠得像弓一样弯曲着,白杨树好像随时都会把他弹射出去。女孩在树下一阵阵发颤。后来,她看到白杨树又倏忽挺直。在渐渐西斜的深秋阳光里,白花花的杨树枝聚拢上指,瑟瑟地弹拨着浅蓝色的空气。冻一样澄澈的天空中,一绺绺的细密杨枝飞舞着;残存在枝梢上的个把杨叶,似乎已经枯萎,但暗蓝的颜色依旧不褪;随着枝条的摆动,枯叶在窸窣作响。白杨树奇妙的动作缭乱了女孩的眼睛,她看到越爬越高的男孩的黑色脊梁上闪烁着鸦翅般的光。

"你快下来,小虎,树要倒了!"女孩对着树上的男孩喊起来。男孩已经爬进稀疏的白杨树冠里去了,树枝间有鸦鹊穿梭飞动,像一群硕大的蜜蜂,像一群阴郁的蝴蝶。

"树要断啦!"女孩的喊声像火苗子一样烧着他的屁股,他更快地往上爬。鸦鹊翅膀扇起的腥风直吹到他的脖颈子里,使他感到脊梁沟里一阵阵发凉。女孩的喊叫提醒了他,他也觉得树干纤细柔弱,弯曲得非常厉害,冰块一样的天空在倾斜着旋转。他的腿上有一块肉突突地跳起来,他低头看着这块跳动的肌肉,看得清清楚楚。就在这时候,他又听到了女孩的叫声,女孩说:"小虎,你下来吧,树歪倒了,树就要歪到俺家的瓦屋上去了,砸碎俺家的瓦,俺娘要揍你的!"他打了一个愣怔,把身体贴在树干上,低眼往下看。这时他猛然一阵头晕眼花,他惊异地发现自己爬得这样高。白杨树把全村的树都给盖住了,犹如鹤立鸡群。他爬上白杨树,心底里涌起一种幸福感。所有的房屋都在他的屁股下,太阳也在他的屁股下。太阳落得很快,不圆,像一个大鸭蛋。他看到远远近近的草屋上,朽烂的麦秸草被雨水抽打得平平的,留着一层夏天生长的青苔,青苔上落满斑斑点点的雀屎。街上尘土很厚,一辆绿色的汽车驶过去,搅起一股冲天的灰土,好久才消散。灰尘散后,他看到有一条被汽车轮子碾出了肠子的黄色小狗蹒跚在街上,狗肠子在尘土中拖着,像一条长长的绳索,小狗一声也不叫,心平气和地走着,狗毛上泛起的温暖渐渐远去,黄狗走成黄兔,走成黄鼠,终于走得不见踪影。四处如有空瓶的鸣声,远近不定,人世的冷暖都一块块涂在物上,树上半冷半热,他如抱叶的寒蝉一样觳觫着,见一粒鸟粪直奔房瓦而去。女孩又在下边喊他,他没有听。他战战兢兢地看着瓦房前的院子,他要不是爬上白杨树,是永远也看不到这个院子的,尽管树下这个眼睛乌黑的小女孩经常找他玩,但爹娘却反复叮咛他,不准去小珍家玩。女孩就是小珍吗?他很疑惑地问着自己。他总是迷迷瞪瞪的,村里人都说他少个心眼。他看着院子,院子里砌着很宽的甬道,有一道影壁墙,墙边的刺儿梅花叶凋零,只剩下紫红色的藤条,院里还立着两辆自行车,车圈上的镀镍一闪一闪地刺着他的眼。一个高大汉子从屋里出来,在墙根下大大咧咧地撒尿,男孩接着看到这个人紫红色的脸,吓得紧贴住树干,连气儿都不敢喘。这个人曾经拧着他的耳朵,当着许多人的面问:"小虎,一条狗几条腿?"他把嘴巴使劲朝一边咧着,说:"三条!"众人便哈哈大笑。他记得当时父亲和哥哥也都在人群里,哥哥脸憋得通红,父亲尴尬地陪着众人笑。哥哥为此揍他,父亲拉住哥哥,说:"书记愿意逗他,说明跟咱能合得来,说明眼里有咱。"哥哥松开他,拿过一块乌黑发亮的红薯面饼子杵到他嘴边,恼怒地问:"这是什么?"他咬牙切齿地说:

"狗屎!"

"小虎,你快点呀!"女孩在树下喊。

他又慢慢地往上爬。这时他的双腿哆嗦得很厉害。树下瓦屋上的烟筒里,突然冒出了白色的浓烟,浓烟一缕缕地从枝条缝隙中,从鸦鹊巢里往上蹿。鸦鹊巢中滚动着肮脏的羽毛,染着赤色阳光的黑鸟围着他飞动、噪叫。他用一只手攀住了那根一把粗细的树杈,用力往下扳了一下,整棵树都晃动了,树杈没有断。

"使劲扳,"女孩喊,"树倒下了,它歪来歪去原来是吓唬人的。"

他用力扳着树杈,树杈弯曲着,弯曲着,真正像一张弓。他的胳膊麻酥酥的,手指尖儿发胀。树杈不肯断,又猛地弹回去。双腿抖得更厉害了,脑袋沉重地垂下去。女孩在仰着脸看他。树下的烟雾像浪花一样向上翻腾。他浑身发冷,脑后有两根头发很响地直立了起来,他又一次感到自己爬得是这样的高。那根直溜溜光滑滑的树杈还在骄傲地直立着,好像对他挑战。他把两条腿盘起来,伸出两只手拉住树杈,用力往下拉,树杈呲呲地叫着,顶梢的细条和其他细条碰撞着,噼噼啪啪地响。他把全身的重量和力量都用到树杈上,双腿虽然还攀在树枝干上,但已被忘得干干净净。树杈愈弯曲,他心里愈是充满仇恨,他低低地吼叫了一声,腾跃过去,树杈断了。树杈断裂时发出很脆的响声,他头颅里有一根筋愉快地跳动了一下,全身沉浸在一种愉悦感里。他的身体轻盈地飞起来,那根很长的树杈伴着他飞行,清冽的大气,白色的炊烟,橙色的霞光,在身体周围翻来滚去。匆忙中,他看到从忽然变扁了的瓦房里,跑出了一个身穿大花袄的女人,她的嘴巴里发出马一样的叫声。

女孩正眼睁睁地往树上望着,忽然发现男孩挂在那根树杈上,像一颗肥硕的果实。她猜想他一定非常舒服,她羡慕得要命,也想挂到树杈上去。但很快就起了变化,男孩伴着树枝慢悠悠地落下来,她看到他的身体拉得很长,似一匹抖开了的棕绸缎,从树梢上直挂下来,那根她选中的树杈抽打着绸缎,索然有声。她捧着男孩的衣服往前走了一步,猛然觉得一根柔韧的枝条猛抽着腮帮子,那匹棕色绸缎也落到了身上。她觉得这匹绸缎像石头一样坚硬,碰一下都会发出敲打铁皮般的轰鸣。

他莫名其妙地从地上爬起来,身上有个别部位略感酸麻,其他一切都很好。但他马上就看到了女孩躺在树枝下,黑黑的眼睛半睁半闭,一缕蓝色的血顺着她的嘴角慢慢地往下流。他跪下去,从树枝缝里伸进手,轻轻地戳了一下女孩的脸。她的脸很硬,像充足了气的皮球。

穿花袄的女人飞一般来到房后,骂道:"小坏种,你能上了天?你爹和你娘怎么弄出你这么个野种来?折我一根树杈我掰断你一根肋条!"

她气汹汹地冲到跪在地上的男孩面前,踢出的脚刚刚接触到男孩的脊梁,便无力地落下了。她的双眼发直,嘴巴歪拧着,扑到女孩身上,哭叫着:"小珍子,小珍子,我的孩子,你这是怎么啦……"

……一只浑身虎纹斑驳的猫踏着河堤上的枯草上了堤顶,肉垫子脚爪踩着枯草,几乎没有声音。它吃惊地站在男孩面前,双眼放绿光,呜呜地发着威,尾巴像桅杆一样直竖起来。他胆怯地望着它。它不走,闻着从他身上散发出的浓重的血腥味,他无法忍受它那两只磷光闪烁的眼睛的逼视,困难地站立起来。

月亮已升起很高了,但依然水淋淋的不甚明亮。西半天的星辰射出金刚石一样的光芒。村子完全被似烟似雾的气体笼罩了,他不回头也知道,村里的树木只有那棵白杨树能从雾中露出一节顶梢,像洪水中的树。想到白杨树,他鼻子眼里都酸溜溜的。他小心翼翼地绕过那只威风凛凛的野猫,趔趔趄趄地下了河,河里是一片影影绰绰的银灰色,不是水,是暄腾腾的沙土。已经连续三年大旱,河里垛着干燥的柴草,猫在背后冲着他叫,但他已无心去理它了。他的赤脚踩着热乎乎的沙土,一步一个脚印。沙土的热从脚心一寸寸地上行,先是很粗很盛,最后仅仅如一条蛛丝,好像沿着骨髓,一直钻到脑袋里。

他搞不清自己的身体在哪儿,整个人变成了模模糊糊的一团,像个捉摸不定的暗影,到处都是热热辣辣的感觉。

　　他摔倒在沙窝里时,月亮颤抖不止,把血水一样的微光淋在他赤裸的背上。他趴着,无力再动,感觉到月光像热烙铁一样烫着背,鼻子里充溢着烧猪皮的味道。

　　大花袄女人并没有打他,她只顾哭她的心肝肉儿去了。他听着女人惊险的哭声,毛骨悚然,他知道自己犯下错了。他看到高大的红脸汉子蹿了过来,耳朵里嗡了一声,接着便风平浪静。他好像被扣在一个穹隆般的玻璃罩里,一群群的人隔着玻璃跑动着,急匆匆,乱哄哄,一窝蜂,如救火,如冲锋,张着嘴喊叫却听不到声。他看到两条粗壮的腿在移动,两只磨得发了光的翻毛皮鞋直对着他的胸口来了。接着他听到自己肚子里有只青蛙叫了一声,身体又一次轻盈地飞了起来,一股甜腥的液体涌到喉咙。他只哭了一声,马上就想到了那条在大街上的尘土中拖着肠子行进的黄色小狗。小狗为什么一声不叫呢?他反反复复地想着。翻毛皮鞋不断地使他翻筋斗。他恍然觉得自己的肠子也像那条小狗一样拖出来了,肠子上沾满了金黄色的泥土。那根他费了很大力量才扳下来的白杨树权也飞动起来了,柔韧如皮条的枝条狂风一样呼啸着,枝条一截截地飞溅着,一股清新的杨树浆汁的味道在他唇边漾开去,他起初还在地上翻滚着,后来就嘴啃着泥土,一动也不动了。

　　沙土渐渐地凉下来了,他身上的温度与沙土一起降着。他面朝下趴着,细小的沙尘不断被吸到鼻孔里去。他很想动一下,但不知身体在哪儿,他努力思索着四肢的位置,终于首先想到了胳膊。他用力把胳膊撑起来,脖子似乎折断了,颈椎骨在咯嘣着响。他沉重地再次趴下,满嘴里都是沙土,舌头僵硬得不能打弯。连吃了三口沙土后,他终于翻了一个身。这时,他非常辛酸地仰望着夜空,月亮已经在正南方,而且褪尽了血色,变得明晃晃的,晦暗的天空也成了漂漂亮亮的银灰色,河沙里有黄金般的光辉在闪耀,那光辉很冷,从四面八方包围着他,像小刀子一样刺着他。他求援地盯着孤独的月亮。月亮照着他,月亮脸色苍白,月亮里的暗影异常清晰。他还从来没有这样认真地看过月亮,月亮里的暗影使他惊讶极了。他感到它非常陌生,闭上眼睛就忘了它的模样。他用力想着月亮,父亲的脸从苍白的月亮中显出来了。

他今天才知道父亲的模样。父亲有两只肿眼睛,眼珠子像浸泡在盐水里的地梨。父亲跪在地上也很高。翻毛皮鞋也许踢过父亲,也许没踢。父亲跪着哀求:"书记,您大人不见小人的怪,这个狗崽子,我一定狠揍。他十条狗命也不值小珍子一条命,只要小珍子平安无事,要我身上的肉我也割……"书记对着父亲笑。书记眼里喷着一圈圈蓝烟。

哥哥拖着他往家走。他的脚后跟划着坚硬的地面。走了很久,还没有走出白杨树的影子。鸦鹊飞掠而过的阴影像绒毛一样扫着他的脸。

哥哥把他扔在院子里,对准他的屁股用力踢了一脚,喊道:"起来!你专门给家里闯祸!"他躺在地上不肯动,哥哥很有力地连续踢着他的屁股,说:"滚起来!你作了孽还有了功啦是不?"

他奇迹般地站了起来,一步步倒退到墙角下去,站定后,惊恐地看着瘦长的哥哥。

哥哥愤怒地对母亲说:"砸死他算了,留着也是个祸害。本来我今年还有希望去当个兵,这下子全完了。"

他悲哀地看着母亲,母亲从来没有打过他。母亲流着泪走过来,他委屈地叫了一声娘,眼泪鼻涕一齐流了出来。

母亲却凶狠地骂:"鳖蛋!你还哭?还挺冤?打死你也不解恨!"

母亲戴着铜顶针的手狠狠地抽到他的耳门子上。他干号了一声。不像人能发出的声音使母亲愣了一下,她弯腰从草垛上抽出一根干棉花柴,对着他没鼻子没眼地抽着,棉花柴哗啷哗啷地响着,吓得墙头上的麻雀像子弹一样射进暮色里去。他把身体使劲倚在墙下,看着棉花柴在眼前划出的红色弧线……

村子里一声瘦弱的鸡鸣,把他从迷蒙中唤醒。他的肚子好像凝成一个冰坨子,周身都冷透了,月亮偏到西边去了,天河里布满了房瓦般的浪块。他想翻身,居然很轻松地翻了一个身,身体像根圆木一样滚动着。他当然不知道他正在滚下一个小斜坡,斜坡下有一个可怜巴巴的红薯蔓垛。紫勾勾的薯蔓发着淡淡的苦涩味儿,一群群枣核大的萤火虫在薯蔓上爬着,在他眼睛里和耳朵里飞着。

父亲摇摇晃晃地来了,母亲举着那棵打成光杆的棉花柴,慢慢地退到一边去。

"滚起来!"父亲怒吼一声。他把身体用力往后缩着。

他把身体用力往后缩着,红薯蔓唰啦啦响着。月亮遍地,河里凝结着一层冰霜,一个个草垛如同碉堡,凌乱摆布在河上。甜腥的液体又冲在喉头,他不由自主地大张开嘴巴,把一个个面疙瘩一样的凝块吐出来。吐出来的凝块摆在嘴边,像他曾经见过的猫屎。他怕极了,一种隐隐约约的预感出现了。

那是一个眉毛细长的媳妇,她躺在一张苇席上,脸如紫色花瓣。旁边有几个人像唱歌一样哭着。这个小媳妇真好看,活着像花,死去更像花。他是跟着一群人挤进去看热闹的,那是一间空屋,一根红色的裤腰带还挂在房梁上。死者的脸平静安详,把所有的人都不放进眼里。大队里的红脸膛的支部书记眼泪汪汪地来看望死者,众人迅速地为他让开道路。支部书记站在小媳妇尸身前,眼泪盈眶,小媳妇脸上突然绽开了明媚的微笑。眉毛如同燕尾一样剪动着。支部书记一下子化在地上,浑身上下都流出了透明的液体。人们都说小媳妇死得太可惜啦。活着默默无闻的人,死后竟能引起这多人的注意,连支部书记都来了,可见死不是件坏事。他当时就觉得死是件很诱人的事情。随着杂乱的人群走出空屋,他很快就把小媳妇,把死,忘了。现在,小媳妇,死,依稀还有那条黄色小狗,都沿着遍布银辉的河底,无怨无怒地对着他来了。他已经听到了她们的杂沓的脚步声,看到了她们的黑色的巨大翅膀。

在看到翅膀之后,他突然明白了自己的来龙去脉,他看到自己踏着冰冷的霜花,在河水中走来又走去,一群群的鳗鱼像粉条一样在水中滑来滑去。他用力挤开鳗鱼,落在一间黑釉亮堂堂的房子里。小北风从鼠洞里、烟筒里、墙缝里不客气地刮进来。他愤怒地看着这个金色的世界,寒冬里的阳光透过窗纸射进来,照耀着炕上的一堆细沙土。他湿漉漉地落在沙土上,身上滚满了细沙。他努力哭着,为了人世的寒冷。父亲说:"嚎,嚎,一生下来就穷嚎!"听了父亲的话,他更感到彻骨的寒冷,身体像吐丝的蚕一样,越缩越小,布满了皱纹。

昨天下午那个时刻,他发着抖倚在自家的土墙上,看着父亲一步步走上来。夕阳照着父亲高大的身躯,照着父亲愁苦的面孔。他看到父亲一脚赤裸,一脚穿鞋,一脚高一脚低地走过来。父亲左手提着一只鞋子,右手拎着他的脖子,轻轻提起来,用力一摔。他第三次感到自己在空中飞行。他晕头转向地爬起来,发现父亲身体更加高大,长长的影子铺满了整个院子。父亲和哥哥像用纸壳剪成的纸人,在血红的夕阳中抖动着。父亲那只厚底老鞋第一下打在他的脑袋上,把他的脖子几乎钉进腔子里去。那只老鞋更多的是落在他的背上,急一阵,慢一阵,鞋底越来越薄,一片片泥土飞散着。

"打死你也不解恨!杂种。真是无冤无仇不结父子。"父亲悲哀地说着。说话时手也不停,打薄了的鞋底子与他的黏糊糊的脊背接触着,发出越来越响亮的声音。他愤怒得不可忍受,心脏像铁砣子一样僵硬。他产生了一种说话的欲望,这欲望随着父亲的敲击,变得愈加强烈,他听到自己声嘶力竭地喊道:"狗屎!"

父亲怔住了,鞋子无声地落在地上。他看到父亲满眼都是绿色的眼泪,脖子上的血管像绿虫子一样蠕动着。他咬牙切齿地对着父亲又喊叫:"臭狗屎!"父亲低沉地呜噜了一声,从房檐下摘下一根僵硬的麻绳子,放进咸菜缸里的盐水里泡了泡,小心翼翼地提出来,胳膊撑开去，绳子淅淅沥沥地滴着浊水。"把他的裤子剥下来！"父亲对着哥哥说。哥哥浑身颤抖着，从一大道苍黄的阳光中游了过来。在他面前，哥哥站定，不敢看他的眼睛却看着父亲的眼睛，喃喃地说："爹，还是不剥吧……"父亲果断地一挥手，说："剥，别打破裤子。"哥哥的目光迅速地掠过他凝固了的脸和鱼刺般的胸脯，直直地盯着他那条裤头。哥哥弯下腰。他觉得大腿间一阵冰冷，裤头像云朵一样落下去，垫在了脚底下。哥哥捏住他的左脚脖子，把裤头的一半扯出来，又捏住他的右脚脖子，把整个裤头扯走。他感到自己的一层皮被剥走了，望着哥哥畏畏缩缩地倒退着的影子，他又一次高喊："臭狗屎！"

父亲挥起绳子。绳子在空中弯弯曲曲地飞舞着，接近他屁股时，则猛然绷直，同时发出清脆的响声。他哼了一声，那句骂惯了的话又从牙缝里挤出来。父亲连续抽了他四十绳子，他连叫四十句。最后一下，绳子落在他的屁股上时，没有绷直，弯弯曲曲，有气无力；他的叫声也弯弯曲曲，有气无力，很像痛苦的呻吟。父亲把变了色的绳子扔在地上，气喘吁吁地进了屋。母亲和哥哥也进了屋。母亲恼怒地对父亲说："你把我也打死算了，我也不想活了。你把俺娘俩全打死算了，活着还赶不上死去利索。都是你那个老糊涂的爹，明知道共产党要来了，还去买了二十亩兔子不拉屎的涝洼地。划成一个上中农，一辈两辈三辈子啦，都这么人不人鬼不鬼地活着。"哥哥说："那你当初为什么要嫁给老中农？有多少贫下中农你不能嫁？"母亲放声恸哭起来，父亲也"嘻嘻嘻哈，嘻嘻嘻哈"地哭起来，在父母的哭声中，那条绳子像蚯蚓一样扭动着，一会儿扭成麻花，一会儿卷成螺旋圈，他猛一夯汗毛，肌肉缩成块块条条，借着这股劲，他站起来，在暮色苍茫的院子里沉思了几秒钟，便跳跃着奔向柴门，从缝隙中钻了出来……

天亮前，他又一次醒过来，他已没有力量把头抬起来，看看苍白的月亮，看看苍白的河道。河堤上响着母亲的惨叫声：虎——虎——虎——虎儿啦啦啦啦——我的苦命的孩呀呀呀呀……这叫声刺得他尚有知觉的地方发痛发痒,他心里充满了报仇雪恨后的欢娱。他竭尽全力喊了一声,胸口一阵灼热,有干燥的纸片破裂声在他的感觉中响了一声,紧接着是难以忍受的寒冷袭来。他甚至听到自己落进冰窟窿里的响声,半凝固的冰水仅仅溅起七八块冰屑,便把他给固定住了。

鲜红太阳即将升起那一刹那,他被一阵沉重野蛮的歌声吵醒了。这歌声如太古森林中呼啸的狂风,挟带着枯枝败叶污泥浊水从干涸的河道中滚滚而过。狂风过后,是一阵古怪的、紧张的沉默。在这沉默中,太阳冉冉出山,悫然奏起温暖的音乐,音乐抚摸着他伤痕斑斑的屁股,引燃他脑袋里的火苗,黄黄的,红红的,终于变绿变小,明明暗暗跳动几下,熄灭。

人们找到他时,他已经死了……他的父母目光呆滞,犹如鱼类的眼睛……百姓们面如荒凉的沙漠,看着他布满阳光的屁股……好像看着一张明媚的面孔,好像看着我自己……

(一九八五年三月)

秋　　水

我爷爷八十八岁那年春天一个天气晴朗的上午，村里人都见他坐着大马扎子倚在我家临街的菜园子墙上闭目养神。天晌午，母亲让我去叫爷爷回家吃饭。我跑到他身边，大声喊叫也不见应，用手推去，才发现他已不会动。飞快报告家里人，一齐拥出来，围上去，推拿呼叫，也终究不济事。爷爷死得非常体面，面色红润，栩栩如生，令人敬仰不止。村里人纷纷说我爷爷生前积下善功，才得这等仙死。我们全家都为爷爷的死感到荣耀。

据说，爷爷年轻时，杀死三个人，放起一把火，拐着一个姑娘，从河北保定府逃到这里，成了高密东北乡最早的开拓者。那时候，高密东北乡还是蛮荒之地，方圆数十里，一片大涝洼，荒草没膝，水汪子相连，棕兔子红狐狸，斑鸭子白鹭鸶，还有诸多不识名的动物充斥洼地，寻常难有人来。我爷爷带着那姑娘来了。

那个姑娘很自然地就成了我的奶奶。他们是春天跑到这里来的，在草窝子里滚过几天后，我奶奶从头上拔下金钗，腕上褪下玉镯，让爷爷拿到老远的地方卖了，换来农具和日用家什，到洼子中央一座莫名其妙的小土山上搭了一个窝棚。从此后就爷爷开荒，奶奶捕鱼，把一个大涝洼子的平静搅碎了。消息慢慢传出去，神话般谈论着大涝洼里有一对年轻夫妻,男的黑,魁梧;女的白,标致;还有一个不白不黑的小子……陆续便有匪种寇族迁来,设庄立屯,自成一方世界——这是后话。

我懂人事时,那座莫名其妙的小土山已被十八乡的贫下中农搬走了,洼地似乎长高,天雨日少,很难见到水,隔五六里就是一个村子。听爷爷辈的老人讲起这里的过去,从地理环境到奇闻轶事,总感到横生出鬼雨神风,星星点点如磷火闪烁,不知真耶?假耶?

……我爷爷和我奶奶开荒地种五谷,捕鱼虾猎狐兔,起初还有些提心吊胆,梦里常忆起那几颗血淋淋的人头,日子一多,便淡忘了。我爷爷说,大洼里无兵无官,天高皇帝远,就是蚊虫多得要命。阴雨天前,常常可见到一团团黑烟压着草梢和水面飞翔,伸手过去,能抓下一小把。为避蚊虫,爷爷和奶奶有时跳进水里去,只露出两个鼻孔出气。爷爷还说,潮湿的草中,每到晚间就放出幽幽绿光,连成一片,好像水在流动。泥沼里的螃蟹总是趁着磷光觅食,天明你去淤泥上看,密密麻麻全是蟹爪印。这些蟹子,长成了都如马蹄大。我甭说吃,连见也没见过这些大蟹。听爷爷讲过去的大涝洼子,令人神往神壮,悔不早生六十年。

夏去秋来,爷爷种的高粱晒红了米,谷子垂下了头,玉米干了缨,一个好年景绑到了手上。我父亲也在我奶奶腹中长得全毛全翅,就等着好日子飞出来闯荡世界。临收获前几天,突然燠热起来,花花绿绿的云罩在大涝洼子上,云团像炸群的牲口一样胡乱窜,水洼子里映出一团团匆匆移动的暗影。大雨滂沱,旬日不绝,整个涝洼子都被雨泡涨了,啰啰唆唆的雨声,犹犹豫豫的白雾,昼夜不绝不散。爷爷急躁得骂天骂地。奶奶一阵阵腹痛。奶奶对爷爷说:"我怕是要生了。"爷爷说:"生就生吧。这熊攘的天气,我恨不得捅它个窟窿。"爷爷正骂着,就见那太阳从云缝中钻出来,初时略有些朦胧,立即就射出两三束极强的白光,扫出了几道白天。爷爷跑出窝棚,兴奋地看着天,听涝洼里的雨声渐渐稀少起来,空中尚有少许银亮雨丝斜着飞。大洼子里积水成片,黄草绿草在水中疲劳地擎着头。雨声断绝,大洼子里一阵阵沉重的风响。我爷爷高高地望着他的庄稼,见高粱玉米尚好,脸上有了喜色。随着风响,无数的青蛙一齐鸣叫起来,整个洼子都在哆嗦。爷爷走进窝棚,跟奶奶说云开日出的事,奶奶说她肚子痛得一阵急似一阵,心里害怕。爷爷劝她:"怕什么?瓜熟蒂落。"正说着话,听到四野里响起一阵怪声,隆隆如滚雷,把蛙鸣声挤到中间来。爷爷钻出棚去,见有黄色的浪涌如马头高,从四面扑过来,浪头一路响着,齐齐地触上了土山,洼子里顿时水深数米。青蛙好像全给灌死了。荒草没了顶,只有爷爷的高粱和玉米还没被淹没。又一会儿工夫,玉米和高粱也没了顶,八方望出去,满眼都是黄黄的水,再也见不到别的什么。爷爷长叹一声,钻进棚里。奶奶裸着身子,在草铺上呼呼叫叫,头发上滚满了草屑,白脸上透出灰色。"洪水漫上来了!"爷爷忧心忡忡地说。奶奶于是不再叫,爬起来,挪出棚子望望,立即钻进来,脸上失了色,五官有些挪位。半晌没说话,一张嘴,先放出两根哭声:"嗷——嗷——完了,老三,咱活不出去了。"爷爷扶她躺在铺上,说:"你是怎么啦?咱人也杀了,火也放了,还有什么好怕的?当初就说,能在一起过一天,死了也情愿,咱在一起过了多少个一天啦?水大没不了山,树高戳不破天,好好生你的孩子,我去看看水。"

我爷爷折了一根树枝,斜着往下走了几十步,把树枝插在乱伸舌头的水边上,又返回土山高顶看水。迎着阳光的一面只能望出去几箭远,便被水面泛起的耀眼的光芒挡住了;背光的一面,却可以望到眼的尽头。眼中全是浊污的黄水,不知从哪儿来,不知往哪儿去,一股一股的,撞上了土山,扭在一起,弄出一些大大小小的黑漩涡,时时可见一两只笨拙的蛤蟆直奔漩涡而去,进去了,就再也见不到出来。我爷爷插的那根树枝又被淹没了,这说明水还在急涨。望着这浩浩荡荡的世界,我爷爷也有些惶然。一会儿心里空隙极大,像一片寂寞的荒原;一会儿又满登登的,五脏六腑仿佛凝成一团。发着愣怔的工夫,水又涨了几寸,小土山越来越小,对比着一看,爷爷心里冷了。他仰天长叹一声,见着瓦蓝的天从云缝中大块大块地露出来,挂色的破云被流风驱赶着匆匆奔命。爷爷又在水边上插了一根树枝,松弛着脸回了窝棚,对双腿乱扑腾的奶奶说:"你能给我生个儿子吗?"

傍晚时,爷爷又出棚看水。一天彩云照着水,红的红,黄的黄,云彩模糊地在浑水中漂。水位停在原来的地方,爷爷顿时松了心。这时,绕着小山周围的水面上,忽闪忽闪飞舞着成群结队的银灰色大鸟。爷爷不认识这种鸟。鸟的鸣叫声刁钻古怪,翅羽上涂着霞光。爷爷看到它们从水中衔上一条条白色的鱼,便感到肚里有些空,走进窝棚去生火做饭。奶奶满脸是汗,但也没忘了问水势。爷爷说水位开始下跌,让她安心生孩子。奶奶立即哭了,说:"老三,我年纪大了,骨缝闭了,怕是生不下这个孩子来啦。"爷爷说:"没有的事,你不要着急。"

柴草发潮,烧出满棚黑烟。暮色渐渐上来,暮色如烟,缓缓去笼罩水世界,水鸟齐着噪,一批批在小山上降落。奶奶顾不上吃饭,爷爷草草吃了几口,满肚里如塞了烂草,熬了半锅燕麦鱼片粥,终于冷成了团。是夜,奶奶仍不时发阵痛,呻吟声断断续续,我父亲有些固执,迟迟不肯落草。急得奶奶对我父亲说:"孩子,你出来吧,别让娘受洋罪啦。"爷爷坐在草铺前,干着急帮不上忙,心里打着别种主意,说话总难成句,断断续续如同打嗝,干脆就不说话。浅黄的月色怯怯地上满了棚,染着我爷爷青青的头皮,染着我奶奶白白的身体。蟋蟀正在棚草上伏着,把翅膀摩得嚓嚓响。四处水声喧哗,像疯马群,如野狗帮,似马非马,似水非水,远了,近了,稀了,密了,变化无穷。我爷爷从草棚里望出去,见月光中亮出满山野鸟,白得有些耀眼。山上生着一些毛栗子树,东一棵西一棵,不像人工所为,树不大,尚未到结果的年龄,白天已见到叶子上落满了秋色,月下不见树叶,恍惚间觉得树上挂满了异果,枝枝杈杈都弯曲下坠,把叶子摇得窸窣响,细看才知树上也全是大鸟。爷爷和奶奶都有些麻木,不知何时入睡。

翌日清晨,见半锅冷粥已被老鼠舔得精光,棚内还有数十匹盈尺的饿鼠在穿梭般跑动。奶奶无心去顾群鼠,在铺上辗转反侧,脸上汗晞了,留下一道道痕迹。爷爷拿着棍子赶鼠,群鼠霸道凶恶,俱有跳梁之意,打死十几匹后,才悻悻地退出棚去,散到小山各处觅食。水鸟们已飞去水面捕鱼,山上树上留下了它们的羽毛粪便,白白黑黑斑驳一片。日头从黄水中初冒出来时,血红的一个大柿子,似乎戳一下就会流瘾。后来东半边水天一色,中间夹着个翻转的彻底红球。一会儿显出金色来,显出银色来,形状也由狼抗肥硕变得规矩玲珑。日小水天阔。我爷爷查看了一下水势,见昨天插下的树枝依然齐着水边,水已平头,不再见长,四周也没有了那些张狂的大浪,水如平镜,漩涡尚有,但都浅了。水上漂来许多杂物,一层层绕着土山。爷爷拿来一支长柄铁抓钩,脱了光膀子,挺着一坨坨肉,沿着水边打捞漂浮物。箱、柜、房梁、木架、浮树、铁桶,各色杂物在爷爷身后排成了队。奶奶的叫声已不响亮,一阵阵传来。爷爷苦着脸,加紧干活,好像是要借此把心移开去。有些栗树被洪水淹了,参差不齐地露出大大小小的冠,叶子全是死色了。在栗树附近,爷爷看到一团黑白不甚分明的东西在起伏,便铆足了劲,一抓钩扔过去,听到水里噗噗响两声,水面上洇开两片暗红的颜色,用力拖过来,我爷爷肠胃抽搐成团,吐出一口口黄水来。

爷爷用抓钩拖上来一个死人。衣服缕缕片片地连着,露出胀鼓鼓的身体。死人挺直双腿,十个脚趾头用力张开,肚子已胀成气球状,脐眼深陷进去。再往下看,见死人右手握拳,左手歪扭,只余拇指和食指,其他三指齐根没了。死人脖子细长,肩胛处被爷爷的抓钩凿上两个黑洞,洞里流出的污水把脖子弄脏了。死人下巴上有一圈花白的胡须,凌乱地纠葛在一起。嘴里两排结实的黑牙龇出来,上唇和下唇好像被水族吃掉了。鼻子还挺挺的似尖笋。左眼眶变成了一个深深的窟窿,里边沉淀着淤泥,右眼球由一根雪白的筋络挂到耳边,黑白分明地看着世界。双眉之间有一个圆圆的洞。头发灰白相杂,头皮皱得如吐尽丝的柞蚕。死人立刻招来了成群的苍蝇并散发出扑鼻的恶臭。我爷爷闭着眼睛把死人捅下水去,不忍心再去打捞浮物,用力涮净抓钩,挂着,一路吐着,挨回了草棚。

奶奶已经精疲力竭,躺着,如一条出水的大鱼,时时痉挛地一跳。见到爷爷进棚,她惨淡一笑,说:"老三,你行行好,杀了我吧,我没了劲,生不下你的孩子啦。"

我爷爷攥住我奶奶的手用力一握,两个人眼里都盈出了泪水。爷爷说:"二小姐,是我把你害了。我不该把你带到这里来。"奶奶的泪水流到脸上。奶奶说:"你别叫我二小姐。"爷爷看着奶奶,想起了往事。奶奶又发作起来,一声声哭叫:"老三……行行好……给我一刀吧……"爷爷说:"二小姐,你不要往坏处想。你想想,我们能过到一块儿,是多么样的艰难。杀人时你给我递刀,放火时你给我抱草,千万里路程,你一双小脚也走了过来,猫大个孩子你就生不下来他?"奶奶说:"我实在是一丝丝劲也没有了。"爷爷说:"你等等,我弄饭给你吃。"

爷爷粗手大脚地煮了半锅饭,盛满了两碗,一碗自己端着,一碗递给奶奶。奶奶躺着有气无力地摇头。爷爷恼起来,把一碗饭用力摔出棚去,吼道:"好吧,要死大家一齐死!你死,孩子死,我也死!"说完,不再看奶奶,只看饥鼠在棚外如饿狼般争斗。奶奶用力一跃,坐起来,夺过一碗饭,用力吃起来,一边吃,一边任泪水在腮上流。爷爷伸出大手,感动地抚摸着奶奶的背。

这一天我奶奶发了三个昏,傍晚时,像死去一样直挺挺仰在铺上。爷爷守着奶奶,一身汗,满脸泪,傍晚时,深了眼窝长了胡子,心里是一个混沌世界。

暮色渐渐满了棚。土山上又飞来无数大鸟。

昨晚那样蟋蟀振翅发声,声声如泣如诉。

群鼠在棚外探头探脑,小眼睛光亮如炭。

一大道凄凉月光射进棚来,罩住了我的爷爷和奶奶。我爷爷是个剽悍的男子汉,在阳光里眯起那两只鹰隼样的黑眼,下巴落在双手里,身体弯曲成饿鹰状,端的一个穷途英雄。我奶奶长颈丰乳,修臂尖足,腹部高耸,腹中装着我父亲。我父亲出生时很有些气象,长成后却是个善良敦厚的农民。阳光从西边下去,月光从东边上来,包着我的爷爷和奶奶,他们像洗过一样地干净。老鼠们试试探探地进棚来,见我爷爷无动静,随即猖獗起来。棚中的一切,在我爷爷眼里,都模糊朦胧。月光中的奶奶,举手投足,似受伤的大鸟。水声与水鸟的啁啾声一浪浪袭来。交酉时了,我爷爷感到一阵凉气袭背,不由得打了一个寒战,定睛看时,只见从那道月光里,蠢蠢地爬进一个大物来。爷爷刚要发喊,就听得那物发出人声。女人声:"大哥……救救我吧……"

爷爷慌忙起身,把一支宝贵的蜡烛点亮,跳动的火苗下,那个女人正趴着喘气。爷爷扶起她,让她坐在一个草墩上,那女人像泡软的泥巴,坐着,双肩耷拉,脖子向两边歪,一头黑发,披散开盖了肩,发间杂有乱草。她穿一身紫衣,紧贴住皮肉,两个馒头似的奶子僵冷光滑地挺着。长眉吊眼,高鼻阔嘴,双目分得很开。

"你是从哪里来的?"问过,爷爷立即知道问得糊涂,浑身透湿,自然是水上来的。女人也不回答,脑袋枕在肩上,侧身便倒。爷爷扶住她,听到她喃喃地说:"……大哥,给我点东西吃……"

奶奶见到有人来,暂时忘了自己,将身子收拢一下,让爷爷把女人扶上铺,换了湿衣,披上件奶奶的衣服,躺在奶奶身旁。爷爷去锅里舀来一碗饭,用筷子挑着,一块块往那女人嘴里喂。那女人也不嚼,只管囫囵着咽,她的肚子里咕噜噜响,一碗饭,片刻就喂进去。爷爷又盛来一碗饭。女人折身坐起来,把衣服拉拉遮住身,接过碗筷,自己吃起来。爷爷和奶奶久未见人,初见如此虎狼般进饭,心里暗暗生怕,不知这女人是人是鬼。吃过第二碗,女人用眼恳求地盯着爷爷。爷爷又为她端来一碗饭。吃相渐见和善。吃完三碗,我奶奶喊:

"你不能再吃了!"女人吃惊地侧目看着我奶奶,这才发现棚中尚有女人,便放下碗不再吃。眼里黑黑地放出光彩,怔了一会儿,连声道着谢。爷爷又问了女人几句话,她支支吾吾不想回答,也就不再问。

奶奶又折腾开来。那女人一见奶奶的样子,立刻就明白了。她站起来,活动了几下腰腿,俯下身去摸了摸奶奶的肚子,那女人对着奶奶笑笑,也不说话,从草铺上抽出一把草,零零散散地撒在地上。接着像闪电一样,女人弯腰从湿衣包里掏出一支乌黑的橹子枪,一下子触在我爷爷的胸脯上。女人对着我奶奶厉声大喊:"站起来!要不我就打死他!"我奶奶一骨碌从草铺上滚下来,赤身裸体站在女人面前。

"弯下腰,把我撒到地下的草捡起来,单棵单棵捡,捡一棵直一次腰。"女人命令道。我奶奶犹豫不决。女人说:"捡不捡?不捡我就开枪啦。"她横眉立目,话出口如钢豆落进铜盆里,嘎嘣利落脆。橹子枪在烛光下一蹦一蹦地放光芒。

当时,我爷爷和我奶奶都像丢了魂魄,心里并不怎么害怕,鹘突蒙怔,犹如进梦。我奶奶弯下身子,一棵棵捡草,捡一棵送到锅台上,又捡一棵送到锅台上,起伏了四五十次,就见透明的羊水从腿间流下来。我爷爷渐渐醒神,炯炯地逼着女人,胸腔间出气粗重。女人侧目对我爷爷嫣然一笑,半个腮花红月圆,低声对我爷爷说:"别动!"高声对我奶奶说:"快捡!"

我奶奶终于把草捡完,哭着骂一句:"妖精!"

女人把橹子枪收起来,高笑几声,说:"别误会,我是医生。大哥,你找来刀剪净布,我给大嫂接生。"

我爷爷话都不会说了,以为女人是仙女下凡。急急忙忙找来刀剪杂物,又遵嘱刷锅烧水,锅盖上冒出腾腾蒸气。那女人出去涮净自己衣裤,用力拧干,就在月光中换衣,我爷爷确确看见女人的身体素白如练,一片虔诚,如睹图腾。水烧开,女人换好衣进棚,对我爷爷说:"你出去吧。"

我爷爷在月下站着,见半月下银光水面,时有透明岚烟浮游天地间,听着轻清水声,更生出虔诚心来,竟屈膝跪倒,仰头拜祝明月。

呱呱几声叫,从草棚中传出来。我父亲出世了,我爷爷满脸挂泪冲进草棚,见那女人正洗着手上血污。

"是个什么?"我爷爷问。

"男孩。"女人说。

我爷爷扑地跪倒,对女人说:"大姐,我今生报不了您的恩情,甘愿来世变狗变马为您驱使。"

女人淡淡一笑,身子一歪,已经睡成一个死人。爷爷把她搬上铺,摸摸我奶奶,瞅瞅我父亲,轻飘飘走出窝棚。月亮已上到中天,水里传出大鱼的声音。

我爷爷循着水声去找大鱼,却见一个橙黄色的漂浮物,正一耸一耸地对着土山扑过来。爷爷吓了一跳,蹲下去,仔细地打量,见那物圆圆滑滑,哗哗啦啦撞得水响。愈来愈近,爷爷看到羊羔一样的白色和炭一样的黑色,黑推着白,把水面搅成银鳞玉屑。

我父亲降生后的第一个早晨,秋水包围的土山上很是热闹。草棚里站着我爷爷,躺着我奶奶,睡着我父亲,倚着女医生,蹲着一个黑衣人,坐着一个白衣姑娘。

我爷爷夜里看到的漂浮物是一个釉彩大瓮,瓮里盛着白衣姑娘,黑衣人推着瓮。

黑衣人个子短小,脸上少肉多骨,眼窝很深,白眼如瓷,双耳像扇子一样支棱着。他蹲着,鼻音重浊地说:"老弟,有烟吗?我的烟全泡了汤了。"我爷爷摇摇头说:"我有半年未闻到烟味了。"黑衣人打了一个呵欠,把脖子伸得很长,如一段黑木桩。在他黑木桩似的脖子上,套着两根黑黑的线绳子,顺着绳子往下看,便见腰里硬硬地别着家伙。黑衣人站起来,伸了个大懒腰,我爷爷眼珠发硬,不转地盯住黑衣人腰里那两支盒子炮,手心里黏黏地渗出汗水。黑衣人低头看看腰,龇出一嘴牙,很凶地一笑,说:"兄弟,弄点饭给吃吧,四海之内,都是兄弟朋友。我在水里泡了两夜两天,都是为了她。"

黑衣人指指那个端坐的白衣姑娘。她身躯挺大,却是一张孩子的脸,五官生得靠,鼻梁如一条线,双唇红润小巧,双眼大大的,毫无光彩,从摸摸索索的手上,才知道她是盲人。盲姑娘穿一身白绸衣,怀抱着一个三弦琴,动作迟缓,悠悠飘飘,似梦幻中人。

我爷爷往锅里下了二升米、十条鱼,点上火,让白烟红火从灶口冲出来。黑衣人咳嗽一声,直着腰出了棚,从大瓮里拎出一条口袋,倒出一堆黄铜壳子弹,擦着子弹屁股,一粒粒往梭子里压。

那个自称医生的紫衣女人年纪不会过二十五,她死睡了一夜,这会儿神清气爽,两只手把黑发扭成辫,倚在棚边,冷冷地看着黑衣人的把戏。我爷爷忘不了她那支橹子枪的厉害,眼睛在她腰间巡睃,竟不见一点鼓囊凸出之状。一夜之间,山上出现这样三个人物,杀过人的我爷爷也难免一颗心七上八下,烧着饭,猜着谜。奶奶体软无力,看一会儿,索性闭上眼睛。

紫衣女人款款地走到盲女面前,蹲下去,细声问:"妹妹,你从哪里来?"

"你从哪里来……你从哪里来……"盲女重复着紫衣女人的话,忽然开颜一笑,腮上显出两个大大的酒窝来。

"你叫什么名字?"紫衣女人又细声问。

盲女依然不答,脸上显出甜透了的笑容来,仿佛进入了一个幸福美满的遥远世界。

我父亲响亮地哭起来,没有眼泪,也并不睁眼。奶奶把一个棕色奶头塞进他嘴里,哭声随即憋了。偶尔响一声柴草燃烧的噼啪,更使远处的水声深沉神秘。黑衣人全身沐着霞光,脸上脖子上如生了一层红锈。金黄的子弹闪闪烁烁,不时把棚里人的视线吸出去。

紫衣女人姗姗地走出去,到黑衣人身边,脸上露出似乎是羞怯之色,期期艾艾地问:"大叔,这是什么?"

黑衣人抬头扫她一眼，狞笑着说："烧火棍。"

"通气吗？"她傻乎乎地问。

黑衣人手停颔扬，目光灼灼如云中电，尖缩的下巴上漾出兽般的笑纹，说："你吹吹看！"

紫衣女人怯生生地说："俺可不敢，吹到嘴里就拔不出来了。"

黑衣人满脸狐疑地看着她，匆匆收好枪弹，站起来，罗圈着腿，慢慢踱回棚里。棚里已溢出鱼饭的香气。

只有两只碗。盛满两碗饭，我爷爷双手端起一碗，敬到紫衣女人面前。我爷爷说："大姐，请用饭。穷家野居，没有好的给您吃。等洪水下去，我再想法谢您。"女人眯起眼，笑着把碗接过去，递给我奶奶，说："大嫂才是最辛苦的，你该去抓些鱼来，煨汤给她吃，鲤鱼补阳，鲫鱼发奶。"我奶奶泪眼婆娑地接过碗，嘴唇抖着，却说不出话，低下头时，将一颗泪珠落在我父亲脸上。我父亲睁开了两只黑眼，懒洋洋地看着光线中浮游的纤尘。

爷爷又端起一碗饭，看了一眼黑衣人，道着歉："大哥，委屈您等一会儿。"爷爷把碗往紫衣女人面前送。黑衣人从半空中伸出一只手，把饭碗托了过去，脸上透出冷笑来。爷爷压住不快，把懊恼变成咳嗽，一顿一顿地吐出来。

黑衣人抢过饭碗，自己并不吃。他蹲在盲女面前，左手端碗，右手持筷，挑起饭来，一坨一坨地往盲女嘴里捣。盲女双手搂着三弦琴，脖子伸得舒展，下巴微扬，像待哺的雏燕。她一边吃，一边用手指拨弄着琴弦卜嘞咚卜嘞咚地响。

连喂了盲女两碗饭，黑衣人微微气喘。举起衣袖给盲女擦净嘴，他转过身，把碗扔到紫衣女人面前，说："小姐，该您啦。"紫衣女人说："也许该让你先吃。"黑衣人说："无功无德，后吃也罢。"紫衣女人说："你当心走了火。"

爷爷对黑衣人讲紫衣女人昨晚的事，意在让他明白些事理。黑衣人冷笑不止。爷爷问："你笑什么？你以为我在骗你？"黑衣人敛容答道："怎么敢！不过,也没有什么稀奇,人来世上走一遭,多多少少都有些绝活。"爷爷说："我就没绝活。"黑衣人说："有的,你会有的。没有绝活,你何必在这莽荡草洼里混世。"

　　黑衣人说着话,见有几匹大鼠闻到饭味,在棚外探头探脑。他嘴不停话,手伸进腰间,拖出一支盒子炮,叭叭两声脆响,枪口冒出蓝烟,棚内溢开火药味,有两匹鼠涂在棚口,白的红的溅了一圈。我奶奶惊得把碗扔了,我爷爷也瞠目。紫衣女人青眼逼视黑衣人。我父亲齁齁地睡觉。盲女卜唥咚卜唥咚地弹着弦子。我爷爷发作起来,吼道："你这人好没道理！"黑衣人大笑起来,摇摇晃晃起身,站在锅前,用一柄锅铲子挖着饭,旁若无人地吃起来。吃饱,半句客气话也没有,弯腰拍拍盲女的头,牵了她一只手,踉跄着出门去。把盲女安顿在阳光下晒着,从腰里拖出双枪,玩笑般射着土山周围水面上那些嬉戏觅食的大鸟。他每发必中,水面上很快浮起十几具鸟尸,红血一圈圈地散漫。群鸟惊飞,飞到极高极远处,仍有中弹者直直地坠落,砸红一块水面。

　　紫衣女人脸色灰白,渐渐地逼近了黑衣人。黑衣人不睬她,黑脸对着阳光,泛出钢铁颜色。他似念似唱,和着白衣盲女卜唥咚卜唥咚的弦子："绿蚂蚱。紫蟋蟀。红蜻蜓。白老鸹。蓝燕子。黄鹡鸰。""你一定是大名鼎鼎的老七！"紫衣女人说。"我不是老七。"黑衣人瞥她一眼,说。"不是老七哪有这等神枪?"黑衣人把双枪插进腰间,举起十指健全的双手说："你看看,我是老七吗?"他往水里射去一口痰,有小鱼儿飞快围上去。"干女儿,接着我唱的往下唱呀,"他对白衣盲女说,"唱呀,白老鸹。蓝燕子。黄鹡鸰——"

　　盲女微微笑,唱起来,童音犹存,天真动人："绿蚂蚱吃绿草梗。红蜻蜓吃红虫虫。紫蟋蟀吃紫荞麦。"

　　"你是说,老七七个指头?"紫衣女人问。

　　黑衣人说："七个指头是老七,十个指头不是老七。"

　　"白老鸹吃紫蟋蟀。蓝燕子吃绿蚂蚱。黄鹡鸰吃红蜻蜓。"

"你这样好枪法,在高密县要数第一。""我不如老七,老七能枪打飞蝇,我不能。""老七呢?""被我除了。"

"绿蚂蚱吃白老鸹。紫蟋蟀吃蓝燕子。红蜻蜓吃黄鹌鸽。"

阳光落满了土山。水鸟逃窜后,水面辉煌宁静,那些半淹的小栗树一动不动。紫衣女人搓搓手,不知从什么地方闪电般跳进手里一支橹子枪,对准黑衣人就搂了火,子弹打进黑衣人的胸膛。他一头栽倒,慢慢地翻过身,露出一个愉快的笑脸:"……侄女……好样的……你跟你娘像一个模子脱的……"紫衣女人哭叫着:"你为什么要害死我爹?"黑衣人用力抬起一个手指,指着白衣盲女,喉咙里响了一声,便垂手扑地,脑袋侧在地上。

来了一只黑毛大公鸡,伸着脖子叫:"哽哽哽——喔——"盲女还在弹着弦子唱。

洪水开始落了。

我很小的时候,爷爷教给我一支儿歌:

>绿蚂蚱。紫蟋蟀。红蜻蜓。
>白老鸹。蓝燕子。黄鹌鸽。
>绿蚂蚱吃绿草梗。红蜻蜓吃红虫虫。
>紫蟋蟀吃紫荞麦。
>白老鸹吃紫蟋蟀。蓝燕子吃绿蚂蚱。
>黄鹌鸽吃红蜻蜓。
>绿蚂蚱吃白老鸹。紫蟋蟀吃蓝燕子。
>红蜻蜓吃黄鹌鸽。
>来了一只大公鸡,伸着脖子叫"哽哽哽——喔——"

(一九八五年四月,初刊于当年《奔流》第八期)

白狗秋千架

高密东北乡原产白色温驯的大狗,绵延数代之后,很难再见一匹纯种。现在,那儿家家养的多是一些杂狗,偶有一只白色的,也总是在身体的某一部位生出杂毛,显出混血的痕迹来。但只要这杂毛的面积在整个狗体的面积中占的比例不大,又不是在特别显眼的部位,大家也就习惯地以"白狗"称之,并不去循名求实,过分地挑毛病。有一匹全身皆白、只黑了两只前爪的白狗,垂头丧气地从故乡小河上那座颓败的石桥上走过来时,我正在桥头下的石阶上捧着清清的河水洗脸。农历七月末,低洼的高密东北乡燠热难挨,我从县城通往乡镇的公共汽车里钻出来,汗水已浸透衣服,脖子和脸上落满了黄黄的尘土。洗完脖子和脸,又很想脱得一丝不挂跳进河里去,但看到与石桥连接的褐色田间路上,远远地有人在走动,也就罢了这念头,站起来,用未婚妻赠送的系列手绢中的一条揩着脸和颈。时间已过午,太阳略偏西,一阵阵东南风吹过来。凉爽温和的东南风让人极舒服,让高粱梢头轻轻摇摆,飒飒作响,让一条越走越大的白狗毛儿耸起,尾巴轻摇。它近了,我看到了它的两个黑爪子。

那条黑爪子白狗走到桥头,停住脚,回头望望土路,又抬起下巴望望我,用那两只浑浊的狗眼。狗眼里的神色遥远荒凉,含有一种模糊的暗示,这遥远荒凉的暗示唤起内心深处一种迷蒙的感受。

求学离开家乡后,父母亲也搬迁到外省我哥哥处居住,故乡无亲人,我也就不再回来。一晃就是十年,距离不短也不长。暑假前,父亲到我任教的学院来看我,说起故乡事,不由感慨系之。他希望我能回去看看,我说工作忙,脱不开身,父亲不以为然地摇摇头。父亲走了,我心里总觉不安。终于下了决心,割断丝丝缕缕,回来了。

白狗又回头望褐色的土路,又仰脸看我,狗眼依然浑浊。我看着它那两个黑爪子,惊讶地要回忆点什么时,它却缩进鲜红的舌头,对着我叫了两声。接着,它蹲在桥头的石桩上,跷起一条后腿,习惯性地撒尿。完事后,竟也沿着我下桥头的路,慢慢地挪下来,站在我身边,尾巴耷拉进腿间,伸出舌头,一下一下地舔着水。

它似乎在等人,显出一副喝水并非因为口渴的消闲样子。河水中映出狗脸上那种漠然的表情,水底的游鱼不断从狗脸上穿过。狗和鱼都不怕我,我确凿地嗅到狗腥气和鱼腥气,甚至产生一脚踢它进水中抓鱼的恶劣想法。又想还是"狗道"些吧,而这时,狗卷起尾巴,抬起脸,冷冷地瞅我一眼,一步步走上桥头去。我看到它把颈上的毛耸了耸,激动不安地向来路跑去。土路两边是大片的穗子灰绿的高粱。飘着纯白云朵的小小蓝天,罩着板块相连的原野。我走上桥头,拎起旅行袋,想急急过桥去,这儿离我的村庄还有十二里路吧,来前没给村里的人们打招呼,早早赶进去,也好让人家方便食宿。正想着,就看到白狗小跑步开路,从路边的高粱地里,领出一个背着大捆高粱叶子的人来。

我在农村滚了近二十年,自然晓得这高粱叶子是牛马的上等饲料,也知道褪掉晒米时高粱的老叶子,不大影响高粱的产量。远远地看着一大捆高粱叶子蹒跚地移过来,心里为之沉重。我很清楚暑天里钻进密不透风的高粱地里打叶子的滋味,汗水遍身胸口发闷是不必说了,最苦的还是叶子上的细毛与你汗淋淋的皮肤接触。我为自己轻松地叹了一口气。渐渐地看清了驮着高粱叶子弯曲着走过来的人。蓝褂子,黑裤子,乌脚杆子黄胶鞋,要不是垂着的发,我是不大可能看出她是个女人的,尽管她一出现就离我很近。她的头与地面平行着,脖子探出很长。是为了减轻肩头的痛苦吧?她用一只手按着搭在肩头的背棍的下头,另一只手从颈后绕过去,把着背棍的上头。阳光照着她的颈子上和头皮上亮晶晶的汗水。高粱叶子葱绿,新鲜。她一步步挪着,终于上了桥。桥的宽度跟她背上的草捆差不多,我退到白狗适才留下记号的桥头石旁站定,看着它和她过桥。

我恍然觉得白狗和她之间有一条看不见的线,白狗紧一步慢一步地颠着,这条线也松松紧紧地牵着。走到我面前时,它又瞥着我,用那双遥远的狗眼。狗眼里那种模糊的暗示在一瞬间变得异常清晰,它那两只黑爪子一下子撕破了我心头的迷雾,让我马上想到她。她的低垂的头从我身边滑过去,短促的喘息声和扑鼻的汗酸永留在我的感觉里。猛地把背上沉重的高粱叶子摔掉,她把身体缓缓舒展开。那一大捆叶子在她身后,差不多齐着她的胸乳。我看到叶子捆与她身体接触的地方,明显地凹进去,特别着力的部位,是湿漉漉揉烂了的叶子。我知道,她身体上揉烂了高粱叶子的那些部位,现在一定非常舒服;站在漾着清凉水汽的桥头上,让田野里的风吹拂着,她一定体会到了轻松和满足。轻松,满足,是构成幸福的要素,对此,在逝去的岁月里,我是有体会的。

她挺直腰板后,暂时地像失去了知觉。脸上的灰垢显出了汗水的道道。生动的嘴巴张着,吐出一口口长长的气。鼻梁挺秀如一管葱。脸色黝黑。牙齿洁白。

故乡出漂亮女人,历代都有选进宫廷的。现在也有几个在京城里演电影的,这几个人我见过,也就是那么个样,比她强不了许多。如果她不是破了相,没准儿早成了大演员。十几年前,她婷婷如一枝花,双目皎皎如星。

"暖!"我喊了一声。

她用左眼盯着我看,眼白上布满血丝,看起来很恶。

"暖,小姑!"我注解性地又喊了一声。

我今年二十九,她小我两岁,分别十年,变化很大,要不是秋千架上的失误给她留下的残疾,我不会敢认她。白狗也专注地打量着我,算一算,它竟有十二岁,应该是匹老狗了。我没想到它居然还活着,看起来还蛮健康。那年端午节,它只有篮球般大,父亲从县城里我舅爷家把它抱来。十二年前,纯种白狗已近绝迹,连这种有小缺陷、大致还可以称为白狗的也很难求了。舅爷是以养狗谋利的人,父亲把它抱回来,不会不依仗着老外甥对舅舅放无赖的招数。在杂种花狗充斥乡村的时候,父亲抱回来它,引起众人的称羡,也有出三十块钱高价来买的,当然被婉言回绝了。即便是那时的农村,在我们高密东北乡这种荒僻地方,还是有不少乐趣,养狗当如是解。只要不逢大天灾,一般都能足食,所以狗类得以繁衍。

我十九岁、暖十七岁那一年,白狗四个月的时候,一队队解放军,一辆辆军车,从北边过来,络绎不绝过石桥。我们中学在桥头旁边扎起席棚给解放军烧茶水,学生宣传队在席棚边上敲锣打鼓,唱歌跳舞。桥很窄,第一辆大卡车悬着半边轮子,小心翼翼开过去了。第二辆的后轮压断了一块桥石,翻到了河里,车上载的锅碗瓢盆砸碎了不少,满河里漂着油花子。一群战士跳下河,把司机从驾驶楼里拖出来,水淋淋地抬到岸上。几个穿白大褂的军人围上去。一个戴白手套的人,手举着耳机子,大声地喊叫。我和暖是宣传队的骨干,忘了歌唱鼓噪,直着眼看热闹。后来,过来几个很大的首长,跟我们学校里的贫下中农代表郭麻子大爷握手,跟我们校革委刘主任握手,戴好手套,又对着我们挥挥手。然后,一溜儿站在那儿,看着队伍继续过河。郭麻子大爷让我吹笛,刘主任让暖唱歌。暖问:"唱什么?"刘主任说:"唱《看见你们格外亲》。"于是,就吹就唱。战士们一行行踏着桥过河,汽车一辆辆涉水过河。(小河里的水呀清悠悠,庄稼盖满了沟)车头激起雪白的浪花,车后留下黄色的浊流。(解放军进山来,帮助咱们闹秋收)大卡车过完后,两辆小吉普车也呆头呆脑下了河。一辆飞速过河,溅起五六米高的雪浪花;一辆一头钻进水里,嗡嗡怪叫着被淹死了,从河水中冒出一股青烟。(拉起了家常话,多少往事涌上心头)"糟糕!"一个首长说。另一个首长说:"他妈的笨蛋!让王猴子派人把车抬上去。"(吃的是一锅饭,点的是一灯油)很快地就有几十个解放军在河水中推那辆撒了气的吉普车,解放军都是穿着军装下了河,河水仅仅没膝,但他们都湿到胸口,湿后变深了颜色的军衣紧贴在身上,显出了肥的瘦的腿和臀。(你们是俺们的亲骨肉,你们是俺们的贴心人)那几个穿白大褂的人把那个水淋淋的司机抬上一辆涂着红十字的汽车。(党的恩情说不尽,见到你们总觉得格外亲)首长们转过身来,看样子准备过桥去,我提着笛子,暖张着口,怔怔地看着首长。一个戴着黑边眼镜的首长对着我们点点头,说:"唱得不错,吹得也不错。"郭麻子大爷说:"首长们辛苦了。孩子们胡吹瞎咧咧,别见笑。"他摸出一包烟,拆开,很恭敬地敬过去,首长们客气地谢绝了。一辆轱辘很多的车停在河对岸,几个战士跳上去,扔下几盘粗大的钢丝绳和一些白色的木棒。戴黑边眼镜的首长对身边一个年轻英俊的军官说:"蔡队长,你们宣传队送一些乐器呀之类的给他们。"

队伍过了河,分散到各村去。师部住在我们村。那些日子就像过年一样,全村人都激动。从我家厢房里扯出了几十根电话线,伸展到四面八方去。英俊的蔡队长带着一群吹拉弹唱的文艺兵住在暖家。我天天去玩,和蔡队长混得很熟。蔡队长让暖唱歌给他听。他是个高大的青年,头发蓬松着,眉毛高挑着。暖唱歌时,他低着头拼命抽烟,我看到他的耳朵轻轻地抖动着。他说暖条件不错,很不错,可惜缺乏名师指导。他说我也很有发展前途。他很喜欢我家那只黑爪子小白狗,父亲知道后,马上要送给他,他没要。队伍要开拔那天,我爹和暖的爹一块儿来了,央求蔡队长把我和暖带走,蔡队长说,回去跟首长汇报一下,年底征兵时就把我们征去。临别时,蔡队长送我一本《笛子演奏法》,送暖一本《怎样演唱革命歌曲》。

"小姑,"我发窘地说,"你不认识我了吗?"

我们村是杂姓庄子,张王李杜,四面八方凑起来的,各种辈分的排列,有点乱七八糟,姑姑嫁给侄子,侄子拐跑婶婶的事时有发生,只要年龄相仿,也就没人嗤笑。我称暖为小姑是从小惯成的叫法,并无一点血缘骨肉的情分在内。十几年前,当把"暖"与"小姑"含混着乱叫一通时,是别有一番滋味在心头的。这一别十年,都老大不小,虽还是那样叫着,但已经无滋味了。

"小姑,难道你真的不认识我了吗?"说完这句话,我马上谴责了自己的迟钝。她的脸上,早已是凄凉的景色了。汗水依然浸洇着,将一绺干枯的头发粘到腮边。黝黑的脸上透出灰白来。左眼里有明亮的水光闪烁。右边没有眼,没有泪,深深凹进去的眼眶里,栽着一排乱纷纷的黑睫毛。我的心拳拳着,实在不忍看那凹陷,便故意把目光散了,瞄着她委婉的眉毛和在半天阳光下因汗湿而闪亮的头发。她左腮上的肌肉联动着眼眶的睫毛和眶上的眉毛,微微地抽搐着,造成了一种凄凉古怪的表情。别人看见她不会动心,我看见她无法不动心……

十几年前那个晚上,我跑到你家对你说:"小姑,打秋千的人都散了,走,我们去打个痛快。"你说:"我打盹呢。"我说:"别拿一把啦!寒食节过了八天啦,队里明天就要拆秋千架用木头。今早晨车把式对队长嘟哝,嫌把大车绳当秋千绳用,都快磨断了。"你打了一个呵欠,说:"那就去吧。"白狗长成一个半大狗了,细筋细骨,比小时候难看。它跟在我们身后,月亮照着它的毛,它的毛闪烁银光,秋千架竖在场院边上,两根立木,一根横木,两个铁吊环,两根粗绳,一个木踏板。秋千架,默立在月光下,阴森森,像个鬼门关。架后不远是场院沟,沟里生着绵亘不断的刺槐树丛,尖尖又坚硬的刺针上,挑着青灰色的月亮。

"我坐着,你荡我。"你说。

"我把你荡到天上去。"

"带上白狗。"

"你别想花花点子了。"

你把白狗叫过来,你说:"白狗,让你也悠悠悠悠。"

你一只手扶住绳子,一只手揽住白狗,它委屈地嘤嘤着。我站在跳板上,用双腿夹住你和狗,一下一下用力,秋千渐渐有了惯性。我们渐渐升高,月光动荡如水,耳边习习生风,我有点头晕。你咯咯地笑着,白狗呜呜地叫着,终于悠平了横梁。我眼前交替出现田野和河流,房屋和坟丘,凉风拂面来,凉风拂面去。我低头看着你的眼睛,问:"小姑,好不好?"

你说:"好,上了天啦。"

绳子断了。我落在秋千架下,你和白狗飞到刺槐丛中去,一根槐针扎进了你的右眼。白狗从树丛中钻出来,在秋千架下醉酒般地转着圈,秋千把它晃晕了……

"这些年……过得还不错吧?"我嗫嚅着。

我看到她耸起的双肩塌了下来,脸上紧张的肌肉也一下子松弛了。也许是因为生理补偿或是因为努力劳作而变得极大的左眼里,突然射出了冷冰冰的光线,刺得我浑身不自在。

"怎么会错呢?有饭吃,有衣穿,有男人,有孩子,除了缺一只眼,什么都不缺,这不就是'不错'吗?"她很泼地说着。

我一时语塞了,想了半天,竟说:"我留在母校任教了,据说,就要提我为讲师了……我很想家,不但想家乡的人,还想家乡的小河,石桥,田野,田野里的红高粱,清新的空气,婉转的鸟啼……趁着放暑假,我就回来啦。"

"有什么好想的,这破地方。想这破桥?高粱地里像他妈×的蒸笼一样,快把人蒸熟了。"她说着,沿着慢坡走下桥,站着把那件泛着白碱花的男式蓝制服褂子脱下来,扔在身边石头上,弯下腰去洗脸洗脖子。她上身只穿一件肥大的圆领汗衫,衫上已烂出密麻麻的小洞。它曾经是白色的,现在是灰色的。汗衫扎进裤腰里,一根打着卷的白绷带束着她的裤子,她再也不看我,撩着水洗脸洗脖子洗胳膊。最后,她旁若无人地把汗衫下摆从裤腰里拽出来,撩起来,掬水洗胸膛。汗衫很快就湿了,紧贴在肥大下垂的乳房上。看着那两个物件,我很淡地想,这个那个的,也不过是这么回事。正像乡下孩子们唱的:没结婚是金奶子,结了婚是银奶子,生了孩子是狗奶子。我于是问:"几个孩子了?"

"三个。"她拢拢头发,扯着汗衫抖了抖,又重新塞进裤腰里去。

"不是说只准生一胎吗?"

"我也没生二胎。"见我不解,她又冷冷地解释,"一胎生了三个,吐噜吐噜,像下狗一样。"

我缺乏诚实地笑着。她拎起蓝上衣,在膝盖上抽打几下,穿到身上去,从下往上扣着纽扣。趴在草捆旁边的白狗也站起来,抖擞着毛,伸着懒腰。

我说:"你可真能干。"

"不能干有什么法子?该遭多少罪都是一定的,想躲也躲不开。"

"男孩女孩都有吧?"

"全是公的。"

"你可真是好福气,多子多福。"

"豆腐!"

"这还是那条狗吧?"

"活不了几天啦。"

"一晃就是十几年。"

"再一晃就该死啦。"

"可不,"我渐渐有些烦恼起来,对坐在草捆旁的白狗说,"这条老狗,还挺能活!"

"噢,兴你们活就不兴我们活?吃米的要活,吃糠的也要活;高级的要活,低级的也要活。"

"你怎么成了这样?"我说,"谁是高级?谁是低级?"

"你不就挺高级的吗？大学讲师！"

我面红耳热，讷讷无言，一时觉得难以忍受这窝囊气，搜寻着刻薄词儿想反讥，又一想，罢了。我提起旅行袋，干瘪地笑着，说："我可能住到我八叔家，你有空就来耍吧。"

"我嫁到了王家丘子，你知道吗？"

"你不说我不知道。"

"知道不知道的，没有大景色了。"她平平地说，"要是不嫌你小姑人模狗样的，就抽空来耍吧，进村打听'个眼暖'家，没有不知道的。"

"小姑，真想不到成了这样……"

"这就是命，人的命，天管定，胡思乱想不中用。"她款款地从桥下上来，站在草捆前说，"行行好吧，帮我把草掀到肩上。"

我心里立刻热得不行，勇敢地说："我帮你背回去吧！"

"不敢用！"说着，她在草捆前跪下，把背棍放在肩头，说，"起吧。"

我转到她背后，抓住捆绳，用力上提，借着这股劲儿，她站了起来。

她的身体又弯曲起来，为了背得舒适一点，她用力地颠了几下背上的草捆，高粱叶子沙沙啦啦地响着。从很低的地方传上来她瓮声瓮气的话："来耍吧。"

白狗对我吠叫几声，跑到前边去了。我久久地立在桥头上，看着这一大捆高粱叶子正缓慢地往北移动，一直到白狗变成了白点，人和草捆变成了比白点大的黑点，我才转身往南走。

从桥头到王家丘子七里路。

从桥头到我们村十二里路。

从我们村到王家丘子十九里路，八叔让我骑车去。我说算了吧，十几里路走着去就行。八叔说：现在富了，自行车家家有，不是前几年啦,全村只有一辆半辆车子,要借也不容易,稀罕物儿谁愿借呢。我说我知道富了,看到了自行车满街筒子乱窜,但我不想骑车,当了几年知识分子,当出几套痔疮,还是走路好。八叔说:念书可见也不是件太好的事,七病八灾不说,人还疯疯癫癫的。你说你去她家干么子,瞎的瞎,哑的哑,也不怕村里人笑话你。鱼找鱼,虾找虾,不要低了自己的身份啊! 我说八叔我不和您争执,我扔了二十数三十的人啦,心里有数。八叔悻悻地忙自己的事去了,不来管我。

我很希望能在桥头上再碰到她和白狗,如果再有那么一大捆高粱叶子,我豁出命去也要帮她背回家;白狗和她,都会成为可能的向导,把我引导到她家里去。城里都到了人人关注时装、个个追赶时髦的时代了,故乡的人,却对我的牛仔裤投过鄙夷的目光,弄得我很狼狈。于是解释:处理货,三块六毛钱一条——其实我花了二十五块钱,既然便宜,村里的人们也就原谅了我。王家丘子的村民们是不知道我的裤子便宜的,碰不到她和狗,只好进村再问路,难免招人注意。如此想着,就更加希望碰到她,或者白狗。但毕竟落了空。一过石桥,看到太阳很红地从高粱棵里冒出来,河里躺着一根粗大的红光柱,鲜艳地染遍了河水。太阳红得有些古怪,周围似乎还环绕着一些黑气,大概是要落雨了吧。

我撑着折叠伞,在一阵倾斜的疏雨中进了村。一个仄棱着肩膀的老女人正在横穿街道,风翻动着长大的衣襟,风使她摇摇摆摆。我收起伞,提着,迎上去问路。"大娘,暖家在哪儿住?"她斜斜地站定,困惑地转动着昏暗的眼。风通过花白的头发,翻动衣襟,柔软的树木,表现出自己来;雨点大如铜钱,疏可跑马,间或有一滴打到她的脸上。"暖家在哪儿住?"我又问。"哪个暖家?"她问。我只好说:"个眼暖家。"老女人阴沉地瞥我一眼,抬起胳膊,指着街道旁边一排蓝瓦房。

站在甬道上我大声喊:"暖姑在家吗?"

最先应了我的喊叫的,是那条黑爪子老白狗。它不像那些围着你腾跃咆哮，仗着人势在窝里横咬不死你，也要吓死你的恶狗，它安安稳稳地趴在檐下铺了干草的狗窝里，眯缝着狗眼，象征性地叫着，充分显示出良种白狗温良宽厚的品质来。

我又喊，暖在屋里很脆地答应了一声，出来迎接我的却是一个满腮黄胡子两只黄眼珠的剽悍男子。他用土黄色的眼珠子恶狠狠地打量着我，在我那条牛仔裤上停住目光，嘴巴歪歪地撇起，脸上显出疯狂的表情。他向前跨一步——我慌忙退一步——他翘起右手的小拇指头，在我眼前急遽地晃动着，口里发出一大串断断续续的音节。我虽然从八叔的口里，知道了暖姑的丈夫是个哑巴，但见了真人狂状，心里仍然立刻沉甸甸的。独眼嫁哑巴，弯刀对着瓢切菜，按说也并不委屈着哪一个，可我心里仍然立刻就沉甸甸的。

暖姑，那时我们想得美。蔡队长走了，把很大的希望留给我们。他走那天，你直视着他，流出的泪水都是给他的。蔡队长脸色灰白，从衣袋里摸出一把牛角小梳子递给你。我也哭了，我说："蔡队长，我们等你来招我们。"蔡队长说："等着吧。"等到高粱通红了的深秋，听说县城里有招兵的解放军，咱俩兴奋得觉都睡不稳了。学校里有老师进县城办事，我们托他去人武部打听一下，看看蔡队长来没来。老师去了。老师回来了。老师对我们说，今年来招兵的解放军一律黄褂蓝裤，空军地勤兵，不是蔡队长那部分。我失望了，你充满信心地对我说："蔡队长不会骗我们！"我说："人家早就把这码事忘了。"你爹也说："给你们个棒槌，你们就当了针。他是把你们当小孩哄怂着玩哩，好人不当兵，好铁不打钉，混混毕了业，回家来拉弯弯铁，别净想俏事儿。"你说："他可没把我当小孩子。他决不把我当小孩子。"说着，你的脸上浮起浓艳的红色。你爹说："能得你。"我惊诧地看着你变色的脸，看着你脸上那种隐隐约约的特异表情，语无伦次地说："也许，他今年不来后年来，后年不来大后年来。"蔡队长可真是个仪表堂堂的美男子啊！他四肢修长，面部线条冷峭，胡楂子总刮得青白。后来，你坦率地对我说，他在临走前一个晚上，抱着你的头，轻轻地亲了一下。你说他亲完后呻吟着说：小妹妹，你真纯洁……为此我心中有过无名的恼怒。你说："当了兵，我就嫁给他。"我说："别做美梦了！倒贴上二百斤猪肉，蔡队长也不会要你。""他不要我，我再嫁给你。""我不要！"我大声叫着。你白我一眼，说："烧得你不轻！"现在回想起来，你那时就很有点样子了，你那花蕾般的胸脯，经常让我心跳。

哑巴显然瞧不起我，他用翘起的小拇指表示着对我的轻蔑和憎恶。我堆起满脸笑，想争取他的友谊，他却把双手的指头交叉在一起，弄出很怪的形状，举到我的面前。我从少年时代的恶作剧中积累起来的知识里，找到了这种手势的低级下流的答案，心里顿时产生了手捧癞蛤蟆的感觉。我甚至都想抽身逃走了，却见三个同样相貌、同样装束的光头小男孩从屋里滚出来，站在门口，用同样的土黄色小眼珠瞅着我，头一律往右倾，像三只羽毛未丰、性情暴躁的小公鸡。孩子的脸显得很老相，额上都有抬头纹，下颌骨阔大结实，全都微微地颤抖着。我急忙掏出糖来，对他们说："请吃糖。"哑巴立即对他们挥挥手，嘴里蹦出几个简单的音节。男孩们眼巴巴地瞅着我手中花花绿绿的糖块，不敢动一动。我想走过去，哑巴挡在我面前，蛮横地挥舞着胳膊，口里发着令人发怵的怪叫。

暖把双手交叠在腹部，步履略有些蹒跚地走出屋来。我很快明白了她迟迟不出屋的原因，干净的阴丹士林蓝布褂子，褶儿很挺的灰的确良裤子，显然都是刚换的。士林蓝布和用士林蓝布缝成的李铁梅式褂子久不见了，乍一见心中便有一种怀旧的情绪怏怏而生。穿这种褂子的胸部丰硕的少妇别有风韵。暖是脖子挺拔的女人，脸型也很清雅。她右眼眶里装进了假眼，面部恢复了平衡。我的心为她良苦的心感到忧伤，我用低调观察着人生，心弦纤细如丝，明察秋毫，并自然地战栗。不能细看那眼睛，它没有生命，它浑浊地闪着磁光。她发现了我在注视她，便低了头，绕过哑巴走到我面前，摘下我肩上的挎包，说："进屋去吧。"

哑巴猛地把她拽开,怒气冲冲的样子,眼睛里像要出电。他指指我的裤子,又翘起小拇指,晃动着,嘴里嗷嗷叫着,五官都在动作,忽而挤成一撮,忽而大开大裂,脸上表情生动可怖。最后,他把一口唾沫啐在地上,用骨节很大的脚踩了踩。哑巴对我的憎恶看来是与牛仔裤有直接关系的,我后悔穿这条裤子回故乡,我决心回村就找八叔一条肥腰裤子换上。

"小姑,你看,大哥不认识我。"我尴尬地说。

她推了哑巴一把,指指我,翘翘大拇指,又指指我们村庄的方向,指指我的手,指指我口袋里的钢笔和我胸前的校徽,比画出写字的动作,又比画出一本方方正正的书,又伸出大拇指,指指天空。她脸上的表情丰富多彩。哑巴稍一愣,马上消失了全身的锋芒,目光温顺得像个大孩子。他犬吠般地笑着,张着大嘴,露出一口黄色的板牙。他用手掌拍拍我的心窝,然后,跺脚,吼叫,脸憋得通红。我完全理解了他的意思,感动得不行。我为自己赢得了哑兄弟的信任感到浑身的轻松。那三个男孩子躲躲闪闪地凑上来,目不转睛地看着我手中的糖。

我说:"来呀!"

男孩们抬起眼看看他们的父亲。哑巴嘿嘿一笑,孩子们就敏捷地蹿上来,把我手中的糖抢走了。为争夺掉在地上的一块糖,三颗光脑袋挤在一起攒动着。哑巴看着他们笑。暖发出一声轻轻的叹息,她说:

"你什么都看到了,笑话死俺吧。"

"小姑……我怎么敢……他们都很可爱……"

哑巴敏感地看着我,笑笑,转过身去,用大脚板几下子就把厮缠在一起的三个男孩踢开。男孩们咻咻地喘着气,汹汹地对视着。我摸出所有的糖,均匀地分成三份,递给他们,哑巴嗷嗷地叫着,对着男孩打手势。男孩都把手藏到背后去,一步步往后退。哑巴更响地嗷了一阵,男孩便抽搐着脸,每人拿出一块糖,放在父亲关节粗大的手里,然后呼号一声,消逝得无影无踪。哑巴把三块糖托着,笨拙地看了一会儿,就转眼对着我。嘴里啊啊手比画。我不懂,求援地看着暖。暖说:"他说他早就知道你的大名,你从北京带来的高级糖,他要吃块尝尝。"我做了一个往嘴里扔食物的姿势。他笑了,仔细地剥开糖纸,把糖扔进口里去,嚼着,歪着头,仿佛在聆听什么。他又一次伸出大拇指,我这次完全明白他是在夸奖糖的高级了。很快地他又吃了第二块糖。我对暖说,下次回来,一定带些真正的高级糖给大哥吃。暖说:"你还能再来吗?"我说一定来。

哑巴吃完第二块糖,略一想,把手中那块糖递到暖的面前。暖闭眼,"嗷——"哑巴吼了一声。我心里抖着,见他又把手往暖眼前伸,暖闭眼,摇了摇头。"嗷——嗷——"哑巴愤怒地吼叫着,左手揪住暖的头发,往后扯着,使她的脸仰起来,右手把那块糖送到自己嘴边,用牙齿撕掉糖纸,两个手指捏着那块沾着他黏黏的口涎的糖,硬塞进她的嘴里去。她的嘴不算小,但被他那两根小黄瓜一样的手指比得很小。他乌黑的粗手指使她的双唇显得玲珑娇嫩。在他的大手下,那张脸变得单薄脆弱。

她含着那块糖,不吐也不嚼,脸上表情平淡如死水。哑巴为了自己的胜利,对着我得意地笑。

她含混地说:"进屋吧,我们多傻,就这么在风里站着。"我目光巡睃着院子,她说:"你看什么?那是头大草驴,又踢又咬,生人不敢近身,在他手里老老实实的。春上他又去买那头牛,才下了犊一个月。"

她家院子里有个大敞棚,敞棚里养着驴和牛。牛极瘦,腿下有一头肥滚滚的牛犊在吃奶,它蹬着后腿、摇着尾巴,不时用头撞击母牛的乳房,母牛痛苦地弓起背,眼睛里闪着幽幽的蓝光。

哑巴是海量,一瓶浓烈的"诸城白干",他喝了十分之九,我喝了十分之一。他面不改色,我头晕乎乎。他又开了一瓶酒,为我斟满杯,双手举杯过头敬我。我生怕伤了这个朋友的心,便抱着电灯泡捣蒜的决心,接过酒来干了。怕他再敬,便装出不能支持的样子,歪在被子上。他兴奋得脸通红,对着暖比画,暖和他对着比画一阵,轻声对我说:"你别和他比,你十个也醉不过他一个。你千万不要喝醉。"她用力盯了我一眼。我跷起大拇指,指指他,翘起小拇指,指指自己。于是撤去酒,端上饺子来。我说:"小姑,一起吃吧。"暖征得哑巴同意,三个男孩便爬上炕,挤在一簇,狼吞虎咽。暖站在炕下,端饭倒水伺候我们,让她吃,她说肚子难受,不想吃。

饭后,风停云散,狠毒的日头灼灼地在正南挂着。暖从柜子里拿出一块黄布,指指三个孩子,对哑巴比画着东北方向。哑巴点点头。暖对我说:"你歇一会儿吧,我到乡镇去给孩子们裁几件衣服。不要等我,过了晌你就走。"她狠狠地看我一眼,挟起包袱,一溜风走出院子,白狗伸着舌头跟在她身后。

哑巴与我对面坐着,只要一碰上我的目光,他就咧开嘴笑。三个小男孩闹了一阵,侧歪在炕上睡了,他们几乎是同时入睡。太阳一出来,立刻便感到热,蝉在外面树上聒噪着。哑巴脱掉褂子,裸出上身发达的肌肉,闻着他身上挥发出来的野兽般的气息,我害怕,我无聊。哑巴紧密地眨巴着眼,双手搓着胸膛,搓下一条条鼠屎般的灰泥。他还不时地伸出蜥蜴般灵活的舌头舔着厚厚的嘴唇。我感到恶心、燥热,心里想起桥下粼粼的绿水。阳光透过窗户,晒着我穿牛仔裤的腿。我抬腕看表。"噢噢噢!"哑巴喊着,跳下炕,从抽屉里摸出一块电子手表给我看。我看着他脸上祈望的神情,便不诚实地用小拇指点点我腕上的表,用大拇指点点他的电子表。他果然非常地高兴起来,把电子手表套在右手腕子上,我指指他的左手腕子,他迷惘地摇摇头。我笑了一下。

"好热的天。今年庄稼长得挺好。秋天收晚田。你养的那头驴很有气度。三中全会后,农民生活大大提高了。大哥富起来了,该去买台电视机。'诸城白干'到底是老牌子,劲冲。"

"噢噢,噢噢。"他脸上充满幸福感,用并拢的手摸摸头皮,比比脖子。我惊愕地想,他要砍掉谁的脑袋吗?他见我不解,很着急,手哆嗦着。"噢噢噢,噢噢噢!"他用手指着自己的右眼,又摸头皮,手顺着头皮往下滑,到脖颈处,停住。我明白了。他要说暖什么事给我知道。我点点头。他摸摸自己两个黑乎乎的乳头,指指孩子,又摸摸肚子。我似懂非懂,摇摇头。他焦急地蹲起来,调动起几乎全部的形体向我传达信息,我用力地点着头,我想应该学学哑语。最后,我满脸挂汗向他告辞,这没有什么难理解的,他脸上显出孩子般的真情来,拍拍我的心,又拍拍自己的心。我干脆大声说:"大哥,我们是好兄弟!"他三巴掌打起三个男孩来,让他们带着眵目糊给我送行。在门口,我从挎包里摸出那把自动折叠伞送他,并教他使用方法。他如获至宝,举着伞,弹开,收拢,收拢,弹开,翻来覆去地弄。三个男孩仰脸看着忽开忽合的伞,腭骨又索索地抖起来。我戳了他一下,指指南去的路。"噢噢。"他叫着,摆摆手,飞步跑回家去。他拿出一把拃多长的刀子,拨开牛角刀鞘,举到我的面前。刀刃上寒光闪闪,看得出来是件利物。他踮起脚,拽下门口杨树上一根拇指粗细的树枝来,用刀去削,树枝一节节落在地上。

他把刀子塞到我的挎包里。

走着路,我想,他虽然哑,但仍不失为一条有性格的男子汉,暖姑嫁给他,想必也不会有太多的苦头吃,不能说话,日久天长习惯之后,凭借手势和眼神,也可以拆除生理缺陷造成的交流障碍。我种种软弱的想法,也许是犯着杞人忧天倾的毛病了。走到桥头间,已不去想她的事,只想跳进河里洗个澡。路上清静无人。上午下那点雨,早就蒸发掉了,地上是一层灰黄的尘土。路两边塞窣着油亮的高粱叶子,蝗虫在蓬草间飞动,闪烁着粉红的内翅,翅膀剪动空气,发出"喀哒喀哒"的响声。桥下水声泼剌,白狗蹲在桥头。

白狗见到我便呜叫起来,龇着一嘴雪白的狗牙。我预感到事情的微妙。白狗站起来,向高粱地里走,一边走,一边频频回头呜叫,好像是召唤着我。脑子里浮现出侦探小说里的一些情节,横着心跟狗走,并把手伸进挎包里,紧紧地握着哑巴送我的利刃。分开茂密的高粱钻进去,看到她坐在那儿,小包袱放在身边。她压倒了一边高粱,辟出了一块空间,四周的高粱壁立着,如同屏风。看我进来,她从包袱里抽出黄布,展开在压倒的高粱上。一大片斑驳的暗影在她脸上晃动着。白狗趴到一边去,把头伏在平伸的前爪上,"哈哒哈哒"地喘气。

我浑身发紧发冷,牙齿打战,下腭僵硬,嘴巴笨拙:"你……不是去乡镇了吗? 怎么跑到这里来……"

"我信了命。"一道明亮的眼泪在她的腮上汩汩地流着,她说,"我对白狗说,'狗呀,狗,你要是懂我的心,就去桥头上给我领来他,他要是能来就是我们的缘分未断',它把你给我领来啦。"

"你快回家去吧。"我从挎包里摸出刀,说,"他把刀都给了我。"

"你一走就是十年,寻思着这辈子见不着你了。你还没结婚? 还没结婚。……你也看到他啦,就那样,要亲能把你亲死,要揍能把你揍死……我随便和哪个男人说句话,就招他怀疑,也恨不得用绳拴起我来。闷得我整天和白狗说话,狗呀,自从我瞎了眼,你就跟着我,你比我老得还要快。嫁给他第二年上,怀了孕,肚子像吹气球一样胀起来,临分娩时,路都走不动了,站着望不到自己的脚尖。一胎生了三个儿子,四斤多重一个,瘦得像一堆猫。要哭一齐哭,要吃一齐吃,只有两个奶子,轮着班吃,吃不到的就哭。那二年,我差点瘫了。孩子落了草,就一直悬着心,老天,别让他们像他爹,让他们一个个开口说话……他们七八个月时,我心就凉了。那情景不对呀,一个个又呆又聋,哭起来像擀饼柱子不会拐弯。我祷告着,天啊,天! 别让俺一窝都哑了呀,哪怕有一个响巴,和我做伴说说话……到底还是全哑巴了……"

我深深地垂下头,嗫嚅着:"姑……小姑……都怨我,那年,要不是我拉你去打秋千……"

"没有你的事,想来想去还是怨我自己。那年,我对你说,蔡队长亲过我的头……要是我胆儿大,硬去队伍上找他,他就会收留我,他是真心实意地喜欢我。后来就在秋千架上出了事。你上学后给我写信,我故意不回信。我想,我已经破了相,配不上你了,只叫一人寒,不叫二人单,想想我真傻。你说实话,要是我当时提出要嫁给你,你会要我吗?"

我看着她狂放的脸,感动地说:"一定会要的,一定会。"

"好你……你也该明白……怕你厌恶,我装上了假眼。我正在期上……我要个会说话的孩子……你答应了就是救了我了,你不答应就是害死了我了。有一千条理由,有一万个借口,你都不要对我说。"

……

(一九八五年四月,初刊于当年《中国作家》第四期)

老　　枪

　　他用失去食指的右手把枪从右肩上摘下来时，一片金色的阳光罩住了他。太阳沿着一道平滑的弧线飞快地下落，田野里回荡着间歇错落的落潮般声响和时疏时密的荒凉气息。他小心翼翼地把枪放在生着斑驳铜钱绿苔的地上。落枪时看着潮湿的地面，心里感到很难受。这支长苗子紫木托土枪，弯弯曲曲地躺在湿漉漉的地上，夕阳照着枪旁一穗失落的高粱。高粱生出一大簇细密柔软的嫩黄色苗芽子。高粱苗芽把自己的影子投到黝黑的枪管和紫红的枪托上，枪管和枪托都变了颜色。他在解下腰间卡腰火药葫芦的同时，脱下了那件黑色的夹袄，露出了上身粗大的骨骼。他用夹袄把枪和火药葫芦包起来，放好，走上前三步，倾着身，伸出沐着沉重阳光的双臂，去搬动那一大丛高粱秸秆中的一捆。

　　秋天发了大水，数万亩涝洼地如海洋，高粱在水中擎着暗红色的头，一队队老鼠在高粱头上蹿跳着，如同灵活的飞鸟。收获高粱时，水齐到胸口，人们蹚着水，用筏子把高粱穗子运出去，从天而降的红翅鲤鱼和黑脊草鱼在生着绿色气根的高粱秸秆间横冲直撞，翠绿的鱼狗不时钻到水里去，又叼着银亮的小鱼从水里钻出来。八月，大水渐渐退了，露出了布满烂泥的道路，低凹处仍有水，形成了一个个大大小小的水汪子。砍下的高粱秸运不回去,就从水中拖出来,放在道路上或是水汪子边缘的高地上。美丽的阳光照着低洼原野,方圆几十里很少有村庄,一个个水汪子闪着亮,高粱丛好像炮楼群。

他背着明亮温暖的太阳和一个潴水的大洼子,把一捆捆高粱秸拖出来,在水汪子边缘上,垒成了一个四四方方半人高的掩体。他抱着枪跳进掩体坐下来,头顶齐着掩体的上沿,外边看不到他,但他从留下的洞眼里能清楚地看到这水汪子和水汪子中间那一块孤岛般的泥渚,也能看到玫瑰色的天空和棕色的大地。天显得很低,阳光红红地涂满水面,水汪子明亮辉煌地伸展进朦胧的暮色里去,边缘跳动着针刺样的光芒,像一圈温暖的睫毛。汪子中间那块现在变成了浅蓝色的泥渚上,一蓬蓬水草苍黄地肃立着。这块在四周流光包围中的泥渚似乎在轻轻漂动,四周越朦胧,积水越明亮,泥渚的漂动感越强,他感到它漂过来了,漂过来了,离他只有几步路,纵身就可跳过去。泥渚上还没有它们,他惶惑不安地再次望望天,想,是时候了,它们该来了。

他也不知道它们是从哪里来的。那天,拖了一下午高粱秸,队长说放工,几十个人便摇曳着长长的影子往家走,他跑到这儿来方便,突然看到了它们。当时,他感到好像被人打了一个窝心拳,心脏歇了一会儿才重跳。一大片落在泥渚上的野鸭子晃花了他的眼。一连十几个晚上,他都躲在高粱丛中观察它们,他看到它们总是在傍晚这时辰,嘎嘎地叫着,仿佛从天外飞来。降落前,它们很优雅地在汪子上空盘旋着,像一大团忽舒忽卷的灰绿云。它们拨弄着气流向泥渚降落时,每次都让他激动不已。他还从来没有发现有这么多的野鸭子集中在这么小的土地上,从来没有。

它们该来了还不来,还不来呢还是就不来了呢?他感到紧张,他甚至怀疑自己过去看到的是幻影,他一直不太相信这里竟会有这样一大群野鸭子。他听村里老人们多次讲过神鸭的故事,故事里的神鸭都是纯白的,但这群野鸭不是纯白的。头和颈上有着明丽的绿羽,脖子上围着白环,翅膀像两面蓝镜子,它们是公鸭子吧？遍体黄褐色,并点缀着暗褐色的斑点,它们是母鸭子吧？它们绝不是神鸭,它们在泥渚上留下了一片又一片绿色和褐色的小羽毛。看着羽毛,他沉沉地放下心,坐下,拎起包着枪和药葫芦的褂子,抖抖披起,立刻又暴露出弯弯曲曲的枪和油汪汪的卡腰葫芦。枪安稳平静地躺在秋秸上,枪身泛着暗红色的油光,这颜色很像铁锈,它曾经几度布满红锈,红锈把枪身咬得坑坑洼洼。但现在它没有锈,他用了两张砂纸把红锈打磨光了。它弯弯曲曲地躺着,如同一条冬眠的青蛇,他觉得它随时都会醒过来,飞起来,用钢铁的尾巴抽打得高粱秸秆噼噼地响。他伸手去摸枪的时候,第一个感觉是指尖冰冷,冷感上侵至胸肋,使他良久觳觫。太阳更快地下沉着,一边下沉一边变形,它变扁变平,好像一个半流质的球体落在平滑钢板上似的弯曲变形。它的下面是平面,那些呈球弧的表面异常紧张,终于蹲了稀,汹涌的冰冷的红色流质曲曲折折地向四面八方流淌。水洼子宁静入玄,艳红的汁液从水面上慢慢下渗,水的下层红稠如汤汁,表面却是一层无色透明水,极亮极炫目。他忽然看到的竟是一只吊在一棵挺拔枯草上的金环蜻蜓,蜻蜓的巨大眼睛如两颗紫珍珠,左一转右一转地折射着光线。

他抓过枪,平放在腿上,枪身沿着腿与腹形成的直角伸到后面去,枪口在他的下巴下斜睨着南方浅薄灰白的天空。他从口袋里摸出一个细长的量管,揭开药葫芦的盖,往量管里装药。他把量管里的药倒进枪筒里,立刻就有很流畅的声音从枪口里发出来,接着,他从一个小铁盒里捏着一撮铁砂子塞进枪口,枪筒里有清脆的声音发出来。这时他从枪管下抽出长长的枪探子,用那疙瘩状的圆头,捣着枪筒里的火药和铁砂。他的心不规则地跳着,他战战兢兢,好像给一只睡眼蒙眬的老虎搔痒。把三管火药三撮铁砂装进枪筒后,心里感到冷冰冰,额上有密密的冷汗渗出来。手哆嗦着,掏出早就准备好的棉絮团,把枪口堵了。这时他感到非常饿,浑身松软。顺手从地上撕掳出一条草根来,捋捋泥土,放进嘴里嚼着。嚼着草,感到更饿,这时,就听到水汪子上方的天空中,响起了翅膀扇动空气的呼啸声。他必须立即完成最后一项准备工作,给枪装上一个引火帽。他把那翘着尾巴的枪机扳得仰起头来,露出了一个与枪筒相连的乳头状凸出物。凸出物的上部是一个圆圆的凹槽,凹槽中间有一个细细的洞眼。他仔细地剥开几层纸,把一个金黄色的引火帽按进凹槽里。引火帽里是黄色火药,只要枪机啄一下火帽,火帽就会爆炸,引燃枪筒里的火药,那时候,就会有一条火蛇从枪口奔出去,火蛇先细后粗,最后如一把铁扫帚。一切都是因为这支枪那么长久地挂在他家那堵像涂了黑釉子一样的山墙上,他无师自通地顿悟了这支枪的奥秘,他前天把红锈斑斑的枪摘下来擦洗时,竟感到十分熟练。

野鸭子来了。起初它们在百米高的空中扑扑棱棱地旋转着,忽高忽低,聚成一团,后来却一哄而散,从不同的方向扎到下边来,紧贴着通红透亮的水面飞翔。他跪起来,屏住呼吸,死死地盯着那一圈圈紫绛色光晕。他轻轻地把枪筒从高粱秸的缝隙中探出去,心怦怦地狂跳着。野鸭群还在团团旋转,圈子忽大忽小,仿佛连水汪子都跟着它们旋转。有时候,几只绿毛公鸭几乎要碰到他的枪口,他看到了它们明亮狡猾的黑眼睛和嫩绿色的嘴巴。太阳更大更扁,边缘发了黑,中间一点却如烧化了的铁,在窸窣地迸溅着火花。

鸭子忽然大叫起来,公鸭"嘎嘎嘎",母鸭"嘎嘎嘎",连成一大片。他兴奋得嘴唇都抖起来,他知道,它们就要降落了。连续十几天来,他仔细地观察着它们,知道它们鸣叫之后就要降落。从天空中出现它们的影子到现在,也不过是几分钟的光景,但他感觉到已过去很长很长时间,他的肠胃剧烈痉挛,他又一次感到饿。它们到底落下了,接近地面上,突然伸出绛紫色的腿,翅膀平伸开,雪白的尾巴像张开的羽扇,急促落地后,惯性使它们趔趄两三步。棕色的泥渚突然间变了颜色,花花绿绿的鸭羽上闪烁着无数个变色的太阳,鸭群载着阳光,穿梭般蹀躞着。

他悄悄地抬起枪来,枪托抵到肩头,枪口对准了那一群越聚越紧的野鸭。太阳又缺了一块,已经歪七扭八不成模样。野鸭子有的趴下去,有的站着,有的低飞一下又落下来。他想,是时候,该开枪了,但他没有开枪。他用手去摸索扳机时,突然感到极大的不方便,他痛苦地想到了自己的食指。它缺了两节,只剩下最后一节,像一根树桩子一样疤扭着蹲在中指和拇指之间。

那时候,他只有六岁,娘给爹送殡回来,穿一件白布大褂,腰里扎一根麻辫子,披散着头发,眼皮肿得透明,眼睛变得又细又长,射出了两道水汪汪阴森森的目光。娘叫着他的名字说:"大锁,你过来。"他畏畏缩缩地走过去。娘一把抓住他的手,哽咽了两声,像吞咽硬物似的抻了抻脖子,说:"大锁,你爹死了,你知道吗?"他点点头,听着娘又说:"你爹死了,死了就活不了了,你知道吗?"他迷惘地看着娘,用力点着头。"你知道你爹是怎么死的吗?"娘说,"你爹是让这支枪打死的,这支枪是你奶奶传下来的。你再也不要动它,我把它挂在墙上,你要天天看着它,看着它你就要想着你爹,你要好好念书,混出个人样来,给祖宗争口气。"他听着娘的话,感到似懂非懂,只是用力点着头。

那支枪就挂在屋里的山墙上,山墙被几十年的烟熏得乌黑发亮。他天天看到那支枪。后来他从一年级升到二年级,每天晚上,娘都在山墙上挂一盏煤油灯,照着他,让他看书。他一看到书上的黑字就头晕,他一直想着这支枪,一直想着这支枪的故事。荒凉原野里的风从窗棂里灌进来,推拉着毛笔头儿一样的油灯火苗,火苗上端摇曳着一股黑烟。他似乎在盯着书,却一直感觉到这支枪的灵性,他甚至听到了枪在咯咯吱吱响。他像见到蛇一样,既想看它又怕看它。它挂在那儿,枪苗子冲下枪托子冲上,枪身上发出阴郁的黑色光芒。那个装火药的卡腰葫芦挂在枪的一侧,与枪交叠在一起,葫芦的细腰压着枪机,葫芦是金红色的,大头朝下小头朝上。枪和葫芦挂得那样高,挂得那样漂亮。古老的山墙上挂着古老的枪和古老的葫芦,搅得他心神不宁。有一天晚上,他踩着高板凳把枪和葫芦摘下来,放在灯下端详着。提着沉重的枪,他感到心里痛楚难忍。就在这时候,娘从另一间屋里走过来。娘还不到四十岁,头发已经花白,娘说:"锁儿,你在干什么?"他一手提枪一手提葫芦愣在那儿。娘问:"你在学校里考第几?"他说:"倒数第二。"娘说:"你好不争气!你把枪挂起来!"他执拗地说:"不,我要去杀——"娘对准他的嘴打了一巴掌,说:"挂起它来。你只有好好念书,记着吧。"他挂好枪,娘到灶上去拿来一把菜刀,平静地说:"你伸出食指来。"他顺从地伸出食指。娘把他的食指按到炕沿上,他惊恐不安地扭动着身子,娘:"别动。"娘说:"你要记住,不要动那枪。"她举起菜刀,菜刀闪着寒光落下来,他感到一阵猛烈的震颤从指尖传导到肩头,脊椎紧张地弓起来。鲜血缓慢地从断指上渗出来。娘哭着,用一把生石灰给他止住了血……

看着半节残指,他鼻子发酸。有多少日子没吃过肉了?记不清啦。他清清楚楚地记得自己吃过的肉。好像从来没有吃够过一次肉。那天看到肥胖的野鸭,马上又想到肉。马上又想到枪,娘为了枪剁掉他一截手指,想起来就浑身起鸡皮疙瘩。到底是摘下了枪,在昨天下午。枪身上落着铜钱厚的灰尘,四面八方联结着蛛网。牛皮的枪带已被虫子咬烂了,一动就断了。葫芦里还有很多火药,他倒出药来晒,发现了金黄色的一颗引火帽。兴奋得手抖,拿着引火帽,唯一的一颗,马上想到爹,感到运气好,现在到哪里去弄这种引火帽呢……我没钱,我有钱也弄不到肉票;我笨,我不笨也捞不到上学,上了学又有什么用?看着断指,他安慰着自己。娘只剁去了他一个指尖,后来伤口化脓,又烂去了一节,才成了这个样子。想着往事,他对这群羽毛丰满的野鸭充满了仇恨,我要打死你们,非把你们全打死不可!我要吃你们,连你们的骨头都嚼烂咽下去。他想,它们的骨头一定又脆又香。他把中指伸进扳机圈。

他还是没扣扳机。因为,又一群野鸭从空中盘旋着落下来,也如一团旋转的彩云。泥渚上的野鸭全乱了,有的在地上跺脚,有的飞起来,不知是对同类的到来表示欢迎还是表示愤怒。他懊恼地看着乱纷纷的鸭群,轻轻地把枪抽了回来。太阳变成了尖尖的红薯形状,射出绿幽幽和紫灿灿的光线。那只金环蜻蜓被野鸭惊动,贴着水面飞过来,落在了他的掩体上。它用六只足抱住一个高粱叶,把长长的箍着金环的尾巴垂下来。他看到蜻蜓眼睛上那两个明亮的光点。鸭群渐渐收拢,平静,被鸭足点破的水面渐渐向四周扩散着同心圆,圆与圆碰撞,挤起一道道皱褶。

两群鸭合成了一群。他想,要是有一张大网,迅疾地罩过去……但是他知道自己没有网,他只有枪。他小心地摘下引火帽,拨开堵枪的棉絮团,又往枪口里倒了三次火药三次铁砂……又一次瞄着鸭群,他心里充满着古老的嗜血欲望,是这样一大群鸭,是这样一根细细的枪管……他再次悄悄退回,又将两筒药装进枪口,枪管差一点就要满了,他堵了枪口,托起枪来时,感到了枪的重量。抖抖的中指按住扳机,击发的一瞬间,他闭了一下眼。

枪机响了一声,机头啄在金黄色的引火帽上,枪未响。水汪子的圈子似乎在逐渐收缩,游荡于天地间的紫气愈来愈浓,红色愈来愈淡,水面亮度不减,但逐渐深邃起来。鸭子拥挤在一起,显得那么厚实、漂亮、温暖。鸭毛平软光洁绚丽,它们似乎都在用狡黠的眼睛轻蔑地盯着他的枪口,似乎在嘲笑他的无能。他取下引火帽,看了一下机头在火帽上留下的痕迹。鸭群里漾出了腥热的气息,鸭身相摩发出光滑柔软的声音。他把引火帽重新安进去,他不相信竟然有这等事,爹,奶奶,不都是一次击发成了功吗?爹死去有十几年了,但爹的故事还在村里流传着。他依稀记得爹个子很高,脸上凸凸凹凹,腮上有黄色的胡子。

爹的故事已被村里人传神了,他一闭眼就能看到一幅幅画面。起初是在一条通往田野的灰白土路上,爹扛着一架沉重的木耧去播种高粱,前前后后走着头颅沉重的农民。路旁有桑树,桑叶长得如铜钱大。有鸟鸣声。路边的草很绿。路沟里水不浅,浅黄色的水草上漂着青蛙卵块。耧杆压着爹的脖子,爹呼哧呼哧地喘着粗气。斜刺里钻出一辆自行车撞在爹身上,爹趔趄了几步没有倒,那辆自行车却倒了。爹慌忙放下耧,把自行车扶起来,又扶起骑车人。那人五短身材,走起路来膝盖处吱吱悠悠地响。爹恭敬地说:柳公安员。柳公安员说:瞎了你的狗眼。爹说:是瞎了狗眼,您别生气。柳:你敢骂我?狗娘养的王八蛋!爹:公安员,是您撞到了我身上。柳:放你娘的狗臭屁!爹:您别骂人,是您撞到我身上的。柳:××××。爹:您不讲理。旧社会有些好官也是讲理的。柳:噢,你是说新社会不如旧社会?爹:我没这样说。柳:反革命!响马种!我崩了你!柳公安员从腰里掏出一杆盒子枪,用黑洞洞的枪口对准爹的胸口。爹:我不够死罪。柳:四舍五入,够了。爹:那你就崩吧。柳:我没带子弹。爹:滚你妈的蛋!柳:我不敢崩你还不敢揍你?

柳公安员飞快地向前一纵身,膝盖咯吱吱响着,那杆盒子枪长长的枪苗子直戳到爹的鼻梁上。慢慢地从爹的鼻子里渗出了黑血。农民们上前拉走爹,年纪大的给柳公安员赔着不是。柳公安员悻悻地说:饶你这一次。爹站在一边,用指头擦下鼻血,举起来,仔细地看着。柳:叫你知道老子的厉害。爹:乡亲们,大家都看到了,要为我作证。(用力擦两把脸,满脸是血。)老柳,我操你八辈子祖宗。

爹一步步逼上前去,老柳举着枪,高声叫:再走我就开枪啦。爹:你那枪不通气。爹用力抓住老柳的手腕,把枪夺出来,狠狠地扔进沟里去,溅起很高的浪花。爹捏着老柳的脖颈子,前后搡了几下,对准他的屁股轻轻地踹了一脚,柳公安员一头扎进水沟里,屁股冲天,头钻进淤泥里,双腿响亮地拍打着水。众人脸上失色,有的慢慢后退,有的下沟把公安员拽上来。一老人对爹说:大侄子,快跑了吧!爹说:四叔,咱爷们黄泉路上再相见。爹大摇大摆地回家去了。

柳公安员被人拔出来,像个孩子一样嘤嘤地哭,哭着,央告着众人给他摸枪,十几个人下了沟,把一沟水都摸浑了,也没摸上枪来。

爹从落满灰尘的梁头上摸下一个长长的油纸包,从包里解出一支弯弯曲曲的长枪。他的眼里盈满明亮的泪水。娘吃惊地问:家里还有枪?爹说:你不是听说过俺娘打死俺爹的事吗?就是用这支枪。娘吓得眼神都散了,说:快把它扔了。爹说:不。娘说:你要干什么?爹说:杀人。爹又找出一个卡腰葫芦和一个铁皮盒,熟练地往枪里装药装铁砂。爹说:你要让大锁好好念书。让他天天看着这枪,只兴看不兴动。你记住了吗?娘说:你疯了吗?爹用枪指着娘:回去!

爹走进梨园。梨花如雪。爹把枪口冲下挂在树上,又用一根细麻绳缚住枪机,然后仰在地上,用嘴含住枪口。他睁着眼,看着金黄色蜜蜂,用力一拉麻绳。梨花像雪片一样纷纷扬扬地落下来。几只蜜蜂掉下来,死了。

他又击发了一次,枪依然不响。他沮丧地坐下来。太阳像根油条一样横躺在地平线上,颜色也如油条的焦黄。水汪子缩得更小了,原野的边缘越来越模糊,已经看见了半块白色的月亮。在远处一蓬水草的茎上,有几个虫子在闪烁着绿色的光芒。鸭子把嘴插进翅膀里,嘲笑地望着他。它们离他是这样近,天愈暗它们离得愈近。他的肚子里热辣辣地难受,无数流油的熟鸭在他眼前飞动。他又连续扣动了十几次扳机,引火帽被机头啄得变了形,嵌在凹槽里拿不出来。他绝望了,像被剔了骨头一样歪在掩体上,高粱秸秆哗哗地响着。野鸭对他发出的声响不理不睬,不飞不叫,像一堆斑驳的卵石。太阳消失了,天地间的红丝绿线也跟着消失,显出灰白的原色来。蟋蟀和油铃子启动翅膀,发出持续不断互相渗透的叫声。他仰望着苜蓿花色的天穹,几乎要哭起来。他侧目看着枪,对它也充满了仇恨。就是这支破枪吗?这支丑陋不堪的破枪真有那么玄乎的经历吗?

王老卡编起古来可真是活灵活现,全村的老老少少都愿意听他。王老卡说:

民国年间，咱这儿三县都不管，土匪多如牛毛，男男女女都好强使气，杀人好似切个西瓜。你们听说过大锁他奶奶的事吗？大锁的爷爷是个赌钱鬼，全仗着老婆过日子，那小媳妇——大锁他奶奶能耐大着呢，一个妇道人家白手起家，扑腾了三年，就置了几十亩地，买了两匹大马。大锁他奶奶长得俊呀，号称"盖八庄"哩。她一双小脚尖溜溜，齐额刘海像一道青丝门帘儿。为了看家护院，她花了一石二斗麦子换了一支枪。这支枪，长长的苗子，紫红色的木托儿。听说，半夜三更枪机子吱吱地叫呢。她背着这杆枪，骑着高头大马，到荒地里去打狐狸，那枪法准着哩，专打狐狸的屁股眼。后来，她生了一场大病，发烧七七四十九天，趁着这机会，大锁他爷狂嫖滥赌，输光了地，又输了两匹大马。赢家去拉马时，锁他奶奶正在炕上紧一口慢一口地喘气。锁他爹那会儿五六岁的光景，看着有人来牵马，就喊：娘，有人拉马！听了这话，锁他奶奶一个滚下了炕，从墙上摘下枪，一步步挨到院子当中，喊一声：无端拉马为哪桩？两个拉马的汉子早知道这女人的厉害，就说：你男人把马输给我家掌柜的了。她说：既是这么样，那就麻烦两个弟兄把我男人找来，我跟他说句话。锁他爷爷名"三涛"，怕老婆，躲在门外不敢进来，听到喊，也草鸡不了了，就硬着头皮充好汉，进了院，挺着胸说：好热的天。锁他奶奶笑着说：你把马输了？三涛说：输了。她说：输了马还输什么？三涛说：输你。她说：好一个三涛！咱无冤无仇不结夫妻，嫁给你也是我的福气。你输了我的马，输了我的地，我大病四十九天，你连水也没给我倒一碗。你还要输我，与其让你输我，不如让我先输了你。三涛，明年今日，我领着孩子给你去烧纸圆坟。只听得咕咚一声响，院子里通红一片火光……爷爷死了……

他听到这故事时，爹还活着。他向爹打听枪的下落，爹怒吼一声："滚到一边去！"

那半块月亮放出光明来，萤火虫悠闲地飞舞着，在他脸上画出一道道绿色的弧线。水汪子呈现出幽暗晦涩的钢灰色。天还没有黑透,他还能看到金环蜻蜓微绿的大眼。虫鸣声一阵紧似一阵,凝滞着湿气一团团升起来。他不再看那群鸭子了,他想着鸭子,又一次感到肠胃痉挛得厉害。那个全身捆扎死鸭的猎人形象和骑马挎枪的女豪杰重叠在一起,也和那个被梨花埋住了的刚骨男人重叠在一起。

太阳总算熄灭了。西天边上只留下了一抹浅黄的温暖。半块月亮在西南仰角,洒下水一样的柔情来。水汪里升腾起的雾如一丛丛灌木,在雾的间隙里,忽隐忽现着野鸭,汪子里有大鱼泼水的声音。他如醉如痴地站起来,活动着麻木僵硬的关节。系上葫芦,背起枪,跨出掩体。为什么会打不响呢?他把枪甩下来,用手托着看,月亮照着枪,泛起蓝光。你怎么就不响呢?他想着,把枪机扳起,随随便便勾了一下。

沉闷钝重的爆炸声使秋天的原野上滚动起波浪,一团红光照亮了水汪子,照亮了野鸭子。铁块木屑四处飞溅着,野鸭子惊飞起来。他缓缓倒地,用着极大的劲想睁开眼,他似乎看到鸭子如石块般飘飘地坠在身边,坠在身上,堆成大丘,直压得他呼吸不畅。

(一九八五年四月)

断　　手

槐花大放,通乡镇的十里土路北侧那数千亩河滩林子里,扑出来一团团沉重的闷香。林子里除了槐就是桑,老春初夏,槐绿桑青,桑肥槐瘦。太阳刚冒红时,林子里很静,一只孤独的布谷鸟叫起来,声音传得远而长。林子背后是条河,河里流水拥挤流动时发出的响声穿过疏林土路,漫到路外扬花授粉的麦田里。一个穿军衣的黝黑青年站在土路上,对着那河滩林子里的一片槐树喊了一声:

"小媞!"

立刻就有一个红褂绿裤的大闺女从雪白的槐林中钻出来,黝黑青年用左手抻抻去了领章的军衣,又正正摘了帽徽的军帽,看着出现在面前的红绿大闺女。她把一头乌油油的发用一条白色小手绢系着,飘飘洒洒洋溢着风情,柳眼梅腮上凝着星星点点的羞涩。

"你躲躲闪闪的干什么呀?"他大声说着,用手摸摸胸前那两个红黄的徽章。闺女往后退一步,将身子半掩在槐林里,红了脸,说:"你别大声嚷嚷好不好?""怕谁呢?""不怕谁,不愿意让人看见,你也不是不知道村里人那些臭嘴。""让他们说去,早晚也得让人知道。""苏社,咱俩可是什么事也没有!"她吊着眼说。"有什么事呢?今日登记,明日结婚,后日生孩子,有什么事呢?"他潇洒地说着。"谁跟你去登记？你这样胡说我就不跟你一道儿走了。""我不说了还不行？你还挺能拿架。"他用左手从口袋里提出一支烟，插进嘴里。用左手摸出一盒火柴，夹在右胳膊弯子里。用左手食指捅开火柴盒。用左手食指和拇指捏出一根火柴——小媞上前两步，右手从他左手里拔出火柴，左手从他右胳膊弯里抓过火柴盒。她点着火，烧着他嘴里的烟，水汪汪的眼看着他的脸说："非要抽？"他举起右胳膊，衣袖匆匆滑下去，露出了——他的手没了——疤结的手腕。他阴沉沉地说："当兵的，靠口烟撑着架子，那次打穿插，跑了两天两夜，干粮袋，水壶，全他妈的丢光了，到了集合点，一个个都瘫了。连长指导员副连长副指导员，还有一排长二排长三排长四排长，一人拿出一盒烟，全连分遍了，点上抽着，山坡上像烧窑一样，这才缓过劲来。紧接着眼见着敌人就上来了，绿压压的像苍蝇一样，我端着一挺轻机枪，来回扫着扇子面，越南鬼子像麦个子一样，横七竖八倒满了山坡……""你说的跟电影上演的一模一样。""电影，电影全是演屁，光坏人死，不死好人，打仗可不一样，我们一连人只剩下七个，还是缺胳膊少腿，打仗，打仗可不是闹着玩的。""别说了，上了路再说。我驮着你。"她从槐林里推出一辆自行车，车上缠满了花花绿绿的塑料纸，"上来吧。""还是我驮着你。"他把烟头吐在地上说。"俺可不敢，你是战斗英雄哩！"她说着，看着他淡淡地笑。他咧咧嘴，也笑了。

  土路追着阳光前伸，苏醒的田野里充斥着生机勃勃的声响，一树树槐花从他脸前滑过去，从槐树的褐色树干里，他不时看到桑树的银灰色树干，桑林里响着小女孩和大女人的对话声，也如参差错落的桑槐，一闪就过去了，他渐渐地注意到了她的呼吸，注意到撑出去的双臂和从她腋下望得见的衣服皱褶。她的腰浑圆。槐林里溢出的香气浓浓淡淡，延伸出去断手的右胳膊，揽住了她的腰，他感到她哆嗦了一下。她用力蹬着车子，悄悄地说："你把手拿开。"车子嗖嗖地向前跑着，他用胳膊箍了她一下，说："不。""拿开手。"她扭着腰说。"我没有手！"他说着。"……没有手……也得拿开……求求你……"她带着哭腔说,车把子在她手下歪来扭去,终于钻进槐林里。车前轮撞在槐树上,车子猛一跳,歪倒。从地上爬起来,他和她对望着。他激动得脸色发绿,对着倚在槐树上的她说:"动动你怎么啦?封建脑瓜子,你到城里去看看。""苏社,你别逼人……你是英雄,你为国有功,俺知道你好……可你知道人家怎么议论你?""议论我什么?""人家说你是个牛皮匠,说你连前线都没上。"他的脸色随即变灰了,手瑟瑟地抖着,说:"谁说的?谁说的?我没上前线?我的手是被狗咬去的?""人家说你用手榴弹砸核桃,砸响了,把手炸掉了。""胡说!那里有核桃吗?那里没核桃。手榴弹放在火里都烧不响,砸核桃能砸响?就算是砸核桃砸响了,那我这些功劳牌子不是我自己铸的吧?""人家说你只得了一块三等的小功劳牌子,那一块是个纪念章。""纪念章你们谁有?谁有?拿出来我看看!"

他又重复着复杂的手续点火抽烟,她没帮他,却用肩头一下一下地往后撞着那棵槐树。树叶子和花串儿抖动着,响着。烟从他嘴里愤怒地喷出来。她说:"你用不着生气,村里人的话,都是望风捕影地瞎传。我还忘了,你还没吃饭吧?"她把车子扶起来,从车兜里摸出一个小手绢包,他一眼看出包着的鸡蛋,立刻想到饿,听到她说:"给你。"

"小媞,你相信他们说的?"他接过手巾包,怯怯地问。

"我当然不信,不过,你也得把尾巴夹一夹。今日去县城,我瞒着俺爹哩。俺爹说:'苏社不是正经人,你要离他远着点。'"

"好啊!你爹!"

"俺爹还说你擎着只断手,吃了东家吃西家,回家两个月了,连地也不下,像个兵痞子。"

"那么你呢,你也这样看我?"

"我对俺爹说,他为国为民落了残废,又是孤身一人,吃几顿饭算什么?"

"你爹怎么回你?"

"他说：'不是那几顿饭！'"

"你爹还说我什么？"

"就这些。"

"小媞，"他想了一下说，"今天我们就去县委，让他们给我安排个工作，你只要同意跟我好，我让他们也给你安排个工作，咱搬到县城里去住，躲着这些人远远的。"

"他们能安排你吗？"

"他们敢不安排！老子连手都丢在前线了。"

"我们就走吧。"她眼泪汪汪地说，"你不要动我，好好坐着，我求求你。"

"好吧，我不动你。"他轻蔑地说，"都八十年代啦。当兵的，什么世面没见过呀。人都会装正经，打起仗来，什么羞不羞的，在医院里，女护士给我系腰带，有个粉红脸儿叫小曹的，是地委书记的女儿呢，人家那个大方劲，哪像你。"

"你怎么不去找她！"

"你以为我搞不到她？我不愿意呢。我们凯旋着回来，给我们写信的女大学生成百成千，都把彩色照片寄来，那信写的，一口一个'最亲爱的人'。"

小媞不说话了，自行车链条打着链瓦，当啷当啷响。那只不知疲倦的布谷鸟的叫声，渐渐地化在大气里。

又朦朦胧胧地听到了布谷鸟的叫声。越来越清晰、单调，离它越来越近。它好像一直没动窝儿，就这么叫着，太阳高挂东南，田野里暖烘烘的。小媞麻木地蹬着车子，听着飘浮不定的布谷声，她感到浑身松懈。跳下车，腿脚软得像没了筋骨。槐花的闷香漫上来，她的头微微发晕，支起车子，一手扶树，一手轻提着胸襟抖了几下，她出了一身汗。忽然想起什么似的，她踅着，进了槐林深处。槐树大多是茶碗口粗细，杆茎人头多高，树皮还光滑发亮，树冠不高也不太大，一片又一片的绿叶子承着阳光，闪闪烁烁地跳，槐花串串挂着，家蜂伴着野蜂飞,阳光下交汇着蜂鸣声……她在槐林深处蹲了一会儿,看见与槐林相接的桑林,看见桑林外河中流水泛起的亮光……她往外走,踩着湿润的沙地,沙地上生着一圈圈瘦弱的茅草,还有葛蔓萝藤、黄花地丁。四只拳头大小的褐色野兔,灵活地啃着野菜,见到她来,一哄儿散了,站在半箭之外,斑斑点点地望着她。灰山鹊拖着长长的尾巴,一起一伏地向前跃进。她眼里像蒙着一层雾,南风从树缝里歪歪曲曲地吹过来,钻进了她的身体。她摸出手帕揉揉眼,掐下一串齐着她额头的槐花,用牙齿摘着吃。槐花初入口是甜的,一会儿就变了味。她心里有点迷糊,便用削肩倚了树,慢慢地下滑,坐下,双腿平伸开,眯着眼,从花叶缝隙里看太阳。太阳是黑的。太阳是白的。太阳是绿的。太阳是红的。几个花瓣从她眼前落下来,老春槐花谢,想着刚才的事,想哭,一低头,就有两颗泪珠落在红裤子上……

路过乡镇时,看到街上热热闹闹,人们走来走去,脸上都带着笑。太阳光下坐着一位面如丝瓜的干老头,守着一个翠绿色的柳条筐,筐里是鲜红的大樱桃,不满。看到大樱桃,苏社用断腕捣了她一下,说:"停车。"

樱桃老头半闭着左眼,大睁着右眼,看着苏社。苏社蹲在筐前,问老头:"樱桃怎么卖?"

她扶着车子站在一边,看着他的脖子,看着老人的干脸。鲜红的樱桃好像在筐里跳。

"五毛一斤。"老头说。

苏社提起一个樱桃,举着看一会儿,一仰脖子,让樱桃掉进嘴里。他说:"真甜。就是太贵了,老头,我是从前线回来的。云南省昆明市樱桃红了半条街,个儿大,水儿旺,才两毛钱一斤。"

"那是云南。"老人说。

"便宜点儿卖不卖?"他又提起一个樱桃,扔进嘴里。

老人用力看着他。

"一毛钱一斤卖不卖?"苏社往口里扔着樱桃说。

"走你的路吧!"

"一毛钱一斤,我全要了你的。"苏社往嘴里扔着樱桃说。

"走吧,苏社。"她在一边说。

樱桃老人脸上渐渐挂了颜色,两只眼全瞪圆。苏社又往樱桃筐里伸手,老人抓住了他的手。

"你干什么,老头?"苏社说,"噢,还不兴尝一尝吗?"

"你爹从来没有教育你。"老人说。

"你怎么开口骂人?"

"你拿一毛钱。"

"我不买。"

"拿一毛钱。"

"老头,真抠门呀!吃你几个破樱桃是瞧得起你。"

"拿一毛钱。"

行人一圈圈围上来,都不说话,表情各异地看着苏社和老人。也有用斜眼瞥一下小媞的,她的脸上泛热,轻轻说:"走吧。"

"好吧,算我倒霉!"苏社从兜里抠搜了半天,夹出几个硬币来,扔在地上,"老财迷!"

他站起来。老人一探身,揪住了他的衣角。

"你想动打的吗?老头,我告诉你,动打的你可不是个儿,越南特工队都是练过飞檐走壁的,照样躺在我的枪口下。"

老人揪着他的衣角,不松手也不抬头。

有人说:"算了,老人,放他走吧,他刚打仗回来呢。"

有人说:"年轻人,你弯弯腰,拾起钱,递到他手里,给他个面子,借着坡,好下驴,他也好做买卖,你也好赶路。"

他弯腰捡起硬币,拍到老头手里,说:"老子在前方为你们卖命,身上钻了这多窟窿,吃几个破烂樱桃还要钱。"

"小子,你别走!"老人说着,挽起裤腿来,把一条假腿从膝盖上摘下来,扔在苏社面前,吼一声,"小子,老子在朝鲜吃雪时,你还在你爹腿肚子里转筋呢！"

她从人缝里推车挤出来，上了车，逃命似的回来。

布谷声又响，她不知道是她的耳朵歇了一会儿还是布谷鸟歇了一会儿。

"娘——小野兔！"

她听到桑林里传出一个女孩清脆的喊叫声，便移动着眼往发声处看。她看到紫色的槐树干和灰色的桑树干，高抬眼，又看到满眼婆娑摇风的绿叶白花。

"乐乐，好好走，别让树撞着头。"一个女人的声音。

"娘，掉下一个小蜜蜂。"

"别动啊，被它蜇着！"

"它死了。"

"蜂死螫子不死哩。"

"蚂蚁要拖它。"

"别动它。"

"蚂蚁拖着它走了。"

"别动它们。"

她终于看到柔韧的桑枝在空中晃动，几片拳大的桑叶飘然落地，桑枝桑叶间，镶进蓝蓝黑黑的颜色，一个通红的孩子，像小鹿一样跳过去又跳过来。

"后生，你别狂，家去摘下那两块牌牌，找块破布包包搁起来，"樱桃老头指着苏社胸前的徽章说，"这种东西我家里有半斤。"

苏社咧咧嘴，不明哭笑。一直看着老人安装上假腿，拐起樱桃筐子，咯吱咯吱响着腿走了，众人面面相觑，都没得话说，羞答答地走散。撇下苏社一人戳着，在阳光下晒着满脸白汗珠，好半天才醒过神，转着圈喊小媞，声音又急又赖，像猫叫一样，满街都惊动了，走散的人又定住脚，从四面八方一齐回头看他，使他感到无趣，赶紧溜到墙边，背靠墙站住，心里顿时安定了不少，闭住嘴，腾出眼来找小媞。

满街急匆匆走着人,也有自行车在人缝里钻,但都不是小媞。樱桃老头远远地坐在凉粉摊旁柳荫下,沙哑着嗓子喊:"樱桃——樱桃——樱桃——"

反复想了还是决定先回村,想必小媞是早回了村。走着与槐林相傍的土路,见无边的麦浪从路南涌上来,到了路边却陡然消失,像马失了前蹄,像潮撞着堤岸。有一家人正给小麦喷药粉,一人背着汽油机,一人拉着长长的蛇皮形喷粉管,像拉鱼一样从麦穗上掠过去,在他们身后,留下一道道烟树。田野辽阔了就显得人少,看不到有多少人干活,庄稼却长得出奇地好。

一辆手扶拖拉机噗噗噗响着,从路上驰来。他想截车,便站到了路边,高高地举起无手的右胳膊。开车的是个戴墨镜的小伙子,坐得梆硬,像焊在拖拉机上的铁铸件,对他的示意连一点反应也没有。拖拉机飞快地开过去,黑烟和尘土把他逼进槐树林里去。

拖拉机走了好远,他才敢从林子里钻出来,沉重的受辱感使他的心一阵阵抽搐,断手的疤也隐隐作痛。也许是今年的第一只蚱蟟在林里干燥地叫起来,他对蚱蟟充满了仇恨,心里想着把它砸成肉酱的情况,人却在路上疲惫不堪地走。路上不断有自行车骑过去,骑车人连多看他一眼也不。他心里阴郁得没有一个亮点,不时地停下,按照动作顺序点火吸烟,终于吸光了烟,捏瘪烟盒,用力掷进树丛里。

从树丛里跳出一个红色的女孩,高举着一根桑条,像举着一面旗帜,满头缀着白花,浑身都是香气。"娘,解放军,一个解放军。"女孩喊。

"乐乐,慢着点跑,别摔倒磕破鼻子。"一个女人,背着一筐桑叶,从槐林里走出来,直到她放下筐子直起腰时,苏社才看清了她的脸。

"这不是苏社大兄弟吗?"女人问,"进城了吗?"

"……留嫚姐,"顿了一会儿才想起她的名字,他吭吭哧哧地说,"你采桑叶喂蚕?"

留嫚脸红红的,说:"乐乐,这是你叔叔,你叔叔是英雄,快叫呀!"女孩怯生生地叫了他一声,就缩到娘背后,偷偷打量着苏社。

留嫚用右手摸了一下女孩的头,笑着对苏社说:"她见了生人就像见了猫的小耗子。"

女孩用两只清澈的眼睛看着他,他心里莫名其妙地感伤起来,他几乎把这个女人忘记了。两个月里,他差不多吃遍了全村,好像也没人提过她的事。正胡乱想着,就听到她说:"我早就知道你回来了。你回来全村都高兴,都请你吃饭,你这个穷姐姐不敢去凑热闹,也实在没有什么能拿上桌的东西给你吃。"

他狼狈地笑着,说:"我真不好意思,乡亲们尊重错了人。"

"那就是你谦虚了。"

"你嫁到哪村了?"他看着女孩问。

她平静地说:"哪儿也没嫁。"

他不再问,指着桑叶筐说:"我帮你背着吧。"

"不用。"她说。

她背着桑叶,弯着腰跟他一起走,女孩扯着她的衣角走在一侧。他看着她那条如同虚设的左胳膊,回忆起少年时一些残忍的行为。留嫚生来畸形,她的左臂短、小,像一条丝瓜挂在肩膀上。留嫚上过一年级,他和一些男孩子们经常欺负她,扯着她的残胳膊使劲拧。后来她就不上学了。

"兄弟,该成亲了吧?"她问。

"跟谁成亲?"他苦笑一声,说,"瘸爪子,没人要嫁给我。"

"你这个瘸爪子跟我这个瘸爪子可是不一样,"她愉快地笑着说,"你是光荣的瘸爪子,会有人嫁给你的。"

路很长,越走越累,便一齐住了声,大一步小一步地向前走。终于走到村头,天已正午,满街泛起黄光,她举起头来说:"我家就在那儿,老地方。"她用下巴示意了一下,他看了一眼那排紧靠河堤被满村新建青砖红瓦房甩出去的草屋。它孤孤单单地坐在那儿。苏社回忆着在草屋周围曾有过的那一排排同样模样的草屋,心里乱糟糟的。她说:"今日正好碰上你,大家都请你吃饭,我也该请。你别嫌弃,跟我走吧,家里正好还有一只被人打坏了脊梁的母鸡,就慰劳了你吧。"两道浑浊的汗水滞缓地在她颊上流,她的嘴略有点歪斜,鼻子两侧生着雀斑。女孩晒得黑黑的,双眼不大但非常明亮。

"留嫚姐,……我还有事,就不去了吧……"

"随你的方便,一个村住着,早晚会请到你。"她爽快地说着,拉着女孩往草屋走,他一直望着她们进了院子。

"小媞!"站在小媞家院门外,他大声喊。院子里静悄悄的,没有人说话,他把眼贴在门缝上,看到了小媞那辆花花绿绿的自行车支在院子里。想走,却又张嘴喊小媞,从门缝里,看到小媞的爹板着脸走过来。

坐在她家炕下的长条凳上,看着她爹紧着嘴抽烟,身上似生了疥疮,坐不安稳,一提一提地耸肩仄屁股,没话找话地说:"大伯,小媞还没回来?"老头把烟袋锅子在炕沿上叩着,死声丧气地说:"你问我,我问谁!"苏社像打嗝似的顿了一下喉咙,心里顿时冷了。

"媞她娘,拾掇饭吃!"老头喊。

媞她娘从另一间屋里出来,说:"急什么,媞出去还没回来。"

"吃了饭要干活!麦子要浇水,要喷药,玉米要除草定苗,你当我是二流子,甩着袖子跩大鞋呀!"

"你看这熊脾气!"媞她娘对苏社说,"你可别见怪。"

媞她娘端上来一盘暄腾腾的馒头,一碗酱腌带鱼,一碟黄酱,一把嫩葱。"大侄子,一块儿吃吧。"她对苏社说。

"你大侄子早在县里吃饱了大鱼大肉,用得着你孝敬!"老头说。

苏社猛地站起来,手伸着,嘴张着,眼瞪着,一副吓人模样,然后他垂臂合嘴耷拉眼皮,脸青一阵白一阵。他慢慢又坐下,手在大腿上摸着,一会儿,缓缓站起来,咬着牙根,一字一顿地说:"大伯,吃了你家几顿饭,我牢牢地记住了,你也牢牢地记着吧,我迟早会还你的。"转身他就走了,也不听老头老婆在背后说些什么。走着街,委屈浸洇上来,眼里簌簌地滚出两行泪,怕人看见,想擦,举起右手——马上火气填胸,不擦泪,飞跑回家,仰在炕上,哭着,死死活活地乱想。

哭了一阵,委屈和愤怒渐渐平息,心里恍恍惚惚,宛若在梦中,睁眼看着墙角上轻动着的小蛛网,耳边传来毛驴的叫声,窗外生动着大千世界,并没有什么变乱。于是爬起来,满意地看看村里给盖的新房和备齐的家具,心里又有些感动,饥饿和干渴袭上来,便挑了水桶去井边担水,见着街上的行人,觉得一阵阵脸热,怀着轰轰烈烈的念头与人打招呼,但都是极随便地应一声,并无惊讶之语,于是也就明白了自己。

井台上汪着些浑浊的水,两只黄色的白鸭用黑嘴搅着水,见到有人来,便摇摇摆摆地走到一边去。他从小惯用右手,左手笨拙软弱,连提个空桶都感到吃力。用扁担钩子钩着桶,慢慢往井里顺,整根扁担都进了井,他又大弯着腰,才看到水桶底触破了平静的井水,他的脸随着变成无数碎片,在井里荡漾着。

他别别扭扭地晃动着扁担,他总也打不到水,眼珠子都挤得发了胀,只好把空桶上上下下地提上来,直起腰,手扶着扁担,双眼望着极远的天。

"战斗英雄,打水呀?"一个不比小媞难看的姑娘挑着两只铁皮水桶轻盈地走过来。

他冷冷地瞅她一眼,没有说话,姑娘看着他那只断手,笑容立即从脸上褪去。她放下自己的扁担和桶,走上来拿他的扁担,她说:"苏社哥,我来给你打。"

"滚开!"他突然发了怒,大声说,"不用来假充好人。我欠你们的情够多的了,欠不起了。"

姑娘被他抢白得眼泡里汪着泪,说:"苏社,俺可是一片好心。"

"好心?他妈的,老子在前方——"他忽然住了嘴,双肩垂下,挂着扁担,面色漠然,好像对着坟墓。

那姑娘匆匆打满两桶水,担起来,一溜歪斜地走了。她再也没有回来。他知道话说过了头,但也不后悔,对着井他垂下头,仔细端详着自己阴暗的脸……

他看到自己头朝下栽到井里,井水沉闷地响着,溅起四散的浪花去冲刷井壁,他挣扎着,身体慢慢下沉,井底冒上来一串串气泡……他漂到了水面上,仰着脸,望着圆圆的蓝天。蓝天里突然镶进了小媞美丽的脸,他笑嘻嘻地面对着她,听到她惊叫起来……全村人都围到了他身边,他躺在那儿,虽然死了,心里却充满了报复后的快感……几颗泪珠悄然无声地落到井里,砸破了水面,金黄的太阳照着他的脸,他的脸照亮了井水。

"兄弟。"

他听到有人喊,慌忙直起腰,用衣袖沾沾眼睛。

"家里没镜子吗?"留嫚笑着说,"你要跳井吗?"

"也许会跳呢!"他笑着回答。

"跳下去我可不捞你,"她说,"你挑水?"

"想挑,但挑不了,瘸爪子,不中用啦。"他直率地对她说。

"你不知道自己有多大本事。咱这种人,要想咱这种人的办法,你看着我怎么干。"她走到井边,跪下,用右手握着绳子,把一只瓦罐缓缓地顺进井里去,晃了两下绳子,井里传上来瓦罐进水的咕噜声。她用力把绳子往上提,提到胳膊不能上举为止,然后,把头伸过去,用嘴咬住了绳子。在很短暂的时间里,一瓦罐水是挂在她的嘴上的,趁着这机会,她把右手迅速地伸到井里抓住绳子,松了口,再把胳膊用力上举,再用嘴去咬住井绳……她那条像丝瓜一样的左胳膊随着身体起伏悠来荡去……她把满满一瓦罐水叼到井台上,站起来,喘着粗气说:"就得这样干。"

他看着她那两片薄薄的嘴唇和细小的牙齿,问:"你一直就是这样打水吗?"

她说:"要不怎么办?前几年俺娘活着,她打水,她死了,我就打,人怕逼,逼着,没有过不了的河,没有吃不了的苦。"

"没人帮你打水?"

"一次两次行啊,可天长日久,即便人家无怨言,自己心里也不踏实,欠人一分情,十年不安生,能不求人就不求人。"

"娘,你怎么还不走呀!"女孩在远处急躁地喊。

"噢,乐乐,你先走,抓些桑叶给蚕宝宝撒上,娘帮叔叔提两罐水。"

"你可快些呀!"女孩喊一声,跳着走了。

留嫚提起那罐水,用膝盖帮着手,把水倒进苏社桶里。他伸手抓住绳子,看着她的脸,说:"留嫚姐,让我来试试。"

"你要试试?也好,待几天我帮你纺根线绳子。"她把手松开。

他跪在井沿上,把瓦罐顺下井,打满水。当他把胳膊高举起来时,也学着她的样,伸出头,狠狠地咬住了绳子,在一瞬间,沉重的瓦罐挂在他的嘴上,他的牙根酸麻,脸上肌肉紧张,舌头尝到了绳子上又苦又涩的味儿。

他默默地坐着,看着她用一只手灵巧地擀面条。她家里有五间屋,一间灶房,一间卧房,三间蚕房。蚕都有虎口长了,满屋里响着蚕吃桑叶的声音。

"你打算怎么办?是种地还是去当干部?"她问。

"到哪里去当干部?我都不想活下去啦。"

"说得怪吓人的。"她咯咯地笑起来。

"娘,你笑什么?"女孩问。

"大人说话,小孩别插嘴。"她说,"就为断了只手?我也是一只手不是照样活吗?比比那些两只手都没了的,我们还是要知足。"

"话是这么说,可我总觉得不仗义。"

"想开点吧。"

她走到灶边烧火。女孩搂着脖子往她背上爬,她说:"淘人虫,去找你叔叔玩去。"

女孩踅到他面前,他问:"你叫什么名字?"

"乐乐。"

"噢,乐乐。"

"叔叔,你打死二百个鬼子?"

"……没有,乐乐,叔叔连一个鬼子也没打死。"

"娘说你打死二百个鬼子。"

"没有……"他避开了女孩的眼睛。

"叔叔,你的牌子。"女孩指着他胸前的徽章说。

"送给你了。"他把徽章摘下来给了女孩。

月亮升起来不久,女孩睡着了。留嫚把孩子塞进被窝,从她手里剥出徽章递给他。他说:"不要了,留着给孩子耍吧。"她把徽章放到窗台上,说:"你也不容易呀,动刀动枪的,还打死那么多人。"他讷讷半晌才说:"你包了几亩地?""我没包地。我养蚕。这几年,全胳膊全腿的都跑出去捞大钱了,没人养蚕,满林的桑叶。去年我养了五张,今年养了六张。"

她起身去喂蚕,月光从窗棂间透进来,照着一张张银灰色的蚕箔。她撒了一层桑叶,屋子里立刻响起急雨般的声音。"今年蚕出得齐,我一个人,又要采桑又要喂,真够呛的,要雇人吧,又不方便,只好苦一点,熬到蚕上了簇就好了。"月光照着她的脸,显得清丽和婉,她觉察到他在注视她,便低眉顺目,说:"我的乐乐眼见着就大了。"

他嗓子发哽,说不出话来。

留嫚说:"兄弟,不是我撵你走,今晚上大月亮天,我要去采叶子,家里的叶子吃不到天亮呢。"

"我帮你去采。"

"不用,半夜三更的,叫人碰到说闲话——我倒不怕,怕坏了你的名誉呢。"

"不是有月亮吗?"

槐花像一簇簇粉蝶在月光下抖翅。桑叶子黑亮黑亮。河水流动声比白天大。

两人两只手,一会儿就采满了筐。从桑林到槐林,都被月亮照彻了。人在树下晃动着,好似笨拙的大鸟。

(一九八五年四月于魏公村)

草 鞋 窨 子

隔着十几根柳树槐树的树干、一层厚厚的玉米秸子和一层厚厚的黄土,在我们头上,是腊月二十八日乌鸦般的夜色。我踩着结了一层冰壳的积雪从家里往这里走时,天色已经黑得很彻底,地面上的积雪映亮了大约有三五尺高的黑暗,只要是树下,必定落有一节节的枯枝,像奇异的花纹一样凸起在雪上。我说的"这里"是草鞋匠工作的地方,我们把这地方叫"草鞋窨子"。我们这个窨子是我跟父亲、袁家的五叔、六叔挖成的,窨子是"凸"字形的,凸出那地方是进出窨子的通道,那儿用秫秸搭成一个三角形的棚子,棚子罩着窨子口,窨子口上盖着蒲草编成的厚席。窨子顶上留了一个天窗,天窗上蒙着一层灰蒙蒙的塑料纸。我们的窨子很大,招了一些闲汉来取暖。闲汉中有一个叫于大身的,当年曾在青岛拉过洋车,练出两条飞毛腿,能追上飞跑的牛犊子。还有一个张球,是个会锔锅锔盆的小炉匠,外号"轱辘子"——我们这儿把锔锅锔盆的小炉匠统统叫作"轱辘子",前面冠以姓氏什么的,张球个小,大家都叫他"小轱辘子","轱辘"二字是否对,我不知道,我刚上到四年级就被老师撵了。我那个老师是个大流氓,人称"大公鸡",我在他床单下撒过一把蒺藜,他就为这点小事把我撵了,后来我看过一本小人书,知道该往老师的茶壶里撒尿,可惜没有这种机会了。我从家里往地窨子走，踩得积雪嘎嘎吱吱响。

在地窨子背后，我淅淅沥沥地小便，模模糊糊地看到焦黄的水落到雪上，把积雪砸出一些乌黑的大洞小洞。扎好腰带时，我抬头看了一眼天，天上的星斗绿得像鬼火一样，我没见过鬼火，小轱辘子说他见过，他串街走巷回来晚了，走到野地里，一群群鬼火就围着他转。想要追上它们？小轱辘子说，人必须脱下鞋来，鞋跟朝前用脚尖顶着跑，鬼火上当，迎着你飘来，你一脚把它踩住了。是什么呢？破布、烂棉花、死人骨头什么的。小轱辘子长年串四乡，见多识广。他说他还见过"话皮子"，形状比黄鼠狼略小一点，嘴巴是黑的，尾巴是白的，会说人话，声音不大，像个小喇叭一样。后来，我让他详细讲讲"话皮子"的事，他又说没亲眼见过。但他爹亲眼见过，他爹有一年去赶集，碰上一个知己，下酒馆喝醉了，晃晃悠悠往家走，走到村头时，已是掌灯时分，远远地看着那截要倒不倒的土墙上有一个小"话皮子"，身披一件蜡那么红的小棉袄，在墙头上像人一样站起来，来来回回地走，一边走一边喊：张老三、张老三，我会走了，我会走了！小轱辘子的爹名叫张老三。张老三人醉心不醉，他知道这是"话皮子"挂号（由人做鉴定的意思，人说：你会走了。它就真会走了），就弯腰捡了一块半截砖，猛地摔过去，骂道：会走你娘的×！一砖头把那堵墙给打倒了。"话皮子"叫一声亲娘，四条腿着地跑了。后来每逢傍晚，那个"话皮子"就带着一群"话皮子"在断墙那儿喊："哎哟地，哎哟天，从西来了张老三；哎哟爹，哎哟娘，一砖打倒一堵墙……"袁家五叔说，他小时候好像唱过这个歌。

我下了窨子，袁家五叔、六叔都来了。五叔在打草鞋底，扒了棉袄，穿一件夹袄，腰里扎根绳子，双脚蹬着木棍，结扎着草辫。六叔耳聋，跟人说话爱起高声，有时候别人作弄他，见了面对他把嘴唇张几下，他就连连说："吃啦吃啦！"他以为别人问他吃过饭没有呢。六叔在把一捆蒲草梳成细蒲丝，准备编鞋脸子。

袁家五叔六叔，是乡里有名的草鞋匠，当然是编得又快又好。他们能编各种各样的鞋,还能在鞋面上编出"江山千古秀"的字样来。他们编草鞋赚了一点钱,几年前娶了一个女人,起初好像说是给六叔娶的,可是后来听说五叔也在女人炕上睡,生了一个女孩,见到年轻一点的男人就追着叫爹。我叫过这个女人一段六婶,又叫过一段五婶。小轱辘子说五六三十。村里人嘴坏,因女人姓年,就叫她年三十了。我呼她三十婶,三十婶长得身高马大,扁扁的一张大脸,扁扁的两扇大腚,村里的年轻人都说她心肠好。她家的炕上炕下每到晚上就坐满年轻人,三十婶在他们中间像个火炉子一样,年轻人围着她烤火。五叔六叔也习惯了,吃过晚饭就下窨子编草鞋,一直编得鸡叫头遍才回家,五叔回六叔就睡在窨子里,六叔回五叔就睡在窨子里,兄弟两个几乎不说一句话。

我父亲编草鞋的手艺不行,就让我跟五叔和六叔学。我的位置在五叔六叔对面,一抬头就能看到他们善良的脸,稍低头就看到他们密密麻麻的手指飞动。我上学不认字,学编草鞋却灵,只一个冬天,就超过了父亲,无论是在速度上还是在质量上。父亲准备改行蘸糖葫芦或是捏泥孩子泥老虎,他好像不愿意败在儿子手下。我刚刚十一岁。

一线寒光从窨子顶上那块塑料薄膜上透下来,一滴滴晶亮的水滴挂在白霉斑斑的玉米秸子上,永远也不下落。父亲白天去集上探了探行情,发现蘸糖葫芦和捏泥孩都比编草鞋赚钱更容易。他决定我们爷俩一起改行,不编草鞋了。我舍不得离开温暖的地窨子,舍不得地窨子里的热闹劲儿。但父亲已决定了,我没有说话的权力。父亲去集上遭了风寒,发热头痛。奶奶用白面生姜大葱熬了一盆疙瘩汤,让他喝了发汗。汤上漂着绿葱叶和铜钱大的油花。我盼望着父亲胃口不好,不要把汤喝光。父亲胃口好极了,喝得呼噜呼噜响。父亲喝完了汤,还用舌尖舔光了盆。他满脸通红,让我下窨子去把那双尖脚鞋拾掇完,明儿个逢马店集,让我把已有的三十双草鞋背到集上卖了。我一声不吭出了家门。

我坐在我坐惯了的位置上,背倚着潮湿的土壁,看着一缕缕黑烟从灯火上直冲上去,五叔六叔瘦瘦的脸上都涂了一层蜡黄。我拿起那只编了一半的草鞋,感到手拙笨得很。这是最后一夜在窨子里编草鞋了。明天之后,我就要挑着鲜红的糖葫芦或是背着花花绿绿的泥玩具跟着父亲串街走巷高声叫卖了。我认为这新的职业下贱卑鄙,是靠心眼子挣饭吃,不是像草鞋匠一样靠手艺挣饭吃。父亲因为无能才改行,我本来有希望成为最优秀的草鞋编织家,却被父亲这个绝对权威给毁了。

窨子口的草帘子响动,我知道一定是小轱辘子来了。隔了一会儿帘子又响,我知道是于大身来了。

小轱辘子是个光棍,有人说他快四十岁了,他自己说二十八岁。有人说他挣的钱有一半花在西村一个寡妇身上,他也不反驳。有人劝他把那寡妇娶了,他说:偷来的果儿才香呢。一入冬,他不出远门,白日里挑着家什在周围的村里转转,夜里就来蹲窨子。他没有窨子不能活,窨子里没他也难过。我真怕白天,白天窨子里只有严肃的爹、羞怯的五叔、聋子六叔,有时也许有几个闲汉来,都不如小轱辘子和于大身精彩。我盼望着天黑。

于大身是个虾酱贩子,身上总带着一股腥味。他有一条扁担,又长又宽,暗红的颜色,光滑得能照人影。于大身贩虾酱全靠着拉洋车练出来的好腿和这条好扁担。他身个中等,人也不是太结实的样子,但传说他挑着二百斤虾酱一夜能走一百五十里路。好汉追不上挑担的。于大身的扁担颤得好,颤得像翅膀一样,扁担带着人走不快也得快。于大身下窨子不如小轱辘子经常,他卖完一担虾酱,必须赶夜路再去北海挑。他的虾酱从不卖给本乡人,有人要买,他就说:"别吃这些脏东西,屎呀尿呀都有。"有人说他一百斤虾酱能卖出二百斤来,一是加水,二是加盐。本乡人吃不到他的虾酱,大概是他不愿坑骗乡亲吧?其实一样,他不在本乡卖,本乡人就买外乡虾酱贩子照样加水加盐的虾酱吃。

于大身五十多岁了，年轻时在青岛码头上混，什么花花事儿都经过。他有时在窨子里讲在青岛逛窑子的事，讲得有滋味，小轱辘子听得入神，口水一线线地流出来。我低着头听，生怕漏掉一个字，生怕别人知道我也在听，而且还听得很懂。父亲有时也加入这种花事的议论中去，出语粗秽；我心中又愧又恶心，好像病重要死一样。我不敢承认某些严酷的事实。想象别家的女人时，有时是美妙的，但突然想到自家的女人时，想到所有的人都是按着同样的步骤孕育产生，就感到神圣和尊严都是装出来的。

我想得出神入化的时候，父亲在我身旁就会厉声喝一声："心到哪里去了？快编！"

于大身还说过一件趣事呢，他说他有一年去夏庄镇卖虾酱，从木货市南头宋家巷子里，出来一个吊眼睛高身条的半大脚女人，脸上搽胭脂抹粉，衣裳上灰尘不染，一看就知道不是个善物。那女人要买虾酱，他把挑子挑过去。女人揭开桶，舀了点虾酱闻了闻，说："卖虾酱的，你往桶里撒尿了吧？怎么臊乎乎的？"旁边几个人哧哧地笑。于大身不知厉害，骂道："臭娘儿们，我往你嘴里撒了尿。"女人白粉里涨出张紫脸来，紫脸上镶着蓝眼，破了口大骂。巷子里拥出一群群看热闹的人，没人敢上去劝那女人。于大身知道碰上难缠的角色了，想软下来又怕丢面子，就紧一句慢一句地与那女人对骂。看客愈多那女人愈精神。精神到热火头上，于大身说，可了不得了！只见那女人把双手往腰里抄去，唰地抽出裤腰带，搭在肩膀上，把裤子往下一褪，世上的人都不敢睁眼。女人翘着屁股，在两个虾酱桶里各撒了半泡尿。女人走了，于大身傻了眼。后来，过来一个人，拍拍他的肩头，说："小伙子，你闯下大祸了！你知道她是谁吗？她就是有名的'大白鹅'啊，这个镇上有头有脸的人物都上她的炕，她要是想毁你，歪歪嘴巴就行了。"于大身大惊失色，那人说："伙计，不要慌，我这里有一条计，只要你豁出去面皮，保你平安无事，还要交上好运。"那人把嘴附到于大身耳上，如此这般地说了一番。

那天于大身说到这里时,就像猛醒似的说:"哟,光顾了说话了,忘了时辰,我今天夜里还要去北海挑虾酱哩!"

众人拉着他不让走。

小轱辘子说:"老于头,你别卖关子,快说快说。"

五叔不紧不慢地说:"老于,说完吧,一条什么计?"

于大身挣脱小轱辘子扯着他的衣服的手,求饶似的说:"小轱辘子,行行好,放了我吧,这件事麻缠多着呢,没有半夜说不完,走晚了我就赶不上时辰了,你不知道北海那边的规矩,贩虾酱的人多着呢,日头冒红时我要是撵不进去,就得在北海呆三天。那边,可不是人能多呆的地方。"

六叔停下手中的活,用震破天的嗓门问:"你们,争什么?跟我说说。"

大家都被惊住了,以为他发了火,但一看他脸上那表情,马上就明白了,于是都懒手懒脚地笑笑。聋六叔不甘心,把耳朵送到我嘴边,大声问:"你们争什么呢?"我大声喊:"往虾酱里撒尿!"不知他听清了没有,大概是听清了,我把嘴从他耳朵上摘下来,他连连点头,满脸是笑,土黄色的眼珠子在灯火下发出金子般柔和的光芒。他说:"老于这家伙,一肚子坏水,这家伙……"

小轱辘子说:"老于,放你走,下次回来可要接着说。"

老于说:"一定一定。"

老于弯着腰往窨子口走,走几步又回头说:"小轱辘子,把你跟西村小寡妇那些玩景说给老五他们听听,长长的大冬夜。"

小轱辘子说:"老臊棍子,到北海去找你的相好的吧。"

爹咳嗽着说:"轱辘子,那小寡妇家产不少,你可紧着点去,别让别人把她弄了去。"

小轱辘子长叹一声,说:"老爹,你侄子我尖嘴猴腮,不是个担福气的鬼,人家要改嫁了。"

"嫁给谁?"爹问。

"还不是老柴那个狗杂种!"

"老柴五十多岁啦,能娶二十五岁的小寡妇?"爹有些疑惑。

"这有什么稀罕。她也是被她那些大伯小叔子欺负怕了,嫁给老柴就没人再敢动她,老柴的儿子升了县长了。"小轱辘子说。

爹说:"她也有她的主意。儿子升了县长,老柴就是县长的爹,她嫁给老柴,就是县长的娘,不管亲不亲,都在那个分上。"

五叔说:"就是。女人就是狗,谁喂得好她就跟谁走。"

爹说:"轱辘子,老辈子说'劝赌不劝嫖',但还是要提你个醒。你跟那女人有交情,一个被窝里打过滚,乍一离了,心里不会死。要是她嫁了个平头百姓,你尽可以去吃点偷食,她嫁了县长的爹,就是有身份的人了,你去偷她就是偷县长的娘,县长知道了……你加着点小心,小伙子!"

小轱辘子低了头。

五叔安慰他:"你才二十八呢,总有合适的女人,这种事儿着急是不行的,这种事儿不是编双草鞋,要是编草鞋,手下紧着点,熬点夜也就编完了。"

小轱辘子说:"没有女人也好,无牵无挂,一人吃饱了全家不饿。"

爹说:"都像你这样,世界不就完了么!"

小轱辘子说:"完了还不好?我盼着天和地合在一起研磨,把无论什么都研碎了。"

五叔说:"那我们在窨子里就活下来了。"

小轱辘子说:"活?想得好!天上对着窨子这儿正好凸出一块来,正好榫在窨子里,叫你活!"

五叔说:"也是,天真要你死,你跑到哪儿也逃脱不了。"

爹笑了。六叔见大家笑也跟着笑了。

后来小轱辘子情绪上来,又给我们说鬼说怪,说高密南乡有一个四十多岁的老婆,去年伏天里,带着两个十七岁的闺女在河堤上乘凉。这对闺女是双生子,长得一模一样,双眼皮大眼睛,小嘴插不进根葱白去。两个闺女累了一天,躺在河堤上,铺着凉席子,小风吹得舒坦,娘用扇子给赶着蚊子,两个闺女呼呼地睡着了。老婆扇扇子的手也越来越慢,马马虎虎的似睡不睡。这时候,就听到半空里有两个男人说话。一个说:"有两朵好花!"一个说:"采了吧。"一个说:"先去办事,回来再采。"老婆听到两阵风从空中往正北去了。她吓坏了,急忙把两个闺女摇醒领回家。那老婆鬼着呢,她找了两把扫帚放在凉席上,扫帚上蒙一床被单子。老婆就躲在远处偷偷看着,过了一个时辰,听到半空中"嗞啦嗞啦"两声响,然后,什么动静也没有了。到了第二天早晨那老婆去河堤一看,我的亲天老爷!那床被单子上,两大摊像米粒那么大的小蜘蛛。要不是那老婆机灵,这两个闺女就毁了……

　　小轱辘子和于大身一下窨子,我马上就有了精神,五叔也停下手,掏出纸、烟荷包卷烟。卷好了一支,他戳了戳六叔,六叔愣愣怔怔地抬起头,感激地对哥哥点一下头,接了烟,用嘴叼着,凑到灯上吸着。六叔依次对于大身和小轱辘子点头。五叔自己也卷好一支烟点着吸。小轱辘子和于大身也各自卷烟吸。我跟五叔要烟吸。五叔说:"一离开你爹的眼你就不学好。"我说:"吸烟就是不学好吗?那你们不是都不好了吗?"五叔说:"小孩吸烟就呛得不长个儿了。"小轱辘子说:"听他胡说,越呛越长,吸吧!"五叔把纸和烟荷包递给我。我不会卷,烟末撒了一地。五叔说:"有多少烟够你撒的?"他夺过烟和纸,替我卷了一支。我就着灯吸了一口,一声咳嗽就把灯喷灭了。五叔把灯点亮。六叔大声说:"使劲儿往肚里咽就不咳了。"我把烟猛劲往肚里吸,果然不咳了,但立刻就头晕了。一盏灯在烟雾中晃动,人的脸都大了。

　　父亲不在,我感到像松了绑一样,大声喊:"大身爷,你那条妙计还没讲呢!"

　　大身说:"这孩子,你爹不在身边就敢大声吵吵,你爹在这儿,你老实得像懒猫一样,你爹呢?"

五叔说："他爹要去发大财啦!"

大身说："噢呀,发什么大财?"

我说："俺爹要去蘸糖葫芦球,不编草鞋了。"

我感到挺丢人的,我认为爹不是个好样的。

大身说："也好,一个人一辈子不能死丘在一个行当上,就得常换着。树挪死,人挪活。"

我说："你快说你的妙计吧,那女人在你桶里撒了尿后又怎么着了? 她往虾酱里撒尿,不怕把虾酱溅到腚上?"

大身说："小杂种,不敢把你放在炕上困觉了。"

小轱辘子说："他问的也是,女人尿粗,真要溅到那玩意儿里,那可就鲜了。"

"鲜个×!"大身骂道。

"就是要那儿鲜呢!"小轱辘子眼珠骨碌碌地说。

五叔说："当着孩子的面,别太下道了。你快接着那天的茬口往下说吧!"

大身说："那天说到一个人对我面授妙计,其实简单着呢,那个人说:'小伙子,你把虾酱挑子找个地方先放放,去店里买上两斤点心提着,到了她家,你跪下就磕头叫干娘。她就愿意小伙子做干儿呢!'我一想,叫句干娘也少不了一块肉,就去店里买了两斤点心,提着,打听到'大白鹅'的家。一进门,把点心往桌上一放,我扑通下了跪,脆生生地叫了一句干娘。她正在那儿抽水烟,一见我跪地叫干娘,咯咯咯一阵笑,扔了水烟袋,双手扶起我来,在我下巴上摸了一把,说:'亲儿,快起来,等会儿干娘包饺子给你吃。'吃完了饺子,她就让我去把那两桶虾酱挑来,她说:'儿,不用愁,干娘帮你去卖虾酱。'她领着我,在镇上那些有头有脸的人家转,到一家她就喊:'快点找家什,我干儿从北海送来了新鲜虾酱,分给你们点尝尝。'哪个敢不买? 两大桶虾酱,一会儿就分光了。卖完虾酱她说:'儿,有什么事只管来找娘。'那天我可是发了个小财。"

"完了？"小轱辘子问。

"没呢，后来，她见了那些买虾酱的就问：'虾酱滋味怎么样？'被问的人都说好，都说鲜，她就笑着说：'都喝了老娘的尿啦！'"

大家都怪模怪样地笑了。

小轱辘子说："吃完了饺子就去卖虾酱了？不对不对，这中间一定还有西洋景。说说，老于说说，你干娘没拉你上炕？"

于大身说："这不是明摆着的事儿吗！"

五叔说："老于，这趟去北海又碰上什么稀罕事儿没有？"

老于说："有啊，渤海里有一条大船翻了，死了无数的人。海滩上有一条大鲸鱼搁了浅，是一个捡小海的小闺女先看到的，她回家去叫来人，人们就用刀、斧、锯把那条大鱼给抢了，剩下一条大骨架子，像五间房子那么高，那么长。"

五叔惊叹地伸伸舌头，说："真不小。"

小轱辘子说："你没掰根鱼刺回来？"

老于说："我想掰，可是等我去时，骨头架子旁边已经派上了岗哨，四个兵站着四个角，枪里都上了顶门火儿。"

"当兵的要那鱼骨干什么？"五叔问。

"用处大着呢！"于大身说，"飞机上有一个零件，必须得用鲸鱼骨头做，换了金子也不转，全世界都在抢呢！"

"噢，怪不得哩！"五叔恍然大悟地说。

"得了，你别瞎吹了！"小轱辘子站起身来说。

五叔问："还没多大工夫呢，这就要走？"

小轱辘子说："不走，去撒尿呢。"

小轱辘子出窨子时，一股冷风从窨子口灌进来，推得灯火前俯后仰。我已把半只草鞋编好了。在父亲的座位后，放着我们爷俩半个月来的劳动成果，三十几双大大小小的草鞋。父亲让我明儿去赶马店集，不知五叔去不去，我心里不愿跟五叔一块儿去，我一个人去，可以"贪污"几毛卖鞋钱。今年过年，我一定要买一些大"炸炮"，这种炮摔、挤、压、砸都会响,插在熟地瓜里扔给狗,狗一咬,啪一声就炸了,就把狗牙全炸掉了。李老师家的儿子李东,家里有钱,口袋里满满的都是炸炮。去年冬天,我还在学校里,下了课冷啊,我们几十个男孩都贴在墙边,排成一行"挤大儿",从两头往中间拼着命挤,一边挤一边叫:"挤挤挤,挤挤挤,挤出大儿要饭吃。"挤得满身是汗。中间的人被挤出来,赶紧跑到两头再往里挤。破棉袄在砖墙上磨得嗞棱嗞棱响。大人们最反对小孩"挤大儿"啦。挤呀挤,挤呀挤,只听得中间呼通一声响,李老师的儿子李东的衣袋里先冒烟后冒火,李东被炸翻在地。挤完了大儿再接着上课,教室里像冰一样凉,我们的棉袄上都快出霜了。

又一阵冷风灌进来,灯火照样动乱一阵。小轱辘子结扎着腰带走进来,嘴里咻咻地响着,说:"冷,真冷。"

盖窨子口的草帘子又响了,冷气又灌进窨子,老于喊:"是谁?快盖好帘子,就这么点热乎气,全跑光了。"

弯着腰走进来一个人,两只小眼像黑豆似的,下巴上稀稀拉拉地生着十几根黄胡子。

"老薛,又来刮我们?"五叔说。

是卖花生、烟卷的薛不善,他提着一个竹篮子,篮子里有半篮炸花生,三五盒皱巴巴的烟。篮子里放着一杆小秤。他说:"给你们送点点心来,光赚不花,活着还有什么劲?五哥六哥轱辘子老于,每人称上半斤,香香口,再有一天就过年了,该吃点了。"他说话尖声尖气,像个女人。

薛不善把花生用手抓起,又让花生慢慢地往篮里落,花生打得花生噼噼地响。

"多少钱一斤?"五叔问。

"老价,五毛。"薛不善说,"今夜里刘家的窨子里、二马家的窨子里都买了不少,连王大爪子那个铁公鸡都买了半斤花生一盒烟,要是信着卖,早就卖光了。这半篮花生几盒烟,我是给你们留的。全村的窨子里,都比不上这窨子里有钱,五哥六哥是快手,一个顶一个半,老于钱来得顺,小轱辘子更甭说了。"

于大身说:"你甭油嘴滑舌啦,压压价,就买你点。"

薛不善说了半天,终于同意四毛五一斤花生。老于掏出五毛钱,薛不善称出一斤花生,倒在老于的帽子里。薛不善说没零钱找,找给五根烟卷,每人一根。我第一次受到这种待遇,心里感到兴奋,吸着烟,强忍着不咳嗽。老于端着帽子头,把花生分了,大家珍惜地吃着,不知说点什么好。

老于说:"薛不善,你老婆的雀盲眼还没治好吗?"

老薛说:"四十岁的人啦,治什么。"

小轱辘子问:"老薛,雀盲眼到了夜里什么都看不清吗?"

老薛说:"影影绰绰地能看清人影,分不清楚就是了。"

五叔说:"那夜里也做不成针线活了?"

老薛说:"有什么针线活做!"

老于说:"薛不善,你夜里出来放心?要是有人摸进去,学着你这女人嗓子,还不把你老婆给弄了?"

老薛说:"弄了?我老婆隔十里就能闻出我的味来。"

五叔说:"你去买两套羊肝给她吃吃看,羊肝养眼。"

老薛说:"那是庄户人吃的东西吗?"

五叔说:"你别不信,偏方治大病。我听俺爹说,那一年郭家官庄郭庄主脚背上生了一个疮,百药无效,后来来了一个串街郎中,那郎中说,你去抓十只蚂蚱来,捣成酱,糊到疮上,包你好。郭庄主半信不信的,去草里抓来十只蚂蚱,用两块石片捣烂了,糊到疮上,第二天就消了肿,第三天就收了口。第四天那郎中又来了,郭庄主请郎中到家里喝酒,喝着酒,那郎中说,这是个百草疮,蚂蚱吃百草,一物降一物,所以灵了。"

我从前还听五叔讲过一个类似的故事,说一个人脖子上生了一个疮,奇痒难挨,百药无效,后来来了个郎中,抓了一摊热牛屎糊到那人脖子上,从疮里立刻钻出了成百上千的小"屎壳郎",那是个"屎壳郎疮"。五叔是轻易不讲故事的,除非特别高兴的时候。

薛不善尖声尖气地说:"你们忙着,忙着,我去别家的窨子里转转去。"

花生还没吃完,大家都紧着吃。一会儿就吃完了,大家用手捏着花生皮,用眼瞅着花生皮,久久不愿离开。余香满口。灯火直挺挺的,格外明亮地照着湿漉漉的洞壁。秫秸上的水珠像眼泪一样挂着,总也不落下来。从头上传来冬夜静寂的风声,一阵大一阵小,河里冰层给冻裂了,喀喇喇一片响声。

小轱辘子说:"我刚才上去撒尿时,碰见一只白貉子……"

碰到过白貉子的人在我们乡里是那么多,它大概是小绵羊或小白兔样子的动物,行踪神秘,法力很大,在暗夜里往往白得耀眼。你如果要想追它,你就追吧,你跑快它也跑快,你跑慢它也跑慢,永远也追不上。

小轱辘子开了头,五叔也破天荒地讲了个故事,我猜测着五叔这故事是讲给出钱买花生的于大身听的。五叔说,我们村里刚死去的老光棍门圣武家住着"阴宅",门圣武胆大极了,他每天夜里喝醉酒回家,就看到有一个穿一身红缎子的女人在门口站着等他,还能听到女人的喘气声,门圣武想扑上去搂她,一扑,必定撞到门上。那女人就在他身后叽叽嘎嘎地笑。门圣武睡下后,还能看到一个小黑孩赶着匹小毛驴在屋里咯噔咯噔地走。五叔说,前几年我们这里邪魔鬼祟多啦,后河堤上有一个大奶子鬼,常常在半夜三更嘿嘿地冷笑。

于大身说:"我倒是亲身经历过一件事,有一年我劈木头把中拇指弄破了,就把血抹在一个笤帚疙瘩上,随手扔了。过了几个月,有一次夜里我出去撒尿,是个月明天,地上像下霜一样,看到有个小东西在墙根上跳,我寻思着是个黄耗子,几步扑上去,一脚踩住,你猜是什么?是那个抹过我中指血的笤帚疙瘩!我点起火来烧它,烧得它吱吱啦啦地冒血沫子。记住吧,中指上的血千万不能乱抹,它着了日精月华,过七七四十九天,就成了精了。"

于大身讲了好几件亲身经历的事,他讲完,一看小轱辘子没了。我说:"轱辘子被邪邪去了吧?"

于大身说:"这鳖羔子,什么时候溜走的?"

五叔:"也该他倒霉,他满可以把寡妇娶来的,老柴又从中插了一杠子。"

于大身说:"走啦。明日去赶马店集,老五?"

五叔说:"去趟吧,明日会发市的,这么冷的天。"

"还不走?"于大身问。

五叔看了六叔一眼,收拾好身边的东西,拍拍身上的土,站起来。六叔埋着头干活,一气也不吭。我知道六叔今夜要在窨子里睡啦。

我说:"五叔,我在这儿跟六叔一块儿睡,你明早赶集时叫我一声,俺爹让我去卖鞋。"

五叔答应着和于大身一块儿走了。

窨子里的天地一下子大了,我和六叔对面坐着,灯光照进六叔眼里,六叔的眼珠子又黄得像金子一样了。

六叔大声说:"困吧!我日他姥姥!"

六叔说完就站起来,大声唱道:"骂一声刘表你好大的头,你爹十五你娘十六,一宿熬了半灯油,弄出了你这块穷骨头……"

我憋了一大泡尿,小肚子胀得发痛,但就是不敢出去尿。六叔唱完戏就钻进了被里去。我壮着胆子,脑瓜子嗡嗡响着往出口走。咬着牙掀起帘子钻出窨子,就像光屁股跳进冰水里一样,头皮一乍一乍的,眼睛不敢往四外看,耳边却听到小毛驴的蹄声、大奶子女人的冷笑声、笤帚疙瘩的蹦跶声、"话皮子"的说话声……我掏出来撒尿,脖子后冰冷的风直吹过来。我用尽力气撒尿,偶一抬头,就见一个乌黑的大影子滚过来,雪地上响起一片踢踏之声。我惊叫一声,转身就跑,不知道怎么跌进窨子里,油灯被我扇得挣扎着才没熄。我大声叫六叔,六叔像死了一样,我拼命喊:"六叔,鬼来了!"

鬼真的来了。从黑暗出口那儿,那个大东西扑了进来,他满头满脸都是血,一进窨子就跌倒了,我的惊叫终于把六叔弄醒了。六叔起来,端灯照着窨子里跌倒的东西,虽然蒙了一脸血,但还是认出来了,是小轱辘子。

后来才听说,小轱辘子冒充薛不善钻进了雀盲女人的被窝,刚动作了几下,那女人就猛醒了。她伸手从炕席下抄起剪刀,没鼻子没眼就是一下子,正戳在小轱辘子额头上。

(一九八五年十月)

罪　　过

我带着五岁的弟弟小福子去河堤上看洪水时,是阴雨连绵七天之后的第一个晴天的上午。我们从胡同里走过,看到一匹单峰骆驼正在反刍。我和弟弟远远地站着,看着骆驼踩在烂泥里的分瓣的牛蹄子,生动地扭着的细小的蛇尾巴,高扬着的弯曲的鸡脖子,淫荡的肥厚的马嘴,布满阴云的狭长的羊脸。它一身暗红色的死毛,一身酸溜溜的臭气,高高的瘦腿上沾着一些黄乎乎的麦穰屎。

"哥,"弟弟问我,"骆驼,吃小孩吗?"

我比小福子大两岁,我也有点怕骆驼,但我弄不清骆驼是不是吃小孩。

"八成……不会吃吧?"我支支吾吾地对弟弟说,"咱们离着它远点吧,咱到河堤上看大水去吧。"

我们眼睛紧盯着阴沉着长脸的脏骆驼,贴着离它最远的墙边,小心翼翼地往北走。骆驼斜着眼看我们。我们走到离它的身体最近时,它身上那股热烘烘的臊气真让我受不了。骆驼怎地就生长了那样高的细腿?脊梁上的大肉瘤子上披散着一圈长毛,那瘤子里装着些什么呢?这是我第二次看到骆驼。我第一次看到骆驼那是两年之前,集上来了一个杂耍班子,拉着大棚卖票。五分钱一张票。姐姐不知从哪里弄了一毛钱,带我进了大棚看了那场演出。演员很多。有一匹双峰骆驼,一只小猴子,一只满身长刺的豪猪,一只狗熊装在铁笼子里,一只三条腿的公鸡,一个生尾巴的人。节目很简单,第一个节目就是猴子骑骆驼。一个老人打着铜锣哐哐响,一个年轻的汉子把猴子弄到骆驼背上,然后牵着骆驼走两圈,骆驼好像不高兴,郎当着个长脸,像个老太婆一样。第二个节目是豪猪斗狗熊。狗熊放出铁笼,用铁链子拴着脖子,铁链子又拴在一根钉进地很深的铁橛子上。豪猪小心翼翼地绕着狗熊转,狗熊就发疯,嗥叫,张牙舞爪,但总也扑不到豪猪身边。第三个节目是一个人托着一只公鸡,让人看公鸡两腿之间一个突出物。大家都认为那不是条鸡腿,但杂耍班子的人硬说那是条鸡腿,也没有人冲出来否认。最后一个节目最精彩。杂耍班子里的人从幕布后架出一个大汉子来,那汉子蔫蔫耷拉的,面色金黄,像橘子皮一样的颜色。敲锣的老头好像很难过,一边哐哐地、有板有眼地敲着锣,一边凄凉地喊叫着:"大爷大娘,大叔大婶子们,大兄弟姊妹们,今儿个开开眼吧,看看这个长尾巴的人。"众人都把目光投到黄脸汉子身上,但都是去看他黄金一样的脸,他目光逡巡,似乎不敢下行。杂耍班子的人停住脚步,把那个死肉般的汉子扭了一个翻转,让他的屁股对着观众的脸。一个杂耍班子里的人拍拍汉子的背,汉子懒洋洋地弯下腰去,把屁股高高地撅起来。他反穿了一条蓝制服裤子——我明白了他为什么迈不开步子——屁股一撅起,裤子前襟的开口在屁股上像张大嘴一样裂开了。杂耍班子的人伸进两根指头去,夹出了根暗红色的、一拃多长、小指粗细的肉棍棍。杂耍班子的人用食指拨弄着那根肉棍棍,它好像充了血,鲜红鲜红,像成熟辣椒的颜色。它还哆哆嗦嗦地颤动呢。我感觉到姐姐的手又粘又热。姐姐被吓出汗来啦。锣声哐哐地响着,老头凄凉地喊叫着:"大爷大娘们,大叔大婶子们,大兄弟姊妹们,开开眼吧,天下难找长尾巴的人。"

这是我第二次看到骆驼。

骆驼被我们绕过去了,弟弟又怕又想看地回头看骆驼,我也回头看骆驼;它那条蛇样的细尾巴使我联想到那条瑟瑟抖动的人尾巴。

那时候我和弟弟都赤条条一丝不挂,太阳把我们晒得像湾里的狗鱼一样。

走上河堤前,我们还贴着一道篱笆走了一阵,我在后,弟弟在前。篱笆上攀满牵牛和扁豆。牵牛花都把喇叭合拢了,扁豆花一串一串盛开着。一只"知了龟"伏在扁豆藤上,我跳了一下把它扯下来,撕下来才知道是个空壳,知了早飞到树上去了。

弟弟的屁股比他的脸还要黑,它扭得挺活泛。弟弟没生尾巴,我也没生尾巴。

河水是浑浊的,颜色不是黄也不是红。河心那儿水流很急,浪一拥一推往前跑。水面宽宽荡荡,几乎望不到对岸。其实能望到对岸。枯水时河滩地里种了一些高粱,现在被洪水淹了,高粱有立着的,有伏着的,一些亮的颜色、亮的雾,在淹没了半截的高粱地里汩汩漓漓地闪烁着,绿色的燕子在辉煌湍急的河上急匆匆飞行着。水声响亮,从河浪中发出。沙质的河堤软塌塌的,拐弯处几株柳树被拦腰砍折,树头浸在河水里,激起一簇簇白色的浪花。

我和小福子沿着河堤往东走。河里扑上来的味道又腥又冷,绿色的苍蝇追着我和小福子。苍蝇在我身上爬,我感到痒,我折了一根槐枝轰赶苍蝇。小福子背上、屁股上都有苍蝇爬动,他可能不痒,他只顾往前走。小福子眼珠漆黑,嘴唇鲜红,村里人都说他长得俊,父亲也特别喜欢他。他眯缝着眼睛看水里水上泛滥的黄光,他的眼里有一种着魔般的色彩。

近堤的河面水势平缓,无浪,有一个个即生即灭的漩涡,常有漂浮来的绿草与庄稼秸子被漩涡吞噬。我把手持的那截槐枝扔进一个漩涡,槐枝在漩涡边缘滴溜溜转几圈,一头就扎下去,再也不见踪影。

我和小福子从大人们嘴里知道,漩涡是老鳖制造出来的,主宰着这条河道命运的,也是成精的老鳖。鳖太可怕了,尤其是五爪子鳖更可怕,一个碗口大的五爪子鳖吃袋烟的功夫就能使河堤决口!我至今也弄不明白那么个小小的东西是凭着什么法术使河堤决口的,也弄不明白鳖——这丑陋肮脏的水族,如何竟赢得了故乡人那么多的敬畏。

小福子把眼睛从漩涡上移出来,怯怯地问我:"哥,真有老鳖吗?"

我说:"真有。"

小福子斜睨了一眼浩浩荡荡的河水,身体往南边倾斜起来。

一条白脖颈的红蚯蚓在潮湿的沙土上爬动着。小福子险些踩到蚯蚓上,他叫了一声,跳到一边,手抚着屁股说:"哥,曲蟮!"

我也悚然地退一步,看着遍体流汗的蚯蚓盲目地爬动着。它爬出一道弯弯曲曲的痕迹。

小福子望着我。

我说:"撒尿!用尿滋它。"

蚯蚓在我们的热尿里痛苦地挣扎着。我们看着它挣扎。我感到嗓子眼里痒痒的。

"哥,怎么着它?"小福子问我。

"斩了它吧!"我说着,从堤下找来一块酱红色的玻璃片,把蚯蚓切成两半。

蚯蚓的肚子里冒出黄色的泥和绿色的血。切成两段它就分成两段爬行。我有些骇怕了。小虫小鸟都是能成精的,成了精的蚯蚓也是能要了人命的,我总是听到大人们这么说。

"让它下河吧。"我用商量的口吻对小福子说。

"让它下河吧。"小福子也说。

我们用树枝夹着断蚯蚓,扔到堤边平静的浑水里。蚯蚓在水里漂着,蚯蚓放出一股香喷喷的腥气。我们看到水里一道银青的光辉闪烁,那两截蚯蚓没有了。水面上擎出一群尖尖的头颅。我和弟弟都听到了水面传上来的吱吱的叫声。弟弟退到我身后,用他的指甲很尖的手抓着我腰上的皮。

"哥,是老鳖吗?"

"不是老鳖,"我观察了一会儿,才肯定地回答,"不是老鳖,老鳖专吃燕子蛤蟆,它不吃曲蟮。吃曲蟮的是白鳝。"

河水中闪一阵青光,翻几朵浪花,便什么都看不见了。

我和小福子继续往东走,快到袁家胡同了,据说这个地方河里有深不可测的鳖湾。河水干涸时,鳖湾里水也瓦蓝瓦蓝,不知道有多么深,更没人敢下鳖湾洗澡。

我想起一大串有关鳖精的故事了。

我听三爷说有一天夜里他在河堤上打猫头鹰,扛着一杆土枪,土枪里装着满药。那天夜里本来挺晴的天,可一到袁家胡同,天呼噜就黑了,黑呀黑,好麻呀黑,乌鱼的肚子洗砚台的水。猫头鹰在河边槐树上哆嗦着翅膀吼叫。三爷说他的头皮一乍一乍的,趴在河堤上一动也不敢动。他知道一定有景,什么景呢?等着瞧吧。那时候是小夏天,槐花开得那个香啊!多么香?小磨香油炸斑鸠。一会儿,河里哗啦哗啦水响,一盏通红的小灯笼先冒出了水面,紧接着上来一个傻不棱登的大黑汉子,挑着小灯笼,呱嗒呱嗒在水皮上走,像走在平地上一样。走了三圈,大黑汉子下去了,鳖湾里明晃晃的,水平得连一丝皱纹都没有。三爷耐住心性,趴着不动。约莫过去了吃袋烟的工夫,就见到那大黑汉子又上来了,站在鳖湾边上,像根黑柱子一样,一动不动——当时我问:还挑着灯笼吗?三爷说:挑着,自然是挑着的——又见一张桃花木八仙桌子,从鳖湾正中慢悠悠地升上来。几个穿红戴绿的丫头子,端着七个盘八个碗,碗里盘里是鸡鸭猪羊,奇香奇香。丫头子下去了,上来两个白胡子老头,头顶都光溜溜的,一看就知道满肚子学问。两个老头子坐在那儿推杯换盏,谈古道今,三爷都听得入了迷。后来槐树上的猫头鹰一声惨叫,三爷才清醒过来。三爷把土枪顺过去,瞄准了八仙桌子。枪筒子冰凉冰凉,三爷的心也冰凉冰凉。刚要搂火,那个红脸的白胡子老头子把举到嘴边的酒杯停住,大声说:明枪易躲,暗箭难防!三爷大吃一惊,迷迷糊糊地就把枪机搂倒了,只听得震天价一声响,河里一片漆黑,天地万物都像扣在锅里,三爷听到了铁砂子打在水里的声音。紧接着狂风大作,风是白色的,风里裹挟凉森森的河水,哗啦哗啦淋到槐树上。三爷紧紧地搂住了一棵大槐树,才没被风卷到鳖湾里去。大风刮了半个时辰方停,三爷满身是水,冻得直打哆嗦。这时星星现出来了,蓝色的天压得很低,槐树上的白花像一团团毛茸茸的乱毛,附着在黑魆魆的叶丫里,放着浓烈的香气。猫头鹰在花叶间愉快地歌唱。三爷起身想回家,但十个手指都套了环,怎么也解不开。三爷着急得啃树皮,嘴唇都被槐树皮磨破了。后来好不容易松了扣。三爷到家后喝了半斤酒,还是一阵阵地打寒战,从心里往外颤。

第二天早晨,三爷到鳖湾那儿看。风平浪静,湾水乌黑,白雾稀薄如纱幔,一股血腥味直冲上河堤。三爷看到一条大黑鱼在鳖湾里漂着。那条大黑鱼有五尺长,有二百斤重,头没有了还那么长,那么重,有头时就更长更重了。三爷记得自己的枪口是瞄着白胡须老头的,大黑汉子站在湾边上离着很远呢。噢,三爷说,想了半天才明白:大黑鱼是鳖精们的侦察员,它失职了,因此被老鳖们斩掉了头。我那时方知地球上不止一个文明世界,鱼鳖虾蟹、飞禽走兽,都有自己的王国,人其实比鱼鳖虾蟹高明不了多少,低级人不如高级鳖。那时候我着魔般地探索鳖精们的秘密,我经常到袁家胡同北头去,站在河堤上,望着鳖湾里瘆人的黑水发呆。鳖湾奇就奇在居河中央而不被泥沙掩埋,洪水时节,河水比黄河水还要浑浊,一碗水能沉淀下半碗沙土,可洪水消退后,鳖湾依然深不可测,清亮的河水从鳖湾旁、从鳖湾上软软地漫过去,界限分明,鳖湾里的水与河里的水成分不同。鳖们不得了。鳖精们的文化很发达。三爷说,袁家胡同北头鳖湾里的老鳖精经常去北京,它们的子孙们出将入相。有一个富家女嫁与一个考中进士的大才子,结婚三日,回娘家诉苦,说夫婿身体冷如冰块,触之汗毛倒立,疑非同类。其母嘱其回去用心观察。女归,发现这个大才子每日都在一个静室沐浴两次,且需水量极大。大才子沐浴时戒备森严,任何人不许窥测。这一日,大才子又去沐浴,女抱一套干净衣服,走至沐浴处,被一仆人拦住,女怒骂:是夫婿唤我送衣!仆人诺诺而退。愈近,听到室内水声响亮。女窥牖,见一鳖大如筐箩,甲壳灿烂,遍披文章,正在一大池中踊跃戏水,欢快活泼如孩童。女骇绝,惊叫,弃衣而走,金莲交错,数次倒地。女归室,想千金之躯,竟被鳖精玷污,遂解腰中带,自缢。这些文字不是三爷的,故事是三爷的。三爷还说过,北京有条精灵胡同,寒冬腊月也出摊卖西瓜,皇宫里没有的东西在精灵胡同里也有。有一个人回故乡,精灵胡同里托他捎一封信,信封上写"高密东北乡袁家湾",这个人找遍了东北乡也没找到个袁家湾。他爹说,八成是鳖湾里的信,你去那儿吆喝吆喝看看吧。那人找了辆自行车骑着,到了袁家胡同北头,车子扔在河堤上,人站在河堤下浅水边,对着那潭黑水,高叫:家里有人吗?出来拿信!喊了三声,水里没动静,这人骂一句,刚要走,就见水面豁然开裂,一个红衣少年跳出来,说:是俺家的信吗?那人把信递过去。少年接了信,瞄了一眼,说:噢,是俺八叔的信,你等着,我告诉俺爷爷去。红衣少年潇洒入水。那人退后一步,坐在河堤慢坡上,心中嗟叹不已。俄顷,水又中分,红衣少年引出一个白衣老者。老者慈眉善目,可敬可亲。少年说:爷爷,就是这人带来的信。那人毕恭毕敬地站起来,不知说什么好。老者说:多谢啦,家里去坐坐吧。那人瞅瞅那潭绿水,心里发毛,口里赶紧推辞。老者也不十分邀请,一拂袖,对红衣少年说:家去拿点礼物。少年应声入水。那人似乎听到水中门扇哗啷,石阶橐橐。少年出水,提着一只柳条编织的小篮子,篮里盛着半篮绿豆芽。老者接过篮子,说:乡亲,烦你千里传信,感激不尽,无甚稀罕物赠你,现有自家生的绿豆芽一篮,您拿回家炒炒吃了吧。那人接了篮子,与老者点头哈腰一阵。老者携着红衣少年入水。那人捧着那篮子,心里鄙夷起来,心想水中精怪,定有珍宝,竟送我一篮绿豆芽!我花两毛钱到集上买一筐子,要你的干什么!想到此,他把篮子一翻,将绿豆芽倒进水中,嘴里还唠叨着:留着您自己吃吧。绿豆芽飘飘摇摇地沉下水去。那只柳条篮子编得实在是精巧,他舍不得丢,挽着回家里去。家去把送信经过对他爹说了。他爹只说了一句话:你是个天生的穷种!那人不解,他爹指着篮子说:你看看,那是什么?那人低头去看,只见篮子沿上,挂着一根闪闪发光的金绿豆芽。鳖湾里的神奇事儿多着呢,哪能说得完!

我和小福子在袁家胡同头上停下来,面北看河水。河水澎澎湃湃,不舍分秒向东流。大鳖湾就埋藏在汹涌的浊水里,我知道洪水消退后它又要蓝汪汪地露出来。

袁家胡同里,有我们生产队几个青年在推粪,粪乌黑,发散着一股子酸溜溜的臭水味。

"哥,真有老鳖吗?"小福子又一次问我。

小福子的眼睛闪闪烁烁的,好像他心里藏着什么奇怪的念头。

我说:"当然有老鳖,就在水里藏着呢。"

小福子不说话了。我们静静地看水。

太阳很毒辣,我肩上的皮嗞嗞地响。河水开始消退了,退出来的倾斜河堤上汪着一层脂油般的细泥。

我和小福子同时发现,在我们脚下,近堤的平稳河水上,漂着一朵鲜艳的红花。只有花没有叶,花瓣儿略微有些卷曲,红颜色里透出黑颜色来。

"哥,一朵红花……"小福子紧盯着水中的花朵说。

"一朵红花,是一朵红花……"我也盯着水中的红花说。

河水东流,那朵红花却慢慢往西漂,逆流而上,花茎激起一些细小的、洁白的浪花。阳光愈加强烈,河里明晃晃一片金琉璃。那朵花红得耀眼。

我和小福子对着眼睛,我想他跟我一样感觉到了一种强烈的颜色的诱惑。

后来发生的事情就极其简单了。小福子狠狠地盯我一眼,转身就朝着那朵红花冲去。河里金光散乱,我似乎听到小福子的脚板拍打得水面呱唧呱唧响,他好像奔跑在一条平坦的、积存着浅浅雨水的砂石路上。

那朵红花蓬松开来,像一团毛茸茸的厚重的阴云,把小福子团团包裹住。

我甚至想喊一句:"小心,别弄毁了那朵花!"

细想起来,小福子在扑向河中红花那一刹那——他摇摇摆摆地扑下河,像只羽毛未丰的小鸭子——我是完全可以伸手把他拉住的,我动没动过拉住他的念头呢?我想没想过他跳下河去注定要灭亡呢?

在袁家胡同里推粪的四个青年,都赤脚、赤膊、满身汗水、满身粪臭。他们走上河堤。他们一齐看到我站在河堤上发愣。

叫春季的青年在我头上拍了一掌,说:"大福子,站在这儿望什么?跟我下河洗澡去!"

我看着他流汗流得雪白了的脸,说:"小福子跳到河里去啦!"

他说:"什么?"

我重复道:"小福子跳到河里去啦!"

其余三个青年都把脸对着我看。

我看着河水。河水更加辉煌了。金光银光碰碰撞撞,浩渺无边;浪潮在光的影里镗镗鞳鞳地奏鸣着;河里的燠热鱼腥扑面涌起。我的心一阵急跳,寒冷如血,流遍全身。

我牙齿打着颤抖说:"小福子……跳到河里去啦……"

那朵诱人的红花早已无影无踪,红花曾经逗留过的那片平静的水面上,急遽旋转着一个湍急的大漩涡。

春季揉了我一把,骂道:"傻瓜蛋!为什么不早喊?"

四个青年人抬起手掌罩着眼,努力往河面上望着。

"在哪里?"叫子平的青年吼一声,纵身扑入水中。他的身体砸起几簇水浪花,在阳光下开放,十分艳丽。

春季他们三个也紧随着子平跳下河去。他们砸得河水哐当哐当冲撞河堤。

我看到了,在十几米外的河心里,小福子的光头像块紫花西瓜皮一样时隐时现。四个青年快速地挥动着胳膊往河心冲刺,急流冲得他们都把身体仄棱起来。一串串的透明的水珠,当他们举起胳膊时,秃噜噜地,闪烁着光彩,不失时机地,滚到河的浪峰上,滚到河的浪谷里。

我起初是站着,站累了就坐着。我坐在生产队宽大的打谷场边颓唐的土墙边,一个高大的麦秸垛投下一块阴影,遮住了我平伸在地上的两条腿。我的腿又黑又瘦,我的腿上布满伤疤,我也不知道我的腿上为什么会有这么多伤疤。左腿膝盖下三寸处有一个铜钱大的毒疮正在化脓,苍蝇在疮上爬,它从毒疮鲜红的底盘爬上毒疮雪白的顶尖,在顶尖上它停顿两秒钟,叮几口,我的毒疮发痒,毒疮很想迸裂,苍蝇从疮尖上又爬到疮底,它好像在爬上爬下着一座顶端挂雪的标准的山峰。被大雨淋透了的麦秸垛散发着逼人的热气,霉变的霉气,还有一丝丝金色麦秸的香味儿。毒疮在这个又热又湿的中午成熟了,青白色的脓液在纸薄的皮肤里蠢蠢欲动。我发现在我的右腿外侧有一块生锈的铁片,我用右手捡起那块铁片,用它的尖锐的角,在疮尖上轻轻地划了一下——好像划在高级的丝绸上的细微声响,使我的口腔里分泌出大量的津液。我当然感觉到了痛苦,但我还是咬牙切齿地在毒疮上狠命划了一下子,铁片锈蚀的边缘上沾着花花绿绿的烂肉,毒疮迸裂,脓血咕嘟嘟涌出,你不要恶心,这就是生活,我认为很美好,你洗净了脸上的油彩也会认为很美好。其实,我长大了才知道,人们爱护自己身上的毒疮就像爱护自己的眼睛一样,我从坐在草垛边上那时候就朦朦胧胧地感觉到:世界上最可怕最残酷的东西是人的良心,这个形状如红薯,味道如臭鱼,颜色如蜂蜜的玩意儿委实是破坏世界秩序的罪魁祸首。后来我在一个繁华的市廛上行走,见人们都用铁扦子插着良心在旺盛的炭火上烤着,香气扑鼻,我于是明白了这里为什么会成为繁华的市廛。

我在那道矮墙边上坐着,没人理我,场上散布着几百个人,女人居多,女人中上了年纪的老女人居多,也有男人,也有孩子。我看到了他们貌似同情、实则幸灾乐祸的脸上的表情。我弟弟小福子淹死了——也许淹不死,抢救还在继续进行。他们都是来看热闹的,就像当年姐姐带我去看那个长尾巴的人一样。

春季用双手托着小福子穿过胡同,绕过骆驼——骆驼对着我冷笑——走到我家,我家门上挂锁。春季气喘吁吁地问我:"大福子,你爹和你娘呢?"

我什么话也没说,我没有话可说,我愿意跟着小福子走。

村里人嗅到了死孩子的味道,一疙瘩一疙瘩地跟在小福子的后边。

有人建议赶快把小福子抱到生产队的打谷场上,队里的男女劳力都在那里编织防洪用的麦草袋子。我想起了,爹和娘确实是去编织防洪用的麦草袋子了。

没走到打谷场就听到了娘的哭声,接着就看到娘从街上飞跑过来。娘哭得很动情,声音尖尖的,像个小姑娘一样。

娘身后也跟着一群人,爹十分显眼地混杂在那群人中,我一眼就看到了,爹高大的身体摇摇晃晃,好像喝醉了酒。

春季抱着小福子径直往前走,小福子仰在春季臂膊里,胳膊腿耷拉着,好像架上的老丝瓜。

娘跑到离小福子两步远时,突然止住了哭声,她往前倾了一下身体,脖子猛一伸,像触了雷电一样。身后有人扶了她一把。她往后一仰,那人就着劲一拖,娘闪到一侧去。

春季托着小福子,庄严肃穆地往前走,人们都闪到两边去,等一下,伺机加入了小福子身后的队伍。爹没表示出半点特殊性,他跟随在我身后,我不用回头就知道爹摇摇晃晃地走着,好像喝醉了酒。

走到打谷场上,娘又开始哭起来,这时的哭声已不如适才清脆,听着也感到疲乏。

打谷场边上有三排房子,一排是生产队的饲养室,一排是生产队的仓库,还有一排是生产队的记工房。

夏天从不穿上衣和鞋子的方六老爷担任了抢救小福子的总指挥。他让人从饲养棚里拉出了一头黑色的大牛。这头牛眼睛血红,斜着眼看人。它的僵直的角上闪烁着钢铁般的光泽,后腿上、尾巴上沾满了尿屎混合成的泥巴。

"攥紧鼻绳!"方六老爷威严地吩咐那个拉牛的中年汉子。

中年汉子一脸麻子,也是赤膊赤脚,背上一大串茶碗口大的疤癞,是生连串毒疮结下的,我要呼他四大伯。四大伯把凶猛的黑牛鼻绳攥紧,黑牛焦躁地扭动尾巴,呼哧呼哧喘着粗气。四大伯也呼哧呼哧地喘着粗气。

"把他搭到牛背上!"方六老爷吩咐春季大哥。

春季把小福子扔到尖削的牛背上,牛扭着腰,斜着眼睛往后看,它的眼睛红得像辣椒一样,喘气声像鹅叫一样。小福子在牛背上折成两段,嘴啃着那侧牛腹,小鸡巴戳着这侧牛腹。他的屁股上和背上的皮肤金光闪烁。

"牵着牛走!"方六老爷说。

四大伯一松牛鼻绳,黑牛昂着头,虎虎地往前冲去,小福子在牛背上颠簸着,看看要栽下去的样子。

方六老爷吩咐两个人去,一个卡着小福子的腿,一个托着小福子的头。

"松开缰绳!"方六老爷说,"由着牛走,越颠越好!"

四大伯闪到牛头左侧。方六老爷在牛腚上拍了一掌。黑牛迈着大步,走得风快,牛两侧扶持小福子的两个汉子,仄着身子走得艰难,脸上都咧着一张嘴,嘴里都是黑得发亮的牙齿。场上沙土潮湿,黑牛的蹄印像花瓣一样印出来。

娘忘记了哭,蓬头散发,随着牛一溜小跑。爹弓着腰,依然十分显眼地掺杂在牛后骚乱的人群里。

黑牛沿着打谷场走了两圈,小福子的腹中响了一阵,一股暗红色的水从他嘴里喷出来。

"好啦!吐出水来了!"人群里一声欢呼。

娘跑到牛的近旁,梦呓般地说:"小福子,小福子,娘的好孩子,醒醒吧,醒醒吧,娘包粽子给你吃,就给你吃,不给大福子吃……"

我的心里一阵冰凉。

黑牛继续走着,但小福子已不吐水,有几根白色的口涎在他唇边垂着,后来连口涎也没有了。

方六老爷说:"行啦,差不多啦!"

四大伯拢住牛,那两个傍在牛侧的汉子把小福子从牛脊梁上揭下来,抬着,走到场边一棵红杨树下。红杨树投在地上一片炕席大的斑驳阴影,阴影里布满绿豆粒大小的黑色虫屎,因为树上孳生着成千上万只毛毛虫。

有一个聪明人拎来一只刚编织好的草包子,刚要把小福子放上去时,父亲从人堆里挤出来,脱下湿漉漉的褂子,铺在草包子上。父亲没有忘记把黑烟斗和牛皮烟荷包从褂子口袋里摸出来,别在腰带上。

小福子仰面朝天躺在父亲的褂子上了。我看到了他的脸。小福子依然比我要俊得多,但是他分明地变老了。他的耳朵上布满了皱纹,他的眼睛半开半阖,一线白光从他眼缝里射出来,又阴又冷。我觉得小福子是看着我的,他要告诉我关于那朵红花的秘密,它是从哪里来的,它又到哪里去了。老鳖与人类是什么关系……从小福子睥睨人类的阴冷目光里,我知道他什么都明白了,我当时就后悔,为什么不跟着小福子跳到河里去追逐那朵红花呢?真是遗憾真是后悔莫及。小福子的腮上凝结着温暖的微笑,我的牙齿焦黄他的牙齿却雪白,他处处比我漂亮,任何一个细枝末节都有力地证明着"好孩子不长命,坏孩子万万岁"的真理。小福子双唇紫红,像炒熟了的蝎子的颜色。

"等一会儿,等一会儿,"方六老爷安慰着焦灼的人群,"很快就会喘气的,肚里水控净了,没有不喘气的道理!"

大家都看着小福子瘦瘦的肚子,期待着他喘息。娘跪在小福子身边,含糊不清地祷告着。我一点不可怜她,我甚至觉得她讨厌!我甚至用灰白色的暗语咒骂着她,嘲弄着她;从她迷眬的眼珠子里流出来的眼泪我认为一钱不值。你哭吧!你祷告吧!你这个装模作样的偏心的娘!你的小福子活不了啦!他已经死定了!他原本就不是人,他是河中老鳖湾里那个红衣少年投胎到人间来体验人世生活的,是我把他推到河里去的!

我永远不可能成为一个孝子啦!

所有在场的人,都汗水淋漓,都把眼睛从小福子腹肚上移开,转而注视着方六老爷红彤彤的大脸。

红杨树上的毛毛虫同时排便,黑色的硬屎像冰雹一样打在人们的头上。

方六老爷秃亮的脑门上也挂上了一层细密的小汗珠,他举起手,用一群豆虫般的手指搔着鬓边那几十根软绵绵的头发,说:"不要着急,不要着急,待我看看。"

他弯下腰去,用厚厚的手掌压压小福子的心窝。他站起来时,我看到他的两颗大黄眼珠急遽眨动着,好像两只金色的蝴蝶在愉快地飞舞。

"六老爷……"娘奴颜婢膝地求告着,"六老爷,救救我的孩子……"

方六老爷沉思片刻,说:"去,去,去找口铁锅来。"

两个男人抬来一口搅拌农药的大铁锅。方六老爷命令他们把铁锅倒扣过来。

那口铁锅在阳光下晒得一定滚烫了。

六老爷亲自动手,把小福子拎到铁锅上。小福子的肚脐端端正正地挤在锅脐上,嘴啃着锅边,脚踢着锅边。

六老爷捋两下胳膊,吃力地弯下腰,用肥厚的手,挤压着小福子的背。六老爷把全身的重量都压到小福子身上了。我听到小福子的骨头啪哽啪哽地响着。我看到小福子的身体愈来愈薄,好似贴在锅底上的一张烙饼。六老爷猛一松手,小福子的身体困难地恢复着原样,他的胸膛里发出了"嗷嗷"的叫声。

"喘气了!"有人惊呼一声。

连娘都停了唠叨,几百只眼睛死盯着烙在锅上的小福子。寂静。黑色的毛毛虫屎冰雹般降落,虫屎打着小福子的背,打着浸透剧毒农药的锅边,打着方六老爷充满智慧的脑壳……都砰砰啪啪地响着。大家屏住呼吸,祈望着小福子能从锅上蹦起来。

等了半袋烟的工夫,小福子一动不动。方六老爷怒气冲冲地弯下腰,好像揉面一样,好像捣蒜一样,对着小福子的腰背,好一阵狂捣乱揉。一股臭气弥散开来。有人喊:"六老爷,别折腾了,屎汤子都挤出来了!"

六老爷直起腰,握两个空心拳头,痛苦地捶打着左右腰眼,两滴大泪珠子从他眼里噗噜噗噜滚下来。

"我没有招数了!"方六老爷沮丧地说,"用了黑牛,用了铁锅,他都不活,我没有招数了!"

我看着从小福子嘴里流出来的褐色的粥状物,在阳光下蒸腾着绿色的臭气。

"谁还有高招?"方六老爷说,"谁还有高招请拿出来使,死马当成活马医吧!"

父亲说:"六老爷,让您老人家吃累了。"

六老爷说:"哎,惭愧,惭愧!"一边说着,一边交替捶打着左右腰眼,摇摇摆摆地走了。

父亲弓着腰,端详着贴在锅底上的小福子,迟疑片刻,好像不晓得该从哪里下手。(我已经嗅到烤烧鸡的香味了。)一滴清鼻涕从父亲鼻尖上垂直下落,打在小福子的脊椎上。父亲哼了一声,伸出一双鲁莽的大手,卡住小福子的腰,用力掴起来,小福子皮肤与铁锅剥离时,发出一阵哔哔叭叭的声音。这声音酷似在灯火上烧头发的声音,伴随着声音迅速弥散的味道也像烧头发的味道。

小福子的身体折成两叠,几乎是垂直地悬挂在父亲颤抖不止的胳膊上。我想起了悬挂在房檐下木橛子上的腌带鱼。我的小弟弟四肢柔软地下顺着,他能把身体弯曲到如此程度,简直像个奇迹。

父亲把小福子放在地上,理顺了他凌乱的胳膊和腿。小福子的肚脐被锅脐挤出了一个圆圆的坑,有半个茶碗深。

娘跪在地上,我认为她很无耻地哀求着:"救救我的孩子!救救我的孩子!"

父亲懊丧地说:"行啦!别嚎了!"

我钦佩父亲的态度。娘不说话了,只是嘤嘤地哭,我又可怜她了。

父亲一手托住小福子的脖颈,一手托住小福子的腘窝,跟跟跄跄地往前走。围观的乡亲们匆匆闪开一条道路,都毕恭毕敬地立着。

我跑到父亲前面,回头仰望着父亲脸上的愚蠢的微笑,我忽然觉得,我应该说句什么,到了该我说话的时候了。

"爹,河里有一朵红花……"父亲脸上的微笑抖动着,像生锈的废铁皮嗦落落地响。我继续说:"小福子跳到河里去捞那朵红花……"

我看到父亲的腮帮子可怕地扭动着,父亲的嘴巴扭得很歪,紧接着我便脱离地面飞行了。湛蓝的天空,破絮般的残云,水银般的光线。黄色的土地,翻转的房屋,倾斜的人群。我在空中翻了一个筋斗,呱唧一声摔在地上。我啃了一嘴泥沙。趴在地上,我的耳朵里翻滚着沉雷般的声响。那是父亲的大脚踢中我的屁股瓣时发出的声音。

　　我自己爬起来,干号了一声。本来满肚子的干号要一连串地喷出来,但是,我看到人们的像鬼火一样的、毒辣的眼睛,所以,我紧紧咬住嘴唇,把干号压下去。于是,我感觉到胃里燃烧起绛紫色的火焰。

　　我当然听到了人们在背后叽叽喳喳地说着什么,我却径直地往前走了,我用力分拨着阻挡着我的道路的人群,他们像漂浮在水面的死兔子一样打着旋,放着桂花般的臭气漾到一边去。我恍惚觉得娘扑上来拉住我的胳膊,我回头一看,她的眼竟然也像鬼火般毒辣,她的脸上蒙着一层凄凉的画皮,透过画皮,我看到了她狰狞的骷髅。"放开我!"我愤怒地叫着。娘拉着我不松手,娘说:"大福子,我的儿,小福子去了,娘就指望着你啦……"半个小时前,你不是说包粽子,不给大福子吃吗?我看透了!我用力挣扎着,娘的手像鹰爪子一样抓着我不放松。我低下头,张开嘴,在娘的手脖子上,拼出吃奶的劲儿,咬了一口。我感觉到我的牙齿咬进了娘的肉里,娘的血又腥又苦。

　　娘惨叫一声,松开了手。

　　我头也不回往前走,一直走到打谷场的土墙边上,面壁十分钟,我专注地看着土墙上的花纹。我回过头去,打谷场上空无一人,刺鼻的汗臭味还在荡漾。这么说打谷场确曾布满了人,我的弟弟小福子确实是淹死了。我的屁股上当真挨过父亲一脚吗?娘的手脖子上当真被我咬过一口吗?

　　屁股似乎痛又似乎不痛,口里有血腥味又似乎没有血腥味。我很惶惑,便坐在了土墙边,我的身左身右都是浅绿色的新鲜麦苗儿。我坐着,无聊,便研究髌骨下的毒疮。我用锈铁片划开疮头,脓血四溢时,我感到希望破灭了。人身上总要有点珍奇的东西才好。后来,我用锈铁片在左膝髌骨下划开一道血口子,我用锈铁片从右膝髌骨下的毒疮上刮了一些脓血,抹到血口子里。

等到右膝下的毒疮收口时,左膝下一个新的毒疮已经蓬蓬勃勃地生长起来。

癞蛤蟆蹦到餐桌上,不会咬人也要硌硬你一下。

因为腹中饥饿,傍晚时我溜回家。小福子永远地消失了,我感到了孤独。爹和娘对我的自动归家没表示半点惊讶或愤怒。他们对坐着,在两根门槛上,爹抽烟,娘流泪。我坐在堂屋的门槛上,从我坐的地方到娘坐的地方和从我坐的地方到爹坐的地方距离相等。

娘没有心思做饭,爹抽烟抽饱了。我饥饿,站起来,到饭笸箩里拿了一个涂满苍蝇屎的高粱面饼子,找了两棵黑叶子大葱,从酱坛子里挖了一块驴粪蛋子那么大的黑豆酱,依然坐回到堂屋门槛上,喀喀唧唧地吃起来。

爹冷冷地看着我,娘惊愕地看着我。

我非常明白他们心里想的是什么。

你们没有什么了不起。

总有一天,你们会知道大福子不是盏省油的灯。

我打着饱嗝,摸上炕去睡觉,成群的蚊虫围着我旋转,有咬我的,也有不咬我的。我不惊吓它们,我的血多极了,由着它们喝。

后半夜时,蚊虫都喝饱了血,伏到墙壁上休息去了。我听到了河水的喧哗。爹和娘在各自占据的门槛上坐着,他们对话。

"别难过了,"爹说,"他是该死,你我薄命,担不上这么个儿子。"

"就剩下一个大福子啦,他偏偏又是个傻不棱登的东西……"娘说。

"要不怎么说你我薄命呢?"

"他可千万别再有个好歹……"娘担忧地说。

爹冷笑着说:"放心吧,这样的儿子,阎王爷都不愿意见他!"

爹和娘的对话并没使我难过,如果他们不这样说才是怪事。

河里涛声澎湃,天上星光灿烂,蚊虫偃旗息鼓,爹娘窃窃私语。

我没有任何理由难过,我不哭,我要冷笑。

我知道我在黑暗中发出的冷笑声把爹和娘吓懵了。

娘又怀孕了。看来她和爹一定要生一个优秀的儿子来代替我。我看着娘日日见长的肚子,心里极度厌恶。

小福子淹死之后,我一直装哑巴,也许我已经丧失了说话的机能,我把所有的话对着我的肠子说,它也愉快地和我对话。

"你看到那个女人那个丑陋的大肚子了吗?"

"看到了,非常丑陋!"

"你说她还像我的娘吗?"

"不像,她根本不像你的娘!"

"你看到我爹了吗?"

"看到了,他像一匹老骆驼。"

"他配做我的爹吗?"

"不配,我说了,他像一匹老骆驼!"

我每天都跟我的肠子对话,它的声音低沉,浑浊,好像鼻子堵塞的人发出的声音。

娘从怀孕之后就病恹恹的,她的脸色焦黄,皮肤下流动着黄色的水。爹买来了一只碗口大的鳖,为娘治病、滋补身体。

我问肠子:"这是袁家湾里的鳖羔子吗?"

肠子肯定地回答我:"是袁家湾里的鳖羔子,你看,只有袁家湾里的鳖种才能生出这样一颗圆圆的鳖头。"

爹把鳖放在水缸里养着,要养到一个逢九的日子才能杀。为了防止它逃跑,爹在缸上加了一个木盖,木盖上压着一块捶布石。

爹不在家的时候,我就搬掉捶布石,掀开木盖,观赏老鳖的泳姿和老鳖伏在水下时的静态。

每当我掀起木盖时,它就从水底奋勇地浮上来,它四条笨拙的短腿灵巧地划着水,斜刺里冲上水面。青黄鳖壳周围翻动着一圈肉蹼,好像鳖的裙子。浮上水面后,它就沿着水缸的内壁转圈,鳖指甲划得缸壁嚓嚓地响。从它的绿色的眼睛里我看出了它的愤怒和它的焦灼。缸里只有半缸水,缸壁上涂着赭红色的光滑釉彩,鳖无法冲出囚牢。

游一阵后,鳖乏了,它收缩起四肢,无声无息地、像影子一样沉下水去。

缸里的水渐渐平静,鳖搅起来的渣滓沉淀在缸底,青黄色的鳖壳上也蒙上了一层灰白的渣滓。如果不是那两只秤星般的鳖眼,很难发现缸底埋伏着一只鳖。

鳖安静的时候,也是我看鳖入神的时候。它那两只咄咄逼人的眼睛具有极大的魅力,它向我传达着一种只可意会不可言传的信息。有一种暗红色的力量,射穿水面,侵入我的身体,我一方面努力排斥着它,又一方面拼命吸收着它。我感觉到了鳖的思想,它既不高尚,也不卑下,跟人类的思想差不多。

杀鳖的日子终于到了,其实并没杀,但比杀还残酷。

父亲倒在锅里两瓢水,扔进水里一把草药,然后,用一把火钳,从水缸里把鳖夹出来。在从水缸到锅灶这段距离里,鳖在空中、在火钳的夹挤下痛苦地鸣叫着。父亲毫不犹豫地把它扔进锅里。鳖在锅里扑棱着,鳖边上的肉蹼像裙子一样漂动着。

灶下的火哔哔叭叭地燃烧着,锅沿上冒出了丝丝缕缕的蒸气,我还听到鳖在锅里爬动着。鳖指甲划着锅,嚓啦——嚓啦——嚓啦啦——

父亲把煮好的鳖舀到一只瓦盆里,逼着娘吃。

娘抄起筷子,戳戳鳖盖,鳖盖像小鼓一样嘭嘭响。

娘只吃了一口鳖,就捏着脖子呕吐起来。

父亲严厉地说:"忍着点,吃下去!"

娘满眼是泪,用筷子夹着一块颤颤巍巍的鳖裙子,放到唇边,又送回盆里。

我伸手抓过那块鳖裙,迅速地掩进嘴里。

从口腔到胃这一段,都是腥的、热的。

我的肠子在肚子里为我的行动欢呼。

父亲用筷子敲击着我的光头,我的光头也像小鼓一样嘭嘭响。

那天早晨,孙二老爷家那峰骆驼跑了。孙二老爷说他清晨起来喂骆驼时,槽头柱子上只剩下半截缰绳。这匹怪物的逃跑在村子里激起了很大的风波,就像三年前二老爷把它从口外拉回来时一样。骆驼耕地不如牛,拉车不如骡子,但二老爷一直喂养着它。

骆驼跑了!一听到这个消息我的心里就涌起一阵按捺不住的狂喜,我知道这一定要有什么事情发生了。究竟要发生什么事情我也说不清楚。

吃午饭时,街上响起一阵锣声。我扔下筷子就往外走,即将生产的娘在后边唠叨了一句什么,我连头也没回。我从草垛后摸出我的宝贝——那扇磨得溜滑的鳖甲、一块豆绿色的鹅卵石(鹅卵石的形状像个心脏,尖上缺了一块),我用鹅卵石敲击着鳖甲,往响锣的地方跑去。

在家里时,听到锣声在街上响;走到街上,又听到锣声在生产队的打谷场上响。

我远远地就看到了一匹单峰骆驼,没看到骆驼的形影之前我先嗅到了骆驼的气味。我兴奋得快要昏过去了。

看到单峰骆驼我才明白,多少年了,我一直在盼望着它们。

场上已经围了一群人。人圈里,一个似曾相识又十分陌生的老头子敲着锣转圈。他很苍老,说不清七十岁还是八十岁,嘴里没有一颗牙齿,嘴唇嘬进去,好像个松弛的肛门。他的胳膊上挂着一个皮扣子,皮扣子连着铁锁链,铁锁链连系着一个一尺多高的绿毛瘦猴子。猴子跟着老头绕场转圈,时而走时而爬,样子古怪滑稽。

老头念经般地哼哼着:"你快快地走来你慢慢地行……给你的叔叔大爷先鞠一个躬……要你的叔叔大爷为咱把场捧……挣几个铜板

咱去换烧饼……"

猴子并不给人鞠躬,但不停地龇牙咧嘴扮鬼脸。

有一辆木轱辘大车停在场子边上,骆驼拴在车辕杆上。车上装着一个木箱子,箱子盖掀开了,露出了一些花花绿绿的道具。一个二十多岁的大姑娘扶着车栏杆站着,她穿着一条红绸裤子,裤脚肥大;穿一件绿绸子褂子,一排蝴蝶样黑扣子从脖颈排到腰际。她脑后垂着一条粗辫子,脸盘如满月,眉毛很黑,睫毛很长,牙齿很白,神情很悒郁。

车上还有两个孩子,年龄与我相仿佛,一个男孩,一个女孩。两人都又瘦又白,倦倦地坐在地上。

没有狗熊,没有遍身硬刺的豪猪,没有三条腿的公鸡,没有生尾巴的男人。

不是我思念着的杂耍班子。

人愈来愈多。两个孩子同时站起来,紧紧腰带,走进场子,一个追着一个翻起筋斗来。女孩和男孩把他们的身体弯曲成拱桥形状时,往往露出绷紧的肚皮。

穿红裤子的大姑娘耍了一路剑,耍到紧密处,看不清她的模样,只看到一团红光在下,一团绿光在上,好像两团火。

我看到展现在我面前的人生道路。

道路弯弯曲曲,穿过低洼的沼泽,翻上舒缓的丘陵。我追赶着木轱辘大车在胶泥地上压出来的深刻辙印,我踩着单峰骆驼的蹄印走。鳖甲和心状鹅卵石装在兜里,它们是我的护身符。

洼地里野生着高大的芦苇,风滚过去,芦苇前推后拥,像煞翠绿色的海浪。

我闻到了一股熟悉的味道,骆驼!骆驼!孙二老爷家丢失的双峰骆驼从芦苇丛里慢吞吞地走出来,站在狭窄的泥泞道路上。我好像从来没对这匹骆驼有过畏惧之心,我好像一直亲爱着这匹骆驼,我与它的关系好像放牛娃与牛的关系。如同他乡遇故交,如同久别重逢的情人,我扑上去,跳一下,抱住了它高扬着的、弯曲着的、粗壮结实的脖子。

我的眼睛里涌出了灼热的液体,不是眼泪。

(一九八六年八月)

弃　　婴

我把她从葵花地里刚刚抱起来时,心里锁着满盈盈的黏稠的黑血,因此我的心很重很沉,像冰凉的石头一样下坠着;因此我的脑子里一片灰白,如同寒风扫荡过的街道。后来是她的青蛙鸣叫般的响亮哭声把我从迷惘中唤醒。我不知道是该感谢她还是该恨她,更不知道我是干了一件好事还是干了一件坏事。我那时惊惧地看着她香瓜般扁长的、布满皱纹的、浅黄色的脸,看着她眼窝里汪着的两滴浅绿色的泪水和她那无牙的洞穴般的嘴——从这里冒出来的哭声又潮湿又阴冷,心里的血又全部压缩到四肢和头颅。我的双臂似乎托不动这个用一块大红绸子包裹着的婴孩。

我抱着她踉踉跄跄、凄凄怆怆地从葵花地里钻出来。团扇般的葵花叶片嚓嚓地响着,粗硬的葵花叶茎上的白色细毛摩擦着我的胳膊和脸颊。出了葵花地我就出了一身汗,被葵花茎叶锯割过的地方鲜红地凸起鞭打过似的印痕。好像,好像被毒虫蜇过般痛楚。更深刻的痛楚是在心里。明亮的阳光下,包裹婴孩的红绸子像一团熊熊的火,烫着我的眼,烫着我的心,烫得我的心里结了白色的薄冰。正是正午,田野空旷,道路灰白,路边繁茂的野草,蛇与蚯蚓般地缠贴着。西风凉爽,阳光强烈,不知道该喊冷还是该喊热,反正是个标准的秋日的正午，反正村民们都躲在村庄里没出来。路两边杂种着大豆、玉米、高粱、葵花、红薯、棉花、芝麻，葵花正盛开，黄花连缀成一片黄云，浮在遍野青翠之中。淡淡的花香里，只有几只赭红的野蜂子在飞，蝈蝈躲在叶下，忧郁地尖声鸣叫，蚂蚱在飞，燕子在捕食。悬挂在田野上空、低矮弯曲的电话线上，蹲着一排排休憩的家燕。它们缩着颈，一定在注视着平滑地流淌在绿色原野上的灰色河流。我闻到了一股浓郁得像生蜂蜜般黏稠的生命的气味。万物蓬勃向上，形势大好不是小好，形势大好的生动表现是猖獗的野草和茁壮的稼禾间升腾着燠热的水汽。天蓝得令人吃惊，天上孤独地停泊着白云像纯情的少女。她还是哭，好像受了巨大的委屈。那时我还不知道她是个被抛弃的女婴。我的廉价的怜悯施加到她身上，对她来说未必就是多大的恩泽，对我来说却是极度的痛苦了。现在我还在想，好心不得好报可能是宇宙间的一条普遍规律。你以为是在水深火热中救人，别人还以为你是在图财害命呢！我想我从此以后是再也不干好事了。当然我也不干坏事。这个小女婴折磨得我好苦，这从我把她从葵花地里抱出来时就感觉到了。

　　破烂不堪的公共汽车把我一个孤零零的乘客送到那三棵柳树下，是我从葵花地里捡出女婴前半个小时的事。坐在车上时，我确实是充分体验到了社会制度的优越性，车上那个面如雀蛋的女售票员也是这么说。她可能是头天夜里跟男朋友玩耍时误了觉，从坐上车时她就哈欠连天，而且打过一个哈欠就掉转那颗令人敬爱的头颅，怒气冲冲地瞪我一眼，好像我刚往她的胸膛上吐过一口痰似的，好像我刚往她的雪花膏瓶子里掺了石灰似的。我恍然觉得她的眼球上也生满了褐色雀斑，而她的一次次对我怒目而视，已经把那些雀斑像铁砂子般扫射到我的脸上。我惶恐，觉得好像挺对不起她的，因此她每次看我时我都用最真诚的笑脸迎着她。后来她原谅我。我听到她说："成了你的专车啦！"我的车长达十米，二十块玻璃破了十七块，座位上的黑革面像泡涨的大饼一样翻卷着。所有的铁器官上都遍披着红锈的专车浑身哆嗦着向前飞驰,沿着狭窄的土路,把路两边绿色的庄稼抹在车后。我的专车像一艘乘风破浪的军舰。我的司机不回头,问我:"在哪儿当兵?""在××。"我受宠若惊地回答。"是要塞的吗?""是啊是啊!"我不是"要塞"的,但我知道撒谎有好处——有一个撒谎成性的人传染了我。司机情绪立刻高了,虽然他没回头,我也看到了他亲切的脸。我无疑勾起了他许多回忆,他的兵涯回忆。我附和着他,陪着他大骂"要塞"那个流氓成性的、面如猿猴的副参谋长。他说他有一次为副参谋长开车,副参谋长与三十八团团长的老婆坐在后排。从镜子里,他看到副参谋长把手伸到团长老婆的奶子上,他龇牙咧嘴地把方向盘一打,吉普车一头撞到一棵树上……他哈哈地笑着。我也哈哈地笑着。我说:"可以理解,可以理解,副参谋长也是人嘛!""回来后就让我写检查。我就写:'我看到首长在摸女人奶子,走了神,撞了车,犯了错误。'检查送上去,我们指导员在脑勺子上给了我一巴掌,骂我:'操你妈!哪有你这样写检查的,回去重写吧!'""你重写了吗?""写个屁!是指导员替我写的,我抄了一遍。"我说:"你们指导员对你蛮好。""好个屁!我白送了他十斤棉花!""人无完人嘛!再说,那是'文化大革命'期间的事了嘛,是'四人帮'的罪过。""这些年部队怎么样?""挺好,挺好。"

车到"三棵树",我的售票员小姐拉开车门,恨不得一脚把我踹到车下去,但我和司机攀上了"战友",所以不怕她。我把一盒"9·9"牌香烟扔到驾驶台上。这盒烟劲儿挺大,司机把车开出老远还为我鸣笛致谢呢。

下车。前行。肩背一包糖,手提一箱酒。我必须顶着太阳走完这十五里不通汽车的乡间土路,去见我的爹娘与妻女。我远远地就看到那片葵花地了。我是直奔葵花地而去的。我是在柳树上看到那张纸条后跑向葵花地的。我是看到了纸条上写的字就飞跑到葵花地里去的。

纸条上写着一行歪歪扭扭的字:速到葵花地里救人!!!

那片葵花地顿时就变得非常遥远,像一块漂游在大地上的云朵,黄色的、温柔的、馨香扑鼻的诱惑强烈地召唤着我。我扔掉手提肩背的物件,飞跑。在焦灼的奔波中,我难忘的一件往事涌上心头。那是前年的暑假,我回家的路上,由一条白狗为引,邂逅了久别的朋友暖姑,生出了一串故事。这些故事被我改头换面之后,写成了一篇名为《白狗秋千架》的小说。这篇小说我至今认为是我的好小说。每次探家总有对故乡的崭新的发现,总有对过去认识的否定。纷繁多彩的农村生活像一部浩瀚的巨著,要读完它、读懂它并非易事,由此我也想到了文人的无聊和浅薄。这一次,又有什么稀奇事儿等待着我去发现呢?根据柳树上纸条的启示,用某学院文人们的口头禅说,这一次的节目将"更加激烈,更加残酷"。葵花,黄色的葵花地,是葛利高里和阿克西妮亚幽会的地方,是一片引人发痴的风流温暖的乐园。我跑到它跟前时,已经出气不迭。粗糙的葵花叶片在温存的西风吹拂下欻啦啦响着,油铃子、蟋蟀、蝈蝈欢快又凄凉地叫着,后来给我带来无数麻烦的女婴响亮地哭着。她的哭声是葵花地音响中的主调,节奏急促、紧张,如同火烧眉毛。

　　我从没有看到过成片的葵花。我看惯了的是篱笆边、院墙边上稀疏种着的葵花,它们高大、孤独,给人以欺凌者的感觉。成片的葵花温柔、亲密、互相扶持着,像一个爱情荡漾的温暖的海洋。故乡的葵花由零散种植发展到成片种植,是农村经济生活发生重大变革的生动体现。几天之后,我更加尖刻地意识到,被抛弃在美丽葵花地里的女婴,竟是一个集中着诸多矛盾的扔了不对、不扔也不对的怪物。人类进化至如今,离开兽的世界只有一张白纸那么薄;人性,其实也像一张白纸那样单薄脆弱,稍稍一捅就破了。

　　葵花茎秆粗壮,灰绿色,下半截的叶子脱落了,依稀可辨脱叶留下的疤痕,愈往上,叶片茂盛得愈不透光。叶色黑绿,不光滑。碗大的无数花盘挑在柔软的弯颈上,像无数颗谦恭的头颅。我循声钻进葵花地,金子般的花粉雨点般落下,落在我的头发上和手臂上,落进我的眼睛里,落在被雨水拍打得平坦如砥的土地上,落在包裹婴孩的红绸子上,落在婴孩身旁三个宝塔状的蚁巢旁边。熙熙攘攘的黑色蚂蚁正在加紧构筑着它们的堡垒。我猛然感到一阵蚀骨的绝望,蚂蚁们的辛苦劳动除了为人类提供一点气象的信息外,其实毫无价值。在如注的雨水下,高大的蚁巢连半分钟也难以支撑。人类在宇宙上的位置,比蚂蚁能优越多少呢?到处都是恐怖,到处都是陷阱,到处都是欺骗、谎言、尔虞我诈,连葵花地里都藏匿着红色的婴孩。我是有过扔掉她走我的路的想法的,但我无法做到。婴孩像焊接在了我的胳膊上。我心里好几次做出了扔的决定,但胳膊不听我的指挥。

我回到三棵树下,再一次研究那纸条上的字。字们狰狞地看着我。田野照旧空旷,苟延残喘的秋蝉在柳树上凄凉地哀鸣,通县城的弯曲的土地上泛着扎眼的黄光。一条癞皮的、被逐出家门的野猫从玉米林里钻出来,望了我一眼,叫了一声,懒洋洋地钻到芝麻地里去了。我看了看婴孩肿胀透明的嘴唇,背起包,提起箱,托着婴孩,往我的家中走。

家里的人对我的突然出现感到惊喜,但对我怀抱的婴孩则感到惊讶了。父亲和母亲用他们站立不稳的身体表示他们的惊讶,妻子用她陡然下垂的双臂表示她的惊讶,唯有我的五岁的小女儿对这个婴孩表示出极度的兴奋。她高叫着:"小弟弟,小弟弟,爸爸捡回来一个小弟弟!"

我自然知道女儿对"小弟弟"的强烈兴趣是父母和妻子长期训练的结果。我每次回家,女儿就缠着我要小弟弟,而且是要两个。每逢这时,我就感觉到父亲、母亲、妻子,用他们严肃的、温柔的、期待的目光注视着我,好像对我进行严厉的审判。有一次,我惶恐地把一个粉红色的塑料男孩从旅行包里摸出来,递给吵嚷着要小弟弟的女儿。女儿接过男孩,在孩子头上拍了一巴掌,男孩头嘭一声响。女儿把男孩扔在地上,哇一声哭了。她哭着说:"我不要,这是个死的……我要个会说话的小弟弟……"我捡起塑料男孩,看着他过分凸出的大眼睛里泛动着的超人的讥讽表情,沉重地叹了一口气。父亲和母亲各叹了一口气,我抬起头来,看着妻子黑漆般的脸上,两道浑黄的泪水流成了河。

家里人除女儿外,都用麻木的目光盯着我,我也麻木地盯着他们。我自我解脱般地苦笑一声,他们也跟着我苦笑,无声,只能看见他们泥偶般的脸上僵硬的、流质般的表情。

"爸爸!我看看小弟弟!"女儿在我面前蹦着喊叫。

我向他们说:"捡的,在葵花地里……"

妻子愤怒地说:"我能生!"

我蔫头蔫脑地说:"孩子她娘,难道能见死不救吗?"

母亲说:"救得好!救得好!"

父亲始终不说话。

我把婴孩放在炕上,婴孩抽搐着脸哭。

我说她饿了。妻子瞪我一眼。

母亲说:"解开看看是个什么孩子。"

父亲冷笑一声,蹲在地上,掏出烟袋,吧嗒吧嗒抽起烟来。

妻子匆匆走上前去,解开拦腰捆住红绸的布条,抖开红绸,只看了一眼,就懊丧地退到一边去。

"看小弟弟!看小弟弟!"女儿挤上前来,手把着炕沿要上炕。

妻子弯下腰,对准女儿的屁股,凶狠地抓了一把。女儿尖叫一声,飞快地逃到院子里,撕着嗓子哭。

是个女婴。她蹬着沾满血污的、皱皮的小腿号哭。她四肢健全,五官端正,哭声洪亮,毫无疑问是个优秀的孩子。她的屁股下有一大摊黑色的屎,我知道这是"胎粪"。在红绸子上像软体动物一样蠕动着的是个初生的婴孩。

"丫头子!"母亲说。

"不是丫头子谁家割舍得扔!"父亲把烟袋锅子用力往地上磕着,

阴森森地说着。

女儿在院子里哭着,好像唱歌一样。

妻子说:"你从哪里抱来的,还给人家抱回哪里去!"

我说:"抱回去不是明明送她死吗! 这是条人命,你别逼着我去犯罪。"

母亲说:"先养着吧,先养着,打听打听看有没有缺孩子的。救人救到底,送人送到家。你们行了这个善,下一胎一定能生个男孩。"

母亲,不,全家人,念念不忘的就是要我和妻子交配生子,完成我作为儿子和丈夫的责任。这种要求的强烈程度随着我和妻子年龄的增大而增大,已临近爆发的边缘。这种毒汁般的欲念,毒害着家里人的情绪;每个人都用秤钩般的眼睛撕扯着我的灵魂。我多次想到缴械投降,但终究没有投降。现在,每逢我在大街上行走时,我就感觉到一种深深的恐怖。人们都用异样的目光打量着我,好像我是一个精神病患者抑或外星球上降落下来的人形怪物。我酸苦地瞅一眼无限虔诚地为我祝祷着的母亲,连叹息的力量也没有了。

我找出半卷手纸,为女婴擦拭胎屎。成群结队的苍蝇嗅味而来,它们从厕所里飞出来,从猪圈里飞出来,从牛棚里飞出来。汇成一股黑色的浊流,在房间里飞动。炕下的暗影里,成群的跳蚤像子弹般射来射去。胎粪又黏又滞,像化开的沥青,像熬熟的膏药,腥和臭都出类拔萃。我吃力地擦着胎粪,微微有点恶心。

妻子在外屋里说:"自己的孩子不管不问,好像不是你的种,人家孩子你擦屎擦尿,好像是你亲生的。没准就是你亲生的,没准就是你在外边搭伙了一个大嫚,生了这么个小嫚……"

妻子的语言掺和在嗡嗡鸣叫的苍蝇的漩涡里,把我的脑浆子都给搅濯了。我歇斯底里地吼了一声:"够了,先生!"

她不说话了。我盯着她因为愤怒惊惧变成了多边形的脸,听到我的女儿在胡同里与邻居家的女孩嬉闹着。女孩,女孩,到处都是不受欢迎的女孩。

尽管小心翼翼，胎粪还是沾到了我的手上。我感到这是一件挺美好的事情，能为一个被父母抛弃的女婴擦拭她一生中第一泡屎，我认为是我的光荣。我索性用手去擦、用弯曲的手指去刮粘在女婴屁股上的黑便。我斜目看到妻子惊愕得半张开的嘴，突然爆发了一种对全人类的刻骨的仇恨。当然我更仇恨我自己。

妻子前来帮忙。我不对她表示欢迎也不对她表示反对。她走上前来，熟练地整理褯裸；我机械地退到后面，舀一点水，洗着手上的粪便。

我听到妻子喊："钱！"

我提着手站起来，看到妻子左手捏着一方剥开的红纸，右手捏着一把破烂的钱票。妻子扔下红纸，吐着唾沫，数着手里的钱。她数了两遍，肯定地说："二十一块！"

我发现她的脸上生出一些慈祥的表情。我说："你把莎莎小时用过的奶瓶拿出来涮涮，冲些奶粉喂她。"

"你真要养着她？"妻子问。

"那是以后的事，先别饿死她。"我说。

"家里没有奶粉！"

"你到供销社买去！"我从衣袋里摸出十元钱，递给她。

"不能用咱们的钱，"她晃晃手中那沓肮脏的钱票，说，"用她自己的钱买。"

一只蟋蟀从潮湿的墙角上蹦起来，跳上炕沿，在红绸子上弯弯曲曲地爬动。蟋蟀咖啡色的肉体伏在深红的绸子上，显得极端严肃。我看到它的触须神经质地颤抖着。女婴从褯裸中挣扎出一只大手，举到嘴边吮着，那只手巴骨上裂着一些白色的皮。女婴一头乌发，两扇耳朵很大，半透明。

不知什么时候，父亲和母亲也站在了我的身后，看着饥饿的女婴啃食拳头。

"她饿了。"母亲说。

"人什么都要学,就是吃不用学。"父亲说。

我回头看着两位老人,心里涌起一股滚热的浪潮。他们像参拜圣灵一样,与我一起,瞻仰着这个也许能成为盖世英杰的女婴布满血污的面孔。

妻子买回来两袋奶粉,一袋洗衣粉。我亲自动手,冲了一瓶奶,把那个被我女儿咬烂了的乳胶奶头塞到女婴嘴里。女婴晃了几下头,便敏捷地咬住了奶头,紧接着她的喉咙里发出了呼噜呼噜的声响。

吃完一瓶奶,她睁开了眼睛。两只黑蝌蚪般的眼睛。她努力看着我,目光冷漠。

我说:"她在看我。"

母亲说:"初生的孩子,什么也看不到。"

父亲怒气冲冲地反驳道:"你怎么知道她什么也看不到?她打电话跟你说啦?"

母亲退着走,说:"我不跟你抬杠,她能看到,看不到,都随她的便去。"

女儿从胡同里跑回来,高声喊叫着:"娘,打雷了,上来雨啦。"

果然,站在房子里,就听到了西北方向持续滚过推磨般的雷声。通过捅破纸的后窗棂,我看到了那半边天上毛茸茸的乌云。

午后,大雨滂沱,瓦檐上的雨水像灰白的幕布垂直挂地,雨声中夹杂着青蛙的叫声。随雨降下的十几条犁铧般的大鲫鱼在院里的积水中泼刺刺跳跃。妻子搂着女儿在炕上酣睡着,父母亲在他们的炕上咻咻吹着气。我把女婴放在一面竹筛子里,端到堂屋正中的一个方凳上。我一直坐在筛子旁,看一会儿发疯般的雨水,又看一会儿躺在筛子里齁齁地安睡的女婴。瓦檐上的流水注到一只翻扣的水桶上,发出时而响亮时而沉闷的急促声响。天色晦暗,堂屋里弥漫着青蓝色的光辉,女婴的脸酷似橘皮的颜色。我生怕她饿着,手持着奶瓶,像持着一个救火器。每当她把嘴巴咧开要啼哭时,我就把奶头塞到她嘴里,把她的啼哭扼杀在萌芽状态中。一直到奶汤从她嘴里溢出来时,我才猛然醒悟:婴儿不但能饿死,同样也能撑死。我停止喂奶,用毛巾擦净她眼窝里和耳轮里的奶汁,焦灼地看着干劲不减的雨水。我深深地感到女婴已经成为我的累赘。如果没有她,此时我应躺在炕上睡觉,恢复连续乘车的疲劳。因为有了她,我只能坐在僵硬的凳子上,观赏枯燥的暴雨了。如果没有我,她也许已被暴雨灌死了,灌不死也冻死了。她也许早被汹涌的水流冲到沟里去,饥饿鱼群已经开始吮吸她的眼珠了。

院子里有一条雪白的鲫鱼搁浅在青砖甬路上。它平躺着,尾巴啪啪地抽打着甬路,闪烁出一圈黯淡的银光。后来它终于跃进甬路下的积水里。它直起身子,青色的背脊像犁铧般地划开水面。我很想冒雨出去把它抓获,使它成为父亲佐酒的佳肴。我忍住了,并不仅仅因为雨水会打湿我的衣服。

在那个急雨如乱箭的下午,我忍受着蚊虫的骚扰,考察了故乡弃婴的历史。我不必借助任何资料就把故乡的弃婴史理出了一条清晰的线索,我用回忆的利喙把尘封的历史啄出了一条幽暗的隧道。我在这条隧道里穿行,手和脚都触摸着弃婴们冰凉的白骨。

我把这些被抛弃的婴孩大致划分为四类,仅仅是大致划分,因为这四类婴孩有时处于一种交叉境况。

第一类系因家庭生活困难、无力抚养,被溺杀在尿罐里、抛弃到路边者。这种情况多发生在解放前,没有计划生育措施的情况下。这一类弃婴现象好像具有世界性的普遍意义,我记得日本有两篇小说,一篇名为《桑孩儿》,是水上勉写的;另一篇名为《陆奥偶人》,记不清作者名字了,好像就是著名小说《楢山节考》的作者。《桑孩儿》和《陆奥偶人》写的都是弃婴的事。《桑孩儿》里的弃婴就是把婴孩活活地扔到桑林洞穴里——有生命力极顽强者,在洞穴里呆一夜尚能呱呱啼哭,这种孩子往往被抱回去继续抚养。陆奥的弃婴方式则是在婴儿降生后,第一声啼哭没及发出之前,把婴孩倒竖在热水中溺死。他们认为婴孩未啼哭前是没有感觉的,这时把他溺死,是不违反人道的。一旦婴孩啼哭之后,就只能养着他了。这两种弃婴方式在我的故乡都曾存在过,这两种方式产生的原因一如上述——我是按弃婴的原因来为弃婴分类的。我相信在漫长的岁月里,故乡有许多婴儿是死在尿罐里的,这种杀婴方式似乎比日本陆奥的杀婴方式还要肮脏残忍。当然,我即便是问遍乡里苟活的老人,也难问出一个确凿的杀婴者。但我回忆起他们坐在篱笆边或断墙边闭目养神时的情景,我认为他们脸上的表情都是杀婴者的表情,他们中肯定有人在尿罐里溺杀过亲生儿女,或者把亲生儿女扔到路边冻饿而死——这类婴孩是无人要捡的。所以,把活着的婴孩扔到路边或是十字路口,似乎比把他溺杀在尿罐里要人道一些,其实这不过是那些贫穷善良的父母们的自我安慰罢了。这些活着送出去的孩子,生机委实渺茫得很,他们恐怕绝大多数都饱了饥肠辘辘的野狗肚腹。

　　第二类被抛弃的婴孩是有先天性的生理缺陷或是怪胎。这类婴孩连进尿罐的资格都没有。一般情况下都是由婴孩的父亲在太阳出山前寻一僻静地方活埋掉。填土时,还要在婴孩的肚腹上压上一块新砖,防他来年又来投胎。但情况也有例外,解放初期我们故乡有一个大名赫赫的区长李满子,就是一个先天性的兔唇。

　　第三类弃婴是"私孩子"。"私孩子"是一句很厉害的骂人话,故乡有姑娘们被激怒时,往往用这句话詈骂仇敌。"私孩子"就是未婚的大闺女生的孩子。这类孩子一般来说大都聪明漂亮,因为凡懂得偷情的少男少女,都不是蠢货。这一类弃婴成活的可能性较大,缺少子女的夫妻愿意抱养这类孩子,往往事先就联系好了,到时由孩子的父亲趁夜送到抱养者家门口。也有弃置行人易见处的。私孩子的襁褓里多多少少总有一点财物。私孩子里有男婴,而前两类弃婴里,除有生理缺陷十分严重者外,一般无男婴。

解放后,由于经济生活的进步和卫生条件的提高,弃婴现象已大大减少,进入八十年代之后,弃婴现象又开始出现,而且情况倍加复杂。这类弃婴绝对无男孩。从表面上看,是计划生育政策把一些父母逼成了野兽,但深入考察,我明白,重男轻女的传统观念,是杀害这些婴儿的罪魁祸首。我知道也不能对新时代的弃婴者施行严厉的批判,我知道我如果是个农民,很可能也是一个抛弃亲生女儿的父亲。

这种现象不管多么有损于人民共和国的光辉声誉,它还是客观存在着的,而且短时间内难以根绝。生在臭气熏天的肮脏村落里,连金刚石的宝刀也要生锈,我现在才似乎有些"悟道"了。

暴雨经夜未停,平明时分,乌云破散,射出一道血红的湿热阳光。我把女婴端到妻子炕上,求妻子照应着,然后踩着浑浊的雨水,涉河去乡政府请求帮助。走在胡同里时,我看到那道由高粱秆夹成的篱笆已被风雨打倒在地上,篱笆上蓊郁的牵牛花泡在雨水里,紫色的和粉红色的牵牛花从水中擎起来,对着初晴的天空,好像忧悒地诉说着什么。篱笆倾倒,障碍撤销,一群羽毛未丰的半大鸡冲进去,疯狂地啄食着碗口大的白菜。河里正在涨水,石条搭成的小迈桥微露水面。水声哗哗地从桥石边缘的浪花上发出。我跳桥时崴了脚,走上河堤还瘸了几十步,心想此兆非吉兆,去乡政府也未必能出手这个婴儿,但还是奔着乡政府那一片红瓦房,一瘸一颠地走得生动。

大雨抽打得乡政府院子里房屋的建筑材料格外新鲜,红砖绿瓦,青皮竹竿,都油汪汪地闪亮。大院里人声不闻。一条尖耳削尾的杂种小狼狗卧在一条水泥台阶上,对着我睁睁眼睛,又慢慢地眯缝起来。我寻找着门口上钉着的木牌,找到办公室,然后敲门。门响三声时,忽听到身后一阵风响,腿肚子上起了一阵锐利的痛楚。急回头看时,那条咬了我一口的小狼狗又舒适地趴在水泥台阶上。它依然不吱声,伸出红舌舔舔唇,然后报我一个友好的笑容。它咬了我一口我还对它充满好感,一点也不恨它。我想这条狗是条伟大的狗。我开始考虑,它为什么要咬我呢?它不是无缘无故地咬我,世上没有无缘无故的爱,也没有无缘无故的恨。它咬我一定是要我在痛苦中顿悟。真正的危险来自后方不是来自前方,真正的危险不是龇牙咧嘴的狂吠而是蒙娜丽莎式的甜蜜微笑。不想不知道,一想吓一跳。狗,谢谢你,你这条尖嘴巴的满脸艺术色彩的狗!

我的裤管上黏腻腻的,热乎乎的,可能流的是血。我为别人流血时,喝了我的血的人转眼就骂我:你的血太腥!滚吧!这个被抛弃的女婴,会不会也骂我的血太腥呢?

绿漆剥落的房门骐啦一声打开了,迎着我的面站着一个黑铁塔般的大汉子。他打量我几眼,问:"找谁?"

我说:"找乡里领导。"

他说:"我就是。屋里坐吧。你,你的腿淌血啦,怎么搞的?"

我说:"被你们的狗咬的。"

黑汉子脸上变色,怒冲冲地说:"哎哟,你看这事!对不起。这都是苏疤眼子干的好事!人民政府,又不是地主宅院,为什么要养看家狗?难道人民政府怕人民吗?难道我们要用恶狗切断与人民的血肉关系吗?"

我说:"不是切断,而是建立起血肉联系。"我指指伤腿说。

伤口里的血顺着腿肚子流到脚后跟,由脚后跟流到鞋后跟,由鞋后跟流到红砖地面上。我的血泡胀了一根挺长的烟蒂,"前门"牌香烟,我看清了商标。烟丝子菊花黄。

黑大汉高声喊叫:"小王!小王!"小王应声跑来,垂手听候吩咐。大汉说:"你把这位解放军同志护送到卫生院上药。开个报销单回来报销。回来时去粮管所夏所长那里借支土枪,把这条狗打死!"

我站起来,说:"领导,我不是为这事来的,我有紧要事向领导汇报。腿上的伤我自己去治,狗让它好好活着,它挺好的,我挺感谢它的。"

"不管你谢不谢它,我们迟早是要把它打死的!太不像话了,你不知道,它已经咬伤了二十个人!你是第二十一个!不打死它还会有人被它咬伤。"黑大汉说,"乱子够多了,还来添乱!"

我说:"领导,千万别打死它,它咬人自有它的道理。"

"行啦行啦!"黑大汉挥一下手,对我说,"你有什么事?"

我慌忙抽出一支烟敬给他,他果断地摆摆手,说:"不抽!"

我有些尴尬,点火抽着烟,战战兢兢地说:"领导,我捡了一个小女孩……"

他的目光像电火一样亮了一下,鼻子里唔了一声。

"昨天中午,在三棵树东边的葵花地里,女婴,用红绸子包着,里边有二十一块钱。"

"又是这种事!"他心烦意乱地说。

"我不能见死不救啊!"我说。

"我说让你见死不救了吗?我是说又是这种事!又是这种事!你不知道乡里压力有多大。土地一到户,农民们自由了,养孩子也自由了,养,养,一个劲儿地养,养不着男孩死不罢休!"

"不是实行独生子女政策吗?"

他苦笑一声:"独生?二生、三生、四生、五生都有了!十一亿人口?太谦虚啦,只怕十二亿也有了!哪个乡里也有三百二百的没有户口的黑孩子!反正肉烂在锅里,跑不出中国去!"

"不是有罚款政策吗?"

"有啊!生二胎罚款两千,生三胎罚四千,生四胎罚八千!可这不管用啊!有钱的不怕罚,没有钱更不怕罚。你是东村的吧?认识吴二牙?他生了四胎了,没有地,有三间破屋,屋里有一口锅,一个瓮,一条三条腿的桌子,你罚吧!他说:'我没钱,用孩子抵债吧,要一个给一个,要俩给俩,反正是女孩。'你说怎么办?"

"强行结扎……不是有过这种事吗?"我小心翼翼地问。

"有啊,这几天正搞得热火呢!可他们比狗鼻子还灵,一有风声就跑,跑到东北去躲一年,开春回来,又抱回一个孩子!我手里要有一个加强连才行,他妈的!这等鸡巴事,不是人干的!我晚上都不敢走夜路,走夜路要挨黑石头!"

我的被狗咬伤的腿抖了一下。

他嘲讽地笑了笑。

通过敞着的门,我看到了那条安详地趴在水泥台阶上的小狼狗。我知道它的生命安全极了,粮管所夏所长家也决不会有什么土枪。

"我捡的女婴怎么办?"

"没法办!"黑汉子说,"你捡着就是你的,养着吧。"

"领导,你就这种态度?又不是我的孩子,凭什么要我养着?"

"你不养着难道要我养着?乡政府又不是托儿所。"

"不行,我不能养。"

"那你说怎么办?你自己捡来的孩子,又不是乡政府逼你捡的。"

"我把她送回原地去。"

"随你的便。不过,她要是在葵花地里饿死、被狗咬死,你可就犯了杀婴罪了!"

我的喉咙被烟呛住了,咳嗽,流泪。

黑大汉同情地望着我,为我倒了一杯茶过来,茶杯上的泥垢足有半钱厚。我喝了口茶,望着黑大汉。

他说:"你去打听打听,看有没有孤寡要抱养孩子的,没有,你就只好养着她。你的家属在农村?有了一个孩子?你养着她,想落户口就算你生了二胎,罚款两千元!"

"王八蛋!"我把茶杯高举起来,然后轻轻地放下。我眼里噙着泪说:"领导,这个世界上还有没有正理公道?"

领导龇出一口结实的黄板牙,笑了。

我的腿奇痒难挨,一见到地上汪着的雨水就颤抖。我想,八成是得了狂犬病了。我的牙根也发痒,特别想咬人。黑汉子在我身后喊:"你别着急,总会有人要的,乡里也帮你想办法。"

我只是想咬人。

三天过去了,女婴吃光了一袋奶粉,拉了六泡大便,撒了十几泡小便。我向妻子乞讨到四块尿布,轮流换洗。妻子非常不情愿把尿布借给我用。她的尿布是为她未来的儿子准备的,都叠得板板正正,洗得干干净净,像手帕一样,一摞摞摆在箱子里。我从她手里把尿布接过来时,看到她脸上悬挂着对我的沉甸甸的谴责。

女婴胃口极好,哭声洪大有力,简直不像个初生的婴儿。我蹲在筛子旁为她喂奶时,看着她吞没了整个奶头的小嘴,看着她因疯狂进食脸上出现的凶残表情,心里泛起灰白的寒冷。这个女婴令我害怕,她无疑已经成为我的灾星。有时我想,我为什么要捡她呢？正像妻子训导的一样：她的亲生父母都不管她了,你充什么善人？你"扫帚捂鳖算哪一枝子"？我蹲在盛女婴的竹筛子旁边时,经常想到那片黄光灿烂的葵花地,那些碗口大的头颅沉重地低垂着,机械地、笨拙地围着自己的茎秆转动,黄色的花粉泪珠般落在地上,连蚂蚁的巢穴都淹没了……

我嗅到腿上被狗咬出的伤口已经开始散发腐败的气息,苍蝇围绕着它盘旋。苍蝇装着满肚子的蛆虫,像挂满了炸弹的轰炸机。我想这条腿可能要烂掉,烂得像个冻僵了的冬瓜。当我施行了截肢手术,架着木拐,像挂钟般悠来荡去的时候,这个女婴会怎么想呢？我还能指望她对我感恩戴德吗？不可能,绝对不可能。我每次为别人付出重大牺牲后,得到的总是别人对我刻骨的仇恨和恶毒的詈骂,最恶毒的詈骂。我的心已经被伤透了,被戳穿了。当我把被酱油腌透的心献给别人时,人家却往我的心上撒尿。我恨透了丑恶的人类,当然包括这个食量颇大的女婴。我为什么要救她？我听到她在愤怒地质问我：你为什么要救我？你以为我会感谢你吗？没有你我早就离开了这个肮脏的人世,你这个执迷不悟的糊涂虫！应该让那条狗再咬你一口。

我胡思乱想着,突然发现饱食后的婴儿脸上绽开一个成熟的微笑。她笑得那么甜,像暗红色的甜菜糖浆。她的腮上有一个豆粒那么大的酒窝,她的印堂正中正在蜕皮,她的扁长的头颅正在收缩,变圆。一切都说明,这是个漂亮的、健康的女孩。面对着这样热诚的、像葵花一样辉煌的生命——我又一次想到金黄的葵花地——我否定自己的不经之想。恨人也许是不对的,那么,让我好好地爱人吧!哲学教师提醒我:纯粹的恨和纯粹的爱都是短命的,应该既恨又爱。好吧,我命令自己痛恨人类又挚爱人类。

女婴襁褓里的二十一元钱只够买一袋奶粉了,为女婴寻找新家园的工作毫无进展。妻子的闲言碎语一天到晚在我耳畔响。父亲和母亲更像木偶人了,他们常常一整天不说半句话。他们与我的语言功能发达的妻子形成了鲜明对照。我的女儿对我捡来的女婴有着强烈的兴趣,她常常陪着我坐在竹筛旁边,全神贯注地观赏着筛中的婴儿。我们好像在观赏奇异的热带鱼。

如果不能在最短的时间里把这个女婴处理掉,如果女婴吃完她亲生父母陪送给她的二十一元钱,我知道等待着我的是什么。我拖着伤腿出发了。我走遍了全乡十几个村庄,拜访了所有的缺少儿女的家庭,得到的回答几乎都是一样的:我们不要女孩,我们要男孩。我以前总认为我的故乡是个人杰地灵的地方,几天的奔波完全改变了我的印象。我见到了那么多丑陋的男孩,他们都大睁着死鱼样的眼睛盯着我看,他们额头上都布满深刻的皱纹,满脸的苦大仇深的贫雇农表情。他们全都行动迟缓,腰背佝偻,像老头一样咳嗽着。我更加深刻地体会到了人种的退化。这些严酷地说明全该淘汰的人种都像无价珍宝一样储存在村子里。我为故乡的未来深深担忧,我不敢设想这批未老先衰的人种会繁殖出一些什么样的后代。

有一天,我在推销女婴的归途上,碰到了一个小学时的同学。他好像是三十二三岁年龄吧,但看上去却有五十岁的样子。谈到家庭,他凄然地说:"还光棍着呢,这辈子就这么着了!"我说:"现在不是富了吗?"他说:"富是富了一些,可女人太少啦。要是有个姐姐妹妹的,我还可以换个媳妇,我也没有姐姐妹妹。"我说:"'乡规乡约'上不是严禁换亲吗?"他狐疑地看着我,说:"什么是'乡规乡约'?"我点点头,与他说起我捡到的女婴和碰到的麻烦,他麻木地听着,没有丝毫同情我的表示,只是把我送给他的烟卷儿狠命地抽着。烟卷吱吱地燃烧着,他的鼻孔和嘴巴里全不见一丝青烟冒出;他好像把苦辣的烟雾全咽到胃里去了。

五天后他找到我,忸怩了半天后才说:"要不……要不就把那女孩送给我吧……我把她养到十八岁……"

我痛苦地看着他比我还要痛苦的脸,等待着他往下讲。

"她十八岁时……我才五十岁……没准还能……"

我说:"老兄!你别说了……"

我用自己的钱为女婴买了两袋奶粉,妻子摔碎了一个有缺口的破碗。她非常真诚地哭着说:"不过了!不过了!反正你也不打算过了。俺口里不吃腔里不拉地积攒着,积攒着干什么?积攒着让你给人家的孩子买奶粉?"

我说:"孩子他娘,你别折磨我了!你看不到我整天东奔西窜地为她找主吗?"

"你本来就不该捡她!"

"是的是的,我知道,可已经捡来了,总不能饿死她。"

"你多好的心肠!"

"好心不得好报,是不是?看在多年夫妻的分上,你就别絮叨啦,有什么主意就告诉我,咱们齐心协力把这个孩子送出去。"

"送走这个孩子咱自己再生一个!"妻子努着嘴,用类似撒娇的口气说。

"生!"我说。

"生个男孩!"

"生!"

"最好一胎生两个!"

"生!生!"

"你到医院找咱小姑去,让她帮着想想办法。城里的孤寡老人常有找咱小姑要孩子的。"

这是最后的斗争了。如果在医院妇产科工作的姑姑也不能帮我把这个女婴推销出去,十有八九我就成了这个女婴的养父了。这样的结果对我对女婴都将是一场无休止的灾难。夜里,我躺在炕上,忍受着跳蚤的攻击,听着妻子在睡梦中的咬牙声、吧咂嘴唇声和粗重的呼噜声,心里冰凉冰凉。我悄悄爬下炕,走到院子里,仰望着满天愁苦的星斗,好像终于觅到了知音。露水打湿了我的背脯,鼻子酸麻,我忽然悟到我必须珍惜自己的生命,我一直在为别人活着,从此之后,我应该匀出一点爱来留给我自己。回到屋里,我听到女婴在筛子里均匀地喘息着,摸到手电筒,揿亮,往筛子里照照。女婴又尿了,尿水顺着筛子网眼漏到地上。我为她换了尿布。老天保佑,但愿这是我最后一次为她换尿布。

小姑姑刚为一个妇女接完生,穿着白大褂,带着满头汗水和遍身血污,瘫坐在椅子上喘气。一年不见小姑姑,她老了许多。见到我进来,小姑姑欠欠身表示欢迎。那个安护士在里屋收拾器械,一个新生儿在产床上呱呱地哭。

我坐在我去年坐过的安护士的座位上,与姑姑对着面。那本贴满胶布的妇产科教程还摆在安护士的桌子上。

姑姑懒洋洋地问:"你又来干什么? 去年你来了一趟,回去写了一本书,把你姑糟蹋得不像样子!"

我羞惭地笑了,说:"没写好。"

姑姑说:"你还想听狐狸的故事吗? 早知道连狐狸的事也能往书里写,我给你讲一火车。"

姑姑不管我愿不愿意听,不顾接生后的疲劳,又滔滔不绝地讲起来。她说去年冬天,胶县南乡一个老头清晨捡粪时碰到了一个断腿的狐狸,便背回家将就养着。看看狐狸腿上的伤要好时,老头的儿子来了家。老头的儿子在部队上是个营长,愣头小伙子,一见他爹养着只狐狸,二话没说,掏出匣子枪,嘭咚一枪,把个狐狸给崩了。崩了还不算,把狐狸皮也剥了,钉在墙上风干着。老头吓坏了,儿子却像没事人似的,恣悠悠地唱小曲儿。第二天晌午头,割了牛肉包饺子,儿子亲自动手,剁馅,切上芫荽梗、韭菜心、大葱白,倒上香油、酱油、胡椒粉、味精,别提有多全味了。饺子皮是用头箩白面擀的,又白又亮,像瓷碗片一样。包好了饺子,烧开了水,呼隆呼隆下了锅。锅里热气冲天,一滚、两滚、三滚,熟了。儿子抄起笊篱,往锅里一捞,捞上来一笊篱驴屎蛋子,又捞一笊篱还是驴屎蛋子,再捞一笊篱还是驴屎蛋子。儿子吓草鸡了。夜里,家里所有的门窗一齐响,儿子掏出枪来,怎么勾也勾不动机。实在没法子了,只好给狐狸出了大殡。

小姑姑肚子里鬼狐故事三天三夜也讲不完,而且全都讲得有时间、地点,证据确凿,你必须相信。我真为小姑姑遗憾,她应该去编撰《续聊斋志异》。

讲了半天鬼狐,姑姑也恢复了精神。产房里婴儿呱呱地哭。安护士摔门出来,气愤地说:"哪有这样的娘,生出孩子来,拍拍腚就跑了。"

我用探询的目光看着姑姑。

姑姑说:"是黑水口子的老婆,生了三胎了,三个女孩,这一胎憋足了劲要生个儿子,生出来一看,还是个闺女。他男人一听说又生了个闺女,赶着马车就跑了。世界上难找这样的爹。女人一看丈夫跑了,从产床上跳下来,提上裤子,哭着跑了。连孩子都不要了。"

我跟着姑姑到产房里看那个被抛弃的女婴,这个女婴瘦小得像只风干猫,身体不如我捡到的女婴胖大,面孔不如我捡到的女婴漂亮,哭声不如我捡到的女婴洪大。我感到了些许的欣慰。

姑姑用手指戳着女婴的小腹说:"你这个懒孩子,怎么不多长出一点来！多长一点你是宝贝疙瘩香香蛋,少长一点你是万人嫌恶臭狗屎。"

安护士说:"怎么办呢？放在这里怎么办呢？"

姑姑看着我,说:"三子,你把她抱回家去养着吧,我看过孩子的爹娘,五官端正,身材高大。这个孩子也差不了,养大准是个好闺女。"

没等姑姑把话说完我就逃跑了。

我坐在葵花地里发愣,潮湿的泥土麻木着我的屁股和下肢,我也不愿站起来。葵花圆盘上睫毛般的花瓣已经发黑,卷曲,圆盘上无数黑色的籽眼像无数黑色的眼睛盯着我。没有阳光,因为空中密布着破絮般的灰云。葵花六神无主,悲哀地、杂乱地垂着头。板平的泥地上,黑蚂蚁又筑起了几座城堡,比我那天见到的更伟大更壮观,它们不知道将来的急雨会再次轻而易举地把它们的城堡夷平,哪怕它们的巢穴是蚂蚁王国建筑史上最辉煌的建筑。没有一点点风,葵花地里沉闷得像个蒸笼,我酷似蒸笼里的一只肉味鲜美的鸭子。我想起在一个城市里,发生过的一个美丽的故事：一个美丽温柔的少妇,杀食年轻男子。股肉红烧,臀肉清蒸,肝和心用白醋生蒜拌之。这个女子吃了许多条男子,吃得红颜永驻。我想起在故乡的遥远的历史里,有一个叫易牙的厨师,把自己亲生的儿子蒸熟了献给齐桓公,据说易牙的儿子肉味鲜美,胜过肥羊羔。我更加明白了,人性脆弱得连薄纸都不如。风来了,粗糙的葵花叶片在我头上粗糙地摩擦着,发出粗糙的声响。粗糙的葵花叶片像砂纸一样打磨着我的凸凹不平的心,我感到空前的舒适。风停了,能够发声的昆虫都发出它们最美妙的声音给我听。一个大蚂蚱的背上驮着一个小蚂蚱,附在葵花秆上,它们在交配。在某种意义上,它们和人类一样。它们一点也不比人类卑贱,人类一点也不比它们高尚。然而,葵花地里毕竟充满希望。无数低垂的花盘,像无数婴孩的脸盘一样,亲切地注视着我。它们给我安慰,给我感知和认识世界的力量,虽然感知和认识是如此痛苦不堪。我突然想到小说《陆奥偶人》的结尾了:作者了解了陆奥地方的溺婴习俗后,在回东京前,偶尔进一家杂货店,见货架上摆满了闭目合十的木偶,木偶上落满灰尘。由此作者联想到,这些木偶,就是那些没及睁眼、没及啼哭就被溺杀在滚水中的婴儿……我无法找一个这样的象征来寄托我的哀愁,来结束我的文章。葵花?蚂蚱?蚂蚁?蟋蟀?蚯蚓?……都非常荒唐。什么都不是生活的本来面目。我在我啄出的隧道里,触摸着弃婴的白骨,想着这些并不是不善良,并不是不淳朴,并不是不可爱的人们,发出了无法辨明是哭还是笑的声音。陆奥的弃婴已成为历史了吧?避孕套、避孕环、避孕药、结扎输精输卵管道、人工流产,可以成为消除陆奥溺婴残忍事的有效手段。可是,在这里,在这片盛开着黄花的土地上,问题多复杂。医生和乡政府配合,可以把育龄男女抓到手术床上强行结扎,但谁有妙方,能结扎掉深深植根于故乡人大脑中的十头老牛也拉不转的思想呢?

(一九八六年九月)

飞　艇

母亲总是一大早就把我和姐姐喊起来。腊月的早晨,地都冻裂了,院子里杏树上的枯枝咔吧咔吧响着。风从墙壁上的裂缝里尖溜溜地灌进来,我的脸上结着霜花,我的腮上溃烂的冻疮每天夜里渗出一些粉状物,极像白色的霜花。

"起来吧,起来吧,兰嫚,金豆,"母亲烦恼地叫着,"早去早回,赶前不赶后。"

母亲催促着我和姐姐去南山讨饭。我忘记那是什么年月了。我六岁,姐姐十八岁。姐姐带着我去南山讨饭,是我过去的生涯里最值得回味的事情。飞艇从天上掉下来,一头扎在我们村东河堤上的时候,是腊月里的一个早晨——一想起那时候比现在这时候更加寒冷的气候,我就思维混乱,说话,写文章,都是前言不搭后语,头上一句,腔上一句,说着东又想着西,这是小时候冻出来的毛病,怕是难治好了。

那时候我们村的孩子们都去南山讨饭,不仅仅是孩子去,老婆也去,大闺女也去。太阳刚冒红,我们村里的讨饭大军就向南山进发,一出村时结成一簇,走出半里路就像羊拉屎一样,稀稀拉拉,遍路都是了。我和姐姐总是跑在最前头。我们跑,我们用跑来抵御寒冷;我们一旦不跑,汗水就晞了,空心棉袄像铁甲一样嚓啦嚓啦响,冰凉啊冰凉!我们冻急了,我们对寒冷刻骨仇恨。我大骂:"冷,冷,操你的亲娘!"同行的人都被我逗笑了。

方七老爷的老婆龇牙一笑,说:"这孩子,好热的家伙,操冷的亲娘,把鸡巴头子给你冻掉了!"

众人更笑,都吸溜吸溜的,鼻尖上挂着清鼻涕。

一群和我差不多大的孩子跟我一起齐声喊叫:"冷冷冷,操你的亲娘!"

我们叫骂着,向无边无际的寒冷宣战。我们跟一群对月亮狂叫的狗差不多。但寒冷毕竟是有些退缩,金红色的阳光照在我们冻僵的面颊上、耳朵上,像无数根烧红的针在温柔地扎着。

我曾经多次领略过融化的痛苦。寒冷先让我的脸、耳朵结成冰坨子,阳光又来晒融这些冰坨子。我不怕冻结最怕融化。冻结,刚开始痛一点,也就是十分钟吧,十分钟过后就不痛了,我感觉不到自己的耳朵和面颊是否存在。融化可就不好受了,痛当然是有一些了,最难受的是痒,奇痒奇痒,比痛难受百倍。后来我曾经想过,世上的酷刑、刖足、车裂、指甲缝里钉竹签、披麻戴孝、走烧红的铁鏊子、子弹头撅肋巴骨、活剥皮……听来令人咋舌,不寒而栗,但似乎都可忍受,痛,只要能忍住第一拨,后边的都可忍受;但痒就不同了,痒是一场持续不断的神经战,能令人发疯。当年中美合作所的特务们发明了那么多种酷刑,但唯独没发明使人奇痒难挨的刑法,这真是个遗憾!

在阳光下我的脸、我的手、我的耳朵一齐融化,黄水汩汩流淌,腐肉的气息在清凉的空气中扩散,几千只蚂蚁在我的冻疮的溃面上爬着,钻着。我想要是有一把锋利的刀子,把我头颅上的皮肉剔除得干干净净,一定会非常舒适,当然,手背上的皮肉也应该剔除干净,脚趾脚边上应该扎针放血。我的手自己抬起来去搔脸。姐姐厉声喊:

"金豆,不许搔脸,搔毒了结紫疤!"

姐姐的脸上也有冻疮,但尚未溃烂,一个红豆豆,一个紫豆豆,几十个红豆豆紫豆豆分布在姐姐的腮上,姐姐的脸像个开始变坏的红薯。

奇痒,又不能搔,不用姐姐提醒我也知道我的脸已经不能搔了。它已经跟烂茄子、烂西红柿差不多了。我像一匹活泼的小猴子在地上蹦跳着。我本来可以哭,但哭给谁看呢?我们那儿的俗谚曰:看男人流泪不如看母狗撒尿。

在我们这支讨饭的队伍里,头脸上生疮的并非我一人。一群男孩子都像我一样,在化冻的痛苦中,跳嚷成一群活泼的小男猴。

我们刚刚骂狠了寒冷,现在又要骂温暖了。

依然是我先草创,然后大家共同发展。

"热热热,操你的亲爹!"

"热热热,热热热,操死你的亲爹!"我的朋友们与我一起高呼。

"冷冷冷,操你的亲娘;热热热,操你的亲爹!"我们高呼着,迎着那轮火红的太阳,向着南山跑去。

方家七老妈瘪着嘴说:"这群破孩子,冷,你们骂;热,你们还骂。当个老天爷也真是不容易!"

方家七老妈那时就有五十多岁,去年我探家时,听母亲说她不久前死了。这时离飞艇扎在河堤上已有二十多年。

在我的印象里,方家七老妈永远穿着一件偏襟的黑色大袄,袄上明晃晃地涂抹着她的鼻涕和她的孩子们的鼻涕。她的棉袄是件宝物,冬遮寒风,夏挡雨水。而且,在我的印象里,七老妈的怀里,永远抱着一个吃奶的孩子。好像我们家乡的泥玩具里的母猴子永远扛着一只小猴子。七老妈吃不饱穿不暖,但保持着旺盛的繁殖能力。她一辈子生过多少个孩子,她自己是否说得清楚也值得研究。这也许是一种工作的需要。抱着孩子讨饭更能让人同情。俗话说:行行出状元。七老妈是讨饭行里的状元。她是吃百家饭长大的。她是吃百家饭长老的。她一辈子没生过病。

一九六九年,生产队里开诉苦大会。天上布满星,月牙儿亮晶晶,生产队里开大会,诉苦把冤伸。万恶的旧社会,穷人的血泪仇,千头万绪,千头万绪涌上了我的心,止不住的辛酸泪,挂满胸。我们高唱着这支风靡一时的歌曲,等着吃忆苦饭。我特别盼望着开忆苦大会吃忆苦饭。吃忆苦饭,是我青少年时期几件有数的欢乐事中最大的欢乐。实际上,每次忆苦大会都是欢声笑语,自始至终洋溢着愉快的气氛,吃忆苦饭无疑也成了全村人的盛典。

究其根本是,忆苦饭比我们家里的幸福饭要好吃得多。

每逢做忆苦饭,全村的女人,除地、富、反、坏、右的家属外,几乎都一齐出动。她们把秋天晒出来的干胡萝卜缨子、干红薯叶放在河水中洗得干干净净,用快刀剁得粉碎。保管员从仓库里拿出黄豆、麦子、玉米,放在石磨上混合粉碎。杂粮面与碎菜搅拌,撒上咸盐,浇上酱油——有时还淋上几斤豆油,上大锅蒸熟。我们唱着忆苦歌曲就闻到大锅里逃逸出来的忆苦饭的香气啦。

歌唱声停,队长走上台,请方家七老妈上台忆苦。七老妈抱着她的活猴般的孩子,用一只袖子掩着嘴,嚎天哭地地上了台。

七老妈的诉苦词是天下奇文:

"乡亲们呐,自从嫁给方老七,就没吃过一顿饱饭,前些年去南山要饭,一上午就能要一篓子瓜干,这些年一上午连半篓子也要不到了……"

队长在台下咳嗽了一声。

"要饭的太多了,这群小杂种,一出村就操着冷的娘,操着热的爹,跑得比兔子还快,等我到了那儿,头水鱼早让他们拿了。"

队长说:"七老妈,你说说解放前的事儿。"

七老妈说:"说什么呢?说什么呢?解放前,我去南山要饭,天寒地冻,石头都冻破了。天上下着鹅毛大雪,刮着刀子一样的小东北风,我一手领着一个孩子,怀里抱着一个孩子,一步步往家里走。腊月二十二,眼见着就过小年啦。长工短工都往家里奔。孩子们冻得一个劲儿地哭,我也走不动了。走到了一个村庄,寻了个磨屋住下来。破屋强似露天地。孩子们不哭了。从面口袋里摸出地瓜干子来,咯嘣咯嘣地吃。后半夜,我觉得肚子不大好,就让两个大孩子到人家草垛上拉把干草,孩子拉草没回来,俺那个小五就落了地。孩子们见我满身的血,吓得又哭又叫。有一个好心的大哥进来看了看,回家端了一盆热汤来,让俺娘儿们喝了。我说,好心的大哥,俺一辈子忘不了你……"

方家七老妈每逢说到磨房生孩子这一段时,必定要掩着鼻子哭。台下心软的娘儿们也跟着唏嘘。

队长振臂高呼:"不忘阶级苦!牢记血泪仇!"

人们杂七拉八地跟着呼叫:"不忘阶级苦,牢记血泪仇。"

方家七老妈一说起她在磨屋里生孩子的事就没完没了。反过来说一遍,正过来又说一遍。忆苦饭香气扑鼻,勾得我馋涎欲滴。我不知道别人,我只知道我恨不得有支枪把唠叨起来没完没了的方家七老妈从台上打下去。

队长也分明是不耐烦了,他打断七老妈的车轱辘话,说:"七老妈,说说以后的事吧!"

七老妈抬起袄袖子擦擦眼睛,把怀里的孩子往上撮撮,迷茫着眼说:"后来怎么样呢?后来怎么样啦?后来就好了,后来共产党来了,共产党来了,共产共妻,共房子共地……"

队长跑上台,架着方家七老妈的胳膊,说:"老妈老妈,您下去歇歇吧,歇歇就吃忆苦饭。"

方家七老妈横着眼说:"就是为着这顿忆苦饭,要不谁跟你唠叨这些陈茄子烂芝麻的破事!盼星星盼月亮,就盼着这顿忆苦饭啦!"

大锅揭开了,人们都围上去。

队长和保管员每人手持一柄大铲子,往人们的碗里铲忆苦饭。队长的眼被蒸气烫得半睁半闭。队长说:"受苦受难的穷兄弟们,多吃点,多吃点,吃着忆苦饭,想起过去的苦……"

根本不用队长嘱咐。队长也知道,要不还用他亲自掌勺分配。

方家七老妈生着两只蓝色的眼睛,像天真的小狗一样的蓝眼睛。她有两个癖好,一是吮头发,二是舔煤油。

飞艇扎在河堤上那天早晨,母亲很早就把我和姐姐喊起来了。我们去南山讨饭必须早走。"南山",是我们对我们村南四十里外一系列村庄的统称。那里鬼知道为什么富裕,与我们这里相比那里好像天堂。南山的人能吃上地瓜干。

姐姐去南山讨饭前,进行着复杂的准备工作。

她梳头,洗脸,照镜子。她对着镜子用剪刀刮着牙齿上的黄垢,刮得牙龈上流红血。她还往脸上抹雪花膏。我承认姐姐经过一番收拾是很好看的大姑娘。母亲每每训她:"拾掇什么,是去讨饭,又不是让你去走亲戚!"我同意母亲的观点。姐姐反驳道:"讨饭怎么啦?蓬头垢面,谁愿意施舍给你!"我同意姐姐的观点。

我们一出村头,就看到飞艇从南边飞出来了。太阳刚出,状如盛粮食的大囤,血红的颜色,洇染了地平线和低空中的云彩。遍野的枯草茎上,挂着刺刺茸茸的白霜。路上龟裂着多叉的纹路。飞艇在很远的地方发出过一阵如雷的轰鸣,在原野上滚动。临近我们村庄时,却突然没有了声息。那时候我们都站在村头那条通向南山的灰白道路上,我们挎着讨饭篮,挂着打狗棍(吓狗棍,绝对不能打人家的狗),看到银灰色的飞艇从几百米的空中突然掉下来,掉到离地五六十米高时,它斜着翅膀子,哆哆嗦嗦往前飞,不是飞,是滑翔!我听到飞艇的肚子里噼里咔啦地响着,两股浓密的黑烟从飞艇翅膀后冒出来,拖得很长,好像两条大尾巴。飞艇擦着路边的白杨树梢滑过去,直扑着我们的村庄去了。虽然机器不响,但仍然有尖利的呼啸,白杨树上的枯枝嚓啦啦响着,树上的喜鹊和乌鸦一齐惊飞起来。强劲的风翻动着我们破烂的衣衫。方家七老妈前走走,后倒倒,好像随时要倒地。飞艇像一个巨大的阴影一掠而过。飞艇的巨大的阴影从地上飞掠而过。我们都胆战心惊,每个人都表现出了自己的最丑陋的面容。连姐姐的搽过雪花膏的脸蛋也惨不忍睹。姐姐惊愕地大张着嘴巴,额头上布满横一道竖一道的皱纹。我是期望着飞艇降落到我们村庄里去的,但是它偏不,它本来是直冲着我们的村庄扎下去了,它的肚皮拉断了方六老爷家一棵白杨树的顶梢,一颗像轧场的碌碡那么粗的、乌溜溜闪着蓝光的、屁股上生着小翅膀的可爱的玩意儿掉在我们生产队的打谷场上。后来才知道那是颗大炸弹。飞艇拉断了一棵树,又猛地昂起头,嘎嘎吱吱地拐了一个弯,摇摇晃晃,哆哆嗦嗦,更像个醉鬼,掉头向东来了。飞艇的翅膀上涂满了阳光,好像流淌着鲜血。这时它飞得更低了,速度也更快,体形也更大,连飞艇里的三个人都能看清楚,他们的脸都是血红的。飞艇的巨翅像利剑一样从我们头上削过去,我们都捂住脑袋,在这样的情况下,没有一个人感到自己的头颅是安全的。

方家七老妈双腿罗圈,一屁股坐在地上。她怀里的孩子像老猫一样叫起来。我也许是带头,也许是跟随着众人抱头鼠窜。我们的嘴里都不由自主地发出怪声,准确地形容应该是:一群衣衫褴褛的叫花子在黑色的机翼下,在死神的黑色翅膀下鬼哭狼嚎。我们有的挎着讨饭篮子,有的扔掉了讨饭篮子;有的拖着打狗棍,有的扔掉了打狗棍。这时,我们听到身后一声巨响。

方家七老妈是眼睁睁地看到飞艇扎到河堤上去的。我们村东二百米处就是那条沙质的高大河堤,河堤上生着一些被饥民剥了皮的桑树。飞艇一出村庄就低下了头,尖锐的风声像疯狼的嚎叫,卷扬起地上轻浮的黄土。飞艇半边是蓝色半边是红色。七老妈亲眼看到飞艇的脑袋缓缓地钻进河堤。河堤猛地升高一段,黑色的泥土像一群老鸹飞溅起来。

飞艇的脑袋是怎样缓缓地钻进河堤里去的,方家七老妈亲眼看见了但无法表述清楚。根据她说的,根据她描绘飞艇的脑袋缓缓钻进河堤里去时她脸上表现出的那种惊愕的、神秘的色彩,大概可以想象到,就像我亲眼看到一样:飞艇的粗而圆的脑袋,缓慢地,但却非常有力地钻进河堤上,好像气功大师把运足了气的拳头推在一摊稀泥上。当时太阳很大很红,飞艇的粗大的头颅上涂着一层天国的庄严光辉,它一钻进河堤,河堤立刻就拱起了腰,在那一瞬间河堤上起了一个沙土的弧桥。河堤像一条巨蛇猛地拱起了背。后来大块小块的泥沙用非常快的速度,但看起来非常缓慢地飞到空中去,直线飞上,弧线落下。

飞艇爆炸的情景我是亲眼看到的。我们听到一声巨响时都紧急地回头或抬头看河堤,这时飞艇尚未爆炸,艇头撞起来的泥沙正在下落,飞艇的两扇巨翅和飞艇翘起来的尾巴疯狂地抖动着。紧接着飞艇就爆炸了。

我们首先看到一团翠绿的强光在河堤上凸起,绿得十分厉害,连太阳射出的红光都被逼得弯弯曲曲。随着绿光的凸起,半条河堤都突然扭动起来。成吨的黑土翻上了天。这时候我们才听到一声沉闷的轰响,声音并不是很大,好像从遥远的旷野里传来的一声狮吼。我后来才知道"大音稀声"的道理。这一声爆炸方圆四十里都能听到,不知有多少人家的窗户纸都给震破了。几乎与听到轰响同时,我感到脚下的道路在跳动。路边的白杨树枝哗啦啦地响着,方家七老妈像神婆子跳大神一样跳跃着。

我们扔掉的要饭篮也在地上翻滚着。我看到我们的叫花子队伍像谷个子一样翻倒了,我在感觉着上边那些景象的同时,胸前仿佛被一只无形的巨掌猛推了一下子。我恍恍惚惚地看到无垠的天空上流动着鸢尾花的颜色,漂亮又新鲜,美好又温柔。

几分钟后,我从一丛一丛紫穗槐后爬起来。地上撒着一层黄土,黄土里掺杂着一些乌黑的、银灰的、暗红的飞艇残骸,黄土和飞艇残骸碰撞树枝打击土地的唰唰声还在空中飞舞不愿消逝。飞艇那儿已经燃烧起一团数十米高的大火。火光中间白亮,周围金黄,黑色的烟柱奋勇冲起,直达高天。空气中弥散开扑鼻的汽油味道和烧烤动物尸体的焦香。太阳变得又薄又淡,像一片久经风霜颜色褪尽的剪纸。

我们都灰溜溜地爬起来,怔怔地看着这堆大火,河堤都燃烧起来,我闻到了焦土的味道。堤上的桑树在炽亮的火幕上抖动着,好像舞拳张狂的鸡爪。我们这些生有冻疮的男孩子,比往日提前进入融化期,腮上、耳上,黄水汨汨流淌,不似眼泪,胜过眼泪。但我们都顾不上解冻的痛苦。我们没有人想到去侮辱热的爹。

大火过后,不,飞艇钻进河堤之后,我们这些小叫花子编出了我们的进行曲,我们高唱着进行曲向南山飞跑,飞跑到南山讨饭。事情过去了数十年,我依然一字不漏地记着曲词,儿时的创作更加刻骨铭心吧!

冷冷冷,操你的亲娘,
飞艇扎在河堤上!
热热热,操你的亲爹,
飞艇扎在河堤上!
飞艇扎在河堤上,
烧死了一片白皮桑。
飞艇扎在河堤上,
方家七老妈好心伤,
一块瓦灰铁,
打死了怀中的小儿郎,
流了半斤红血,
淌了半斤白脑浆,
七老妈好心伤!
飞艇飞艇,操你的亲娘!

我们远远地站着,无人敢向前多走一步。火苗子猎猎作响,灼人的热气一浪连一浪逼过来,把我们脸上的黄水都快烘干了。

后来,村里的所有人都跑到村头来了。独腿的狗皮老爷虽说是拄着双拐悠来,但他的心也是在向着村头飞跑。

队长站在人堆的最前头,火光刺激得他的眼睛泪水花花。半个小时过去,火势不见缓减,队长招呼了两个年轻人,弓着腰向前走,人们都胆战心惊地看着他们。

他们到达离火堆七八十米远近时,便停住脚,仔细地观看。他们的头发像细软的牛毛在头上飘扬。

火堆又努力膨胀几下,地皮又在颤抖。空中响起刀子刮竹般的瘆人的声响。我身后的白杨树干上铮然一声,响亮刺耳。众人急忙回头,见一块巴掌大的瓦蓝的钢片,深深地楔进树干里去。钢片是灼热的,杨树的干燥粗皮被烫出一缕缕雪白的烟雾。后来才知道这是炸弹皮子。飞艇肚皮下挂着两枚大炸弹,一枚掉在生产队的打谷场上,一枚被烧爆了。炸弹把飞艇的残骸炸得飞散四方八面。有的远点,有的近点;有的大点,有的小点;有的扎在越冬的麦苗地里,麦苗上白霜粲然,黑色的麦叶僵着,麦垄上冻土铿锵,是被飞艇残骸砸的;有的砸在堤里青绿色的坚冰上,烫得冰板吱吱地鸣叫,吱吱地融化。

究竟是第一次爆炸还是第二次爆炸崩出瓦灰色的钢铁击中了方家七老妈怀中婴孩橄榄般的头颅,至今是个疑案。千方百计地去证明这个问题是出力不讨好的营生。炸弹爆炸后,钢铁碎片像飞蝗一样漫天飞舞,大家都跌倒在地,队长趴在两垄麦苗之间,捂着脑袋,撅着屁股宛若一只偷食麦苗的鸿雁。大家都长久不动,大家伏在地上,听到死亡的灰鸟在蓝得凄凉的空中啾啾地鸣叫,听到庞大的星球沿着缺油的轴咯咯吱吱旋转,大家战战兢兢地从地上爬起来时,一个眼尖的人才看到方家七老妈那件铁甲般的破棉袄上沾着一层红血和白脑浆。

"七老妈,你的孩子!"那人指着七老妈怀里的婴儿说。

七老妈一低头,哇啦一声叫,扯着棉袄大襟一抖擞,那个瘦猫般的赤条条的婴孩就像树叶般飘到地上。七老妈棉袄大襟耷拉着,斜过腿胯,半个漆黑的胸脯裸露出来,三十公分长的袋状乳房垂到肚脐附近。她咧着嘴,瞪着眼,干号一声,骂道:"飞艇,飞艇,操死你亲娘。"

扔在地上的孩子已经死得很彻底,那么块大铁,对付那么颗小头。七老妈跪在地上,把瓦灰铁从婴孩头上拔出来,然后试图捏拢婴儿豁开的脑袋,捏拢了也是个空壳,何况捏不拢。方家七老妈看样子也不是十分悲痛。她一面捏着婴儿的脑壳,一边继续咒骂飞艇。

大团的火焰已被炸灭,只有一簇簇的小火苗在田野里燃烧。队长他们三个大胆的汉子爬起来,腰依然弓着,继续往飞艇钻堤处靠拢。这时我们看到了河堤上那个乌黑的大洞,飞艇的一扇巨翅斜插进堤里去,青烟从翅翼的斜面上袅袅上升。

队长他们从河堤边走回来,正言厉色地说:"乡亲们,回家躲着去吧,没事别出来转悠,飞艇上的东西,谁也不许动,这是国家的财富,谁动谁倒霉。"

方家七老妈说:"队长,我的孩子找谁赔?"

队长说:"你愿意找谁赔就去找谁赔。"

有人提醒说:"方家七老妈,这飞艇是马店机场的,你去找机场的空军赔,保险比你跑一趟南山要的多哩!"

方家七老妈抱起孩子,眨巴着两只蓝眼睛,拿不定主意。

方家七老爷不知从什么地方钻出来,淡淡地说:"你还站在这儿干什么?抱回家去找块席片卷卷埋了吧。一岁两岁的孩子,原本就不算个孩子。"

七老妈木偶般地点点头,跟着七老爷往村里走去。

人群懒洋洋地蠕动着,多半回家去,少半还停留在村头上,想着看新鲜光景。

姐姐说:"金豆,家去不?"

我当然不愿意回家,这时已日上两竿高,飞艇扎在河堤上,耽误了我们去南山讨饭,家去看什么?在村头上可以看上艇上冒出的绿烟,看飞艇翅膀斜指着天空好像大炮筒子一样,家去看什么?

日上三竿时分,几辆绿色的大卡车从南边开过来,车上跳下一群穿黄棉袄戴皮帽子的空军。他们不避生死地往飞艇翅膀那儿扑。

村里人听到汽车声,又一齐跑到村头。

一个军官模样的人找到队长,跟队长说了几句话。

那军官大概是询问飞艇失事时的情况,队长说不清。队长把我拖出来,说:"这个小孩看到了。"

那军官和气地问我:"小同学,你看到飞艇扎到河堤上的情景了吗?"

我看到他嘴里那颗灿灿的金牙,一时忘了开口说话。

军官又一次问我。我说:"我看到了,我们去南山讨饭的人都看到了。"

姐姐从后边打了我一掌,说:"金豆,不要多说话!"

队长说:"你让他说嘛!"

我就把早晨见到的情景对军官说了一遍。

军官若有所思地点点头,转身向一个更胖更大的军官汇报去了。

待了一会儿,镶金牙的军官又找到队长,说首长希望社员同志们能帮助回收一下飞机的残骸。队长爽快地答应了。

几十个男人由队长带领着,把分散在麦田里的、冰河里的飞机残骸捡回来,噼里咔啦地扔到卡车上。那根插进河堤里的飞艇翅子费了好大的劲才拔出来,又费了好大的劲抬到卡车上。

据说飞艇上共有三个人,但我们从飞艇残骸里只找到一个肥大的人屁股。这个屁股烧得黑乎乎的,散发着一股扑鼻的焦香。

军官跟队长商量了一下,决定由队长派八个精壮男人,绑扎一副担架,把那块烧焦的人屁股抬到机场去。队长又爽快地答应了。

方家七老爷参加过淮海大战的担架队,很知道担架是怎么个绑法。

两辆大卡车缓慢地开走了,担架也绑好了。男人们小心翼翼地把那块屁股抬到担架上,担架上又蒙上了一条被单子。

担架队跟着车辙印走去。镶金牙的军官跟在担架后边。

我们一群小叫花子恋恋不舍地跟着担架走,好像一群眷恋烤人肉味道的饿狼崽子。

临近墨水河石桥时,队长把我们统统轰了回来。

我们站在墨水河堤上,一直目送着汽车和担架走成野兔般的影点子。汽车和担架走在我们去南山讨饭的土路上。

送屁股的人傍晚才回来,一个个满脸喜洋洋,打着连串的饱嗝,肚子吃得像蜘蛛一样,走路都有些艰难了。我们酸溜溜地听他们说如何吃掉一筐箩白面馒头,如何吃掉一盆豆腐炖猪肉,恨不得把他们的肚子豁开,让那些馒头、豆腐、猪肉稀里哗啦流出来。我从队长的饱嗝里闻到了猪肉的香味——跟那块屁股上的香味差不多。

队长说:"乡亲们,机场的首长说了,凡是捡到飞艇上的东西,都给他们送去,一顿犒劳是少不了的。"

我突然想起了飞艇直扑村庄时,在打谷场上空掉下来的那个碌碡那么粗的、乌溜溜闪着蓝光的、屁股上生小翅膀的那个可爱的玩意儿。我的心激动得发抖。

我喊:"队长,我看到了!"

队长说:"你看到了什么?"

我说:"你带我去吃馒头豆腐猪肉,我就告诉你。"

队长说:"带你去,你说吧!"

我说:"可不兴坑骗小孩。"

队长说:"你这个孩子,被谁骗怕啦?快说吧!"

我说:"有一个碌碡那么粗的蓝东西掉在打谷场上了!"

人群像潮水般往打谷场上涌去。

打谷场边上确实躺着十几个轧场用的碌碡,但并没有我说的那个蓝玩意儿。人们都怀疑地瞅着我。

我说:"我亲眼看到它落下来了。"

人们继续寻找。

打谷场西边上耸着几百捆玉米秸子,人们一捆捆拉开玉米秸子,拉着拉着,那个蓝汪汪的大家伙骨碌碌滚出来。心急者刚要扑上去抢,听到方家七老爷高叫一声:"趴下!别动!是颗炸弹!"

人们齐齐地卧倒,静等着炸弹爆炸。等了半天,也没个动静。刚要抬头,就听到草丛里窸窸窣窣地响,又赶紧死死地俯下头去。又是半个时辰,那草丛里还是响。有大胆的抬头一看,见一只耗子在玉米秸里爬动。

众人爬起来,纷纷往后退。

刚吃过馒头豆腐肥猪肉的一个汉子问:"也许是个臭弹吧?"

方家七老爷说:"不是,玉米秸子垫住了它,它才没响。"

队长说:"七老爷,怎么办?"

七老爷说:"你愿意怎么办就怎么办!"

队长说:"咱们把它抬到机场去吧?"

七老爷说:"谁愿意抬谁就抬,反正我不抬。我在淮海战役中见过这种炸弹,美国造的,一炸就是一个大湾,湾里的水瓦蓝瓦蓝的。"

队长说:"咱们小心点抬。"

七老爷说:"怎么个小心法?美国炸弹十颗里必有一颗是定时的,炸弹肚子里装着小钟表,一到时间就炸,防都没法防!"

一听这话,大家都感到阎王爷向自己伸出了生满绿毛的手,每个人身上的汗毛都挓挲了起来,起初大家都慢慢地后退,退到场边上,不知谁发了一声喊,便一齐跑起来,生怕被炸弹皮子追上。

这一夜全村里都响着一种类似钟表跑动的咔嚓声,大家都忐忑不安,又满怀希望地等待着一声巨响。

(一九八六年十月)

图书在版编目(CIP)数据

白狗秋千架/莫言著.—杭州：浙江文艺出版社,2017.10
(2022.5重印)
(莫言作品全编)
ISBN 978-7-5339-4916-7

Ⅰ.①白… Ⅱ.①莫… Ⅲ.①短篇小说-小说集-中国-当代 Ⅳ.①I247.7

中国版本图书馆CIP数据核字(2017)第140249号

策划统筹　曹元勇
责任编辑　李　灿
封面设计　一千遍工作室
插页设计　何　浩　周伟伟
责任印制　吴春娟

白狗秋千架
莫言　著

出版	浙江出版联合集团 浙江文艺出版社
地址	杭州市体育场路347号　　邮编　310006
网址	www.zjwycbs.cn
经销	浙江省新华书店集团有限公司
印刷	浙江新华数码印务有限公司
开本	650毫米×970毫米　1/16
字数	260千字
印张	20.25
插页	5
版次	2017年10月第1版　2022年5月第8次印刷
书号	ISBN 978-7-5339-4916-7
定价	59.00元

版权所有　侵权必究
(如有印、装质量问题,请寄承印单位调换)